ullstein

Das Buch

Wendy Hopkins hat eigentlich genug von den Männern in ihrem Leben, vor allem seitdem sie herausgefunden hat, dass ihr vermeintlicher Vater gar nicht ihr Vater ist. Trotzdem lässt es sie nicht los, dass irgendwo da draußen ihr richtiger Vater und mit ihm eine zweite Identität auf sie warten könnte. Da kommt es ihr sehr gelegen, dass sie als Sicherheitsmanagerin auf einer Seebrücke im Outback anfangen kann – ausgerechnet in der Gegend, in der ihr Vater früher gearbeitet hatte.

Nur ärgerlich, dass sie vor lauter Stress kaum dazu kommt, ihn zu suchen. Stress mit Männern natürlich. Wie soll sie auch mal eben ein paar hundert aufmüpfige Bauarbeiter von ihren neuen Sicherheitsregeln überzeugen? Schnell bekommt Wendy von ihnen den Spitznamen »Sergeant« verpasst, den entsprechenden Respekt zollen sie ihr allerdings nicht. Vor allem der attraktive Ingenieur Gavin Jones macht ihr das Leben schwer. Wenn er doch nur nicht so eine magische Anziehungskraft auf sie ausüben würde … Wendy versucht, standhaft zu bleiben, denn sie wird das Gefühl nicht los, dass Gavin ein Geheimnis mit sich herumträgt. Und davon hat sie in letzter Zeit wirklich genug gehabt!

Die Autorin

Loretta Hill wurde in Perth, Australien, geboren. Nach ihrem Ingenieursstudium arbeitete sie für eine große Baufirma, bevor sie sich ganz dem Schreiben widmete. Sie lebt mit ihrem Mann und ihren drei Kindern im Westen Australiens.

Von Loretta Hill ist in unserem Hause bereits erschienen:

Küssen kann man nicht verlernen

Loretta Hill

Ab jetzt küss ich nur noch Frösche

Roman

Aus dem Englischen von
Corinna Rodewald

Ullstein

Besuchen Sie uns im Internet:
www.ullstein-taschenbuch.de

MIX
Papier aus verantwortungsvollen Quellen
FSC® C014496

Deutsche Erstausgabe im Ullstein Taschenbuch
1. Auflage Januar 2015

Titel der Originalausgabe: *The Girl in the Hard Hat*
(Random House Australia Pty Limited, Sydney, Australia)
Umschlaggestaltung: ZERO Werbeagentur, München
Titelabbildung: FinePic®, München
Satz: Pinkuin Satz und Datentechnik, Berlin
Gesetzt aus der Melior
Papier: Holmen Paper Hallsta, Hallstavik Schweden
Druck und Bindearbeiten: GGP Media GmbH, Pößneck
Printed in Germany
ISBN 978-3-548-28525-2

Für meinen geliebten Ehemann Todd.
Seit unserer Hochzeit haben wir alles
als Team bewältigt.
Die letzten Monate hätte ich ohne Deinen
Glauben an mich, Deine Begeisterung und
Deine Unterstützung nicht überstanden.

In Liebe für immer,
Loretta

Kapitel 1

Wendy wusste sofort, dass etwas nicht stimmte, als sie das Großraumbüro von TCN betrat. Vielleicht waren es die kühlen Blicke, die einige der Mitarbeiter ihr über die niedrigen Trennwände zuwarfen. Oder die Tatsache, dass die Dame am Empfang Wendy nicht an den Haken für die Schutzhelme neben dem Eingang vorbeigehen lassen wollte, sondern sie stattdessen in einen Raum etwas abseits vom eigentlichen Büro dirigierte.

»Sie werden im Besprechungsraum warten müssen, bis Mr Hullog Zeit hat, sich um Sie zu kümmern.«

Sich um mich zu kümmern?

Die Empfangsdame hörte sich an, als wäre Wendy ein quengeliges Kleinkind. Dabei sollte das hier ihr erster Arbeitstag sein. Sie hatte sich die TCN-Uniform angezogen, die Dan Hullog ihr erst am Vortag ausgehändigt hatte. Hemd und Khakihose waren ordentlich gebügelt. Ihre blonden Haare hatte sie dezent mit einem schwarzen Haarband im Nacken zusammengebunden.

Wenn also nicht ihr Erscheinungsbild alle hier vor den Kopf stieß, was hatte sich dann über Nacht verändert?

Sie ging in den Besprechungsraum. Er war, wie in Baustellencontainern üblich, nur spärlich eingerichtet. Eine weiße, auf Böcken liegende Tischplatte, acht

Stühle, und der Raum war voll. Der Vinylfußboden war mit roten Stiefelabdrücken übersät, und auf dem Whiteboard an der Wand stand eine Liste wichtiger Daten einzelner Projektabschnitte. Die Stühle waren alles andere als bequem, und nach zwanzig Minuten auf einem von ihnen musste Wendy wieder aufstehen und hin und her laufen, damit ihr Hintern nicht taub wurde.

Wo bleibt er nur?

Sie schaute aus dem Fenster, und die Vorfreude verdrängte für einen Moment ihre Sorge.

Vor ihr lag der Eisenerz-Ladeanleger von Cape Lambert – ein majestätisches Meisterwerk, das im schäbigen Containerfenster eingerahmt fast wie ein Gemälde aussah. Der Schiffsanleger erhob sich beinahe fünf Stockwerke über dem Wasser und erstreckte sich über drei Kilometer ins Meer hinaus; sein Ende war nicht auszumachen, sondern verschwamm am Horizont. Schiffe aus aller Welt legten jeden Tag dort an und verluden Tonnen um Tonnen der kostbaren roten Erde, die die australische Wirtschaft in Gang hielt.

Wendy spürte die Aufregung in sich aufsteigen, aber auch Unbehagen.

Ich kann nicht fassen, dass ich doch wieder Teil von so etwas sein werde.

Sie hörte, wie eine Tür zuklappte, und wirbelte herum.

Ein großer, dunkelhaariger Mann mit den wohl blauesten Augen, die sie je gesehen hatte, kam auf sie zu.

»Tut mir leid, dass Sie warten mussten, Wendy.«

»Äh, kein Problem, Mr Hullog.«

»Nennen Sie mich Dan.« Er zeigte auf den Stuhl, auf dem sie gerade gesessen hatte, und setzte sich ihr gegenüber. Dann faltete er die Hände auf der weißen Tischplatte. »Als Erstes muss ich Sie fragen, ob Sie wissen, wie Sie an diesen Job gekommen sind.«

Mit dieser Frage hatte sie nicht gerechnet. »Mein Onkel sagte mir, Sie schuldeten ihm einen Gefallen.«

Dan verzog das Gesicht. »Das wäre wohl die höfliche Beschreibung von Erpressung.«

Wendy spürte, wie ihr die Hitze in die Wangen stieg. Sie hätte Onkel Mike nicht vertrauen dürfen. Sie kannte ihn kaum, und er schien sie gleichermaßen unterstützen wie loswerden zu wollen. Aber sie war mit ihrem Latein am Ende gewesen, hatte kein Geld und kein Glück mehr gehabt. Und als sie Mike in Karratha über den Weg gelaufen war, hatte sie es für eine Fügung des Schicksals gehalten. Keinesfalls hatte sie damit gerechnet, dass er sie als Druckmittel einsetzen würde.

Was hatte ihre Mutter immer gesagt? Ah, genau: *Niemand tut irgendetwas für nichts.*

Wendy schluckte und brachte dann eine Entschuldigung vor. »Ich hatte ja keine Ahnung. Ehrlich. Ich hatte Onkel Mike seit Jahren nicht mehr gesehen und hätte herausfinden sollen, weswegen er mir helfen wollte.«

Du hättest auf deine innere Stimme hören sollen.

Sie wusste, dass Mike das schwarze Schaf der Familie war. Nur wenn es nicht zu vermeiden war, wurde über ihn gesprochen, aber keineswegs fielen da gute Worte. Wendy stand in der Familie zurzeit selbst nicht hoch im Kurs. Die unerwartete Begegnung mit Onkel Mike hatte sich beinahe wie das Treffen mit einem Gleichgesinnten angefühlt.

Da hast du aber komplett danebengelegen.

Mit angehaltenem Atem wartete sie auf Dans Antwort.

»Bei unserem Gespräch gestern habe ich mir schon

gedacht, dass Sie nicht die ganze Geschichte kennen. Und um ehrlich zu sein«, sagte er mit einem Seufzen, »es gibt hier keine Stelle für Sie. Ich habe bereits einen Sicherheitsmanager, und der leistet sehr gute Arbeit.«

Wendys Mut sank. Dan würde sie nicht einstellen. Und er war ihre letzte Hoffnung auf einen Job in der Gegend gewesen.

»Außerdem«, fuhr er ohne zu lächeln fort, »spielt es für mich keine Rolle mehr, was Ihr Onkel sagt oder nicht sagt. Die Person, die ich schützen wollte …« Er brach ab und wurde deutlicher. »Sagen wir einfach, sein sogenanntes Schweigen bedeutet mir nichts mehr.«

Wendy erhob sich von ihrem Stuhl, das gebot ihr ihr Stolz. »Gut, dann gehe ich jetzt wohl besser. Wir müssen unser Gespräch nicht unnötig in die Länge ziehen.«

»Wendy, was auch immer Ihr Onkel und ich für Querelen miteinander haben, hat nichts mit Ihnen und Ihren Fähigkeiten zu tun. Und ich schäme mich sehr, dass Sie als Spielball in diesem geschmacklosen Spiel benutzt wurden.«

Dass ich benutzt wurde? Ja, das kommt mir bekannt vor.

»Ich möchte unsere Abmachung einhalten, nicht wegen Mike, sondern für Sie«, fügte Dan hinzu.

Sie wollte sich gerade umdrehen, hielt dann aber inne. »Aber Sie sagten doch, es gebe keinen Job.«

»Nicht hier. Aber woanders.« Seine Stimme wurde weicher. »Bitte setzen Sie sich, dann erzähle ich Ihnen, was ich vereinbart habe. TCN ist der Bauherr für dieses Projekt. Wissen Sie, was das beinhaltet?«

»Sie sind für den gesamten Laden verantwortlich, oder?«

»So ungefähr.« Dan lächelte. »Die Betreiber des Ladeanlegers stellen die Regeln auf, da können wir also nicht mitreden. Aber im Wesentlichen verwalten wir alles für sie. Das heißt, wir stellen sicher, dass alle anderen, wie zum Beispiel unser Hauptauftragnehmer Barnes Inc., die Richtlinien der Besitzer befolgen.«

Wendy schwieg, ließ sich aber langsam wieder auf ihren Stuhl sinken.

»Leider ist Barnes Inc. jetzt schon seit geraumer Zeit den Sicherheitsstandards nicht mehr gerecht geworden. Sie haben zwar einen Sicherheitsmanager, aber der kommt offenbar mit der Arbeit nicht hinterher. Im Namen der Besitzer habe ich Barnes Inc. mitgeteilt, dass sie zusätzlich noch jemanden für die Baustellensicherheit einstellen müssen. Und ich habe Sie als geeignete Kandidatin vorgeschlagen.« Er hielt kurz inne. »Der Bauleiter Carl Curtis wäre bereit, mit Ihnen zu sprechen.«

Arbeit war Arbeit, ob nun in diesem Büro oder im Büro die Straße hinunter.

Was spielte es für eine Rolle, solange sie bezahlt wurde.

»Und wann?«, fragte sie nervös nach.

»Jetzt sofort.«

Erleichterung erfasste sie. Noch war nicht alles verloren. »Gut, das ist kein Problem.«

»Ich nehme an, Sie sind mit Ihrem Wagen da?«

Sie nickte. Auf dem Weg zu TCN war sie an den Büro-Dongas von Barnes Inc. vorbeigefahren, sie wusste also auch, wo sie hinmusste.

Okay, packen wir es an. Diesmal stand sie entschlossener auf und hielt Dan die Hand hin. »Vielen Dank für diese Gelegenheit, äh, Dan.«

»Mir tut es wirklich leid, dass ich Ihnen keine Stelle anbieten konnte.« Zumindest klang er aufrichtig. »Ich glaube, dass wir gut zusammengearbeitet hätten.«

»Danke.« Sie ahnte, dass Dan Hullog ein ehrenhafter Mann war – im Gegensatz zu ihrem jämmerlichen, schleimigen Onkel. Was zum Teufel hatte Mike sich überhaupt dabei gedacht?

Mit zusammengebissenen Zähnen verließ sie das Büro. Hatte das denn nie ein Ende? Schon ihr Leben lang hatte ihre Familie ihr Lügen aufgetischt, und anscheinend wurde sie immer noch hintergangen. Wie oft hatte sie sich während all der Jahre im Internat gefragt, was mit ihr nicht stimmte. Sie hatte gehofft, dass sie hier draußen im Outback, weit weg von Perth, alles hinter sich lassen würde. Aber nein, der eine Onkel, von dem sie geglaubt hatte, er würde sie vielleicht verstehen, war auch nur darauf aus gewesen, sie als Trumpfkarte einzusetzen.

Genug ist genug.

Sie konnte es kaum erwarten, ihm später ordentlich die Meinung zu sagen, doch jetzt galt es, einen Job zu landen, und zwar allein durch ihr eigenes Verdienst.

Die drei in einer Reihe angeordneten Büro-Dongas von TCN wurden auf der einen Seite von roten Felsen, auf der anderen vom Parkplatz eingerahmt. Wendys Auto – ein blauer Nissan mit geblümten Sitzbezügen und einer Sammlung aus dem Rückfenster lugender Stofftiere – stach unter den schmutzig-weißen Pick-ups hervor. Er wirkte vor der Kulisse von Eisenerzdepots, Kränen und Förderbändern völlig fehl am Platz, aber er war das einzige Besitztum, das ihr nach dem letzten halben Jahr und der Reise durch das gesamte Land noch geblieben war. Und er war ihr einziger Begleiter auf dieser scheinbar nie enden wollenden Suche gewesen. Die Kuscheltiere hatten ihr Glück gebracht. Selbst so von der Sonne ausgeblichen wie sie waren, würde Wendy sie niemals wegwerfen.

Sie lief einen ausgetretenen Pfad auf ihr Auto zu, setzte sich hinters Steuer und startete den Wagen. Die Fahrt dauerte nur fünf Minuten und führte sie auf einer Schotterstraße am roten Strand vorbei und durch die Hafenanlagen. Wie bei TCN gab es bei Barnes Inc. drei Büro-Dongas. Vor einem der Dongas flatterte an einem Mast eine seltsam aussehende Flagge mit dem Firmensymbol. Eine Gruppe Männer saß auf ein paar Bänken darunter und machte Kaffeepause. Zwei weitere Typen saßen auf der Ladefläche eines Pick-ups und schlangen Mrs Mac Pies herunter, die noch halb in ihren Mikrowellenverpackungen steckten. Als sie Wendys Auto sahen, standen alle sofort auf und winkten. Sie parkte, und die Männer jubelten, als hätte sie nur für sie angehalten.

Ach, du meine Güte!

Die Männer hatten eindeutig seit einer Weile kein neues weibliches Wesen mehr auf der Baustelle gesehen.

Wendy stieg langsam aus ihrem Wagen, und ihr war sofort klar, dass sie wohl lieber früher als später die Stofftiere in den Kofferraum verfrachten müsste.

»Hallo, Schätzchen, wohin des Wegs? Lust auf einen Happen?« Einer der Männer schnappte seinem Kumpel den Pie vor der Nase weg und hielt ihn hoch wie eine Trophäe. »Wir haben noch einen übrig!«

Bei dem entrüsteten Gesichtsausdruck des eigentlichen Pie-Besitzers musste Wendy in sich hineinlachen, und sie beobachtete, wie er sich den Pie zurückholte und dann dem Dieb einen Stoß vor die Brust versetzte. Vielleicht hatte der Dieb nicht aufgepasst oder aber der Hieb war so heftig, jedenfalls purzelte der Mann von der Ladefläche und landete verdutzt auf der Erde.

Die anderen hatten nun kein Interesse mehr an Wendy und brachen in Lachen aus. Wendy nutzte die Gelegenheit, um sich an ihnen vorbeizustehlen, und betrat den Haupt-Donga von Barnes Inc.

Verglichen mit dem bei TCN herrschte in diesem Donga das reinste Chaos. Sämtliche Schreibtische waren von einer roten Staubschicht bedeckt und mit Papieren übersät. Hier und dort lugte ein Computer daraus hervor. Einen offiziellen Empfangstresen gab es nicht.

Die beiden Männer, die am nächsten am Eingang saßen, beäugten sie von oben bis unten. Dann fragte einer der beiden: »Na, wen haben wir denn da, Blondie?« Dabei starrte er auf ihre Brusttasche. Anscheinend widerte das TCN-Logo ihn an. Hätte sie doch bloß etwas zum Umziehen im Auto gehabt. Einen falschen Eindruck zu vermitteln war das Letzte, was sie wollte.

»Ich bin Wendy Hopkins und möchte mit Carl sprechen.«

Ihr Gegenüber zog die Augenbrauen hoch. »Ich bin John Lewis. Freut mich. Hast du einen Termin?«

»Nein … Ich …«

»War nur Spaß.« Er grinste. »Ich glaube nicht, dass Carl Termine macht. Ist eh nie da. Aber er erwartet dich wohl, er sitzt in seinem Büro.«

Unsicher, wie sie darauf reagieren sollte, nickte Wendy bloß. »Und wo finde ich das?«

»Das einzige Büro hier im Donga, Schätzchen.« Er

zeigte mit dem Daumen über seine Schulter. »Hinten durch neben der Küche.«

»Danke.«

Sie war sich bewusst, dass John ihr hinterherstarren würde, und sie konnte ihre Verärgerung kaum unterdrücken, aber diesen Kampf musste sie sich für ein anderes Mal aufsparen. Die Tür zu Carls Büro stand weit offen, so dass sie ihn hören konnte, bevor sie ihn sah.

»Was zur Hölle willst du damit sagen, es sind keine verdammten Bolzen dabei? ... Woher zum Teufel soll ich das denn wissen? ... Ist nicht letzte Woche eine Palette davon geliefert worden? ... Warum sollte ich die verdammt noch mal abbestellen? Wenn sie nicht da ist, muss sie irgendwo anders sein ... Hast du vielleicht mal dran gedacht, nachzugucken, bevor du mich mit diesem Scheiß nervst? Verdammte Scheiße!«

Beng!!!

Carl hob den Kopf und entdeckte Wendy in der Tür, die gerade hatte anklopfen wollen.

»Wer zum Teufel sind Sie?«

Wendy schloss den Mund wieder und sammelte sich. »Wendy Hopkins. Dan Hullog hat ...«

»Ach, Scheiße! Sie waren aber verdammt schnell! Kommen Sie, kommen Sie.« Resigniert winkte er sie herein. »Und machen Sie die Tür zu.«

Sie tat wie ihr geheißen und setzte sich dann auf den Stuhl vor seinem Schreibtisch. Carl war ein kräftiger Mann Ende vierzig, hatte dunkelbraune Haare und sonnengebräunte Haut. Wahrscheinlich wäre er ganz attraktiv, würde er nicht so viel Hektik verbreiten wie ein eingesperrter Raubvogel.

»Sie sind also im Arbeitsschutz tätig?«

»Ja.«

»Was haben Sie für Erfahrungen?«

»Ich habe sieben Jahre Praxiserfahrung. Meine letzte Anstellung war auf dem Parker-Point-Ladeanleger in Dampier vor zwei Jahren. Ich kenne mich also damit aus ...«

»Sie arbeiten also seit zwei Jahren nicht mehr. Und warum nicht?«

Es war eine vollkommen verständliche Frage, zu der jeder potentielle Arbeitgeber definitiv das Recht hatte. Wendys Gründe allerdings waren vielfältig, persönlich und kompliziert. Sie entschloss sich zur Halbwahrheit. »Ich brauchte Urlaub.«

»Verdammt langer Urlaub.«

Sie wollte sich gerade gereizt verteidigen, als Carl abwehrend eine Hand hob. »Ich frage nur, weil ich will, dass Sie für die gesamte Dauer des Projekts bleiben, wenn ich Sie anstelle. Falls Sie also meinen, Sie müssten vielleicht wieder ›Urlaub machen‹, dann sagen Sie es mir gleich.«

Er betonte die Worte »Urlaub machen«, als glaubte er ihr nicht so ganz. Nicht, dass Wendy ihm das zum Vorwurf machen konnte, aber zumindest konnte sie ihn in einer Hinsicht beruhigen. »Ich werde definitiv bis zum Ende dabeibleiben. Sie brauchen sich also keine Sorgen zu machen, dass ich diese Stelle nicht ernst nehme. Ich lasse nicht zu, dass den Barnes-Inc.-Leuten etwas zustößt. Ich bin mir selbst etwas schuldig, und nichts motiviert besser als das.«

»Was denn schuldig, hm?«

Wendy presste die Lippen aufeinander. Sie wollte das eigentlich nicht weiter ausführen. Sie hatte schon zu viel verraten. Und wenn Carl ein Gentleman war, würde er sie nicht drängen.

»Das wollen Sie mir wohl nicht näher erklären, was?« Sein Lächeln war nicht gerade freundlich. »Das wird Ihnen noch Probleme bereiten, mein Fräulein.«

Er war kein Gentleman.

Wendy wurde unwohl.

Vielleicht war das doch keine gute Idee gewesen.

Ich hätte nicht wieder in diese Branche zurückkehren sollen.

Ich hätte mir einen Job in einer Kneipe oder einer Küche suchen sollen.

Carl musterte sie zynisch. »Sie müssen gar nicht so tun, als wüssten Sie nicht, wovon ich verdammt noch mal rede. Nun, ich respektiere Ihre Privatsphäre, glauben Sie mir, aber an diesem gottverdammten Ort wird niemand sonst das tun.« Wendy schluckte. Carl lehnte sich auf seinem Stuhl zurück, der mit einem lauten Quietschen protestierte. »Hier gibt es keine Geheimnisse. Nur eine Ware wird auf dem Anleger noch heißer gehandelt als das verfluchte Erz. Und die nennt sich Tratsch.«

Als Wendy nichts erwiderte, zuckte er mit den Schultern. »Ich versuche ja nur, Sie zu warnen. Es wird den Anleger rauf und runter über Sie getratscht werden, nur dass Sie sich darauf einstellen. Wenn Sie irgendwelche größeren Probleme haben wie Belästigung, dann warten Sie bitte verdammt noch mal nicht damit und kommen zu mir.«

Sie sah hoffnungsvoll zu ihm auf. »Heißt das, ich habe den Job?«

»Wenn Bulldog bellt, dann springen wir.« Er lächelte leicht pikiert über seinen Scherz.

»Bulldog?«

»So heißt Dan Hullog auf dieser Seite vom Zaun.« Er seufzte. »Die Sache ist die, Neil Cooper, unser momentaner Sicherheitstyp, kommt mit der Arbeit nicht hinterher. Jetzt, wo die verdammte Zyklonsaison ansteht, wird das nur noch schlimmer. Es müssen ein paar Verbesserungen her, oder wir stecken ganz schnell in der Scheiße. Neil wird sich den Arsch abfreuen über eine Assistentin.«

Eine Assistentin.

Sie erstarrte.

Na, großartig! Vielleicht wärst du in einer Kneipe doch besser aufgehoben.

Sie räusperte sich. »Na ja, ich habe viele Erfahrungen auf Baustellen wie dieser. Ich freue mich sehr auf die Herausforderung.« Diese Worte machten hoffentlich klar, dass sie mehr als nur eine Assistentin sein wollte.

Carl sprang nicht darauf an. »Und eine verdammte Herausforderung wird es auch sein. Hier Sicherheitsmaßnahmen durchzusetzen ist, wie Kindern Rosenkohl vorzusetzen. Niemand will irgendwas von diesem Scheiß wissen.«

Gut, daran war sie gewöhnt. Wenn die Leute Arbeit zu erledigen hatten, wollten sie einfach damit vorankommen, Vorsichtsmaßnahmen würde man dann später ergreifen. Da wollte niemand auf sie hören. Aber eine Konstruktion über Wasser brachte noch ganz andere Gefahren mit sich, vor allem, wenn das Wetter schlecht war. Wendy würde den Überblick behalten müssen.

»Da ist noch eine Sache.« Sie holte Luft. »Ich würde gerne im Camp wohnen.«

Carl sah sie erstaunt an. »Was? Wenn Sie schon eine Bleibe haben, dann würde ich die behalten.«

»Ich glaube, dass es im Camp praktischer wäre. Jeden Tag von Karratha herzukommen wäre ziemlich anstrengend«, versuchte sie zu erklären.

Außerdem bin ich durch mit Karratha.

Sie hatte dort bereits in jedem Stahlwerk vorbeigeschaut. Niemand hatte ihre Fragen beantworten oder ihr zu einer neuen Spur verhelfen können. Es war an der Zeit, sich ein bisschen weiter außerhalb der Stadt umzusehen.

»Na, wenn Sie da mal nicht herzlich willkommen sind, verdammt.« Er hielt inne. »Aber ein Hotel ist das nicht. Und es gibt nur fünf Frauen im Camp.«

»Und wie viele Männer?«

»Dreihundertfünfzig.«

Sie schluckte. »Okay.«

Carl ließ sich nicht von ihrer Beunruhigung beirren, sondern stand auf und öffnete die Tür. »Gut, dann vermute ich mal, Sie wollen Neil treffen. Kommen Sie mit.«

Sie durchquerten den Donga, und Wendy spürte, wie die Blicke sich ihr in den Rücken bohrten. Sie kamen an John Lewis vorbei, der nicht aufsah, und gingen hinaus.

Carl führte sie über einen schmalen Vorplatz zu einem zweiten Donga. Sie gingen die Stufen hoch und traten ein. Dieser Donga war genauso unordentlich, aber viel kleiner und beengender als der erste. Hier war es auch kühler. Die Klimaanlage lief auf Hochtouren und klapperte in ihrer Halterung an der Wand. Wendy rieb sich über die Arme, als ihr ein Schauer über den Rücken fuhr.

Ein verschwitzt aussehender Mann stand vor einem Waschbecken und einem Getränkekühlschrank, was wohl als Küche durchging, und tunkte einen Teebeutel in heißes Wasser. Er kam offensichtlich nicht gut mit tropischem Klima zurecht. Seine leicht beschlagene Brille saß ihm auf der feuchten Nasenspitze. Eine große Schachtel Zigaretten beulte seine Hemdtasche aus.

Als er die beiden erblickte, zuckte er zusammen. »Carl!«

»Ich hab hier ein Geschenk für dich, Neil.«

»Ach ... tatsächlich?«

»Ich hab dir Hilfe besorgt. Das ist Wendy Hopkins. Sie hat sieben Jahre Arbeitserfahrung, und ich hab sie eingestellt.«

»Sie ist von TCN«, protestierte Neil mit einem Blick auf ihre Uniform.

»Hä?« Carl warf einen Blick auf Wendy und bemerkte erst jetzt ihren Aufzug. »Scheiße! Hab ich nicht dran gedacht. Keine Sorge, Neil. Das ist alles Schwachsinn. Sie arbeitet nicht mehr für die. Oder?«, wandte er sich an Wendy.

»Nein.« Wendy schüttelte den Kopf.

»Siehst du.« Carl nickte. »Alles in bester Ordnung. Gib ihr was zu tun. Ich will hier ein paar beschissene Verbesserungen sehen.«

Mit dieser Bemerkung ließ er Wendy bei seinem Angestellten stehen, der noch nicht auf die Idee gekommen war, sie freundlich zu begrüßen.

»Sie haben vielleicht Nerven, hier in einem verfluchten TCN-Outfit aufzukreuzen.«

»Das war keine Absicht«, versicherte sie ihm, aber er hörte sie gar nicht.

»Und wer sagt, dass ich Hilfe brauche? Ich brauche überhaupt keine.« Er klang verächtlich. »Ich hoffe bei Gott, dass Sie nicht im Wege stehen und alles nur noch schlimmer machen.«

Obwohl Carl in der letzten halben Stunde in einer Tour geflucht hatte, hatte Wendy ihn weniger beleidigend gefunden als diesen Typen hier nach nur fünf Sekunden.

»Na ja, Carl schien der Ansicht, Sie wären vollkommen …«

»Was weiß Carl denn schon?«, fuhr er sie an. »Er ist doch nie da. Kommt nie hier rein. Ich bin hier derjenige, der die Sicherheitsstandards auf Vordermann hält, und zwar allein. Er hätte mich erst fragen sollen.«

Wendy fand, dass Neil sich ein bisschen zu wichtig nahm. Carl war der Bauleiter. Er konnte einstellen und feuern, wie es ihm beliebte. Sie sagte jedoch nichts, da sie nicht für noch mehr Aufregung sorgen wollte. Schließlich würde sie mit diesem Kerl zusammenarbeiten müssen. Da war es besser, so schnell wie möglich Frieden zu schließen.

»Also, Sie sollten wissen«, begann sie langsam, »dass ich hier bin, um Ihnen das Leben leichter zu machen. Egal, was ich tun soll, sagen Sie es mir einfach.«

Er verzog den fettverschmierten Mund zu etwas, was Wendy nicht unbedingt ein Lächeln nennen würde. »Ich brauche Milch für meinen Tee, und unser Kühlschrank ist leer.« Er zeigte auf die Tür. »Der Pausen-Donga ist da lang.«

Damit drehte er sich um und ließ sie fassungslos stehen. Gerade wollte sie ihm etwas hinterherrufen, als ein Mann sich unübersehbar vor sie stellte.

»Das würde ich nicht tun. Warte, bis du dich ein bisschen beruhigt hast.«

»Unübersehbar« war im Grunde eine Untertreibung. Ihr Gegenüber war, in einem Wort, kolossal. Sowohl groß als auch breit, mit einem so ausladenden Hinterteil und Bauch, dass es Wendy nicht überraschen würde, wenn er in der Tür stecken blieb. Er hatte braunes Haar, war etwa Mitte vierzig und lächelte sie mitfühlend an.

»Ich bin übrigens Bill Walden. Aber alle hier nennen mich Chub.« Er beugte sich vor und tätschelte sich den Bauch. »Ja, das kommt von *chubby*, wie pummelig. Aber unter uns, das meiste sind Muskeln.«

»Klar.« Wendy blinzelte.

»Ich leite die Personalabteilung. Und ich glaube, du kommst erst mal besser mit mir mit. Ich habe ein anderes Hemd für dich. Das da macht uns hier grade nur Probleme, wenn du verstehst, was ich meine.«

»Warum sind denn alle so gegen TCN?«

»Na, na. Das ist so, als würde man fragen, warum in den Sechzigern alle geraucht haben. So ist es eben, meine Liebe, und wenn du dazugehören willst, dann mach dich besser mit den Regeln der Brüderschaft vertraut. Nummer eins, alle von TCN sind Abschaum.«

»Und Regel Nummer zwei?«

»Unter keinen Umständen Regel Nummer eins vergessen. Okay.« Er rieb sich die dicklichen Hände. »Dann besorgen wir dir mal ein Barnes-Inc.-Outfit. Aber wenn ich mich jetzt gleich umdrehe und wir zu unserem Lagercontainer gehen, guck mir bitte nicht auf den Hintern. Ist mir unangenehm.«

Wendy war sprachlos.

»Angeblich macht der die Frauen total an. Aber ich

kann das ja nicht beurteilen, hab ihn selbst noch nie gesehen.« Er deutete auf seinen massigen Hals. »Kann den Kopf nicht so weit drehen.«

Er war absolut unglaublich, und trotzdem war er der erste Mensch an diesem Ort, der Wendy tatsächlich sofort gefiel.

Sie erwiderte sein Grinsen mit einem Lächeln. »Kein Problem.«

»Danke.« Er nickte ihr zustimmend zu und drehte sich dann um. »Na dann, los geht's.«

Er ging mit ihr zu einem alten Schiffscontainer neben dem Donga, der anscheinend als Lagerraum umfunktioniert worden war. Darin lagerte jede Menge persönliche Schutzausrüstung, kurz PSA, was schon mal gut zu wissen war.

»Lass dich von Neil nicht runterziehen«, tröstete Chub sie, als sie wieder hinausgingen. »Er isst nicht viel, und ich glaube, er leidet ziemlich unter Hungerschmerzen.«

Wendy kicherte.

»Vielleicht erwärmt er sich ja noch für dich«, fügte er optimistisch hinzu.

Falls Neil während der folgenden sechs Stunden in irgendeiner Form Wärme produziert haben sollte, so gab er diese ganz bestimmt nicht an Wendy weiter. Nachdem er ein fünfhundertseitiges Sicherheitshandbuch über Genehmigungen und Kennzeichnungen mit der Anweisung auf ihren Schreibtisch geknallt hatte, sie solle es durchgehen, hatte er sie so ziemlich sich selbst überlassen.

Im Büro schien es im Laufe des Tages immer kälter zu werden. Neil hatte die Klimaanlage so hoch eingestellt, dass es letztendlich eine Erleichterung war, aus der Kühltruhe – ihrem neuen Arbeitsplatz – zu entfliehen. Wendy fragte sich, weshalb sich niemand darüber beschwerte, bis ihr klarwurde, dass die anderen aus dem Donga nicht wie Neil, Chub und sie den ganzen Tag dort verbrachten. Sie schnappten sich ihre Helme von den Wandhaken und waren die meiste Zeit draußen unterwegs.

Während sie sich so durch den Nachmittag zitterte, wurde immer deutlicher, dass Neil gewaltig unter Druck stand. Er telefonierte praktisch ununterbrochen, und fast jeder Anruf hörte sich wie eine Beschwerde an. Die Memos auf seinem Schreibtisch türmten sich beinahe einen halben Meter hoch. Kleine Stapel von Ordnern und Heftern lagen auf dem Boden hinter seinem Schreibtisch anstatt in den Regalen an der Wand. Ein System konnte Wendy darin nicht erkennen, und sie konnte es kaum erwarten, einen Blick darauf zu werfen und Neil Arbeit abzunehmen.

Und sie bemerkte, dass es Neil nicht gutging. Er schwitzte die ganze Zeit, und ab und zu zitterten ihm die Hände. Er hatte eindeutig Probleme, weigerte sich aber, Wendy um Hilfe zu bitten. Als sie ihm vorsichtig vorschlug, sie könne ihm ein paar Unterlagen abnehmen, blaffte er sie an. Resigniert kehrte sie an ihren Platz zurück.

Abends um sechs wusste sie nicht, ob sich ihr Gehirn von der Kälte oder vom trockenen Lesestoff so taub anfühlte. Jedenfalls war sie extrem dankbar, dass sie gehen konnte. Am nächsten Tag würde sie später zur Arbeit kommen, damit sie sich um ihre Unterkunft kümmern und um zehn Uhr an der Sicherheitseinführung in

Wickham teilnehmen konnte. Sobald diese Formsache erledigt war, konnte sie vielleicht auch aus dem Büro raus und sich der eigentlichen Arbeit stellen.

Sie verabschiedete sich von ihren Kollegen. Neil ignorierte sie, Chub winkte ihr herzlich zu, und sie trat hinaus in die wohltuend warme Luft.

Die rote Sonne lag als Halbkreis auf dem Horizont und färbte den blauen Himmel rosa und das Meer lila. Die Wolken bemühten sich, ihre eigene Farbe zu behalten, ließen sich aber von hinten beleuchten.

Wendy beschloss, diesen wunderschönen Anblick als gutes Omen zu deuten. Alles würde gut werden. Die Suche nach ihrem Vater würde ein Ende finden.

Und zwar hier.

Sie setzte sich ins Auto und startete den Motor. Die Fahrt nach Karratha dauerte eine Dreiviertelstunde. Heute Abend machte ihr das nichts aus. Sie war in nachdenklicher Stimmung und vertrieb sich die Zeit mit Erinnerungen an ihre bisherigen Anstellungen auf abgelegenen Baustellen. Wenn sich die Lage mit Neil verbesserte – sie drückte die Daumen –, täte es ihr gut, wieder den Beruf auszuüben, den sie so liebte.

Nach dem Zwischenfall in Parker Point war sie nicht mehr in der Lage gewesen, dort zu arbeiten. Sicher, niemand sonst wusste, was sie getan hatte. Aber sie schon.

Also hatte sie sich selbst gefeuert. Als es ihr nicht besonders weitergeholfen hatte, ein paar Wochen nicht zu arbeiten, hatte sie ihre Auszeit auf ein Jahr verlängert. Eine Europareise, das schien ihr genau das Richtige, um neue Energie zu tanken. Und mit der Zeit hatte sie eine neue Sichtweise auf die Dinge bekommen. Ihr war klargeworden, dass sie ihren Traumberuf nicht wegen eines einzigen dummen Fehlers aufgeben konnte. Nachdem sie über ein Jahr im Ausland verbracht hatte, war sie bereit gewesen, noch einmal von vorn anzufangen und der Welt zu zeigen, aus welchem Holz sie geschnitzt war.

Sie hatte sich auf Arbeitssuche begeben und sogar schon eine Stelle in Port Hedland in Aussicht gehabt. Sie war startklar gewesen für ihre Rückkehr …

Doch dann war da dieser furchtbare Moment gewesen, an den sie sich für den Rest ihres Lebens erinnern würde. Die Offenbarung, die Wendys Welt auf den Kopf stellte.

Kapitel 2

Acht Monate zuvor

»Standesamt Perth, guten Tag.« Wendy lächelte wegen der gelangweilten, monotonen Stimme der Büroangestellten am anderen Ende des Telefons.

»Äh, hallo. Mein Name ist Wendy Hopkins.«

»Mmh.«

»Ich trete eine neue Stelle in Port Hedland an und muss meinem Arbeitgeber eine Kopie meiner Geburtsurkunde vorlegen.«

»Mmh.«

»Ich bin ein paarmal umgezogen und habe anscheinend das Original verloren. Könnten Sie mir eine Kopie zusenden?«

»Für die Ersetzung einer Geburtsurkunde wird eine Gebühr erhoben.«

»Das ist in Ordnung.«

»Gut.« Wendy hörte das Rascheln von Papier, das Quietschen eines Stuhls und ein Seufzen. »Dann wollen wir mal sehen. Wie sagten Sie noch mal war Ihr Name?«

»Wendy Jane Hopkins.«

»Geburtsort?«

»Perth, Westaustralien.«

Sie hörte, wie Finger in die Tastatur hämmerten, die Maus klickte, Dokumente geöffnet wurden.

»In Ordnung.« Die Angestellte schien fündig geworden zu sein. »Hätten Sie gerne die ursprüngliche Urkunde oder die nach der Adoption?«

Wendy runzelte die Stirn. »Ich glaube, Sie haben die falsche Wendy. Ich bin nicht adoptiert.«

»Wann wurden Sie geboren?«

»Am fünfzehnten März.«

»In welchem Krankenhaus?«

»St. Bernard's. Meine Eltern heißen Helen und Parry Hopkins.«

»Ja.« Die Dame am Telefon schnalzte mit der Zunge. »Parry steht nicht auf dem ursprünglichen Dokument.«

Wendy blieb das Herz stehen. »Das verstehe ich nicht.«

Sie hörte Papier rascheln. »Sieht so aus, als ob nach der Adoption eine neue Urkunde ausgestellt wurde. Soll ich Ihnen sowohl das Original als auch das nach der Adoption zukommen lassen?«

Wendy legte sich eine Hand auf die Brust. Das Atmen fiel ihr schwer.

»Hallo?«

Sie legte auf und wich zurück, als wäre das Telefon ansteckend. Schweiß trat ihr auf die Stirn. Vor ihren Augen verschwamm alles.

Ich bin adoptiert.

Nein.

Das kann nicht sein.

Sie zitterte am ganzen Leib.

Oder etwa doch?

Ereignisse in ihrer Kindheit, die ihr seltsam vorgekommen waren, tauchten plötzlich wie große, leuchtende Neonschilder auf, die alle auf diesen Schluss hindeuteten. Sie ging im Zimmer auf und ab und rieb sich die Arme. Ihr war auf einmal kalt. Es waren fünfunddreißig Grad, und trotzdem hatte sie eine Gänsehaut.

Adoptiert man nicht ein Kind, weil man es auch will?

Ihre Eltern waren die letzten Menschen auf der Welt, die ein Baby adoptieren würden. Hatte sie denn nicht ihre halbe Kindheit im Internat verbracht? Seit ihrem sechsten Lebensjahr verbrachte sie mehr Zeit woanders als zu Hause. Warum sollten ihre Eltern ein Kind adoptieren, wenn sie es eigentlich nicht großziehen wollten?

Ein fürchterlicher Gedanke, der ihr schon zu schaffen machte, solange sie denken konnte, schien sich zu bestätigen. *Vielleicht war ich eine Enttäuschung. Nicht das Kind, das sie sich gewünscht hatten.*

Sie hörte auf, im Raum auf und ab zu gehen und setzte sich. Was sollte sie tun?

Schließlich stieg sie kurzerhand in ihr Auto und fuhr zum Standesamt in die Stadt. Gegen Gebühr ließ sie sich beide Urkunden ausstellen. Sie wurden direkt vor Ort ausgedruckt und ihr von einer weiteren desinteressierten Büroangestellten über einen Tresen ausgehändigt.

Nach einem kurzen Blick sah sie, dass sie identisch waren bis auf ein entscheidendes Detail.

Auf der ersten Urkunde stand: Vater unbekannt.

Auf der zweiten: Vater Parry Hopkins.

Ihre Mutter war also immer noch ihre Mutter, ihr Vater hingegen ungewiss. Diese neue Information hätte Wendy etwas beruhigen sollen, brachte sie aber nur noch mehr durcheinander. Wie konnte es in ihrer eigenen Vergangenheit ein Geheimnis geben, von dem sie nichts wusste? Hatte ihre Mutter sie tatsächlich ihr ganzes Leben lang angelogen? Oder war das alles nur ein Missverständnis?

Sie fuhr zu ihren Eltern, die nördlich des Swan River in einem Vorort lebten. Wendys Vater war auf der Arbeit. Er betrieb ein Lokal in Leederville und schien immer vollauf beschäftigt. Wendys Mutter hatte viele Jobs gehabt, seit Wendy auf der Welt war, jetzt, mit achtundfünfzig, war sie aber Hausfrau. Sie lebte in Perth, seit sie mit zwanzig im Rahmen eines Arbeitsurlaubs nach Australien gekommen und dann durch ihre Heirat sozusagen eingewandert war.

Äußerst englisch und äußerst korrekt war sie nie eine besonders herzliche Mutter gewesen, aber Wendy hatte das ihrer Herkunft zugeschrieben. Jetzt, als sie an die Tür klopfte, musste sie das neu überdenken.

Helen Hopkins ließ sich Zeit, bis sie an die Fliegengittertür kam. »Wendy«, begrüßte sie sie, »dich habe ich heute gar nicht erwartet.«

Wendy zuckte zusammen, als ihr bewusst wurde, dass sie normalerweise einen »Termin« vereinbarte, bevor sie vorbeikam. In ihrer Familie kam man nicht mal eben auf einen Sprung vorbei.

Sie hatte plötzlich einen ganz trockenen Mund. »Kann ich reinkommen?«

»Natürlich, ich habe gerade eine Kanne Tee gemacht. Möchtest du welchen?« Ihre Mutter öffnete die Tür und wandte sich um. Wendy trat ins Haus.

»Nein, danke.« Sie schloss die Tür und folgte ihrer Mutter ins Wohnzimmer.

»Ich wollte mit dir über etwas reden, was ich heute

beim Standesamt herausgefunden habe.« Sie holte die beiden Urkunden aus ihrer Handtasche und reichte sie ihrer Mutter, die es sich schon auf dem Sofa bequem gemacht hatte.

»Oh.« Sie nahm die Dokumente und schaute sie sich an.

»Was hat das zu bedeuten?« Wendy spürte, wie erneut Panik in ihr aufstieg. »Ist Dad nicht mein wirklicher Vater?«

Ihre Mutter mit den weißblonden Haaren, der englisch-blassen Haut und den blauen Augen – das alles hatte Wendy von ihr geerbt – starrte sie nur verärgert an, als wäre Wendy diejenige, die ihr enorme Unannehmlichkeiten bereitete. »Ich wünschte wirklich, sie wären vorsichtiger, bevor sie solche persönlichen Informationen herausgeben.«

»Persönliche Informationen«, wiederholte Wendy. Sie konnte kaum glauben, was sie da hörte. »Es geht hier um *meine* Geburtsurkunde. Meinst du nicht, dass ich ein Recht darauf habe zu wissen, wer mein Vater ist?«

Ihre Mutter sah auf. Scheinbar verstand sie erst jetzt, wie aufgelöst Wendy war. »Schatz, es tut mir leid, wenn du deswegen aufgebracht bist. Ich dachte nur, ich hätte das alles hinter mir und wollte dich damit nie behelligen.«

Wut stieg in Wendy auf. »Hier geht es doch vor allem um mich, Mum, und ich will alles darüber wissen. *Jetzt.*«

Ihre Mutter runzelte die Stirn und schwieg einen Moment lang. »In Ordnung. Aber um Himmels willen, setz dich. Ich bekomme noch einen ganz steifen Hals, wenn ich weiter so zu dir hochstarren muss.«

Wendy setzte sich aufs Sofa ihrer Mutter gegenüber. Es war ein sehr englisch aussehendes Sofa – cremefarbener Bezugsstoff mit rosafarbenen Rosen bedruckt. Und es erinnerte Wendy daran, wie reserviert und zurückgezogen ihre Mutter ihr ganzes Leben lang gewesen war. Selbst ihr Vater war liebevoller gewesen – bis sie älter geworden war, natürlich, und sie sie weggeschickt hatten. Sie verschränkte die Hände im Schoß und machte sich auf die Wahrheit gefasst.

»Also?«

»Ich war jung und dumm.« Ihre Mutter konnte ihr nicht in die Augen sehen. Sie ließ den Blick aus dem Fenster schweifen und fuhr mit einer achtlosen Handbewegung fort: »Ich war verlobt und hatte eine Affäre mit einem anderen. Weißt du, ich wollte schon heiraten, bekam aber kalte Füße. Und deswegen habe ich etwas sehr, sehr Dummes getan.« Schließlich sah sie Wendy direkt an. »Kurz gesagt, ich wurde schwanger, und beide Männer ließen mich sitzen, als sie voneinander erfuhren. Also bekam ich dich ganz allein.« Ihr Gesichtsausdruck verzerrte sich, und für einen Augenblick tat sie Wendy leid. Gewiss machte es einem Angst, zum ersten Mal Mutter zu werden und dabei seinem Schicksal überlassen zu sein. Aber ihre Mutter war sicher nicht die erste Frau gewesen, der so etwas passiert war. Sie schien nichts weiter dazu sagen zu wollen, doch Wendy ließ nicht locker.

»Auf der ursprünglichen Urkunde steht, dass der Vater unbekannt ist.«

Helen Hopkins hob die Schultern. »Na ja, ich wusste doch nicht, welcher meiner beiden Geliebten der Vater war. Und um ehrlich zu sein, wollte ich es zu dem Zeitpunkt auch gar nicht wissen. Als du dann ein Jahr alt warst, hat Parry mir verziehen, dass ich ihn während unserer Verlobungszeit betrogen hatte. Er hat dich adoptiert, und wir haben geheiratet, wie wir es ursprünglich vorgehabt hatten. So ist es gewesen.«

Wendy spürte, wie erneut Ärger in ihr hochstieg. »Das mag ja sein. Aber es erklärt nichts! Wer war der andere? Der Mann, der mein Vater sein könnte?«

Das Gesicht ihrer Mutter verschloss sich. »Er ist weg.«

»Wie, *weg*?«

»Als er herausfand, dass ich schwanger war, ist er gegangen.« Mrs Hopkins schnippte mit den Fingern, wie um zu veranschaulichen, wie schnell er verschwunden war. »Ich an deiner Stelle würde mir um ihn keine Gedanken machen. Parry ist dein Vater. Er liebt dich, hat dich akzeptiert. Herrgott noch mal, er hat dich adoptiert. Was brauchst du noch als Beweis für seine Hingabe?«

»Die stelle ich doch gar nicht in Frage.« Wendy stand auf, sie konnte nicht länger untätig herumsitzen. »Sondern deine Ehrlichkeit. Warum hast du mir nicht gesagt, dass er vielleicht gar nicht mein richtiger Vater ist?«

»Du brauchtest das nicht zu wissen.«

»Warum nicht?«

Ihre Mutter hob die Hände und starrte sie an, als wäre sie eine verzogene Göre. »Was hätte es dir genützt zu wissen, dass du eventuell einen Vater hast, der nichts mit dir zu tun haben will? Parry ist dein Vater. Wir haben geheiratet. Das war einfach besser so.«

»Besser für wen?« Wendy schrie jetzt fast.

»Komm mir nicht mit diesem Ton. Ich hätte dich zur

Adoption freigeben können! Was ich auch fast getan hätte. Du solltest dankbar sein, dass du dieses Elternhaus hattest.«

Wendy taumelte, so sehr trafen sie die Worte ihrer Mutter. »Wenn du also so versessen darauf gewesen bist, mich loszuwerden«, erwiderte sie eisig, »was hat dich dann dazu gebracht, deine Meinung zu ändern?«

Ihre Mutter sagte nichts. Sie reckte nur das Kinn und zog sich hinter ihre Maske englischer Korrektheit zurück.

Warum haben sie mich aufs Internat geschickt?

Warum hat Daddy sich so verändert, nachdem ich sechs geworden bin?

Warum sieht er mich so traurig an, wenn er glaubt, dass ich es nicht merke?

Der Grund dafür traf sie wie ein Schlag auf die Brust. Erschöpft ließ sie sich wieder auf das Sofa fallen. »Oh verdammt, du hast mich dafür benutzt, Parry zurückzubekommen. Du hast ihm gesagt, du wärest sicher, dass ich seine Tochter bin. Hab ich recht? Und er hat später rausgefunden, dass es nicht stimmte.«

Eigentlich war es ganz logisch – eine junge Frau mit einem Säugling und keinerlei Unterstützung von ihrer Familie weit weg in England. Ein halbwegs wohlhabender junger Mann mit starken Familienwerten und einem eigenen Unternehmen. Sich ihn zu schnappen bedeutete einen hübschen Ausweg aus der Armut und in das einfache Leben.

»Verurteile mich nicht für das, was ich getan habe«, verteidigte sich ihre Mutter. »Ich hatte damals keine andere Wahl, ich habe es für dich und für mich getan.«

»Du hast das nicht für mich getan«, erwiderte Wendy

mit erstickter Stimme. »Du hast mich für deine Schachzüge benutzt. Wann hat er herausgefunden, dass ich nicht seine Tochter bin?«

Wendys Mutter wandte den Blick ab. »Wir haben versucht, noch mehr Kinder zu bekommen, aber es funktionierte nicht. Als du ungefähr sechs warst, hat Parry sich durchchecken lassen. Da hat sich herausgestellt, dass er nicht Vater werden kann.«

Wendy klingelte es in den Ohren. Der Zeitpunkt passte genau. »Und da hat er mich dann ins Exil aufs Internat geschickt. Konnte es wohl nicht mehr aushalten, mich zu sehen, was?«

»Oh, um Himmels willen.« Ihre Mutter wehrte sie mit einer Handbewegung ab. »Du lässt alles so schäbig klingen, dabei war es überhaupt nicht so. So läuft es einfach auf der Welt, Schatz. Die Leute machen manchmal Dinge, um zu überleben. Von Luft und Liebe allein kann man das nicht, weißt du. Niemand tut irgendetwas für nichts. Denk daran.«

Wie könnte sie das je vergessen?

Es war die erste in einer langen Reihe ergebnisloser Auseinandersetzungen. Manche mit ihrer Mutter, andere mit ihrem Adoptivvater. Ihre Eltern schienen mehr Fragen aufzuwerfen, als zu beantworten. Als Wendy herauszubekommen versuchte, wo sich ihr biologischer Vater aufhielt, erklärten sie, sie wüssten es nicht. Als sie nach seiner Herkunft, seiner Persönlichkeit, der Beziehung zu ihrer Mutter fragte, behaupteten sie, all das schon längst vergessen zu haben. Nachdem er verschwunden war, hätten sie die Erinnerung an ihn ausgelöscht.

Ja, sicher!

Sie vertraute ihnen nicht. Warum sollte sie auch, wo sie sie doch fast ihr ganzes Leben lang belogen hatten?

Sie trat die Stelle in Port Hedland nicht an, sondern blieb in Perth und versuchte, die Dinge mit ihrer Familie zu klären. Parrys gesamte Verwandtschaft hatte von ihrer Adoption gewusst. Ihre Großmutter, ihre Tanten, selbst einige ihrer Cousins und Cousinen. Schließlich hatten Parry und ihre Mutter erst nach Wendys Geburt geheiratet. Niemand hatte es jedoch für nötig erachtet, Wendy davon zu erzählen – es war so viel einfacher, sie in Unkenntnis darüber zu lassen. Und das machte Wendy so wütend.

Wie hatten sie sie nur so hintergehen können?

Wendy hatte auch von ihrer Mutter anderes erwartet. Sie sollte ihre Tochter doch lieben, oder? Verstehen, wie schmerzvoll diese Offenbarung für Wendy war, und zumindest versuchen, diesen Schmerz ein wenig zu lindern. Wendy fand es unvorstellbar, dass ihre Mutter einfach jemanden vergessen konnte, der eine so entscheidende Rolle in ihrem Leben gespielt hatte.

»Du musst mir doch irgendetwas über ihn erzählen können. Du warst seine Geliebte. Du kannst mir nicht weismachen, dass du dich an nichts erinnerst.«

Ihre Mutter lief tiefrot an, und sie musste sich offensichtlich zwingen, die nächsten Worte zu formulieren. »Dein Vater war nicht sesshaft. Er ließ sich treiben, blieb nie lange an einem Ort. Und er konnte nicht ohne das Outback leben und hangelte sich von einem Job zum nächsten, hat in vielen Städten als Schweißer gearbeitet. Selbst als er diesen furchtbaren Unfall in Pilbara hatte, wollte er seinen Beruf nicht aufgeben.«

»Ein Unfall?«

Ihre Mutter fühlte sich offensichtlich unwohl, als hätte sie zu viel gesagt. Aber nach einem kurzen Zögern erzählte sie Wendy doch die restliche Geschichte. »Er verlor ein paar Zehen an seinem rechten Fuß, als er in einem Stahlwerk in der Nähe von Karratha arbeitete. Er hatte ein Schleifgerät darauf fallen lassen.«

Wendy sah sie erschrocken an. »Au.«

»Du verstehst nicht, worauf ich hinauswill«, schalt ihre Mutter sie. »Er wollte trotzdem noch dort weiterarbeiten. Aber sobald es um Liebe, Familie und Verpflichtungen ging ...« Sie schnaubte. »Er wollte nicht an mich gebunden sein, und leider auch nicht an einen Sohn oder eine Tochter. Du musst das hinter dir lassen. Es war besser, dass er gegangen ist und ich jemand anderen geheiratet habe.«

»Aber wer war er? Wie hieß er?«

Endlich gab ihre Mutter ihr einen Vornamen und eine ungefähre äußerliche Beschreibung. Es war nicht viel, aber es war ein Anfang.

Der Anfang einer Suche.

Ihre Eltern waren dagegen, aber Wendy konnte sich nicht mit einer so vagen Geschichte zufriedengeben. Wie viele Überraschungen warteten noch auf sie? Sie konnte sich nicht einfach zurücklehnen. Sie wollte die ganze Wahrheit, damit ihr nie wieder so der Boden unter den Füßen weggezogen werden konnte wie an diesem Tag am Telefon.

Also stellte sie ihr gesamtes Leben auf Stand-by.

Sechs Monate lang suchte sie nach dem Herumtreiber, der ihr Vater war, und fuhr von Stadt zu Stadt im Norden Australiens. Sie war nun mehr auf der Straße zu Hause als irgendwo sonst.

Doch der dunkelhaarige Hector, der Schweißer, dem am rechten Fuß zwei Zehen fehlten, der eine Schwäche für roten Staub auf seinen Stiefeln und immer eine Tasche geschultert hatte, schien eher ein australischer Mythos zu sein als ein Bauarbeiter mit einer Tochter, der er nie begegnet war.

Kapitel 3

Die Klimaanlage in ihrem Auto hatte schon lange den Geist aufgegeben. Wendy kurbelte also die Fenster herunter, drehte den CD-Player auf und genoss die Freiheit auf der Straße. In der kargen roten Landschaft wuchsen mehr Sträucher als Bäume. Kängurufamilien hüpften auf der Suche nach Nahrung dazwischen umher. Die Abenddämmerung hatte bereits eingesetzt, und die Tiere wurden jetzt aktiver. Ein wenig von der Anspannung, die Wendy die Brust zusammenschnürte, löste sich, als die Landschaft von Pilbara sich um sie herum ausbreitete.

Ein paar CDs später parkte sie vor ihrem Hotel und war überrascht, als sie ihren Onkel dort auf sie warten sah. Er stand an einen Barnes-Inc.-Pick-up gelehnt, der dringend eine Wäsche vertragen konnte. Er trug noch seine Uniform – hellblaues Hemd, Armeehosen.

Sie sprang aus dem Wagen. »Onkel Mike, was machst du denn hier?«

Er sah ausgesprochen schlecht gelaunt aus. Aber das war er im Grunde immer. Er war kleiner als sie, hatte eine Glatze und einen Ansatz von Bierbauch. Wendy nahm an, dass er oft die Stirn runzelte, so tief, wie die Falten dort waren.

»Was zur Hölle ist passiert?«

»W...was?«, stammelte sie.

Er stieß sich von seinem Wagen ab und stemmte die Hände in die Hüften. »Dan Hullog sollte dir einen Job geben, weswegen um alles in der Welt höre ich dann Gerüchte, dass jetzt ein TCN-Spion bei uns arbeitet?«

Wendy reckte das Kinn. »Das sind keine Gerüchte. Dan hatte keine Stelle für mich, also hat er mir eine bei Barnes Inc. vermittelt.«

»So war das nicht ausgemacht«, murrte Mike.

»Tja, du solltest eben keine faulen Tricks anwenden.« Sie warf ihm einen wütenden Blick zu, und er hatte zumindest den Anstand, rot zu werden.

»Ach, hat er dir davon erzählt, was?«

»Ich schätze es nicht besonders, Teil irgendwelcher Machenschaften von dir zu sein.«

»Das sind keine Machenschaften«, protestierte er. »Ich will dir nur helfen.«

»Warum hast du mir dann nicht den Job bei Barnes Inc. besorgt anstatt diesen fragwürdigen Deal bei TCN?«

»Nun, erstens wusste ich davon nichts, und zweitens, denkst du, ich will der Vetternwirtschaft bezichtigt werden? Du hast hoffentlich niemandem erzählt, dass du meine Nichte bist.«

Das hatte gesessen, besonders weil sie ihm vor ein paar Wochen von ihrer Entdeckung erzählt hatte, dass sie nicht *wirklich* seine Nichte war. Sie hatte auf ein freundliches Wort gehofft, vielleicht auf irgendein Detail, das sie noch nicht ausgegraben hatte. Aber er war genauso kühl gewesen wie der Rest der Familie, wenn nicht sogar noch kühler.

»Keine Sorge«, murmelte sie sarkastisch. »Ich habe nicht die Angewohnheit zu lügen.«

Seine Augen verengten sich. »Nur weil mein Bruder nicht dein richtiger Vater ist, heißt das noch lange nicht, dass er dich nicht liebt.«

Sie warf den Kopf in den Nacken. »Das beurteile immer noch ich.«

»Du hast recht.« Er funkelte sie an. »Geht mich nichts an. Am besten, du hättest mir nichts davon gesagt. Eine Frau mit Problemen ist das Letzte, was ich gebrauchen kann.«

Ihr stockte der Atem.

Mike breitete gleichgültig die Arme aus. »Adoptiert zu sein ist keine große Sache. Du solltest dankbar sein, dass du ein Dach über dem Kopf und was zu essen auf dem Teller hattest.«

Sein völliger Mangel an Feingefühl war wie eine Ohrfeige.

»Ich kann nicht glauben, dass du das gerade gesagt hast.«

»Solltest du aber.« Er nickte und wandte sich zu seinem Wagen um. »Bis dann irgendwann.«

»Wahrscheinlich bis morgen beim Abendessen«, konterte sie.

Er stutzte. »W…was?«

»Ich ziehe ins Camp.«

»Wozu?«, blaffte er und wirbelte erstaunlich schnell herum.

Sie verschränkte verärgert die Arme. »Na ja, hier im Motel kann ich nicht bleiben. Das ist zu teuer und außerdem unpraktisch. Ich will nicht jeden Tag vierzig Minuten fahren müssen, wenn ich um sechs auf der Arbeit sein muss. Dann müsste ich ja um vier aufstehen!«

»Dann zieh nach Wickham!«, erwiderte er. »Der Ort ist nur fünf Minuten von der Baustelle entfernt.«

»Was ist denn so verkehrt am Camp?«

»Es ist nicht sicher.«

»Warum sollte es nicht sicher sein?«

»Da gibt es keine Frauen.«

»Mir hat man gesagt, dass es fünf Frauen dort gibt.«

»Das sind alles Hohlköpfe«, hielt er dagegen. »Sei kein Dummchen.«

Wendy blieb der Mund offen stehen. »Ich bin fast dreißig. Und ich kann selbst auf mich aufpassen.«

»Du siehst zu sehr aus wie deine Mutter.«

Sie verdrehte die Augen. »Also, als ich das letzte Mal nachgesehen habe, war es noch kein Gesundheitsrisiko, blond zu sein. Ist es wirklich so ein Problem für dich, wenn wir zusammen gesehen werden? Und ich bin sicher, dass wir gar nicht so oft miteinander zu tun haben werden.«

Er schnaubte.

Sie starrte ihn an.

Er war der entfernte Verwandte, der nie da gewesen war. Nicht einmal Weihnachten. Sie hatte nicht gedacht, dass es an ihm lag. Seine Frau war ein Drachen, und Wendy hatte die Theorie gehabt, dass Patricia ihn davon abhielt, außer zu Hochzeiten und Beerdigungen irgendwo hinzukommen. Aber vielleicht war es gar nicht so. Vielleicht war Onkel Mike tatsächlich so kaltherzig, wie alle ihn beschrieben.

Doch warum hatte er ihr dann geholfen? Warum hatte er ihr geraten, Dan Hullog nach einem Job zu fragen?

Er schien ihre Gedanken erraten zu haben und seufzte. »Hör zu, ich habe kein Problem mit dir oder so.

Ich weiß, Parry würde wollen, dass ich dir helfe. Aber du bist dort mit einer TCN-Uniform aufgetaucht. Über dich gibt es sowieso schon genug Gerüchte, da brauchst du mich nicht noch mit reinzuziehen.«

»Entspann dich«, entgegnete sie zynisch. »Dieses sinkende Schiff zieht dich schon nicht mit runter.«

Seine Züge verhärteten sich. »Das wird sich noch zeigen.« Er öffnete seine Wagentür. Kurz bevor er einstieg, sah er Wendy jedoch noch einmal an.

»Im Camp wohnt eine Ingenieurin von Barnes Inc., Lena Todd. Sie wird dir helfen.«

»Was? Dem TCN-Spion helfen?«, fuhr sie ihn sarkastisch an.

»Lena ist das egal. Wie gesagt, sie ist ein Hohlkopf. Ihr werdet euch wahrscheinlich bestens verstehen.«

Wendy wusste nicht, ob sie dankbar oder gekränkt sein sollte, als Mike schließlich in seinen Pick-up stieg und in einer Staubwolke davonfuhr. Sie schüttelte den Kopf und drehte sich um. Als sie ihr Hotelzimmer betrat, stieg ihr der vertraute Geruch muffiger Teppiche und ausgeleerter Aschenbecher in die Nase.

Egal, wie schlimm es im Camp war, es wäre phantastisch, von hier wegzukommen.

Am nächsten Morgen bekam Wendy einen ersten Eindruck ihrer neuen Unterkunft. Das Cape Lambert Work Camp lag am Rand der kleinen Stadt Wickham und war ein Labyrinth aus Dongas auf mit Unkraut überwucherter, nackter Erde. Das Hauptgebäude aus Backsteinen, in dem sich die Verwaltung, ein Fitnessraum und die Kantine befanden, hatte auch schon bessere Zeiten gesehen. Es war bereits nach acht, als Wendy ankam, und das ganze Camp wirkte wie eine gruselige Geisterstadt aus Aluboxen zum Schlafen. Nur das Zirpen von Insekten und das Knirschen ihrer Stiefel auf dem roten Schotter waren zu hören.

Eine an der Tür angebrachte Glocke läutete, als Wendy die Rezeption betrat, und eine Frau Ende vierzig, die Füße auf dem Tisch, sah von ihrer Nagelfeile auf. Sie hatte zotteliges Haar und ein eher unvorteilhaftes Gesicht, trockene, rissige Lippen und dazu einen resignierten Gesichtsausdruck.

»Na, großartig! Noch eine.«

»Entschuldigung?«

»Eine Entschuldigung ist da sinnlos. Sie können nichts dafür, dass Sie eine sind.«

»Ich bin Wendy Hopkins. Und ich bin hier, um einen Donga für mich zu organisieren. Ich habe gerade bei Barnes Inc. angefangen.«

»Dann sind Sie also der TCN-Spion, über den alle reden. Sehen aber nicht so aus, als hätten Sie besonders viel Mumm in den Knochen.«

Wendy konnte nicht länger die Tatsache ignorieren, dass diese Frau einfach ein Biest war, weil sie ein Biest sein wollte. »Ich bin kein Spion.«

Die Frau grinste und stellte dabei ihre schlechten Zähne zur Schau. »Da steht wohl Aussage gegen Aussage. Alles eine Frage der Glaubwürdigkeit, hm?« Sie widmete sich weiter ihren Fingernägeln, und das Kratzen raubte Wendy den letzten Nerv. »Ich bin übrigens Ethel, Kleines.«

Kleines?

Diese Frau war ganz offensichtlich der Fiesling vom Camp. Wendy stemmte die Hände in die Hüften. Sie hatte in den letzten Tagen schon genug Stress, derbe Bemerkungen und Witzeleien ertragen müssen. Es reichte. »Nur damit Sie Bescheid wissen, *Ethel*, ich bin kein unbeschriebenes Blatt, und ich lasse mir von niemandem was gefallen. Nehmen Sie also die Füße vom Tisch, legen Sie die Nagelfeile weg und besorgen Sie mir einen verdammten Donga, und zwar sofort!«

Ethel kniff die Augen zusammen. Sie verzog den Mund derart, dass Wendy wusste, sie war zu weit gegangen.

Sie wartete.

Unendlich langsam legte Ethel die Feile weg, nahm die Füße vom Tisch und drehte sich zu den Ablagefächern um. Sie kramte einige Formulare aus Kästen und griff einen ramponierten Schlüsselbund, der aus irgendeinem Grund neben einem Haufen weiterer Schlüssel lag.

Sie drehte sich wieder um und knallte alles zusammen auf den Tresen. »Für dich natürlich das Penthouse, Schätzchen.«

Ihr Grinsen war geradezu boshaft. Aber Wendy dachte gar nicht daran, sich auf solche Taktiken einzulassen. Sie füllte zügig ihre Notfalldaten aus. Das Formular für den Fernseher übersprang sie und schnappte sich die Übersichtspläne.

»Viel Spaß.« Ethels nach Raucherhusten klingendes Gackern tönte Wendy in den Ohren, als sie die Schlüssel vom Tresen nahm und ging.

Sie holte die große Reisetasche aus ihrem Auto, in der sich ihr Leben befand. Der Schlüssel war mit B39 gekennzeichnet, und mit Hilfe des Plans fand Wendy den Donga ohne Probleme. Leider hob er sich aber auch besonders deutlich von den anderen Dongas ab.

Am Türknauf hing ein Außer-Betrieb-Schild. Neben der Tür lehnte das Fliegengitter an der Wand, das eigentlich im Fenster darüber sitzen sollte. Noch dazu waren ein paar riesige Löcher darin. Selbst eingesetzt, wäre es also zu nichts nutze.

Den Bruchteil einer Sekunde lang dachte Wendy, dass Ethel wohl ein Fehler unterlaufen war, doch dann wurde es ihr klar. Also gut, die Frau war nicht einfach nur ein Biest. Sie war der Teufel in Person.

Aber um nichts auf der Welt würde Wendy mit eingezogenem Schwanz zur Rezeption zurücktraben und um einen anderen Donga betteln. So schlimm konnte es doch nicht sein, oder?

Doch, das konnte es.

Die Tür ging mit einem Quietschen auf, und Wendys Blick fiel auf ein ungemachtes Bett mit zerfetzten Laken. Offensichtlich war das Zimmer seit dem letzten Bewohner nicht mehr saubergemacht worden. Es stank nach Käsefüßen und schalem Bier – eine fürchterliche Kombination. Der Kühlschrank stand offen, war aber glücklicherweise abgestellt. Er war voller leerer Dosen, davor breitete sich eine verdächtig aussehende Pfütze aus. Bei näherer Betrachtung entdeckte Wendy Glasscherben darin und schaute nach oben. Die Glühbirne war nicht durchgebrannt, sondern zerschlagen worden. Eins der Tischbeine an dem Tisch war kaputt, und die Schranktür hing nur noch an einer Angel. Wenn sie es nicht besser wüsste, würde sie sagen, dass hier eine Schlägerei stattgefunden hatte. Sie schaltete die Klimaanlage ein.

Ja. Auch kaputt.

Na großartig!

Sie war kurz davor, ihren Stolz hinunterzuschlucken und zu Ethel zu gehen, als sie draußen jemanden summen hörte. Sie stapfte aus dem Donga und erblickte gegenüber auf dem Schotter ein Wägelchen mit frischer Bettwäsche und Putzmittel. Etwas weiter den Weg hinunter stand eine Tür offen. Augenscheinlich kam das Reinigungspersonal gerade hier entlang.

Wendy ging über den Kiesweg und streckte den Kopf in den Aluminiumkasten. Eine kleine Frau Anfang dreißig und mit einem Haarnetz über dem blonden Schopf war dabei, das Bett zu machen.

»Hallo«, sagte Wendy. »Ich bin gerade in den Außer-Betrieb-Donga gezogen. Könnte ich vielleicht etwas von Ihren Putzmitteln ausleihen?«

Die Frau richtete sich auf. »Was? Der wurde doch noch gar nicht instand gesetzt.«

Wendy verzog den Mund. »Ich glaube, das überlässt Ethel mir.«

Die Frau grinste. »Hast du sie geärgert?«

Wendy kicherte. »Muss ich ja wohl.«

»Dann komm.« Die Frau kam heraus. »Ich helfe dir. Wir können bestimmt mehr ausrichten, als nur ein bisschen zu putzen.«

Sie schob ihr Wägelchen zu Wendys Donga hinüber, und gemeinsam reinigten sie den Kühlschrank und stellten ihn wieder an, wischten die Pfütze und ein paar andere Flecken vom Boden und bezogen das Bett mit sauberer Bettwäsche.

Während sie zusammen zu Werke gingen, fand Wendy heraus, dass ihre Helferin Alison hieß und erst kürzlich nach Wickham gezogen war. Sie putzte hier in Teilzeit, um sich noch etwas dazuzuverdienen.

»Und was machen wir mit der Glühbirne, dem

Schrank und dem Tisch?«, wollte Alison wissen, als sie fertig waren.

»Den Tisch brauche ich nicht. Meine Klamotten lasse ich einfach in der Tasche – ich habe nicht viel dabei –, und wenn ich die Schranktür zumache, steht sie nicht mehr im Weg. Und eine Glühbirne kann ich in der Stadt kaufen.«

Alison nickte. »Hört sich nach einem guten Plan an. Ohne Klimaanlage kommst du allerdings nicht weit.«

»Warten wir's ab.« Wendy war bereit, es so lange ohne auszuhalten, wie es nur ging, allein schon, um Ethel nicht die Genugtuung zu geben.

Als sie ihre Unterkunft endlich in Ordnung gebracht hatte, war es Zeit für die Sicherheitseinführung in der Stadt. Höchste Zeit, um genau zu sein. Dank des Donga-Debakels kam sie zwanzig Minuten zu spät, aber der Dozent ließ sie ohne ein Wort Platz nehmen.

Die Einführung wurde von den Betreibern des Anlegers durchgeführt. Jeder, der dort arbeiten wollte, musste an dem fünfstündigen Vortrag über Grundsätze, Abläufe und Verhalten im Notfall teilnehmen. Wendy hörte aufmerksam zu und machte sich Notizen. Ihr fiel auf, dass sie damit die Einzige war, und sie überkam ein Gefühl, das sie aus der Highschool kannte. Neben den beliebten Schülern, den sportlichen und den musikalischen war sie definitiv die Streberin.

In der Teepause sagte einer der Männer, ein Gerüstbauer für Barnes Inc., zu ihr: »Mach dir nicht so viele Gedanken, Schätzchen, es gibt am Ende keinen Test.«

Sie zog die Augenbrauen hoch und sah ihn an, erwiderte jedoch nichts. Vielleicht fingen die Sicherheitsprobleme auf der Baustelle ja schon hier an.

Die Gruppe bestand aus neuen Mitarbeitern von TCN, Barnes Inc. und ein paar anderen kleineren Subunternehmern. Aber Wendy war die einzige Frau im Raum.

Um drei Uhr war sie völlig erledigt. Ihren Kollegen ging es nicht viel besser. Wendy nahm an, dass sie nicht vorhatten, nach Cape Lambert rauszufahren und den restlichen Tag zu arbeiten. Ihre Vermutung wurde bestätigt, als sie sie auf etwas zu trinken vor dem Donga einer der Stahlbauer einluden.

»Äh … nein, danke. Ich glaube, ich gehe noch arbeiten.«

Alle wechselten Blicke.

Du meine Güte. Für Arbeitsmoral gibt's hier also auch keine Punkte.

Letztendlich war es ein Fehler, noch nach Cape Lambert rauszufahren. Neil war sehr enttäuscht, als er sie sah. »Ich dachte, du hättest heute die Einführung.«

»Ja, aber die ging nur bis drei.«

»Na gut, aber ich habe nicht damit gerechnet, dass du reinkommen würdest. Ich habe nichts für dich zu tun.«

Wendy wurde langsam, aber sicher immer wütender auf ihn, wo sie doch selbst mitbekam, dass er bis über die Ohren in Arbeit steckte. »Fällt mir sehr schwer, das zu glauben.« Sie warf einen bedeutsamen Blick auf die Stapel auf seinem Tisch.

»Das Zeug kann ich dir nicht einfach so geben«, wehrte er ab. »Du musst erst die Hintergründe kennen, bevor du damit anfängst. Ohne meine Anleitung findest du dich darin nicht zurecht … und ehrlich gesagt, habe ich dafür keine Zeit.«

»Na gut, wenn ich Hintergrundinformationen brauche, warum nehme ich dann nicht den Bus raus auf den Anleger? Sehe mich sozusagen selbst ein bisschen um?«, wagte sie sich vor.

»Du fährst nicht alleine auf den Anleger«, blaffte er sie etwas zu heftig an.

»Warum denn nicht? Ich hatte bereits die Sicherheitseinführung. Und mir wird schon nichts passieren.«

»Es gibt hier zu viel für dich zu tun.«

»Aber eben hast du noch gesagt, es gäbe nichts für mich zu tun.«

»Nicht auf diesem Schreibtisch.« Er deutete auf seinen eigenen. »Aber auf deinem liegt noch ein Haufen Material, das du durchgehen musst.«

Sie schaute zu ihrem Schreibtisch hinüber. Das enorme Sicherheitshandbuch, das er ihr gestern gegeben hatte, lag noch dort, aber daneben lag jetzt etwas, was ähnlich groß war und das gleiche Format hatte. Auf dem Buchrücken stand in tiefschwarzer Schrift *Band 2*.

Das kann nicht dein Ernst sein.

»Wenn du das alles durchhast«, er wedelte mit dem Zeigefinger, »dann können wir reden.«

Als er sich zum Gehen wandte, wünschte sie sich plötzlich, sie hätte die letzten paar Stunden des Tages in Wickham nach ihrem Vater gesucht. Außerhalb der Stadt gab es nämlich ein Stahlwerk. Und ein Ärztezentrum, das sie hätte aufsuchen können, um nachzufragen, ob vor über dreißig Jahren jemand mit einer Verletzung am rechten Fuß dort gewesen war. Sie wusste natürlich nicht, ob die Aufzeichnungen so weit zurückgingen, oder ob sie persönliche Informationen überhaupt an eine Fremde weitergeben würden. Es wäre immer noch ziemlich aussichtslos. Aber deswegen war sie nach Karratha zurückgekehrt und in genau diese Region von Pilbara: um irgendwelche Hinweise aufzuspüren, die ihr zuvor vielleicht entgangen waren.

Die Verletzung ihres Vaters war die einzige eindeutige und solide Information, die sie hatte. Und wenn das Recherchen über den Aufstieg und Untergang jedes einzelnen Stahlwerks in der Gegend bedeutete, dann würde sie es eben angehen.

Nur offensichtlich nicht heute.

Sie schleppte sich an ihren Schreibtisch und ließ sich auf ihren Stuhl fallen. Feindselig sah sie die Akten auf dem Tisch an, und ein leises Lachen neben ihr ließ sie zusammenfahren.

Es war Chub.

»Haben sie dich irgendwie geärgert?«, erkundigte er sich und hielt ihr ein geöffnetes Glas Geleebohnen hin. »Hier, nimm eine. Damit arbeitet es sich leichter. Funktioniert bei mir immer.«

Sie grinste und langte in das Glas.

»Okay, wenn ich sage eine, meine ich nicht buchstäblich eine. Du kannst auch fünf oder sechs oder fünfzehn nehmen«, berichtigte er sich großzügig. »Was immer es braucht, um deine Laune aufzubessern.«

»Danke, eine reicht.« Sie warf sich die violette Bohne in den Mund und kaute. Von dem extrem süßen Blaubeergeschmack bekam sie sofort einen kleinen Zuckerschock. »Ich verstehe ihn einfach nicht. Warum hat er so ein riesiges Problem mit mir?«

»Liegt nicht an dir, sondern an ihm.«

»Wie meinst du das?«

»Er hat kein Problem mit dir, er hat einfach ein Problem, Punkt.« Chub wollte gerade den Deckel auf das Glas schrauben, schüttelte dann aber den Kopf. »Ach, scheiß drauf.« Er schüttete sich ein paar Geleebohnen in die Hand, warf sie sich in den Mund und stellte dann das Glas ab. »Du solltest es so machen wie ich«, riet er mit vollem Mund.

»Und das wäre?«

»Red nicht mit ihm.«

Sie lachte. »Das kann ich nicht, er ist mein Boss.«

»Na ja, ich habe nicht gesagt, dass es einfach sein würde.« Er seufzte. »Nichts hier ist einfach.«

Sie lächelte traurig. »Nichts ist einfach, was es auch wert ist.«

»Na, du bist mir aber ein philosophischer Zeitgenosse. Ich hoffe nur, dass sie dir nicht den Willen brechen, meine Kleine.«

Sie reckte das Kinn. »Das würde ihnen nur schwer gelingen, Großer.«

Er grinste sie an, und sie grinste zurück. Sie konnte ihm ansehen, dass er sich wahnsinnig darüber freute, dass sie ihn nicht Chub genannt hatte.

Und das würde sie auch niemals tun.

Von diesem Tag an waren sie füreinander die Kleine und der Große. Und in den schweren Zeiten, die Wendy bevorstanden, war das eine der wenigen Aufmunterungen, die sie hatte.

Als sie um sechs Feierabend machte, war es noch hell draußen. Sie hatte eine neue Glühbirne besorgt und eingedreht. Um die Zeit vor dem Essen totzuschlagen, beschloss sie, eine Runde auf den Water Tank Hill joggen zu gehen. Von dort hatte man einen Blick auf Wickham. Der Fitnessraum wäre die Alternative, um ihre Frustration abzuarbeiten, aber sie wollte unbedingt allein sein.

Sie hatte die Erfahrung gemacht, dass Fitnessräume an solchen Arbeitsplätzen auch immer als Aufreißerladen dienten. Und da es nur fünf Frauen im Camp gab, standen die Chancen, angesprochen zu werden, etwas zu gut. Außerdem war der Aussichtspunkt nicht weit vom Camp entfernt, und sie hätte einen ausgezeichneten Blick über die Stadt bei Sonnenuntergang.

Sie zog sich eine schwarze Radlerhose und ein locker sitzendes rosafarbenes T-Shirt an, band ihre Haare in einem Zopf zusammen und stopfte sich Kopfhörer in die Ohren. Jetzt nur noch den Kopf wieder freibekommen.

Als sie über den Parkplatz lief, um auf die Straße zu gelangen, bemerkte sie einen Mann, der an seinem Pick-up lehnte. Er richtete sich auf, als er sie sah, und sie stellte errötend fest, dass er *extrem* gut aussah. Hellbraunes Haar, sanfte braune Augen und eine gesunde Bräune. Er hatte ungefähr die gleiche Wirkung auf sie wie Brad Pitt auf der Kinoleinwand. Aber Wendy ignorierte das vertraute Kribbeln im Bauch, das sie schon so oft in Schwierigkeiten gebracht hatte, und lief weiter. Abgesehen von ihren Ängsten davor, verlassen zu werden, und der Wagenladung seelischem Ballast, mit dem sie noch zurechtkommen musste, hatte sie einfach keine Zeit für Liebesdinge.

Ihr letzter Freund hatte das jedenfalls mehr als verdeutlicht, als er mit ihr Schluss gemacht hatte. »Ich weiß nicht, Wendy. Die letzten zwei Monate warst du ziemlich mit deiner Familie beschäftigt. Langsam fühle ich mich wie das fünfte Rad am Wagen.«

Nathan war ohnehin nur ein Urlaubsflirt gewesen. Trotzdem hatte seine Zurückweisung weh getan. Es war sinnlos, so etwas noch einmal durchzumachen. Sie hatte bereits entschieden, dass sie ihre Freizeit hier damit verbringen würde, ihren Vater zu suchen.

Vielleicht hatte sie es wegen der Musik in ihren Ohren oder weil sie so in Gedanken versunken war nicht bemerkt, jedenfalls war sie bereits auf halbem Weg zum Aussichtspunkt, und der Mann vom Parkplatz kam ihr hinterher.

Als die Straße eine Biegung machte, sah sie aus dem Augenwinkel, wie er nur wenige Meter hinter ihr lief. Folgte er ihr etwa?

Ihr kam ein furchtbarer Gedanke.

Eine Frau, ganz allein.

Oben auf einem abgelegenen Hügel.

Keine Zeugen weit und breit, wenn sie ins Gebüsch gezerrt wurde.

Das machte sie rasend. *Nicht mit mir!*

Sie bog falsch ab, um zu sehen, wie der Mann reagieren würde. Er lief in die andere Richtung weiter. Sie stieß innerlich einen erleichterten Seufzer aus, bekam jedoch sofort Gewissensbisse. War sie schon immer so misstrauisch und paranoid gewesen? Oder erst seitdem sie herausgefunden hatte, dass sie adoptiert war?

Reiß dich zusammen, Wendy!

Sie lief ein Stück weiter und dann in einer Schleife zurück auf den Weg zum Aussichtspunkt. Sie lief schneller. Sie musste wirklich damit aufhören, voreilige Schlüsse zu ziehen. Es machte sie fertig. Die Welt hatte sich nicht verändert. Wendy wusste einfach nur mehr darüber.

Sie joggte bis nach oben auf den grasbewachsenen Hügel und betrachtete die Stadt unter sich im Dämmerlicht.

»Hallo, schöne Frau!«

Der vielsagende Tonfall ließ sie herumwirbeln.

»Sie schon wieder.«

Der gutaussehende Unbekannte stand keine zwei Meter hinter ihr. Groß, muskulös und für ihren Geschmack etwas zu nah. Sie funkelte ihn an. Er hatte die Hände in die Hüften gestemmt, und auf seiner vom locker sitzenden Trägerhemd teilweise entblößten Brust glänzte vom Laufen der Schweiß.

Er verzog den Mund zu einem Lächeln. »Ich dachte mir schon, dass du hier hochlaufen würdest.« Er machte noch einen Schritt auf sie zu.

Überrumpelt, wie sie war, schien ihr das Beweis genug. Sie holte mit der Hand aus und … *klatsch*! erwischte ihn direkt am Unterkiefer. Er taumelte zurück, die Hand auf der Wange.

»Was zum Teufel sollte das denn?«

Sie stellte sich breitbeinig in Positur und hob beide Hände. »Ich warne Sie, ich habe einen Kurs in Selbstverteidigung gemacht.«

Er schien amüsiert. »Karate?«

»Unter anderem.«

»Verstehe.« Er rieb sich den Kiefer, trat aber nicht weiter zurück.

Das beunruhigte sie noch mehr. »Wer sind Sie? Woher kommen Sie?«

»Ich bin aus dem Camp, genau wie du.« Mit ausgebreiteten Armen machte er noch einen Schritt auf sie zu. »Beruhige dich doch, ich tue dir nichts.«

»Sag mir nicht, dass ich mich beruhigen soll.« Sie warf den Kopf in den Nacken und blieb in Positur. »Warum bist du mir gefolgt?«

Er ging nicht auf ihre Frage ein, sah sie nur nachdenklich an. »Ich weiß ja nicht, was sie dir in diesem Kurs beigebracht haben, aber wenn du deinem Gegner mehr Schaden zufügen willst, solltest du nicht die offene Handfläche benutzen. Versuch's nächstes Mal mit der Faust oder einem Tritt. Oder noch besser«, er nickte, als täte er ihr einen Gefallen, »üb doch einfach direkt an mir. Ich schlage auch nicht zurück, versprochen.«

Ihr Wagemut kam ins Schwanken, und sie ließ die Hände ein wenig sinken. Ein potentieller Angreifer bot seinem Opfer in der Regel keine Freischläge an. Ihre Angst wich Verärgerung, als sie ihn näher betrachtete. Sie musste nicht hellsehen können, um zu wissen, dass diese schmachtenden Augen nur Schwierigkeiten bedeuten konnten.

»Ich will dich nicht noch mal schlagen«, blaffte sie.

Er seufzte. »Wäre es dir lieber, ich würde dich irgendwie provozieren?«

»Was?«

Ohne weitere Erklärung beugte er sich vor und küsste sie.

Noch nie hatte jemand etwas so Unerwartetes, Unerhörtes, Unverbesserliches mit ihr gemacht.

Nie!

Und was das Ganze noch schlimmer machte: Er fasste sie nicht einmal an, während er sie küsste. Sie hätte sich von ihm losreißen können. Den Hügel hinunterrennen können. Stattdessen schloss sie wie eine von den Flötentönen eines Schlangenbeschwörers verzauberte Kobra ein paar Sekunden lang die Augen und genoss seine zärtliche Berührung.

Bis die Wirklichkeit sie wieder einholte. *Was machst du da? Warum bist du noch hier?*

Sie entzog sich ihm, ballte diesmal die Hand zur Faust und verpasste ihm einen heftigen Schlag ins Gesicht. »Du Mistkerl!«

Als sie den roten Fleck auf seiner Wange bemerkte, fühlte sie sich beinahe schuldig, bis sie ihn wieder grinsen sah.

»Okay, das hab ich verdient.« Er nickte. »Das hätte ich wirklich nicht tun sollen. Ist eine meiner schlimmsten Schwächen, um ehrlich zu sein. Mädchen zu küssen, die nicht geküsst werden wollen. Ich bitte vielmals um Entschuldigung.«

Sie hatte rein gar nichts auf diese unverschämte Bemerkung zu erwidern, also wandte sie sich zum Gehen.

»Ich vermute, du gehst nicht irgendwann mal mit mir essen, oder?«, rief er ihr hinterher.

Ungläubig drehte sie sich wieder zu ihm um. *»Wie bitte?«*

»Na ja, deswegen bin ich dir ja hinterhergelaufen.« Endlich klang er zerknirscht. »Um dich einzuladen. Ich hab's wahrscheinlich vermasselt, oder?«

Sie stemmte die Hände in die Hüften und schaute ihn geringschätzig an. »Ja, das hast du.«

»Kein Problem.« Er nickte. Und dann, ohne sich zu verabschieden, lief er den Hügel einfach wieder hinunter. Was für eine Unverschämtheit!

Sie sollte doch diejenige sein, die den dramatischen Abgang machte.

Sie hatte ihn verdattert stehen lassen wollen, nicht umgekehrt.

Sie fuhr sich mit der Hand über die Lippen, als wollte sie seine Berührung wegwischen. Doch sein Geruch hing noch in der Luft, noch verstärkt dadurch, weil sie beide vom Laufen ins Schwitzen gekommen waren. Angewidert schüttelte sie den Kopf. *Ich muss unter die Dusche.*

Wer auch immer er war, sie hoffte, er arbeitete bei TCN oder irgendwo in einem Erdloch, so dass sie ihm möglichst nicht so bald wiederbegegnen würde. Peinlich berührt war gar kein Ausdruck dafür, wie sie sich gerade fühlte.

Nachdem sie fünf Minuten verstreichen lassen hatte, lief sie den Berg hinunter und zu den Duschen. Die Kantine war nur noch eine Stunde geöffnet, und Wendy brauchte unbedingt etwas zu essen, bevor sie ins Bett ging.

Sie war zum ersten Mal in der Kantine. Da ja bereits über sie getratscht wurde, ging sie davon aus, dass sie ein bisschen Aufsehen erregen würde. Es war dann doch noch unangenehmer, als sie vermutet hatte. Sie wollte sich einfach nur schön im Hintergrund halten, besonders nach ihrem Erlebnis auf dem Berg, aber es schien, als folgten ihr tausend Augenpaare. Von sämtlichen aufgereiht stehenden Klapptischen sahen die Männer zu, wie sie den Speisesaal zum Büfett durchquerte. Sie stießen sich gegenseitig an, als Wendy sich einen Löffel Kartoffelbrei und dazu ein Stück Rindfleisch und Soße auftat.

Was war daran so spektakulär?

Sie wünschte, sie hätte sich die Haare nach der Dusche zusammengebunden, aber sie hatte sie zum Trocknen offen gelassen. Jetzt fühlte es sich zu feminin an, wie sie ihr über den Rücken fielen.

Sie zuckte trotzig mit den Schultern, tat sich noch etwas Kartoffelbrei auf und drehte sich um. Nach dem bisherigen Verlauf des Abends hatte sie genug von den nervenden Männern.

Zu ihrer Überraschung winkten zwei Frauen ihr zu, die allein an einem der Tische saßen. Eine rothaarige mit lachenden blauen Augen, und eine sehr hübsche mit honigblonden Haaren.

Eifrig bedeuteten sie Wendy, herüberzukommen.

Da Wendys Tag unmöglich noch schlimmer werden konnte, beschloss sie, sich zu ihnen zu gesellen.

»Hallo, Wendy«, begrüßte die Rothaarige sie. »Ich bin Sharon.«

Wendy klappte verblüfft die Kinnlade herunter. »Du weißt, wie ich heiße?«

»Schätzchen, so was macht hier schneller die Runde als Läuse in einer Schulklasse.«

Wendy wusste nicht, ob sie sich geschmeichelt fühlen oder sich Sorgen machen sollte. Sie senkte die Stimme. »Ich wünschte bloß, sie würden mich nicht mehr so anstarren.« Langsam setzte sie sich und schob sich verlegen die Haare hinter das Ohr.

»Die hören gleich auf. Sie mussten erst mal gucken, was du dir zu essen nimmst. Sie haben Wetten darüber abgeschlossen, ob du statt Braten nur Salat essen würdest.«

Wendy war erstaunt. »Tatsächlich?«

»So ein dürres Ding wie du.« Sharon kicherte. »Du hast sie alle durcheinandergebracht. Ich glaube, der Typ da hatte Glück und hat hundertfünfundsiebzig Dollar gewonnen, als du noch mal Kartoffelbrei genommen hast.«

»Ernsthaft?«

Die Frau mit den honigblonden Haaren lachte. »Oh ja, und das hat mich total von dir überzeugt.« Ihre grünen Augen funkelten. »Mit dir werden wir eine Menge Spaß haben. Ich bin Lena. Lena Todd. Freut mich wirklich außerordentlich, dich kennenzulernen!«

Wendy hielt ihr die Hand hin, die Lena herzlich schüttelte.

»Du bist also Mikes Nichte, hm?«, wollte Lena wissen.

»Du kennst Mike?«

»Ja, man könnte sogar sagen, dass ich Mike *sehr* gut kenne.« Lena wechselte einen Blick mit Sharon.

»Hört sich verdächtig an.«

»Ach, es ist nichts.« Lena verdrehte die Augen. »Ist alles schon Vergangenheit.«

Doch Wendy Neugier war geweckt. »Nun sag schon.«

Lena sah sie eindringlich an. »Du weißt es wirklich nicht, oder?«

»Was weiß ich nicht?« Wendy begann, ihren Kartoffelbrei zu essen.

»Hat dein Onkel diese geheimen Informationen nicht mit dir geteilt?«

Jetzt war Wendys Interesse endgültig geweckt. »Nein.«

»Also, ich bin mit dem Bauherrn zusammen. Was hier natürlich etwas umstritten ist. Und Mike hat es rausgefunden, als Dan und ich es noch geheim halten wollten.«

Langsam wurde Wendy einiges klar. Das also war es,

womit Mike Dan Hullog unter Druck setzen wollte. Es war nur logisch, wo doch alle von Barnes Inc. die Leute von TCN verabscheuten – der Skandal hätte Ausmaße von Romeo und Julia angenommen.

»Er hat aber nicht damit gedroht, euch bloßzustellen, oder?« Sie war leicht angewidert.

»Na ja.« Lena räusperte sich. »Eigentlich wollte ich es ja nicht sagen. Aber es scheint so, als hätte dein Onkel eine Schwäche für Erpressung. Zum Glück ist es Dan vollkommen egal, was die anderen von ihm denken, genau wie mir. Ich habe bewiesen, dass ich auch ohne Sonderbehandlung vom Bauherrn gute Arbeit leisten kann.«

Wendy nickte. »Alle Achtung.«

»Wie läuft es denn überhaupt mit dir und Dan?«, erkundigte sich Sharon, und einen Moment lang waren Wendy und ihr Onkel nicht mehr das Thema.

Lenas Gesicht strahlte, auch wenn sie gespielt beiläufig mit der Hand in der Luft wedelte. »Alles läuft gut. Aber wir haben es ja auch gerade erst öffentlich gemacht.«

»Und die Männer schikanieren euch auch nicht mehr?«, wollte Sharon wissen.

»Machst du Witze? Als Dan heute Morgen aus seinem Donga kam, hat sein Nachbar *Unchained Melody* auf seiner Anlage laufen lassen.«

Sharon grinste. »Nicht schlecht.«

Wendy schaltete sich wieder ein. »Tut mir leid, wenn mein Onkel zu denen gehörte, die euch das Leben schwermachen.«

Lena sah sie überrascht an. »Nein, Mike ist ja vieles, aber kindisch ist er nicht.«

Wendy schaute Lena direkt in die Augen. »Du kannst ihn nicht leiden, oder?«

Lena blinzelte. »Oh, es ist nicht so, dass er …« Sie ließ die Schultern hängen. »Na gut, wir kommen nicht miteinander klar, aber ich bin sicher, dass er ein toller Onkel ist.«

Wendy grinste. »Ist er nicht.«

»Dann ist er dir gegenüber auch so launisch?«

»Könnte man so sagen.«

»Ich nehme an, ihr steht euch nicht besonders nahe.«

Wohl eher das Gegenteil. Wendy verzog den Mund. »Nicht besonders. Ich habe ihn in meiner Kindheit nicht viel gesehen. Er hat damals ziemlich viele Leute vor den Kopf gestoßen und sich irgendwie von der Familie ferngehalten. Selbst meine Großmutter findet ihn merkwürdig, dabei ist er ihr Sohn.«

»Das ist schade.« Lena seufzte. »Und da dachte ich, er hätte vielleicht noch eine andere Seite. Du weißt schon, die sympathische, die er seinen Liebsten vorbehält.«

»Nun ja, falls er irgendwelche Liebsten hat, dann gehöre ich nicht dazu.« Wendy nickte betrübt. »Als ich ihm zufällig in Karratha über den Weg gelaufen bin, dachte ich, dass ich vielleicht ein paar Dinge geraderücken könnte, aber es funktioniert einfach nicht. Und«, wandte sie sich dann an Sharon, »hast du auch einen Freund?«

Sharon lief rot an. »Ja, Carl.«

»Carl Curtis?«

»Genau der.«

»Wow!« Wendy lachte, aber in ihrem Kopf überschlug sich alles. Sie war gerade den beiden Alphaweibchen der Baustelle begegnet, und beide waren mit einem absoluten Kraftpaket zusammen. Davon durfte sie sich aber nicht einschüchtern lassen. Allerdings hatten die beiden schon wieder das Interesse an ihr verloren und waren zu ihrer vorherigen Unterhaltung zurückgekehrt.

»Heute Abend habe ich ein Date«, verkündete Lena.

»Wirklich?« Sharon machte große Augen. »Wer hätte das gedacht? Ein Privatleben in Cape Lambert. Es geschehen noch Zeichen und Wunder.«

»Na ja«, Lena warf Wendy ein verwegenes Lächeln zu, »wenn ich in den letzten paar Monaten etwas gelernt habe, dann dass man alles erreichen kann, wenn man nur will.«

Wendy nickte, und Sharon hob ihr Wasserglas zu einem Toast. »Recht hast du!«

Kapitel 4

Nach einem Abend mit Wetten über Kartoffelbrei, einem unerwarteten Kuss und einer Einladung in den Club der beliebten Mädchen war Wendy am nächsten Morgen mehr als bereit dafür, wenigstens zum Anschein von Normalität in ihrem Leben zurückzukehren. Hoffentlich gelang ihr das bei der Arbeit. Da sie den Luxus eines eigenen Autos hatte, kam sie zehn Minuten zu früh. Chub und Neil waren noch nicht da, so dass sie sich an die Klimaanlage herantraute und das Thermostat etwas höher drehte. Sie hoffte, ihre beiden Kollegen würden nichts davon merken. Für sie bedeutete diese kleine Änderung schon einen himmelweiten Unterschied.

Sie setzte sich an ihren Schreibtisch und begann in ihren Unterlagen zu lesen. Chub kam pünktlich, Neil hingegen zehn Minuten zu spät.

»Warum zur Hölle ist es so heiß hier drin?«, schnauzte er. Schweißperlen standen ihm auf der Stirn. Er ging sofort zur Klimaanlage und stellte die Temperatur niedriger.

Um *vier* Grad.

Wendy stöhnte innerlich. Sie würde bestimmt bald zum Eiszapfen werden. Sollte sie vielleicht die Decke aus ihrem Kofferraum holen? Wie albern würde das wohl aussehen?

Eine durchsichtige Plastikverpackung kam angeflogen und landete vor ihr. Darin war eine neongelbe Sicherheitsweste. Wendy schaute in die Richtung, aus der das Paket gekommen war.

»Vielleicht hilft das.« Chub zwinkerte ihr zu. »Zumindest ein bisschen.«

»Danke.« Sie lächelte, öffnete die Verpackung aber nicht sofort. Stattdessen ging sie hinüber zu Neil.

»Äh … Neil«, begann sie.

»Nicht jetzt«, blaffte er. »Siehst du nicht, dass ich beschäftigt bin?«

Ehrlich gesagt, sah er überhaupt nicht beschäftigt aus. Er saß einfach nur da – blass, verschwitzt und mit blutunterlaufenen Augen.

Er sah eher *krank* aus. »Geht's dir gut?«

»Verschwinde einfach«, krächzte er.

Es war nicht so sehr der Satz an sich, sondern Neils Tonfall, der Wendy dazu brachte, sich hilflos abzuwenden. Sie schaute ihn von ihrem Platz aus an. Zusammengesackt und mit hängendem Kopf saß er auf seinem Stuhl, den Blick leidend auf den Boden gerichtet.

Sie runzelte die Stirn. »Hey, Großer«, flüsterte sie Chub zu, »sollen wir jemanden rufen, einen Sanitäter zum Beispiel?«

»Mach dir keine Sorgen, Kleine, der hat nur einen Kater.« Als wäre das eine ganz alltägliche Feststellung, hackte er weiter auf seine PC-Tastatur ein.

»Woher weißt du das?«, fragte sie.

»Viele der Männer hier trinken gerne was nach der Arbeit. Und Neil ganz besonders. Er gibt sich richtig Mühe.«

»Er gibt sich Mühe?«

»Ja, er ist jeden Morgen so drauf.«

In Wendys Kopf läuteten die Alarmglocken. »*Jeden* Morgen?«

Chub sah auf. »Spielen wir jetzt, dass du immer alles wiederholst, was ich sage?«

»Aber das ist doch ein Skandal!« Wendy ignorierte Chubs Frage, und ihre Stimme war kein Flüstern mehr.

»Nicht so laut.« Chub legte einen seiner Wurstfinger an die Lippen. »Du weckst ihn noch auf.«

In dem Augenblick entfuhr Neil etwas, was sich wie ein Schnarchen anhörte.

»Sag jetzt nicht, dass er eingeschlafen ist.«

»In Ordnung«, fügte Chub sich freundlich und sagte nichts mehr.

Wendy dämmerte etwas Furchtbares. »Und ich vermute mal, dass er das auch jeden Morgen macht?«

»Könnte man so sagen.«

»Aber das gibt's doch nicht. Warum hast du das nicht gemeldet?«

»Und ihn verpetzt?« Chub schnaubte. »Kleine, du kennst immer noch nicht alle Spielregeln hier.«

»Welche gibt es denn noch?«

»Man fällt seinen Kollegen nicht in den Rücken. Das ist ganz schlechter Stil. Sie würden mich verstoßen. Wie jeden anderen auch, der jemanden verpfeift. Wir beschützen uns gegenseitig.«

Sie starrte ihn an. »Aber verstehst du das denn nicht? Er sollte eigentlich dich schützen, nicht andersherum. Wer weiß sonst noch davon?«

»Alle.« Chub hielt inne. »Na ja, vielleicht nicht ganz. Carl natürlich nicht.«

»Er ist Alkoholiker«, flüsterte sie und warf einen Blick auf den schnarchenden Neil. Die Angst davor, dass Parker Point sich hier wiederholte, traf sie wie ein Schlag ins Gesicht. »Ich meine, das muss er doch sein.« Würde man von ihr erwarten, diesen Typ ebenfalls vor sich selbst zu schützen?

Genau wie Adam Booth. Der Mann, dem sie dummerweise eine zweite Chance gegeben hatte.

Sie drehte sich verärgert zu Chub um. Sie wusste, dass sie etwas übertrieben reagierte, aber sie konnte nicht anders.

»Das ist mir zu viel.«

»Was?«

»Alles! Man kann doch keinen Alkoholiker als Sicherheitsmanager haben. Allein schon das auszusprechen ist doch grotesk.«

»Dann sprich es eben nicht aus«, schlug Chub vor. »Dann fühlst du dich gleich viel besser. Verdammt, ich fühl mich dann gleich besser.«

»Nein, tun wir nicht. Kein Wunder, dass Barnes Inc. nur Mist bei den Sicherheitsstandards fabriziert. Das liegt alles an ihm.«

»Na, das ist aber kein Grund, sich so aufzuregen.« Chub griff nach seinem Glas mit Süßigkeiten.

»Ich will keine Geleebohne!« Wendy sprang auf. »Ich gehe zu Carl.« Sie war so wütend, dass ihr das Adrenalin durch die Adern schoss.

»Aber Wendy«, setzte Chub an, »warte …«

Doch zu spät. Sie war bereits aus der Tür. Es war erst eine Viertelstunde des Morgens verstrichen, Carl saß also noch in seinem Büro und checkte seine E-Mails.

»Scheiße! Scheiße! Scheiße!«

Anscheinend war keine davon eine gute Nachricht.

»Guten Morgen, Carl.«

Er sah nicht von seinem Bildschirm auf, als sie sich in der Tür vor ihm aufbaute.

»Morgen, Wendy.«

»Wie geht's dir?«, erkundigte sie sich höflich. Sie wusste nicht, ob sie ihre Beschwerde langsam angehen oder direkt zur Sache kommen sollte.

»Beschissen.« Er sah immer noch nicht zu ihr auf.

Also direkt zur Sache kommen.

»Apropos, wusstest du, dass Neil Cooper ein Alkoholproblem hat?«

Endlich löste er den Blick vom Bildschirm. »Was zur Hölle?«

»Wir kommen deshalb so schlecht mit den Betreibern des Anlegers aus, weil Neil jeden Morgen einen Kater hat.«

»Seit wann bist du jetzt hier? Seit drei Tagen? Und das ist deine Einschätzung. Jeder Kerl darf mal einen beschissenen Kater haben, vor allem hier in dieser Gegend.«

»Na ja, laut Bill Walden geht's Neil ausnahmslos jeden Morgen so. Das können dir wahrscheinlich auch andere bestätigen.«

»Wer zum Teufel ist Bill Walden?«

Sie seufzte. »Chub.«

»Aha!« Sein Blick hellte sich verstehend auf. »Und warum hat Chub mir das dann nicht selbst gesagt?«

Sie verdrehte die Augen. »Weil niemand eine Petze sein will.«

Carl sah sie kritisch an. »Du dagegen machst das natürlich verdammt gern.«

Sie errötete. »Das ist es nicht. Ich freue mich nicht darüber, wenn es jemandem schlechtgeht, und ich will auch nicht, dass jemand leiden muss, ob er nun einen Fehler gemacht hat oder nicht. Ich glaube fest daran, dass jeder eine faire Chance verdient und auch mal Mist bauen und sich wieder aufrappeln darf. Aber ich habe gesehen, wie viel Arbeit Neil auf seinem Schreibtisch liegen hat, Carl. Und ich habe mitbekommen, wie viele mit Beschwerden bei ihm anrufen. Das geht nicht erst seit gestern so. Ich war bei der Sicherheitseinführung, aber Neil lässt mich nicht auf den Anleger und gibt mir auch keine wirkliche Arbeit. Er hat zu viel Angst davor, dass ich herausfinde, wie viel tatsächlich liegengeblieben ist. Es ist zu gefährlich, ihm die Zeit zu geben, selbst seine Fehler einzusehen und sich zu ändern. Herrgott, er ist für das Leben der Menschen hier verantwortlich! Er sollte sicherstellen, dass niemand hier unnötigen Verletzungs- oder womöglich Todesgefahren ausgesetzt ist. So etwas kann man nicht einfach schleifen lassen. Schon gar nicht wegen eines *Alkoholikers*. Er ist krank, und er wird nicht alles über Nacht wieder hinbiegen können, selbst wenn er heute eingestehen würde, dass er ein Problem hat. Er braucht Hilfe. Professionelle Hilfe!«

Ihre Stimme drohte zu versagen, als ihre falschen Entscheidungen von damals sie wieder einholten. Doch sie schüttelte die Erinnerungen ab.

»Selbst wenn dir das Leben und die Gesundheit deiner Männer nicht so wichtig sind, was ist, wenn Barnes Inc. zur Verantwortung gezogen wird? Wenn irgendwer auch nur auf die Idee kommt, etwas von Pflichtvernachlässigung anzudeuten, reißt uns das den Boden unter den Füßen weg. Vielleicht bin ich die Neue hier, und das vielleicht auch erst seit ein paar Tagen, aber ich kann dir versprechen, Carl, wenn du jetzt mitkommst, nur für fünf Minuten, dann wirst du selbst ganz genau sehen, wovon ich rede.«

Sie war leicht außer Atem am Ende dieser flammenden Rede. Carl hatte sich ihre Tirade mit aufgerissenen Augen angehört und saß jetzt noch ein paar Sekunden stumm da, bevor er rief: »Was ist nur mit den verdammten Frauen hier auf der Baustelle los?«

Während Wendy noch versuchte zu verstehen, was diese Frage zu bedeuten hatte, drückte Carl seinen Zeigefinger auf die Tischplatte. »Das hier«, knurrte er, »ist eine Baustelle, und keine Plattform für Weltverbesserer.«

Wendy rang die Hände. »Ich weiß, aber ...«

»Aber«, er hielt jetzt den Zeigefinger hoch, »wenn du meinst, du hast mir etwas zu zeigen, dann zeig es mir, verdammt, aber mach schnell.«

Sie nickte knapp. »In Ordnung.«

Sie führte ihn aus dem Büro-Donga, über den Sandstreifen zu ihrer Kühlbox und an Neils Schreibtisch. Carl brauchte nur fünf Sekunden, um mitzubekommen, dass Neil Cooper schlief, und zwei weitere, um seine Fahne zu riechen.

»Scheiße!« Carl wandte sich an Chub. »Und du sagst, das ist *jeden Morgen* so?«

Chub blickte zur Decke. »Warum habe ich das Gefühl, hier drin gibt es ein Echo?«

»Sag mir einfach nur die verdammte Wahrheit!«

Chub wurde schnell wieder ernst. »Ja. Das ist sozusagen seine Routine.«

Carl beugte sich vor und schüttelte Neil an den Schultern. Der schrak hoch, als er die Augen öffnete.

»Neil, du bist gefeuert. Pack deine Sachen und mach dich vom Acker. Wendy«, wandte Carl sich an sie, »du hast seinen Job. Ich will dich draußen auf dem Anleger sehen. Finde heraus, was der Mistkerl alles vermasselt hat, und damit meine ich wirklich *alles.*«

Kapitel 5

Gavin Jones war normalerweise nicht der Typ Mann, der Klatsch und Tratsch viel Beachtung schenkte. Es sei denn natürlich, es ging um ihn selbst, was aber in der Regel nicht besonders häufig vorkam. Nach dem peinlichen Vorfall mit Lena Todd vor ein paar Monaten hatte er sich fest vorgenommen, sich herauszuhalten.

Das hieß nicht, dass er keinen Spaß daran hatte, mit seinen Männern über deren Trinkgeschichten und schiefgelaufene Anbandelungen zu lachen. Er wollte bloß nicht selbst noch einmal das Thema solch einer Geschichte sein, die, einmal in Umlauf gebracht, von allen wie eine Seifenoper verfolgt wurde.

Heute jedoch, als er mit Lena im TCN-Büro auf Bulldog wartete, konnte er nicht anders, als ihr mit halbem Ohr zuzuhören.

»Wusstest du, dass Neil heute Morgen wegen ihr gefeuert wurde? Sie hat jetzt seine Stelle. Hat sie sich einfach geschnappt.«

»Wirklich?« Gavin ließ seine Stimme vage interessiert klingen. »Und wer ist noch mal Neil?«

Lena verdrehte die Augen. »Unser Sicherheitstyp.«

»Wir haben einen Sicherheitstypen?« Gavin rieb sich das Kinn. »Hab noch nie von ihm gehört.«

»Ich glaube, darin liegt das Problem.« Lena stützte

die Unterarme auf ihrem Ordner ab. »Hier wird sich einiges ändern, und zwar gewaltig. Ich weiß es einfach. Radar hat erzählt, dass sie, nachdem Neil gefeuert wurde, auf den Anleger kam, überall herumgelaufen ist und sich Unmengen von Notizen gemacht hat. Anscheinend müssen wir alles Mögliche verbessern.«

Bedeutete das, er würde diese umwerfende Frau mit den blonden Haaren öfter auf dem Anleger herumspazieren sehen? Er konnte es kaum erwarten.

»Sie meint, wir wären nicht für die Zyklonsaison vorbereitet. Und wahrscheinlich stimmt das auch, ich weiß ja nicht mal, wann die überhaupt anfängt.«

»November.« Gavin wurde noch aufgeregter. »Sie wird wahrscheinlich vorher alles auf Vordermann bringen wollen.«

»Das hat Radar auch gesagt«, stöhnte Lena. »Das wird uns wieder zurückwerfen, oder?«

Gavin seufzte, als er an Wendys volle Lippen und ihre langen Wimpern dachte. »Ach, gib dem Mädchen doch eine Chance. Sicherheit ist schließlich nicht unwichtig.«

»Ich weiß.« Lena biss sich auf die Lippe. »Und ich sollte mich auch nicht beschweren, nach allem, was Dan durchgemacht hat. Ich habe bloß ein schlechtes Gefühl, verstehst du?«

»Wegen Bulldog?« Gavin grinste. »Das ist doch ganz natürlich.«

»Wegen *Wendy.*« Lena sah ihn streng an. »Sie ist nett, aber sie hat eine schwere Zeit vor sich. Die Jungs hier sind so eingefahren nach dem Motto: Warum was dran machen, wenn's nicht kaputt ist? Ich glaube kaum, dass sie Wendy besonders entgegenkommen werden. Vielleicht sollte ich sie warnen.«

Ja, warnen sollte man sie wirklich. Wie sie in ihrer engen schwarzen Radlerhose in der Abenddämmerung durch Wickham gelaufen war ... *Ist so etwas in dieser Gegend überhaupt legal?*

»Worüber schmunzelst du denn so?«, wollte Lena wissen. »Du bist heute Morgen wirklich völlig neben der Spur.«

»Ach, nichts.«

»Du denkst darüber nach, ob du was mit ihr anfangen sollst, oder?«

So weit war ich schon.

»Um Himmels willen, Gavin, hast du sie überhaupt schon kennengelernt?«

Sie zu küssen war das Highlight meiner Woche.

»Könnte man so sagen.« Er rieb sich verlegen den Nacken. »Wir hatten keinen besonders guten Start. Ich glaube, ich muss an meinen Manieren arbeiten.«

Lena rümpfte die Nase. »Das kannst du laut sagen.«

Er schenkte ihr sein schiefes Lächeln. Normalerweise ließ das noch die wütendste Frau dahinschmelzen. »Du bist doch nicht noch sauer, oder?«

Aber Lena war nicht eine dieser Frauen. Sie hatte ihre Immunität ihm gegenüber zur Genüge bewiesen. »Ich bin zu verliebt in Dan, als dass ich mir über Typen wie dich Gedanken machen würde.«

»Klar.« Er sah auf seine Uhr. »Ich wünschte nur, dein Freund würde sich ein bisschen mehr Gedanken über unser Meeting machen. Wir warten jetzt schon fast seit einer halben Stunde auf seine Hoheit. Ich habe schließlich noch auf dem Anleger zu tun.«

»Er ist eben sehr beschäftigt. Eine Menge Leute wollen immer etwas von ihm«, verteidigte sie Dan.

Wie als Echo auf diese Äußerung schwang die Donga-Tür auf. Einer roten Staubwolke folgte eine junge, braunhaarige Frau an den Empfang.

Eine äußerst attraktive Frau.

Gavin setzte sich sofort aufrechter hin. Sein Typ waren zwar eher blonde Frauen, aber die hier war etwas Besonderes. Sie wirkte vollkommen fehl am Platz, wie sie dort so vor dem verdreckten Empfangstresen stand. Der Ausschnitt ihres cremefarbenen, trägerlosen Sommerkleids mit blassrosa Blumenmuster war mit Spitze eingefasst und brachte das wohlgeformte Dekolleté zur Geltung. An den Füßen trug sie schmale hellrosafarbene Sandalen – in Cape Lambert ein seltener Anblick, wo jeder Fuß in einem Stahlkappenstiefel steckte, damit es keinen Anpfiff vom Bauherrn gab und auch keine zerquetschten Zehen, was immer gerade Vorrang hatte.

Sie hatte helle Haut, die natürlich nur dann die Sonne sah, wenn sie ausnahmsweise einmal meinte, ein köstliches Picknick am Strand sei eine gute Idee. Die kastanienbraunen, glänzenden Haare fielen ihr über den Rücken.

»Hallooooo«, flötete sie der Empfangsdame entgegen, der vor Überraschung die Kinnlade herunterfiel, als sie von ihrem Computerbildschirm aufsah.

»Äh … Hallo.«

»Ich bin Annabel George. Entschuldigen Sie, ich habe keinen Termin, ich bin ganz spontan hergekommen. Meine Freundin Alison hat gerade eine Stelle im Camp angefangen, und sie hat mir erzählt, dass *Daniel Hullog* hier Projektleiter ist.«

Zu Gavins Erheiterung schrak Lena, die sich immer

noch faul auf ihren Aktenordner gestützt hatte, auf ihrem Stuhl zusammen.

»Ist er gerade da?«, fragte Annabel. »Ich würde ihn so gerne wiedersehen und fragen, wie es ihm geht.«

»Ähm ...« Die Empfangsdame war immer noch zu verwirrt, als dass sie antworten konnte.

Genau in dem Moment kam Bulldog in die Lobby marschiert, ganz der forsche Geschäftsmann. Sofort wurde er von der wie ein Blumenstrauß duftenden Ms George überfallen.

»Daniel!«, rief sie bei seinem Anblick aus, schlang ihm die Arme um den Hals und gab ihm einen Kuss auf die Wange. »Du hast dich überhaupt nicht verändert!«

»Annie?« Bulldog löste sich aus der Umarmung, um sich ihr Gesicht ansehen zu können.

»Die einzig Wahre.« Mit einer manikürten Hand berührte sie ihn an der Wange. »Hab ich dir gefehlt?«

»Wer ist diese Frau?«, zischte Lena neben Gavin.

»Wenn ich das nur wüsste.« Er grinste und fügte dann leise hinzu: »Aber mich würde schon interessieren, ob die Sache mit Wendy in die Hose geht.«

»Vergiss Wendy«, flüsterte Lena eindringlich. »Du hast mein hundertprozentiges Einverständnis, es bei Annabel George zu versuchen.«

Dann richteten sie beide ihre Aufmerksamkeit wieder auf die Szene vor sich.

»Ist das lange her.« Bulldog hielt Annabel am Arm und sah sie sich genauer an. »Wie geht's dir?«

»Wie es mir geht? Glaub mir, Daniel, eine Menge hat sich verändert, seitdem wir ein Paar waren.«

»Ein Paar?«, fiepste Lena. »Okay, das reicht.« Sie

stand auf. »Hey, Dan.« Sie ging hinüber zu den beiden. »Willst du uns nicht vorstellen?«

Annabel blinzelte zweimal ob dieser plötzlichen Einmischung und bedachte Lena mit einem besonders abweisenden Blick.

Es war das erste Mal, dass Gavin Bulldog auch nur im Entferntesten peinlich berührt sah. Ein Hauch von Pink stieg ihm den Nacken hoch, während er an seinem gar nicht so eng wirkenden Kragen zupfte.

Gavin lächelte.

Armer Kerl.

Genau das war der Grund, warum man eine Frau nicht so nah an sich heranließ. In sein Bett vielleicht, aber das war auch schon alles. Gavin jedenfalls hatte nicht die Absicht, sich jemals in einem Szenario wie diesem wiederzufinden. In so etwas würde er sich auf keinen Fall hineinziehen lassen.

»Ach, Gav, du bist so ein Zyniker«, hatte seine Schwester einmal zu ihm gesagt. »Bei dir wird es umso heftiger, wenn es dann endlich so weit ist.« Die Erinnerung daran ernüchterte ihn wieder.

Es war Jahre her, dass er mit Kate einen Kaffee getrunken und über Gott und die Welt geredet hatte. Und er hatte keine Ahnung, wann es ein nächstes Mal geben würde. Wie die Dinge aussahen, rechnete er in der nächsten Zeit nicht damit. Aber er wollte sich davon nicht die Laune verderben lassen. Es könnte schlimmer sein.

Und zwar viel schlimmer.

»Hallo.« Lena hielt Annabel George ihre Hand hin. »Ich bin Lena, Dans Freundin.«

»Oh, Daniel«, sprudelte es aus Annabel hervor, und

sie klopfte mit den Fingerknöcheln gegen Bulldogs Brust, »sie ist einfach *hinreißend.* Diese Augen, die Haare, diese …« Sie hielt inne, runzelte die Stirn und legte dann einen Moment lang den Kopf schief, bevor sie übertrieben besorgt sagte: »Dir ist aber schon klar, dass das Hemd zu groß für dich ist, oder? Wenn du es so in die Hose steckst, lässt das deine Taille ja vollkommen verschwinden. Und wenn du dir einen Pferdeschwanz machst, dann je höher, umso besser. Halbhoch schreit geradezu Mauerblümchen. Ich kann dir gerne ein paar Schminktipps geben, wenn du möchtest. Trau dich ruhig, ein bisschen Wimperntusche zu benutzen. Das würde wunderbar deine Augen betonen.« Sie tätschelte Lena die Schulter wie einem kleinen Kind. »Jederzeit, meine Liebe, jederzeit.«

»Ernsthaft?« Lena warf Dan einen Blick zu, der sie nur um Gnade flehend anblickte.

Gavin hielt sich eine Hand vor den Mund, um nicht laut loszulachen. Bulldog, wie zwei Frauen ihm die Hölle heiß machten. Das hier könnte lustig werden.

Er stand auf. »Äh, Dan … würden Sie unsere Besprechung gern jetzt abhalten oder sollen wir später wiederkommen?«

»Ja, Dan?«, fragte Lena. »Hättest du gern, dass wir später wiederkommen?«

»Nein, nein.« Bulldog räusperte sich und wandte sich an seinen Besuch. »Annabel, kann ich dich heute Nachmittag anrufen?«

»Klar, Schatz.« Sie lächelte. »Ich hinterlasse deiner Assistentin meine Nummer und warte dann zu Hause auf deinen Anruf.«

Kapitel 6

Falls Wendy gedacht hatte, dass sich mit Neils Entlassung auch all ihre Probleme in Luft auflösen würden, so hatte sie sich geirrt.

Nichts brachte die Jungs mehr auf als das Gerücht »TCN-Spion hat es einem von uns gegeben«. Nur eine Handvoll Männer wusste tatsächlich, dass Neil Alkoholiker war – die am engsten mit ihm zusammengearbeitet hatten und die mit ihm tranken. Das waren zweifellos auch diejenigen, die Neil überhaupt in Schutz genommen hatten, und sie unternahmen natürlich nichts, um die Geschichte zu berichtigen, dass er von einer überängstlichen Frau mit nichts als fixen Ideen im Kopf unfairerweise gefeuert worden war.

Wenn Wendy nicht ein Memo rausgehen lassen wollte, das sowohl ihre mentale Gesundheit als auch ihre rechtmäßige Anstellung bei Barnes Inc. belegte, wie sollte sie dann die Meinung der Männer über sie ändern? Selbst zu den besten Zeiten waren Sicherheitsmanager nicht gerade beliebt, wie sollte dann jemand, der gleich zu Beginn drastisch in den Status quo eingriff, die Leute auf seine Seite ziehen?

Mit den Memos hatte sie es sogar schon ausgetestet, am Schwarzen Brett im Pausen-Donga. Keine großen Forderungen, nur eine vorsichtige Bitte an die Männer, achtsamer mit ihrer Ausrüstung umzugehen. Am Tag darauf hatte sie die Zettel als Papierflugzeuge unter den Tischen wieder aufgesammelt.

»Was soll ich nur machen, Großer?«, fragte sie, ohne ihre Hilflosigkeit zu verbergen. »Alle hassen mich.«

»Nun ja, ich habe schon immer an die alte Redensart geglaubt, dass der Weg in das Herz eines Mannes durch seinen Magen geht.« Mit verträumtem Blick rieb er sich über den Bauch. »Nur als kleiner Tipp, such etwas mit Fleisch drin aus.«

»Großer, ich meine es ernst.«

»Und ich etwa nicht?« Er sah sie vorwurfsvoll an.

Sie seufzte. Er würde ihr rein gar nicht helfen können. Aber nun überraschte er sie.

»Sieh mal, vielleicht musst du allem nur ein bisschen Zeit lassen. Neil wurde grade erst wegen dir gefeuert, und du hast seine Stelle übernommen. Natürlich fühlt sich da der eine oder andere erst mal auf den Schlips getreten. Mach einfach deine Arbeit, und zwar gut. Sie ändern schon noch ihre Meinung.«

Das war wahrscheinlich der beste Plan, den Wendy seit ihrer Ankunft gehört hatte. Und sie würde ihr Bestes geben, ihn in die Tat umzusetzen.

Mit Carls Erlaubnis berief sie für Donnerstagmorgen ein Meeting aller Ingenieure ein. Als sie am Tag zuvor auf der Baustelle herumgelaufen war, waren ihr mehrere Ecken aufgefallen, wo etwas hinsichtlich der Sicherheitsvorkehrungen getan werden müsste. Sie wollte mit den Ingenieuren ein paar neue Abläufe besprechen. Da sie alle Teamleiter waren, mussten sie mit Wendy an einem Strang ziehen.

Sie beraumte die Besprechung für sieben Uhr morgens an, da sie hoffte, sie würde alle sechs Ingenieure antreffen, bevor sie sich ihren eigentlichen Aufgaben zuwandten. Als es so weit war, stellte sich allerdings heraus, dass drei der Ingenieure entweder zu spät kamen oder nicht die Absicht hatten, teilzunehmen. Lena, die Wendy am nächsten am langen Klapptisch im Barnes-Inc.-Büro-Donga saß, lächelte mitfühlend.

»Ich bin ziemlich sicher, dass sie die Mail bekommen haben.«

Wendy warf einen Blick auf ihre Uhr. Zehn nach sieben. »Glaubst du, ich sollte anfangen?«

Lena zuckte mit den Schultern. »Ich denke schon. Wahrscheinlich werden sie nur grade irgendwo aufgehalten.«

Oder vielleicht bin ich ihnen ihre Zeit nicht wert.

Wendy bemerkte, dass sich einige unter ihnen langsam darüber ärgerten, überhaupt ihren Arbeitsplatz verlassen zu haben. Als sie dann zu erklären begann, dass sie jeden der Baustellenarbeiter, nicht nur die Teamleiter und Vorarbeiter, sondern wirklich jeden, eine JSA – kurz für Job-Sicherheitsanalyse – durchführen lassen wollte, explodierten sie geradezu vor Empörung.

»Jetzt machen Sie aber mal halblang, Fräulein«, protestierte ein stämmiger Kerl mit dreckiger Sicherheitsweste. »Sie können uns nicht einfach zusätzlichen Papierkram aufdrücken, als wären es Sahnehäubchen. Wir können unsere Arbeit nicht erledigen, wenn wir diesen ganzen Mist noch zusätzlich am Hals haben.«

Gerade, als sie ihm erklären wollte, dass sie einen Teil dieses Papierkrams delegieren konnten, sprang die Tür auf und drei Männer in PSA-Montur betraten den

Raum. Sie unterhielten sich lautstark weiter, als wären sie nicht eine halbe Stunde zu spät.

Der Erste war ein schlaksiger Typ, den offensichtlich sein Äußeres nicht interessierte. Der Zweite hatte Sommersprossen und rote Haare und schien der jüngste unter ihnen zu sein. Und der Dritte …

Wendys Ohren liefen rot an, und sie hatte plötzlich einen ganz trockenen Mund.

Der Dritte war der Mann, der ihr den Water Tank Hill hinauf gefolgt war und sie geküsst hatte.

Das kann doch nicht wahr sein!

Wendy war froh, dass sie saß, denn ansonsten hätten ihre Knie bei seinem Anblick mit Sicherheit unter ihr nachgegeben. So konnte sie glücklicherweise jegliches peinliches Schlottern unter dem Tisch verbergen. Sprachlos starrte sie die Neuankömmlinge an.

Die drei redeten einfach weiter, als wären die anderen gar nicht da.

»Ich bin also nicht sicher, welchen Kurs ich belegen soll«, sagte der junge Mann mit den roten Haaren gerade. »Karate oder Judo. Im Gemeindezentrum in Wickham gibt es Abendkurse.«

»Ich würde Karate machen«, verkündete der schlaksige Typ. »Gibt's da nicht mehr Gürtel oder so?«

»Keine Ahnung.« Der Mann, der Wendy geküsst hatte, sah ihr nun direkt in die Augen. Ein schelmisches Lächeln umspielte seinen Mund, als er sich an die Anwesenden wandte und fragte: »Weiß hier irgendwer etwas über Karate?« Er nahm seinen Schutzhelm ab.

Wendy spürte, wie sie rot anlief, und sah rasch nach unten.

Lena, offensichtlich verärgert, ergriff Partei für Wendy und stand auf. »Gavin, hör auf, dich so danebenzubenehmen! Siehst du nicht, dass wir eine Besprechung haben?«

Er klemmte sich den Helm unter den Arm. »Entschuldigt die Verspätung.«

Der schlaksige Typ hatte seine halblangen braunen Haare zu dem zotteligsten Pferdeschwanz zusammengebunden, den Wendy je gesehen hatte. Er blickte sich im Raum um.

»Wo zur Hölle steckt Neil?«

Diese eine taktlose Bemerkung reichte aus, und Wendy straffte beherrscht die Schultern. »Es tut mir leid, dass ihr es von mir erfahren müsst, aber er wurde entlassen.«

»Entlassen? Wann?«

»Gestern früh«, erwiderte sie knapp.

»Wusstest du das nicht, Fish?«, wandte sich Craig, der für die Dalben verantwortliche Ingenieur, über den Tisch hinweg an ihn. Dalben waren zu beiden Seiten des Ladeanlegers eingerammte Pfähle zum Anlegen der Schiffe. »Wo hast du dich in den letzten Tagen rumgetrieben?«

»Ich war Krabben fischen«, antwortete Fish und wandte sich dann an die gesamte Gruppe: »Ich hab einen neuen Trick. Man macht Folgendes: Morgens noch vor der Arbeit ein Netz auswerfen, ein paar Löcher in Katzenfutterdosen bohren, die Dosen mit reintun und abends dann das volle Netz einholen. Hab ich die letzten drei Tage gemacht, immer mal wieder nachgesehen in der Kaffeepause und über Mittag. Funktioniert einwandfrei.«

»Tatsächlich?« Gavin sah ihn interessiert an. »Muss ich vielleicht auch mal ausprobieren.«

»Ich sag's dir, Alter, das ist ...«

Wendy packte die Wut. »Wenn es Ihnen nichts ausmacht, ich habe diese Versammlung heute nicht angesetzt, um übers Fischen zu fachsimpeln.«

Fish machte den Mund einen Augenblick lang zu und fragte dann mürrisch: »Und wer sind Sie?«

»Ich bin Wendy Hopkins, die neue Sicherheitsmanagerin. Und Sie sind?«

»Lance.« Er zuckte mit den Schultern. »Der Ingenieur für die Fahrbahn. Aber alle nennen mich Fish, weil ...«

»Nicht nötig, ist ja offensichtlich«, fuhr sie ihn an. »Und Sie?« Sie wandte sich an den rothaarigen jungen Mann, der mittlerweile ziemlich betreten dreinschaute.

»Ich bin Anton.« Er trat von einem Fuß auf den anderen. »Ich bin immer da, wo meine Hilfe gebraucht wird.«

Noch bevor sie sich an den Dritten im Bunde wenden konnte, hielt er ihr forsch seine sonnengebräunte Hand unter die Nase.

»Ich bin Gavin, verantwortlich für die Pfahlkonstruktion.«

Sie schüttelte ihm die Hand und nickte knapp. Vielleicht tat er es, weil er wusste, dass es ihr unangenehm wäre, oder er benahm sich einfach grundsätzlich daneben, wie Lena schon festgestellt hatte. Jedenfalls hielt er ihre Hand absichtlich ein paar Sekunden länger als nötig fest, so dass Wendy sie regelrecht aus seiner Umklammerung befreien musste. Sie merkte, wie sie rot wurde, und wünschte bei Gott, sie hätte mehr Selbstbeherrschung.

»In Ordnung.« Sie wandte sich ab, ohne seinen Blick zu erwidern. »Dann legen wir mal los. Wir haben eine Menge durchzuarbeiten.«

Und das stimmte.

Doch Wendy wusste, dass sie die Aufmerksamkeit der Runde verloren hatte, als sie Begriffe wie »Warnschilder« und »Unfallbericht« aussprach. Alle wussten zwar, dass sie mögliche Risiken auf der Baustelle melden sollten, und auch, wo sie die notwendigen Formulare dafür finden konnten. Sie schienen es aber nur dann machen zu wollen, »wenn Zeit dafür war«.

Wendy musste den Tatsachen ins Auge blicken. Bei einem Projekt wie diesem gab es diese Art von Zeit einfach nie. Bauingenieure kamen nicht einfach nach ihrer Mittagspause wieder und dachten sich: Hey, ich hab ja noch ein paar Stunden, da mach ich doch mal eine Sicherheitsanalyse für unsere Arbeitsabläufe. Für so etwas mussten sie sich einfach die Zeit *nehmen*. Wendy redete hier gegen eine Wand. Am Ende der Besprechung hatte sie die Runde kein bisschen davon überzeugen können, ihre Gewohnheiten zu ändern. Vielleicht war sie es falsch angegangen, indem sie alle gemeinsam hier versammelt hatte, denn so konnten sie sich gegen sie zusammentun. Sie beschloss, das Thema in den kommenden Wochen noch einmal mit jedem einzeln anzusprechen. Möglicherweise würde sie so mehr erreichen.

»Nur noch eine Sache, bevor alle gehen.«

Alle bis auf Lena seufzten. Wendy ignorierte es hartnäckig. »Mir ist aufgefallen, dass wir noch kein ZMT haben.« Verständnislose Blicke. »Ein Zyklon-Management-Team«, erklärte sie. »Im Falle eines Zyklons sind das diejenigen, die die Anweisungen geben. Carl hat sowohl sich selbst als auch folgende Mitarbeiter dafür vorgeschlagen: Gavin, Lance, Bill, Lena und mich.«

»Wer ist Bill?«, wollte Fish wissen.

Wendy seufzte. »Chub.«

»Ach so.« Alle am Tisch raunten verstehend.

»Wie auch immer«, brachte Wendy sie wieder auf ihr Thema, »ich wollte nur Bescheid geben, weil ich im nächsten Monat ein Meeting dieses Teams einberufen werde.«

Niemand ließ sich zu einer Antwort auf diese Bemerkung herab, für Wendy ein Beweis für das Ausmaß ihrer Begeisterung. Sie stieß den Atem aus. »In Ordnung, das ist alles.«

Es war, als hätte die Schulglocke geläutet. Ihre Gesichter erstrahlten, sie schoben die Stühle zurück, setzten sich ihre Schutzhelme auf und rannten sich auf dem Weg zur Tür geradezu gegenseitig über den Haufen.

Lena jedoch entkam nicht so schnell, denn Wendy hielt sie an der Tür auf in der Hoffnung, sofort mit der Analyse und ihrer Beratung der einzelnen Ingenieure beginnen zu können. Außerdem würde es vielleicht helfen, Unterstützung von einer Frau zu haben. Doch Lena sah sie skeptisch an, als sie Wendys Bitte hörte.

»Macht's dir was aus, wenn ich mit dir auf den Anleger komme? Ich habe das Gefühl, ich muss erst mal ein Team bei der Arbeit sehen, bevor ich weitere Urteile abgebe.«

»Äh, klar … wann denn?« Das unangenehm berührte Zögern in Lenas Stimme entging Wendy nicht.

»Jetzt sofort.«

Lena schien immer noch etwas dagegen zu haben, denn sie wandte den Blick ab, als suchte sie nach einer

Ausrede. Wendy seufzte innerlich. Der einzige Mensch, von dem sie geglaubt hatte, er würde ihr eine Chance geben, würde sie also auch enttäuschen. Also würde sie sich alles allein erkämpfen müssen. Sie wollte schon »Mach dir keine Gedanken« sagen, als Lena auf einmal die Schultern straffte.

»Geht klar.«

»Wirklich?«

»Auf jeden Fall.« Lena schenkte ihr ein freundliches Lächeln. »Komm mit.«

Sie nahmen ihre Helme und stiegen zusammen in Sharons Bus, die sich freute, sie zu sehen. »Ihr Mädels seht aus, als würdet ihr nichts Gutes im Schilde führen.«

»Schau *mich* nicht so an«, gab Lena zurück. »Wendy ist diejenige mit der Überraschungs-Inspektion.«

Sharon zog die Augenbrauen hoch, und Wendy rümpfte die Nase. »Oh, das soll es gar nicht sein, nur ein freundlicher Besuch.«

»Apropos freundliche Besuche …« Sharon grinste sie im Rückspiegel an. »Warum sehen wir dich gar nicht mehr beim Abendessen?«

Wendy wurde rot. »Oh, ich …«, setzte sie an, konnte den Satz aber nicht beenden. Die Büchse der Pandora mit der Aufschrift *Ich bin auf der Suche nach meinem Vater* wollte sie nicht unbedingt in der Öffentlichkeit öffnen.

»Die Jungs haben erzählt, dass du jeden Abend in deinem süßen blauen Auto nach Wickham fährst«, sagte Lena.

»Hast du jemanden dort?«, wollte Sharon wissen.

»Hätte sie jemanden, dann wüsste Radar mit Sicherheit davon«, spöttelte Lena. »Er schwört, dass sie Single ist.«

Sharon verdrehte die Augen. »Klar, weil Radar ja die verlässlichste Quelle auf der ganzen Baustelle ist. Er dachte auch, dass der arme Kerl aus Fishs Team eine Schönheits-OP hatte und Bic seine Frau betrügen würde, als seine Tochter ihn vom Flughafen abgeholt hat.«

»He, ich sitze direkt neben euch.« Wendy lachte. »Ich kann auch selber antworten.«

»Oh ja, bitte.« Lena rieb sich die Hände. »Ich hätte Radar wahnsinnig gerne mal etwas voraus.«

»Ich fürchte, da gibt's niemanden. Ich bin Single, und das bleibe ich auch.« Aus irgendeinem unerfindlichen Grund tauchten vor ihrem inneren Auge ein schelmisches Grinsen und ein selbstsicherer Gang auf. Sie biss die Zähne zusammen und verscheuchte das Bild.

»Schade.« Lena zog einen Schmollmund. »Ich hatte auf schlüpfrige Details gehofft.«

»Apropos schlüpfrige Details.« Sharon warf Lena einen Blick über die Schulter zu. »Wer ist eigentlich Annabel George?«

Lena sah verärgert aus. »Eine verdammte Nervensäge.«

Wendy blickte Lena überrascht an und sah, wie auch Sharon im Rückspiegel die Augenbrauen hob.

»Dann sind die Gerüchte also wahr«, murmelte die Busfahrerin. »Ich konnte echt nicht glauben, dass am Samstag eine Frau in roten Highheels mit ein paar Tupperdosen voller Kekse und Muffins für Bulldog aufgekreuzt sein soll.«

»Selbstgemachte Kekse und Muffins«, verbesserte Lena griesgrämig.

»Waren sie denn gut?«, fragte Wendy.

»Verdammt lecker.«

Sharon schnaubte. »Warum bäckt sie denn für ihn?«

»Dan sagt, sie will nur nett sein. Aber ich weiß, was das bedeutet.« Lena verdrehte die Augen. »Sie will ihn zurück.«

»Zurück?« Sharon war erstaunt. »Bulldog hat eine Exfreundin?«

Lena hob die Hände. »Und ich dachte, ich wüsste alles, was es über Dan zu wissen gibt. Aber sein Liebesleben habe ich komplett ausgeblendet. Natürlich hatte er eins, bevor es mich gab, aber ich habe doch nicht damit gerechnet, dass es plötzlich in Form seiner Exfreundin hier auftaucht. Wir sind hier schließlich in Cape Lambert, verdammt noch mal.«

»Und was sagt Dan dazu?«, wollte Sharon wissen.

»Dass ich mir keine Sorgen machen muss und sonst nicht viel. Du weißt ja, wie mitteilsam er ist, wenn es um seine Gefühle geht.«

Wendy konnte sich Dan sehr gut als den starken, stillen Typ Mann vorstellen. »Na ja, vielleicht solltest du einfach noch ein bisschen abwarten. Vielleicht hat die Frau irgendwann die Nase voll davon, für ihn zu backen und lässt ihn in Ruhe«, vermutete sie.

»Das wäre großartig.« Lena nickte.

Der Bus hielt an der Schranke zum Ladeanleger, so dass die beiden Frauen Wendy nicht weiter ausfragen konnten. Ein Inspektor stieg ein, um ihre PSA zu überprüfen – im Wesentlichen ihren Schutzhelm, Weste und Stiefel. Bei Wendy und Lena wie auch bei den beiden auf der Rückbank hockenden Männern war alles in Ordnung. Der Inspektor stieg wieder aus, und die Schranke öffnete sich.

Noch bevor Wendy das Förderband zu Gesicht bekam,

dröhnte sein Summen ihr in den Ohren. Enorme Haufen Eisenerz wurden auf einem vom jahrelangen Einsatz rot gefärbten Band transportiert. Am Ende des Anlegers konnte Wendy zwei Schiffe sehen, die auf diese kostbare Fracht warteten. Erstaunlich, dass Australien so viel Geld damit verdiente, Erde zu verkaufen.

Der Bus fuhr weiter, Sharon drosselte aber das Tempo, denn die staubig rote Fahrbahn war schmal und besaß keine Leitplanke. Ein falscher Schlenker und sie würden über den Straßenrand und in den Ozean oder – noch schlimmer – auf das Förderband fliegen. Auf ihrer ersten Fahrt hier heraus hatte Wendy sich an ihren Sitz geklammert, solche Angst hatte sie gehabt. Jetzt konnte sie zumindest mit einem gewissen Anschein von Ruhe hier sitzen.

Nach fünf Minuten schweigsam verlaufender Fahrt hielt Sharon ungefähr auf halber Höhe des Anlegers neben den sogenannten Schlitten, zwei tischartigen Stahlgerüsten, die über dem Förderband standen und als Arbeitsplattform für die Männer dienten, während das Erz unten weiterbefördert wurde.

»Ich glaube, das hier ist eure Haltestelle«, verkündete Sharon heiter.

»Danke.« Lena stand auf. »Wir sehen uns, wenn du wieder zurückfährst.«

Die Busfahrerin nickte, und Lena und Wendy sprangen die Stufen hinunter auf die Straße. Wendy schirmte sich die Augen mit der Hand ab und schaute nach oben. Sie konnte die Männer aus Lenas Team auf den Gerüsten herumlaufen und Anweisungen von ihrem Vorarbeiter entgegennehmen sehen, der kein anderer war als Wendys Onkel Mike. Das war eine Überraschung.

»Mein Onkel ist dein Vorarbeiter?«

Lena war ebenfalls verwundert. »Hat er dir das nicht erzählt?«

Sie hatten seit der Begegnung vor ihrem Hotel in Karratha nicht mehr miteinander gesprochen. Wendy hatte ihn auch nicht beim Essen gesehen, nicht ein einziges Mal. Aber sie wollte jetzt nicht wieder Familienangelegenheiten vertiefen, also verneinte sie nur, und mit Blick auf die anderen Teammitglieder sagte sie: »Du musst mich allen vorstellen.«

»Klar.« Sie stiegen die Leiter an einem der Schlitten hoch. Ihre Ankunft zog sofort die Aufmerksamkeit aller auf sich.

»So, so, so.« Ein Mann mit dunklen Haaren, dunklen Augen und dunkler Haut kam auf sie zugeschlendert. Seine blitzenden weißen Zähne brachen die Gleichförmigkeit seines Gesichts. »Da sind wir heute Morgen aber reich gesegnet mit weiblicher Gesellschaft.«

»Das ist Radar.« Lena verdrehte die Augen. »Er konnte es kaum erwarten, dich kennenzulernen.«

»Wirklich?«, fragte Wendy vorsichtig nach.

»Und wie gefällt's dir hier?« Er grinste sie gutmütig an und breitete die Arme aus, als wäre er der eigentliche Besitzer des Ladeanlegers und würde ihn Wendy zum allerersten Mal präsentieren.

»Gut, sehr gut sogar«, gab Wendy zurück. Sie war sich jedoch nicht sicher, ob er ihr diese Lüge abnehmen würde, also fügte sie noch hinzu: »Allerdings hat Ethel mir den Donga gegeben, der eigentlich außer Betrieb sein sollte. Es macht mich fertig, dass ich keine Klimaanlage habe, aber ansonsten ist alles gut.«

Radar pfiff leise. »Was hast du ihr denn getan?«

Wendy lächelte ihn verschwörerisch an. »Wenn ich es herausgefunden habe, lass ich's dich wissen.«

»Ohoho«, er tippte sich kurz an den Helm, »jetzt ist der Fisch am Haken, was? Hast du noch irgendwelche anderen Leckerbissen für mich?« Er verschränkte die Arme und legte dann nachdenklich einen Finger ans Kinn. »Ich war schockiert darüber, dass du mit Mike verwandt bist. Falls du irgendwelchen Tratsch über ihn hast, immer her damit.«

Wendy schaute zu ihrem Onkel hinüber. Er schien erst jetzt bemerkt zu haben, dass sie da war. Sie versuchte es mit einem Lächeln, doch er warf ihr nur einen Blick zu, der besagte: Wie kannst du es wagen, in mein Gebiet einzudringen? Dann marschierte er ans andere Ende der Plattform, als würde er so viel Abstand wie möglich zwischen sie bringen wollen.

»Oha, ihr seid wohl nicht gut aufeinander zu sprechen«, bemerkte Radar wachsam. »Irgendwas nicht in Ordnung?«

»Erzähl ihm nichts«, warnte Lena sie, als Wendy ihren Blick von Mikes Rücken löste. »Er will nur eine Akte für dich anlegen.«

»Eine Akte?«

Lena grinste. »Radar hat einen Ruf zu verteidigen. Alles, was er mit seinem Radar orten kann, wird in Umlauf gebracht. Die Geschichte von dir und Ethel wird in ein paar Tagen die Runde im ganzen Camp gemacht haben.«

Wendy sah sie erstaunt an. »Danke für den Hinweis.«

»Komm schon, Madame I.«, Radar hob missmutig die Schultern, »mach ihr doch keine Angst. Sie wollte mir grade *alles* erzählen.«

»Tatsächlich?« Wendy musste lachen. »So gut bist du also?«

»Klar.« Er reckte kurz das Kinn und rief dann einem Kollegen zu: »Ja, ja, bin gleich da.«

»Irgendwelche Probleme heute, Radar?«, erkundigte sich Lena.

»Mike ist eine Laus über die Leber gelaufen, aber ansonsten sieht's gut aus.« Er ging los, sein Gurtzeug hinter sich herschleifend.

»Ist er immer so?«, wollte Wendy wissen.

»Oh ja, immer. Radar ist auf jeden Fall speziell, aber er ist ein guter Höhenarbeiter.«

»Und was hat es mit Madame I. auf sich?« Der Begriff war Wendy sofort aufgefallen.

»Mein Spitzname.« Lena schnitt eine Grimasse. »Eigentlich Madame Ingenieurin. Wenn du Glück hast, bekommst du auch einen.«

»Ich bin nicht sicher, ob mir die hier geltende Definition von Glückhaben gefällt«, erwiderte Wendy trocken, und Lena lachte. Dann sah sie Wendy von der Seite an.

»Also, was hältst du von meinen Schlitten?«

Wendy blickte sich aufmerksam um. Auf dem Riffelblech der beiden Schlitten stand jeweils ein Fünf-Tonnen-Kran. Die beiden zusammen hielten gerade einen vorgefertigten Träger über dem Anleger, so dass die Arbeiter ihn anschweißen konnten. Der Träger war einer der vielen Materialien, die zur Verbreiterung des Ladeanlegers verwendet wurden. Wendy konnte bei dem, was die Männer taten, kein unmittelbares Gefahrenpotential erkennen. Trotzdem müsste sie einen Blick auf die Ausführungspläne werfen, bevor sie voreilige Schlüsse zog.

»Sieht aus, als ob das hier ganz ordentlich läuft«, sagte sie also nur.

»Und schnell.« Lena nickte begeistert. »Der Bauherr will alles am liebsten schon gestern fertig haben.«

Schnelles und vernünftiges Arbeiten waren zwei Dinge, die nicht oft Hand in Hand gingen. Wendy blieb noch eine Weile, und ihr Verdacht wurde bestätigt: Manchmal wurden die Sicherheitsvorkehrungen etwas vernachlässigt, damit alles am Laufen blieb. Allerdings waren das Kleinigkeiten, also beschloss Wendy, Lena erst mal nicht darauf anzusprechen und sich vielleicht die anderen Teams am Ende des Anlegers anzusehen. Dann könnte sie möglicherweise eine umfassendere Erklärung abgeben, und Lena hätte nicht das Gefühl, Wendy würde auf ihr herumhacken wollen.

Sie verabschiedete sich. »Ich glaube, ich gehe mal den Anleger hinunter und sehe mir Gavin, Fish und Craig an.«

»Ja klar, kein Problem«, sagte Lena unbekümmert und fragte dann unvermittelt: »Sag mal, hat Gavin dich irgendwie bedrängt?«

Wendy erstarrte. »W…warum fragst du? Hast du Gerüchte gehört?«

»Nein«, antwortete Lena. »Es wirkte nur ziemlich angespannt zwischen euch beiden heute Morgen. Ich habe mich gefragt, ob ich mir das nur einbilde.«

»Oh.« Wendy zögerte und suchte nach einer Halbwahrheit, die als Erklärung hinhalten konnte. »Na ja, mich hat es einfach geärgert, dass er und die anderen zu spät kamen. Ich fand das ziemlich unhöflich.«

»Ja, das war es auch.« Lena nickte zustimmend und ging nicht weiter darauf ein.

Es war ein angenehmer Spaziergang den Anleger entlang, und das Rauschen der Wellen und das Kreischen der Möwen boten eine entspannende Untermalung. Die Sonne schien, und es roch nach Meersalz und feuchter Erde, eine interessante Mischung. Der Blick auf den Ozean war herrlich. Wellen mit weißen Schaumkronen grüßten sie. Sie hatte das Gefühl, das würde noch für eine ganze Weile das einzige Zeichen des Respekts sein, das sie hier bekäme.

Als Wendy sich der Ramme näherte, hörte sie, wie gerade ein neuer Pfahl eingerammt wurde. Das durchdringende, melodisch summende und außerordentlich laute Geräusch dröhnte ihr in den Ohren.

Peng! Peng! Peng!

Wie das rhythmische Schlagen einer überdimensionalen Trommel hämmerte es gegen ihren Schädel. Schnell holte sie ein paar Schaumstoffohrstöpsel aus ihrer Hosentasche und stopfte sie sich in die Ohren. Sie hielten den Lärm nicht völlig ab, milderten ihn aber etwas.

Dann sah sie die Hubinsel, auch Errichterschiff genannt: eine riesige, frei stehende Konstruktion, die neben dem Anleger auf drei runden Stelen über dem Wasser schwebte. Wendy wusste, dass die Hubbeine jeden Augenblick eingezogen werden konnten und die Plattform sich somit wieder in ein Schiff verwandelte, das dann zum nächsten Pfahl weiterfahren konnte.

Wow!

Zwar hatte sie das Schiff vor ein paar Tagen bereits gesehen, aber noch nicht in Aktion erlebt. Die gigantische Klaue darauf hielt einen Pfahl im Wasser aufrecht, während die Ramme darübergestülpt war und alle fünf

Sekunden ein Gewicht auf den Pfahl heruntersausen ließ.

Sie ging hinüber zum Geländer, wo Fish, Craig und Gavin lehnten und nach unten schauten. Als Wendy ebenfalls einen Blick nach unten warf, um zu sehen, was sie so faszinierte, musste sie lächeln.

Sie sahen sich die Fische an.

Bestimmt zwanzig oder noch mehr trieben an der Wasseroberfläche. Sie waren nicht tot, aber gelähmt vom Druck im Wasser dümpelten sie hilflos um den Pfahl herum.

Ziemlich große Fische sogar.

Die Fish nur zu gern selbst am Haken gehabt hätte. Das machte ihn bestimmt wahnsinnig. Die Ramme stoppte, und Wendy nahm gerade rechtzeitig ihre Ohrstöpsel heraus, um ihre Vermutung bestätigt zu bekommen.

»Was würde ich dafür geben, in einem kleinen Boot da unten rumzuschippern und die Baramundi aus den Wellen einzusammeln.« Fish schmatzte mit den Lippen. »So leicht, als würde man einem Baby Süßigkeiten wegnehmen.«

»Na ja, in Wickham verleihen sie doch Boote«, setzte Gavin an. »Ich habe gesehen …«

»Das könnt ihr euch sofort aus dem Kopf schlagen!«

Die Männer wirbelten herum, als sie ihre Stimme hörten.

»Oh, Scheiße«, rief Fish und rang die Hände, »die Bullen sind da.«

»Nicht ganz.« Sie musste grinsen, wie er sie so komisch anglotzte und die anderen beiden Männer ertappt rot wurden. »Aber eins sage ich euch: Solange ich da bin, wird auf der Baustelle nicht gefischt.«

»Wirklich?« Tief enttäuscht legte Fish den Kopf schief. »Es ist aber nicht gefährlich, wenn man weiß, was man tut.«

»Und ich vermute mal, du weißt das?« Ein Lächeln umspielte ihren Mund.

»Na ja«, entgegnete Fish, jetzt wieder hoffnungsvoll, »ich würde Gav bitten, das Boot zu steuern, das kann er besser. Aber ich kümmere mich um das Netz, niemand kann einen Fang besser einholen als ich.«

Sie sah die drei Männer streng an. »Niemand besorgt sich hier ein Netz oder ein Boot, und das ist mein letztes Wort.«

Gavin, ganz der Unbekümmerte, fing sich als Erster wieder. »Dann sollten Sie mich wohl besser aufs Revier bringen, Sergeant.« Er hielt ihr seine Handgelenke hin, als wartete er darauf, dass sie ihm Handschellen anlegte. Sie schüttelte nur den Kopf. Er sah sie viel zu verdächtig unterwürfig an.

»Sergeant«, wiederholte Craig den Namen, den Gavin ihr gegeben hatte. »Das gefällt mir.«

Fish stöhnte auf. »Du kannst doch nicht einfach widerstandslos aufgeben«, höhnte er. »Hast du denn kein verdammtes Rückgrat?«

Craig gluckste und warf Wendy einen wissenden Blick zu. »Er gibt nicht auf, Fish. Er ist hinter ihr her.« Er wandte sich an Wendy. »Sei bloß vorsichtig!«

»Ich kann schon auf mich selbst aufpassen«, gab sie zurück.

»Das kannst du in der Tat«, murmelte Gavin und ließ die Arme sinken.

Sie versuchte sich in ihrem besten »Ich spiele keine Spielchen«-Blick, aber wie Gavin sie so lässig provozierend ansah, wollte es ihr nicht gelingen. Verunsichert wandte sie sich ab und blickte aufs Wasser. Sie wollte das Gefühl verscheuchen, dass er sie in die Enge getrieben hatte.

Fish jedoch gefiel die Wendung gar nicht, die die Unterhaltung genommen hatte.

»Ich fasse es nicht, sind wir schon wieder da gelandet?«, warf er Gavin vor. »Wann lernt ihr es endlich? Frauen sind wie Bäume – irgendwann sind sie alle weg. Und dann musst du dein Haus selber putzen.«

Wendy blieb die Luft weg, aber Fish hatte sich schon davongemacht, und Gavin lachte leise. »Ich würde sagen, der Kollege bettelt regelrecht um Schläge, ob jetzt mit Boot oder ohne.«

Als Wendy an dem Abend bei ihrem Donga ankam, entdeckte sie wie zum Beweis für Radars Ruf, dass jemand ihr Fliegengitter erneuert hatte. Sie fand keine Nachricht, es war einfach nur repariert worden. Das hob ihre Stimmung. Jetzt würde sie nicht nur mit offenem Fenster schlafen können – eine enorme Erleichterung, wo sie doch keine Klimaanlage hatte –, sondern es deutete auch darauf hin, dass vielleicht nicht *jeder* auf dieser Baustelle es auf sie abgesehen hatte.

In den folgenden Tagen verdoppelte Wendy ihre Bemühungen, Barnes Inc. zu einem sichereren und verfahrensorientierteren Arbeitsplatz zu machen. Und so wurde sie diejenige Kollegin, die am meisten nervte und am meisten gemieden wurde.

Sie war nicht sicher, wie es passiert war, aber irgendwie hatte es die Runde gemacht, dass Fish sie als Bulle bezeichnet und Gavin sie den Sergeant getauft hatte.

Das war nun ihr Spitzname, und überall, wo sie vorbeikam, wurde er von den Gerüsten und aus den Pickups gerufen.

»Ich weiß nicht«, bemerkte Chub an einem Samstagnachmittag. »Mir gefällt er irgendwie. Zeigt doch, dass du Autorität hast, oder etwa nicht?«

»Oder man macht sich darüber lustig«, entgegnete Wendy trocken.

Und dann begannen die Streiche. Glücklicherweise waren sie nicht besonders schlimm oder gefährlich, aber dennoch extrem lästig.

Einmal ließ sie ihre Kamera im Büro-Donga am Ende des Anlegers liegen, als sie draußen einen Rundgang machte. Später sah sie dann, dass all ihre Fotos gelöscht und mit neuen ersetzt worden waren, auf denen Männer ohne Gesichter so taten, als würden sie wahnsinnig gefährliche Dinge mit einem Schneidbrenner anstellen – wie zum Beispiel ihn als Feuerzeug benutzen.

Am Sonntag klaute jemand ein paar ihrer Warnhinweisschilder – farblich gekennzeichnete Plastikrechtecke, die auf defekte Ausrüstung geklebt wurden, die zu gefährlich für einen Einsatz war. Als Wendy am Feierabend das Büro verließ, sah sie, dass jemand ihren blauen Nissan komplett damit bepflastert hatte. Von den Rädern bis zu den Seitenspiegeln, Türgriffen und Scheibenwischern. Ihr Auto sah aus, als würde es gleich an einer Schwulenparade teilnehmen wollen. In letzter Zeit hatte sie zwar öfter Probleme beim Starten gehabt, weil sie die Batterie auswechseln musste, aber das hier war einfach nur unglaublich. Und wie konnten die Männer das überhaupt wissen, wenn nicht durch Nachspionieren?

Sie brauchte eine halbe Stunde, um die Schildchen wieder abzubekommen.

Aber am Montag schossen sie wirklich den Vogel ab.

Wendy hätte es kommen sehen müssen. Am Tag zuvor war sie durch besonders matschiges Gelände gestapft, hatte aber keine Lust gehabt, ihre Stiefel nach der Arbeit sauberzumachen. Also hatte sie diese vor der Tür stehen lassen in der Annahme, sie könnte den getrockneten Schlamm am nächsten Morgen einfach abklopfen.

Als sie am Montagmorgen dann auf Socken aus ihrem Donga trat, waren die Stiefel verschwunden. Und als sie verwirrt auf die Stelle schaute, an der sie sie stehen lassen hatte, dämmerte es ihr. Sie schloss die Augen und legte den Kopf in den Nacken.

Du Idiot.

Natürlich hatte jemand sie mitgenommen. Es war noch eins von ihren Späßchen. Sie drehte sich um, die Hände in die Hüften gestemmt, und überlegte ihre Alternativen – auch wenn es eigentlich nur eine gab: Sie würde ihre Sandalen anziehen und nach Karratha fahren müssen, um sich neue Stiefel zu kaufen. Das war bei weitem besser als die Demütigung, wenn sie herumfragte, ob jemand ihre alten gesehen hatte.

Sie würde ihre Stiefel sowieso nicht finden. Sie konnten sonst wo sein, wahrscheinlich mittlerweile bereits in Beton gegossen, so wie sie die Jungs kannte. In dem Moment schaute sie zufällig nach oben und entdeckte ihre Stiefel, immer noch voller Matsch, auf dem Dach des Dongas gegenüber.

Okay, vielleicht lag ich doch falsch in der Annahme, dass ich sie nicht finden würde.

Das Problem war natürlich, wie sie die Schuhe vom Dach herunterbekommen sollte.

Sie ging die Stufen vor ihrem Donga hinunter und überquerte den Schotterweg. Auf- und abspringen brachte sie ihrem Ziel aber auch nicht näher.

Soll ich vielleicht …

Sie rannte zurück in ihren Donga und holte den Plastikstuhl, mit dem jede Unterkunft ausgestattet war. Dann stellte sie ihn gegen die Containerwand, stieg hinauf und versuchte, ihre Stiefel mit einem zusammengerollten Handtuch vom Dach zu schieben.

Nein, sie kam immer noch nicht an die Stiefel heran.

»Hey, Sarge.« Eine allzu bekannte Stimme drang an ihr Ohr. »Komischer Ort, um seine Stiefel abzustellen.«

Sie zog ruckartig die Hand zurück und wirbelte herum. Es musste vollkommen lächerlich aussehen, wie sie in Socken auf dem Stuhl balancierte. Gavin hingegen war gutaussehend und großspurig wie eh und je, hatte einen Rucksack geschultert und ein schelmisches Grinsen auf den Lippen. »Brauchst du Hilfe?«

Er war offensichtlich auf dem Weg zum Parkplatz gewesen, bis das Schicksal ihn zur falschen Zeit an den falschen Ort geführt hatte.

»Nein, geht schon, danke«, erwiderte sie knapp und wandte den Blick ab.

»Sieht aber nicht so aus.«

»Nicht der Rede wert.« Sie sprang vom Stuhl. »Krieg ich schon hin.«

Er stellte seinen Rucksack ab. »Ich schätze mal, mit einer Räuberleiter kämst du ran.«

Sie wurde rot. »Nein, nicht nötig.«

»Meine Güte, Wendy«, sagte er verärgert. »Was willst

du denn machen, wenn ich weitergehe? Deinen Tisch rüberschleppen und den Stuhl draufstellen? Das halte ich für *grob fahrlässig.*«

Sie streckte ihm die Zunge heraus. »Meinen Tisch kann ich nicht benutzen, der ist kaputt. Ich habe doch den Außer-Betrieb-Donga, mach dir also keinen Kopf.«

»Ach, stimmt ja.« Er grinste. »Hab ich gehört. Was ist dann dein Plan B?«

Sie starrten sich ein paar Sekunden lang an, bis Wendy es nicht mehr aushielt. »*Okay.* Hilf mir mit der Räuberleiter. Aber keine faulen Tricks.«

Sein triumphierender Blick war geradezu unverschämt. »Wenn das eine Warnung sein soll, dich bloß nicht noch mal zu küssen, dann werde ich mich beherrschen, versprochen.«

Ihr wurde ganz heiß, so peinlich war ihr die Situation. »Lass uns die Sache einfach schnell hinter uns bringen.« Sie wandte den Blick ab. Besser, sie ging gar nicht darauf ein.

Er kam zu ihr, stellte sich zwischen sie und den Donga und hielt die Hände verschränkt vor sie hin. Sie sah ihn noch einmal warnend an und setzte dann einen Fuß auf seine Handflächen. Extrem befangen legte sie die Hände auf seine Schultern, als er sie langsam hochstemmte. Sobald sie höher kam, stützte sie sich am Donga ab. Mittlerweile konnte sie seine Wange an ihrem Bein spüren, da sie sich gegen ihn lehnte, um nicht herunterzufallen.

Das läuft ganz und gar nicht, wie ich es mir vorgestellt hatte.

Und dann waren ihre Stiefel in Reichweite. Sie stieß sie vom Dach herunter, und sie landeten ein paar Meter weiter auf dem Schotter.

»Hab sie«, rief sie. »Kannst mich jetzt runterlassen.«

Anstatt sie langsam herunterzulassen, machten Gavins Hände jedoch einen Ruck nach oben und ließen dann ihren Fuß los. Wendy blieb fast die Luft weg, und sie schrie auf, als sie mit rudernden Armen fiel, nur um dann einen Moment später in Gavins Armen zu landen, ganz nach »Braut über die Schwelle tragen«-Manier.

Das hätte ich mir ja verdammt noch mal denken können.

Ihre Wangen glühten, und Gavin lächelte sie zufrieden an wie ein Junge, der seinen Willen bekommen hatte. Der Schalk in Person.

»Lass mich runter«, stieß sie zwischen zusammengebissenen Zähnen hervor.

Seine Augen funkelten, und er zog sie fester an sich. »Möchtest du, dass ich dich zu deinen Stiefeln trage, damit du nicht über den Schotter laufen musst?«

»Nein.«

»Das wäre überhaupt kein Problem.«

»Nein.«

»Oder ich setze dich in den Stuhl und bringe dir deine Stiefel.«

»Gavin, lass mich runter!«

»Oh, okay.« Seine Stimme klang eindeutig nach »Spielverderber«, aber er stellte sie mit reichlich überflüssiger Hilfe auf ihre Füße.

»Danke«, sagte sie beleidigt und wehrte seine Hände ab, als er Anstalten machte, ihre Jeans abzuklopfen.

»Könntest du vielleicht damit aufhören!«

»Entschuldige.« Er grinste. »Dann kommst du jetzt wohl allein zurecht.«

»Ja, tue ich.«

»Okay. Meine Arbeit hier ist erledigt.« Er nickte, nahm seinen Rucksack und stapfte davon.

Sie sah ihm kopfschüttelnd nach und konnte sich doch ein dümmliches Lächeln nicht verkneifen.

Kapitel 7

Am Montag hatte jemand – vermutlich Ethel – Wendys Klimaanlage ausgetauscht, während sie auf der Arbeit war. Als sie abends in ihren Donga kam, war die alte aus dem schwarzen Loch in der Wand gerissen und eine funkelnagelneue eingesetzt worden. Wendy schloss sie an und schaltete sie ein.

Sie lief einwandfrei.

Erleichtert darüber, dass Ethel endlich Frieden schließen wollte, beschloss Wendy, bald bei ihr vorbeizuschauen, sich zu bedanken und ihr die Freundschaft anzubieten. Sie waren schließlich so wenige Frauen im Camp, sollten sie da nicht alle zusammenhalten?

Als der Dienstag sich dem Ende neigte, befand Wendy, dass sie gute Fortschritte machte. Sich direkt an jeden einzeln zu wenden funktionierte definitiv besser. Daher hoffte sie, Carl würde sie vielleicht früher Schluss machen lassen. Sie würde erst mit Ethel reden und dann nach Wickham fahren und sich weiter nach ihrem Vater umhören, solange es noch hell war. Möglicherweise konnte sie doch noch irgendwo etwas ausgraben.

Wem machst du hier eigentlich etwas vor?

Sie musste den Tatsachen ins Auge blicken.

Wickham war auch nur eine Sackgasse.

Sie war schon zweimal im Ärztezentrum gewesen.

Niemand namens Hector war dort wegen zwei verlorenen Zehen am rechten Fuß behandelt worden. Das Stahlwerk in der Nähe gab es anscheinend erst seit zehn Jahren, und keiner der Ortsansässigen schien etwas von älteren Stahlwerken zu wissen, die vielleicht schon seit ein paar Jahren geschlossen waren. Sie entschied also, ihren Suchradius zu erweitern.

Der Roebourne Golf Club hatte kein Mitglied unter dem Namen Hector. Sie wusste ja nicht einmal, ob er Golf mochte. Aber sie ging einfach nur überallhin, wo es Namenslisten und andere Informationen gab, in denen sie nachsehen konnte. Sie war sogar eines gruseligen Abends zum Roebourne Gefängnis gefahren, um sich die Häftlingsliste anzuschauen. Auch kein Hector. Zumindest war sie dieses eine Mal dankbar dafür gewesen.

Der einzige Ort, an dem sie noch nicht gesucht hatte, war die Baustelle. Und so unwahrscheinlich es auch sein mochte, dass ihr Vater am gleichen Ort arbeitete wie sie, widerstrebte es ihr doch, herumzufragen, ob jemand von einem dunkelhaarigen Schweißer namens Hector gehört oder ihn gesehen hatte.

Was wäre das für eine großartige Art und Weise, so richtig schön aufzufallen!

Wenn sie das nicht ohnehin schon tat.

Sie wusste, wie gern die Männer Witze über sie machten. Die TCN-Spion-Theorie war nach wie vor in Umlauf. Wenn es etwas gab, was die gesamte Mannschaft liebte, dann war es eine gute Geschichte. Frau auf der Suche nach Vater, der sie schon vor ihrer Geburt sitzenlassen hatte, schien genau die Art Klatsch-Stoff, auf den sich die Jungs stürzen und wovon sie nie wieder ablassen würden. Wenn sie tatsächlich jemals ihren Vater finden sollte, wäre es wie eine Live-Wiedervereinigung in einer Talkshow.

Sie stützte schwer den Kopf auf die Hand. Nein, sie wollte auf keinen Fall noch mehr Skandale.

Wäre es nicht phantastisch, wenn sie ganz still und heimlich an die Angestelltenliste von Barnes Inc. gelänge? Nur ein kurzer Blick darauf, und schwupps, hätte sie die Information. Barnes Inc. und seine Subunternehmer stellten mit Sicherheit die Mehrheit an Mitarbeitern auf dieser Baustelle. Dann wären da noch TCN und die Männer, die sowieso am Hafen arbeiteten.

Sie schaute zu Chub. Er war vermutlich der netteste Mensch, den sie hier bisher kennengelernt hatte. Wenn sie ihn freundlich bat, ließ er sie wahrscheinlich einen unbefugten Blick hineinwerfen, obwohl er keine Veranlassung hatte, das zu tun. Er könnte dafür womöglich sogar Schwierigkeiten bekommen. Auch nette Menschen hatten ihre Grenzen, oder wie ihre Mutter es warnend ausgedrückt hatte, *ihren Preis*. Wendy trommelte mit den Fingern auf der Tischplatte.

Sollte sie ihn fragen und riskieren, dass er im Gegenzug etwas von ihr erwartete? Sie hasste es, in irgendjemandes Schuld zu stehen.

»Es ist mein Bizeps, oder?«, fragte Chub, ohne aufzusehen. »Deswegen starrst du mich so an.«

»Äh …«

Er hielt einen Arm hoch, so dass sie ihn sich besser anschauen konnte. »Ganz schön mächtig, was? Wenn er nur nicht so runterhängen würde …«

Sie musste lächeln. »Großer«, setzte sie an.

»Ja.« Er presste sein Doppelkinn auf die Brust und

blickte sie über den Rand seiner kleinen runden Brille hinweg an.

Sie rollte sich mit ihrem Stuhl näher an seinen Schreibtisch heran und verschränkte die Hände so fest in ihrem Schoß, dass die Knöchel weiß hervortraten. »Ich habe mich gefragt, ob du mir eventuell bei etwas helfen könntest. Ich bin nämlich auf der Suche nach jemandem hier in der Stadt. Und es würde die Suche enorm erleichtern, wenn du mir einen Blick in die Mitarbeiterliste von Barnes Inc. erlauben würdest.«

Gespannt wartete sie seine Antwort ab.

Chub sagte erst einmal nichts und betrachtete sie nur weiter über seinen Brillenrand hinweg. Dann fragte er, ohne zu blinzeln: »Wie heißt er oder sie denn? Vielleicht kann ich für dich nachschauen.«

Sie stieß langsam den Atem aus. »Er heißt Hector. Seinen Nachnamen kenne ich nicht, aber ich weiß, dass er Schweißer war oder ist.«

Chub drehte sich zu seinem PC um, klickte und tippte. Wendy biss sich vor Aufregung auf die Lippe.

Es dauerte nur ein paar Minuten, und sie wünschte, sie hätte Chub schon früher darum gebeten.

»Ich habe einen Hector auf der Liste gefunden. Warner mit Nachnamen. Er ist allerdings kein Schweißer, sondern Vorarbeiter in Gavins Team.«

Sie hörte ihr Herz in den Ohren hämmern. Es war durchaus möglich, dass ihr Vater mittlerweile zum Vorarbeiter aufgestiegen war. Würde sich heute endlich alles aufklären? Hatte sie nach dieser ganzen Zeit ihren Vater gefunden, und das auch noch so mühelos?

Sie legte eine Hand auf die Brust. »Was für eine Haarfarbe hat er?«

Chub sah sie amüsiert an. »Keine Ahnung. Alles in Ordnung bei dir? Du siehst aus wie ich, wenn ich merke, dass ich mein Mittagessen schon als zweites Frühstück verputzt habe.«

Ihr Gesicht bekam wieder Farbe, und ihr gelang ein leichtes Lächeln. »Ja, ich habe nur schon ziemlich lange drauf gewartet.«

»Hast wohl schon länger nach dem Kerl gesucht, was?«

»Könnte man so sagen.« Sie wich seinem Blick aus.

»Ein Exfreund von dir, stimmt's?«, hakte Chub nach. »Der Mistkerl schuldet dir noch Geld, oder?«

»Nein, nein.« Sie lachte ausweichend. »Nichts in der Richtung. Aber ich kann es kaum erwarten, ihn zu treffen. Finde ich ihn auf dem Anleger, wenn ich jetzt mit dem Bus rausfahre?«

»Normalerweise schon ...«, setzte Chub vorsichtig an, als würde er gleich schlechte Nachrichten überbringen müssen, »... wenn er nicht vor ein paar Wochen gekündigt hätte.«

»Was?!«

»Ich weiß«, sagte er hilflos. »Das ist wirklich Pech, aber so steht's hier auf der Liste.«

»Darf ich mal sehen?«

»Klar.«

Sie rollte ihren Stuhl näher an den Bildschirm. Chub hatte recht, auf der Liste stand nur, was er ihr bereits gesagt hatte: Name, Beruf, Team, Arbeitsbeginn, Arbeitsende.

»Wie kann ich rausfinden, wie alt er ist und wo er herkommt?«, wollte sie wissen. »Existiert eine Kopie von seinem Lebenslauf oder seiner Arbeitszulassung?«

Vielleicht standen darauf sein Geburtsdatum und seine Kontaktdaten. Falls er zum Beispiel erst um die dreißig war, musste sie es gar nicht erst weiterverfolgen. Wenn sein Alter jedoch angemessen schien, dann hätte sie zumindest eventuell eine Adresse oder Telefonnummer.

»Ja, das haben wir tatsächlich. Aber nicht in diesem Dokument.« Chub schloss das Fenster, und in dem Moment blieb der Rechner hängen. »Ach, Mist, sieht aus, als wäre der Server mal wieder abgestürzt.«

Wäre es eine akzeptable Reaktion gewesen, frustriert aufzuschreien, so hätte Wendy es jetzt getan. Stattdessen musste sie aber still auf ihrer Stuhlkante sitzen bleiben, während Chub dieses und jenes versuchte, um seinen Computer wieder zum Laufen zu bringen, allerdings ohne Erfolg.

»Tut mir leid, Kleine, da muss ich später noch mal drauf zurückkommen.«

Unglücklicherweise fiel der Server bis zum Feierabend aus. So eine frustrierende Stunde hatte Wendy noch nie durchgemacht. Als sie zurück zum Camp fuhr, kam ihr die Idee, Ethel danach zu fragen, wenn sie bei ihr wegen der Klimaanlage vorbeischaute. Falls Hector im Camp gewohnt haben sollte, hatte er vielleicht eine Adresse bei der Verwaltung hinterlassen. Hatte sie selbst nicht auch ihre Adresse in Perth angegeben, als Ethel ihr die ganzen Formulare vorgelegt hatte?

Wie es der Zufall wollte, war Ethel gerade nicht am Platz, als Wendy ankam – ein Schild auf dem Tresen besagte *Zurück in fünfzehn Minuten.* Wendy lehnte sich draußen an die Wand neben der Eingangstür. So würde sie sofort sehen, wenn Ethel zurückkam.

Es war ein typischer Pilbara-Abend im frühen Oktober: warm und mild. Im Camp roch es schwach nach roter Erde und altem Leder. Insekten zirpten in gleichmäßigem Rhythmus, während Wendy wartete. Sie entdeckte eine Blauzungenechse mitten auf der Straße vor dem Verwaltungsgebäude. Das Tier war ausgewachsen, mindestens einen halben Meter lang, und sah aus wie ein Miniaturdrachen mit graubraunen Schuppen und schwarz glänzenden Streifen.

Was für ein majestätischer kleiner Zeitgenosse! Wendy hoffte, er würde sich bald davonmachen. Es war Feierabend, und es herrschte ziemlich reger Pick-up-Verkehr. Sie schaute sich nach einem Stock um. Vielleicht konnte sie die Echse wegschieben.

In dem Moment hörte sie Motorengeräusche – wahrscheinlich hatte es jemand eilig, nach einem harten Tag zurück ins Camp zu kommen.

Ein Barnes-Inc.-Pick-up kam die Straße heruntergebraust. Wendy hielt sich die Hand vor den Mund, aber gerade noch in letzter Sekunde bremste der Wagen mit quietschenden Reifen ungefähr einen Meter vor der Echse ab.

Erstaunt sah Wendy zu, wie die Autotür aufschwang und Gavin heraussprang. Der Anblick seiner zerzausten Haare ließ sie taumeln, und sie trat ein paar Schritte zurück. Sie bekam eine Gänsehaut, obwohl es alles andere als kühl war.

Gavin hatte Wendy jedoch gar nicht bemerkt. Sein Blick war auf die Echse gerichtet. Er eilte auf das träge Tier zu und nahm es mit geschicktem Griff hoch.

Wendy machte große Augen, als sie sah, wie er mit dem Tier sprach. Sie konnte nicht hören, was er sagte, da sie zu weit weg stand, aber dem schiefen Lächeln auf seinen Lippen nach zu urteilen, vermutete sie, dass es ein gutgemeintes Ausschimpfen war. Gavin lief an den Straßenrand und setzte die Echse unter einer Akazie ab. Das Tier kehrte ihm den Rücken zu und trottete über die rote steinige Erde davon. Kopfschüttelnd und mit einem Lächeln ging Gavin zu seinem Wagen zurück und fuhr auf den Camp-Parkplatz.

»Was zum Teufel starrst du so in der Gegend herum?«, ertönte eine raue Stimme.

Wendy zuckte beinahe schuldbewusst zusammen, als Ethel sich neben sie vor die Tür stellte. »Oh, ähm …« Sie rieb sich über die Schläfe. »Nur so.«

»Wie du meinst.« Ethel war keineswegs an einer Antwort interessiert. »Stehst du auch nur so hier rum, um mir auf die Nerven zu gehen, oder willst du irgendwas von mir?«

Wendy räusperte sich. *Hab ich etwas nicht mitbekommen? Oder bist du immer noch ein Biest?*

Sie versuchte trotzdem ihr Glück. »Ich wollte mich nur für die neue Klimaanlage bedanken.«

Ethel runzelte die Stirn. »Welche Klimaanlage?«

Oh-oh. Sie war es nicht gewesen.

Sie zuckte mit den Schultern und wechselte schnell das Thema, bevor Ethel noch entschied, ihr die neue Klimaanlage wieder abzuknöpfen. »Ach, spielt keine Rolle. Da ist noch was anderes, was ich dich fragen wollte, etwas Wichtiges.«

Nicht dass sie auch nur eine Sekunde lang glaubte, Ethel würde ihr bei der Suche nach Hector helfen, wo sie doch nichts von der Klimaanlage wusste. Aber was hatte Wendy schon zu verlieren? Sie folgte Ethel in das

Gebäude. »Ich suche jemanden, der eventuell hier im Camp gewohnt hat. Ich wüsste gern, ob er vielleicht eine Adresse hinterlassen hat.«

Zu ihrem Erstaunen seufzte Ethel nach einem Augenblick auf und setzte sich dann an ihren Schreibtisch. »Dieses eine Mal sehe ich für dich nach. Aber das ist hier kein Service, wo du umsonst Freunde suchen lassen kannst. Nächstes Mal lass dir seine Handynummer geben und such ihn selbst.«

»Auf jeden Fall«, stimmte Wendy eifrig zu.

Ethel ruckelte ihren Bildschirm zurecht und legte die Hände auf die Tastatur. »Name?«

»Hector. Hector Warner.«

Ethels knochige Finger flogen über die Tasten.

»Hmmm.« Ethel beugte sich vor und stützte ihr Kinn in die Hand. Wendy musste sich sehr zusammennehmen, um nicht über den Tisch zu langen und den Bildschirm zu sich herumzudrehen.

»Nö.«

»Wie, nö?« Wendys Stimme brach.

»Hat nie hier im Camp gewohnt.« Ethel schloss die Datei und lehnte sich auf ihrem Stuhl zurück. »Und, wie gefällt's dir in deinem Donga?«

»Hm?« Wendy versuchte noch, Ethels Information zu Hector zu verarbeiten.

»Dein Donga«, blaffte Ethel ungeduldig. »Der, den ich extra für dich ausgesucht habe, Kleines.«

Jetzt dämmerte es Wendy: Deswegen hatte Ethel ihr mit Hector helfen wollen. Sie wollte sie länger hierbehalten, um sich an ihrer Schadenfreude über Wendys Unterkunft weiden zu können.

Du weißt doch, niemand tut irgendetwas für nichts.

Sie grinste breit, als ihr klarwurde, dass es Ethel halb umgebracht haben musste, nichts von Wendy darüber zu hören.

Sie klatschte in die Hände. »Er ist perfekt! Danke! Genau richtig so.«

Ethel schaute nun verdrossen drein, und Wendy verließ das Gebäude. Hocherfreut rieb sie sich die Hände, nachdem sie die Tür hinter sich geschlossen hatte. Das war ihr erster wirklicher Erfolg, seitdem sie hier angekommen war.

Nur wenn nicht Ethel ihr die neue Klimaanlage eingebaut hatte, wer war es dann gewesen? Die gleiche Person, die auch das Fliegengitter ausgetauscht hatte? Ein barmherziger Samariter?

Oder ein heimlicher Verehrer.

Sollte sie sich deswegen Sorgen machen? Sie wusste es nicht. Bisher waren es eher freundliche als beunruhigende Taten gewesen.

Niemand tut irgendetwas für nichts.

Sie runzelte die Stirn. Sie hatte keine Wahl und auch keinen Anhaltspunkt. Sie musste einfach abwarten, was passierte.

Ihre Gedanken wanderten wieder zu Hector. Streng genommen gab es keine feste Regelung, dass man im Camp leben musste, wenn man auf der Baustelle arbeitete. Also war es gut möglich, dass er in Wickham oder Point Samson oder sogar noch weiter weg wohnte. Auch wenn er nicht mehr bei Barnes Inc. arbeitete, so konnte er doch noch ganz in der Nähe sein.

Wendys Herz begann schneller zu schlagen.

Ganz in der Nähe.

Nach einer schnellen, erfrischenden Dusche ging

sie zum Abendessen in die Kantine. Sie war seit einer Woche nicht mehr da gewesen und ihr Erscheinen verursachte unabsichtlich eine gewisse Unruhe. Wäre sie nicht am liebsten allein mit ihren Gedanken gewesen, hätte sie das ein wenig aufgeheitert. Seit Tagen war es das erste Anzeichen von Freundlichkeit, das die Jungs ihr entgegenbrachten. Seitdem sie angefangen hatte, Memos zu verteilen und Kontrollen durchzuführen, hatten sie sich bemüht, ihr aus dem Weg zu gehen.

Einerseits war es großartig, sich nicht mit dem Flirten und der Neckerei auseinandersetzen zu müssen. Andererseits war es genauso unangenehm, wie jemand mit einer ansteckenden Krankheit behandelt zu werden. Sie wollte schließlich niemanden absichtlich schikanieren. Jede Kritik hatte sie sich vorher gründlich überlegt und äußerte sie auch nur, wenn es unumgänglich war. An diesem Abend war sie allerdings nicht im Dienst, und die Männer im Speisesaal schienen das zu spüren. Sie winkten, riefen ihr zur Begrüßung quer durch den Raum zu, dass es außer Lasagne auch Lammbraten gab, der ihr vielleicht schmeckte, wenn sie denn Charlies Kochkünste als »sicher« erachtete.

Charlie war seit letzter Woche der neue Koch. Er war ziemlich jung und schüchtern. Wendy vermutete, dass die Männer sich genauso gern über ihn lustig machten wie über sie. Sie lächelte ihn beruhigend hinter den dampfenden Töpfen an und bat um ein Stückchen vom Lammbraten. Erleichterung überkam sie, als sie Lena und Sharon an einem Tisch in der Nähe entdeckte. Sie marschierte schnurstracks auf die beiden zu.

»Hallo, ihr zwei!«

Sie war überrascht, dass die Frauen sich ebenfalls freuten, sie zu sehen. Sie wusste, dass Lena ein paar Probleme mit Wendys Rolle als Sicherheitsmanagerin hatte. Das ging allen Ingenieuren so. Aber man musste Lena zugutehalten, dass sie Wendy gegenüber noch kein vorlautes Wort hatte fallenlassen. Was man von Fish und Craig und den anderen nicht behaupten konnte.

Bis auf Gavin.

Gavin hatte gar nichts gesagt. Eiskaltes Schweigen, was das Thema betraf.

Willst du wirklich, dass er sich dazu äußert? Ist es nicht besser, dass er sich von dir fernhält?

Sie lief rot an, als sie insgeheim an jede ihrer Begegnungen dachte. Er flirtete gern, war schamlos und hartnäckig. Aber Wendy hatte trotzdem nicht die Absicht, das Angebot anzunehmen, das er ihr offensichtlich machte.

Lena unterbrach ihre Gedanken.

»Wir haben gerade von dir gesprochen.« Sie strahlte Wendy an. »Was hast du am Wochenende vor?«

»Ach ja, wir haben ja diesen Sonntag frei, stimmt's?« Als ihr das einfiel, fühlte sie sich, als hätte sie gerade auf der Straße einen Fünfzig-Dollar-Schein gefunden. »Das hatte ich völlig vergessen!«

»Wie um Himmels willen konntest du das vergessen?« Sharon lachte. »Ich habe schon die Tage gezählt.«

Sie hatten nur alle vierzehn Tage sonntags frei und mussten ganze fünf Wochen arbeiten, bevor sie sich eine Woche Pause verdienten. Die meisten der Jungs flogen dann nach Hause, manche blieben aber auch und hingen in der Stadt herum. Es war definitiv eine lange Zeit, doch Wendy war so beschäftigt mit ihrer Suche nach ihrem Vater gewesen und damit, sich in ihren neuen Job einzuarbeiten, dass ein Tag einfach in den nächsten übergegangen war.

Radar und ein Mann namens Leg saßen am gleichen Tisch wie sie. »Was soll's denn diesmal sein, Madame I.? Wieder mal ein Angelausflug?«, fragte er nach.

Lena streckte ihnen die Zunge heraus. »Wer hat gesagt, dass ich euch einlade? Das wird eine reine Frauenrunde.« Sie wandte sich an Wendy. »Was meinst du? Ein Tag am Strand, ein bisschen planschen und in der Sonne braten mit deinen Mädels? Wir könnten in Point Samson mittagessen oder so.«

»Das hört sich wunderbar an. Aber …« *An dem Tag spüre ich vielleicht Hector Warner auf.*

»Aber was?« Lena schien enttäuscht. »Du willst doch nicht etwa im Camp bleiben. Da langweilst du dich zu Tode. Sag's ihr, Sharon.«

»Lena hat recht«, stimmte Sharon ihr zu. »Dann steckst du hier mit diesen Typen fest, und die machen nichts, außer saufen und schmutzige Heftchen lesen.«

Leg rümpfte überheblich die Nase. »Das weißt du doch gar nicht.«

Radar prustete los.

Wendy rutschte unruhig auf der Bank hin und her. Sie wollte nicht, dass sie sie für einen Snob hielten. Sie hatte schon genug andere Bezeichnungen: Meckerziege, Spion, Petze, Besserwisser-Barbie.

Da wollte sie ungern noch versnobte Göre hinzufügen.

Nicht dass es keine netten Frauen waren. Unter anderen Umständen würde Wendy sich definitiv mehr mit ihnen anfreunden. Doch momentan zog sie es vor, für sich zu bleiben, vor allem, wo sie noch auf der Suche nach ihrem Vater war.

»Komm schon, Wendy.« Lena griff nach ihrer Hand. »Das wird toll.«

Es berührte Wendy, wie zugetan Lena ihr war. »Okay«, sagte sie mit einem Lächeln. »Kann ja nicht schaden, mal ein bisschen zu entspannen.«

Lena jubelte. »Das ist die richtige Einstellung. Und jetzt zu meiner nächsten Frage.« Sie errötete leicht. »Kannst du fahren? Wir haben nämlich nicht so richtig ein Auto.«

Sharon versetzte ihr einen Klaps. »Du bist unmöglich, Lena!«

»Ach, na ja, weißt du«, beeilte sie sich hinzuzufügen, »wir könnten Carl um einen Pick-up bitten, wenn es nicht anders ginge.«

Wendy lachte. »Nein, schon in Ordnung. Ich kann fahren, solange meine Batterie mitmacht. Sie muss ausgetauscht werden.« Sie hielt inne und stocherte gewollt gelassen in ihrem Krautsalat herum. »Hey, sagt mal, habt ihr jemals einen Typ namens Hector Warner auf der Baustelle getroffen?«

Alle schüttelten den Kopf, und Leg erklärte: »Kann man aber nicht sicher sein, Sergeant. Fast alle hier haben Spitznamen, dein Hector hieß also vielleicht gar nicht Hector, wenn du verstehst. Ich weiß nicht mal mehr, wie Radar wirklich heißt.«

»Ich …«, setzte Radar an, doch Leg hielt eine Hand hoch.

»Nein, sag es nicht, das verdirbt die ganze Romantik.«

Radar gluckste und wandte sich dann wieder an Wendy. »Warum fragst du? Was hast du mit ihm zu tun?«

»Ach, nur jemand, den ich aus Perth kenne.« Sie stopfte sich eine Gabel voll in den Mund, so dass sie nicht weiterreden konnte.

»Ach so.«

Als Radar nun wieder das Wort an die gesamte Runde richtete, wusste Wendy, dass er das Interesse verloren hatte. »Nun ja, ihr Ladys werdet euch noch in den Hintern beißen, dass ihr nicht mit uns losgezogen seid. Zufällig haben wir nämlich für diesen Sonntag ebenfalls Wahnsinns-Pläne.«

»Schon klar.« Lena schnitt eine Grimasse in seine Richtung.

Er schaute sie von oben herab an und sagte ganz mysteriös: »Wartet's nur ab.«

Am nächsten Morgen hätte Wendy eine Stunde zu früh auf der Arbeit sein können. Zumindest war sie früh genug dafür aufgestanden. Hector Warners Lebenslauf und möglicher Aufenthaltsort warteten auf Chubs Computer auf sie, und sie fühlte sich wie ein Kind vor der Bescherung. Sie konnte nicht im Bett liegen bleiben oder stillsitzen. Schließlich ging sie vor der Arbeit eine Runde über den Water Tank Hill joggen. Diesmal folgte ihr niemand, dabei hätte sie sich über Ablenkung gefreut.

Sie konnte sich zurückhalten, noch vor halb sechs ins Auto zu steigen, und kam so nur zehn Minuten vor Arbeitsbeginn an. Chub war noch nicht da, und sie vertrieb sich die Zeit, indem sie selbst nachsah, ob der Server wieder funktionierte.

Er lief wieder.

Ihr wurde ganz kribbelig vor Aufregung.

Nicht mehr lange.

»Hey, Kleine.« Chub schmiss seinen riesigen Rucksack auf den Schreibtisch und packte dann vier Lunchpakete aus, die er im Kühlschrank verstauen wollte.

»Der Server läuft wieder«, verkündete Wendy und folgte Chub in ihre armselige Küche. Er stellte sein Essen in den Kühlschrank und drehte sich dann zu ihr um.

»Tatsächlich? Kann ich erst noch einen Kaffee trinken?«

»Das kannst du mir unmöglich antun.«

»Na gut, vielleicht nicht.« Er seufzte und hockte sich hinter seinen Schreibtisch. Sie lugte über seine breiten Schultern, während er versuchte, das Fenster aufzurufen, das sich nicht hatte öffnen lassen. In weniger als einer Minute hatte er Hectors Daten gefunden und an den Drucker geschickt.

Sie hielt den Atem an, als der kleine Tintenstrahldrucker lautstark zu arbeiten begann. »Also, ich kann dich die Unterlagen natürlich nicht behalten lassen, das wäre Verletzung seiner Privatsphäre. Aber«, fuhr Chub mit einem Zwinkern fort, »ich lass dich so lange gucken, wie du möchtest.«

»Das ist perfekt«, brachte sie atemlos hervor.

Ihre Hände zitterten leicht, als sie die Seiten entgegennahm. »Ich glaube, jetzt hole ich mir den Kaffee.« Chub stand mühsam auf. »Ich verstehe einfach nicht, warum sie in der Kantine keine Donuts haben. Wirklich keinerlei Weitblick.«

Wendy hörte seine Bemerkung nicht, denn sie las bereits aufmerksam das Ausgedruckte und rechnete Hectors Alter anhand seines Geburtsdatums aus.

Oh wow! Er ist fünfundsechzig.

Das machte ihn in der Tat zu einem sehr plausiblen Kandidaten.

Er war verheiratet. Und wohnte in ... *Wickham*! Sie ging die Auflistung seiner Berufserfahrungen durch, und ihr wurde ganz schwindelig.

Da stand es. Er hatte als Schweißer angefangen. Jetzt war er zwar Vorarbeiter, aber sonst passte alles genau. Schade, dass es kein Foto gab. Wäre Chub nicht im Raum gewesen, dann wäre Wendy wahrscheinlich lachend und schreiend auf- und abgesprungen. Stattdessen legte sie den Lebenslauf auf Chubs Tisch und tätschelte ihn kurz. »Ich habe keine Ahnung, wie ich heute durch den Tag kommen soll, aber ich muss einfach.«

»Wieso, was ist denn heute Abend los?«, fragte Chub.

»Was ganz Großes, hoffe ich.« Sie holte eine braune Papiertüte aus ihrer Schublade. Mit großem Vergnügen schüttete sie dann deren Inhalt auf Chubs Tisch aus. Eine große Auswahl an Schokoriegeln, die sie aus dem Automaten vor der Camp-Verwaltung gezogen hatte, ergoss sich in bunter Pracht.

»Ich weiß, es ist nicht viel«, sagte sie lächelnd, »aber ich wollte dir eine Kleinigkeit schenken, weil du mir so geholfen hast.«

Niemand tut irgendetwas für nichts.

Nun hatte sie ihre Schulden beglichen.

»Du meine Güte, Wendy.« Chub machte große Augen. »Du hättest mir doch keine Schokolade kaufen müssen. Du ruinierst mir noch die Figur.«

»Willst du, dass ich sie wieder einpacke?«

Chub sah sie mit schmerzverzerrtem Gesicht an. »Na ja, ich will auch nicht unhöflich sein.«

Sie lachte. »Dann behalt sie.«

Sie setzte sich und konzentrierte sich darauf, weiter durch den Tag zu kommen. Unter anderem stand ihr ein absolut fürchterliches Meeting mit TCN bevor, an dem sie selbst, Carl, Dan und Frank, der Sicherheitsmanager von TCN, teilnehmen sollten.

Wie gewöhnlich war es eine kurze Fahrt zum TCN-Büro und ein langer Aufenthalt im Wartezimmer. Zu Carls Unterhaltung tauchte kurz nach ihnen eine Frau auf. Wendy vermutete, dass es sich um Annabel George handelte. Sie trug ein hautenges, kurzes grünes Kleid und passend dazu eine enorme mit Edelsteinen besetzte Handtasche über der Schulter.

Die Empfangsdame schien für sie beinahe ebenso viel Verachtung übrigzuhaben wie für die Barnes-Inc.-Angestellten, denn sie winkte die Frau mit den braunen Haaren ohne auch nur ein Wort der Begrüßung zu einem der Stühle.

»Kein Problem, ich warte gern.« Annabel George nahm neben Wendy Platz und strahlte sie an. »Sind Sie auch hier, um Daniel zu sehen?«

»Wir haben ein Meeting.« Wendy neigte den Kopf.

»Kennen Sie ihn gut?« Annabel legte sich eine Hand auf die Brust. »Er ist so ein herzensguter Mensch, oder? Wussten Sie, dass er in der Highschool Gitarre gespielt hat? Er hat mir mal ein Lied geschrieben. Ich habe es noch auf Kassette.«

Carl fielen fast die Augen aus dem Kopf. »Verdammte Scheiße!«

»Na ja«, Annabel lächelte bescheiden, »neulich fiel mir das Andenken wieder ein, und ich dachte mir, wissen Sie, dass er eigentlich auch eins von mir haben sollte. Und deswegen ...«, hier machte sie eine effektvolle Pause, »... habe ich ein Fotoalbum für ihn gemacht.«

»Ein Fotoalbum?«, wiederholte Wendy.

»Ich glaube, mich tritt ein Pferd«, sagte Carl.

»Oh ja, ich würde gerne Ihre Meinung hören.« Annabel holte ein von einem Fotostudio professionell gebundenes Album hervor und schlug es ehrfürchtig auf.

Auf der ersten Seite sah man Annabel in einem lilafarbenen Bikini – der wenig der Phantasie überließ –, wie sie der Kamera einen Kuss zuwarf. Abbildungen von Lavendelzweigen umrahmten das große Foto. Annabel beugte sich vor und flüsterte aufgeregt: »Wussten Sie, dass Lavendel für das Verlangen steht?«

»Red keinen Scheiß!«, rief Carl.

»Nein, das wusste ich nicht«, antwortete Wendy und suchte in Annabels Augen nach Anzeichen von erweiterten Pupillen.

Ein Schatten fiel über ihre Stühle, und Wendy blickte hoch. Vor ihnen stand Dan mit gerunzelter Stirn.

»Entschuldigen Sie die Verspätung.«

Carl stand auf, allerdings nicht, um Dan zu begrüßen. Er legte ihm einfach nur mit festem Griff kurz eine mitfühlende Hand auf die breite Schulter, drehte sich dann um und ging in den Besprechungsraum.

»Annie, was machst du denn schon wieder hier?«, wandte sich Dan an seine Verehrerin.

»Tut mir leid, Daniel.« Annabel erhob sich. »Du hast ja gesagt, ich solle nicht mehr herkommen, aber ich wollte dir nur das hier vorbeibringen. In zwei Sekunden bin ich schon wieder weg.«

Sie hielt ihm das Album hin und tätschelte ihm die

Schulter. »Bis bald, mein Lieber.« Sie warf ihm eine Kusshand zu.

Als sich die Tür hinter ihr schloss, fiel Dans Blick auf Wendy, die ihre Belustigung nicht verbergen wollte.

Normalerweise war Dan Hullog die Professionalität in Person, er war hochintelligent, Perfektionist und hatte eine Vorliebe für das Einhalten strenger Terminvorgaben. Außerdem war er ein echter Kerl, dessen Ecken und Kanten noch nicht ganz abgeschliffen worden waren. Es war nicht zu übersehen, dass er keine Ahnung hatte, wie er mit Annabel George umgehen sollte. Feuern konnte er sie nicht, sie arbeitete ja nicht für ihn. Aber er war auch nicht so gemein, als dass er ihr sagen würde, sie solle sich verziehen.

Ein Muskel spannte sich in seinem Gesicht, und seine Miene verfinsterte sich.

»Ich stecke ganz schön in Schwierigkeiten, was?«, fragte er Wendy.

»Das können Sie laut sagen.«

Sie hätte ihm vielleicht noch einen Rat gegeben, wenn in dem Moment nicht Dans Sicherheitsmanager Frank mit einem Stapel Akten im Arm aus dem Großraumbüro gestolpert wäre.

»Alles bereit, Dan«, verkündete er. »Soll ich die hier schon mal in den Besprechungsraum bringen?«

»Ja.« Dan nickte und bedeutete Wendy mit einer Handbewegung, vorzugehen.

Sie fand sich wieder einmal dem weißen Klapptisch mit seinen acht unbequemen Stühlen gegenüber, von denen einer bereits von Carl in Beschlag genommen worden war. Sie hatte den Raum noch nie gemocht, sowohl wegen der Atmosphäre an sich als auch wegen der Unterhaltungen, die hier stattgefunden hatten. Das Gespräch nahm nach anfänglichen höflichen Floskeln und einem Austausch über den neuesten Stand eine unerfreuliche Wendung.

»Es tut mir leid, Ihnen mitteilen zu müssen«, erklärte Dan, »dass wir immer noch Beschwerden der Betreiber erhalten.« Er verschränkte die Hände auf dem Tisch. »Ich weiß, dass Sie Neil Cooper entlassen haben und Ihre Vorbereitungen für die Zyklonsaison verstärkt in Angriff nehmen, aber TCN und eben auch die Inhaber des Ladeanlegers machen sich nach wie vor Sorgen um den täglichen Betriebsablauf.«

Carl und Wendy wanden sich auf ihren unbequemen Stühlen. Wendy wusste ja, dass sie noch einen weiten Weg vor sich hatten, aber es war fast unmöglich, die Dinge einigermaßen zügig umzusetzen. Die Männer machten zwar Fortschritte, aber sie waren immer noch ziemlich uneinsichtig. Lediglich eine von vier Anordnungen wurde überhaupt beachtet. Was konnte Wendy sonst noch tun?

Vielleicht verfügte sie gar nicht über alle nötigen Informationen.

»Was sind das genau für Beschwerden?«

Diese Frage nach Details war ein Fehler gewesen, denn nicht Dan beantwortete sie, sondern Frank. Zufällig war er einer dieser äußerst anstrengenden Menschen, denen schon das kleinste bisschen Macht zu Kopf stieg. Er schlug den dicken Ordner auf und las unendlich selbstgefällig eine Liste vor.

»Überall wird geraucht. Die Toilettencontainer sind die reinste Brutstätte für Krankheiten. Überall liegt Müll herum. Entweder vergessen die Männer ihre Schutzausrüstung, sie ist beschädigt oder unzureichend. Sie fahren zu schnell mit ihren Pick-ups. Dabei gibt es ja eine Geschwindigkeitsbegrenzung. Sie machen alles Mögliche kaputt. Erst letzte Woche ist jemand beim Rückwärtsfahren in das Förderband gekracht und hat eine der Stützen verbogen! Zum Glück kein ernsthafter Schaden. Nach Heißarbeiten warten sie keine dreißig Minuten, ehe sie das Material wegräumen. Sie kennzeichnen beschädigte Ausrüstung nicht, sondern werfen sie zurück in den Container, so dass der Nächste das Gleiche feststellt und es ebenfalls nicht kennzeichnet. Sie lesen die Sicherheitshinweise nicht! Andauernd ...«

»Okay, das reicht, Frank.« Dan hielt eine Hand hoch. »Ich glaube, sie haben es verstanden.«

»Wir tun verdammt noch mal unser Bestes«, protestierte Carl. »Aber Sie können nicht erwarten, dass sich dieser ganze Scheiß über Nacht ändert. Wendy muss erst mal Fuß fassen.«

»Dann hoffe ich, dass ihr das bis nächsten Monat gelingt, da die Betreiber uns angewiesen haben, dann eine Sicherheitsprüfung Ihres Teams durchzuführen.«

»Was?«, rief Carl empört aus, aber Wendy spürte den Schlag ebenso heftig, dass ihr beinahe die Luft wegblieb.

Dan seufzte und rieb sich über die Schläfen, offenbar bemüht, nicht die Beherrschung zu verlieren. »Es mag vielleicht ein Schock für Sie sein, Carl, aber ich will ebenso wenig wie Sie, dass Barnes Inc. hier dichtgemacht wird. Deswegen gebe ich Ihnen vorher Bescheid, obwohl ich das nicht tun sollte. TCN wird nächsten Monat eine Prüfung durchführen. Bringen Sie Ihre Männer auf Zack.«

In Wendys Ohren rauschte es. Wie um alles in der Welt sollte sie in weniger als einem Monat alles auf Vordermann bringen? Es gab einfach zu viel zu tun. Sie hatte nicht damit gerechnet, dass dieser Job solchen Stress mit sich bringen würde, und das noch zu all dem seelischen Ballast, den sie mit sich herumschleppte. Der Plan war doch, dass sie auf der Arbeit funktionierte, damit sie in ihrer Freizeit ein Nervenbündel sein konnte. Schlimm genug, dass sie wegen heute Abend schon so aufgeregt war, da brauchte sie nicht auch noch das hier.

Sie wurde jedes Mal ganz nervös, wenn sie an ihren Vater dachte und an das, was sie zu ihm sagen würde, wenn sie ihn traf.

Nicht dass sie irgendetwas erwartete. Wenn er sich schon all die Jahre keine Gedanken über sie gemacht hatte, dann war es eher unwahrscheinlich, dass er jetzt Teil ihres Leben würde werden wollen.

Nein. Sie wollte lediglich ein paar Auskünfte. *Habe ich Geschwister? Und wenn ja, wo kann ich sie finden?*

In ihren Alpträumen erlebte sie das furchtbare Telefonat mit dem Standesamt immer wieder.

Den Schmerz.

Den Betrug.

Die Ungewissheit.

Eigentlich wollte sie gar nicht wissen, weshalb ihr Vater sie verlassen hatte. Es würde womöglich zu sehr weh tun. Ihr ging es vielmehr um das, was er ihr vielleicht hinterlassen hatte. Nur der Gedanke daran, dass sie irgendwo da draußen eine vollkommen andere Identität hatte – die sie von einem Moment auf den anderen überfallen konnte –, reichte schon aus, um eine Panikattacke bei ihr auszulösen. Was auch schon passiert war, als sie von ihrem Vater erfahren hatte.

Sie hatte genug davon, überrumpelt zu werden.

Wendy war eine Planerin. Schon seit damals, als ihre Eltern sie aufs Internat geschickt hatten, hatte sie sich als Ziel gesetzt, die Kontrolle über ihr Leben wieder zurückzugewinnen. Und als Erwachsene war sie immer stolz darauf gewesen, wie unabhängig sie war und dass sie ihr Schicksal selbst in die Hand nahm.

Jetzt hatte sie das Gefühl, dass ihr diese hart erarbeitete Kontrolle weggenommen worden war und sich irgendwo außer Reichweite befand. Aber sie war so nah dran, die heißersehnten Antworten zu bekommen und ihre Identität wieder selbst zu bestimmen. Hector Warner lebte gleich um die Ecke. Also verscheuchte Wendy jeglichen Gedanken an die Sicherheitsprüfung, zumindest bis zum nächsten Tag. Heute Abend würde es ihr vielleicht gelingen, ihre Ängste ein für alle Mal zu begraben.

Doch das Glück war immer noch nicht auf ihrer Seite.

Als sie abends an der Adresse aus Hectors Lebenslauf auftauchte, war das Haus dunkel und stand ganz offensichtlich leer. Im Vorgarten stand ein großes Schild vom Makler, das das Grundstück zum Verkauf anpries, und quer darüber klebte ein VERKAUFT-Schild.

Ihre Handflächen, die das Lenkrad umklammerten, wurden feucht, und ihr Herz schlug schneller. Hector und seine Frau waren fort.

Wieder alles umsonst.

War ihr denn nichts vergönnt? Hätte sie es nicht besser gewusst, dann hätte sie vermutet, dass er absichtlich vor ihr weglief. Womöglich tat er das ja auch. Was wusste sie denn schon? Sie wusste gar nichts.

Sie schloss die Augen und zwang sich, tief durchzuatmen. Nach und nach gelang ihr das auch. Davon ging die Welt nicht unter. Sie notierte sich die Nummer des Maklers. Vielleicht hatte Hector dort eine Adresse hinterlassen.

Am nächsten Morgen im Büro rief sie als Erstes beim Makler an. Die Empfangsdame am Telefon war in etwa so interessiert wie die vom Standesamt. Die Warners hatten anscheinend keine Adresse oder Telefonnummer hinterlassen. Das Maklerbüro konnte ihr nicht weiterhelfen.

»Warum so trübselig, Kleine?«, fragte Chub sie, als sie auflegte.

»Die Adresse vom Lebenslauf war eine Sackgasse.«

»Na, warum fragst du dann nicht Gavin? Vielleicht weiß er ja, wo sein Mitarbeiter hingezogen ist.«

Das war das Allerletzte, was sie tun wollte. Aber wenn sie sich nicht geschlagen geben wollte, war es auch ihre letzte Chance.

Eine sanfte tropische Brise strich über ihre sonnenverwöhnten Wangen. Von diesem milden Frühlingswetter würde sie nie genug bekommen. Was das Ambiente betraf, so konnte man sich auf Pilbara verlassen. Schade nur, dass kein Liegestuhl bereitstand. Wendy musste lächeln. Ein Liegestuhl hier draußen auf dem Anleger würde in etwa so fehl am Platz sein wie Annabel George im TCN-Büro. Wendys Lächeln verschwand, als sie Gavin entdeckte.

Er hatte sie noch nicht bemerkt. Mit dem Rücken zu ihr stand er an das Geländer gelehnt und sprach mit einem seiner Mitarbeiter. Sein perfekt proportionierter Hintern in der marineblauen Arbeitshose zog unweigerlich ihren Blick auf sich. Sie schüttelte die ungewollten Gedanken ab und marschierte entschlossen auf die beiden Männer zu, doch als sie nur noch einen Meter entfernt war, bekam sie mit, dass sie eine private Unterhaltung störte, und blieb unbeholfen stehen.

Die Männer hatten sie immer noch nicht bemerkt, so vertieft waren sie in ihr Gespräch.

»Ich weiß nicht, was ich dir sagen soll, Gav. Ich drehe total durch hier, verdammt. Ich kann mich einfach nicht konzentrieren.«

»Dann solltest du zu ihr fahren, Craig.«

»Dann kriegt Carl doch einen Anfall. Die Dalben liegen am weitesten zurück.«

»Ich übernehm das schon für dich.«

»Das kann ich nicht von dir verlangen«, wehrte Craig ab. »Du hast nächste Woche doch frei.«

»Kannst es ja wiedergutmachen, wenn du zurück bist.«

»Aber du kannst doch nicht einfach durcharbeiten.«

»Warum nicht?« Gavin verzog das Gesicht. »Bulldog macht es doch auch.«

»Das ist was anderes. Der ist ja auch eine verdammte Maschine.«

»Ich werd's schon überleben.«

Wendy kam sich wie eine schuldige Lauscherin vor und versuchte, ein paar Schritte zurückzugehen, doch in dem Moment bemerkten die Männer sie.

Craig drehte sich als Erster um und hustete. »Oh, der Sergeant ist da. Hab dich gar nicht gesehen, Wendy. Was können wir für dich tun?«

Sie winkte ab. »Ich wollte euch nicht unterbrechen. Soll ich später noch mal wiederkommen?«

»Nein, nein.« Craig schüttelte den Kopf. »Ich wollte gerade zu meinen Leuten zurück. Wolltest du mit mir reden?«

»Äh, nein, ich wollte eigentlich etwas mit Gavin besprechen.«

»Kein Problem.« Craig tippte sich an den Helm und ging.

»Hab ich dir schon gefehlt, Sarge?« Gavin lächelte sie verschmitzt an.

»Wie ein Besuch beim Zahnarzt.«

Sein Grinsen wurde nur noch breiter. »Dann bist du also nicht hier, um mich als Dank für die Rettung deiner Stiefel zum Essen einzuladen?«

»Nein.«

Er seufzte. »Man kann ja immer hoffen.« Er drehte sich um und lehnte sich wieder an das Geländer. Wendy folgte seinem Blick.

Sie standen ganz am Ende des Anlegers, und vor ihnen auf dem Ozean glitzerte die Sonne. Wendy konnte hören, wie die Wellen unter ihnen gegen die Pfähle schlugen. Vor ihnen schauten zwei einsame Pfähle aus dem Wasser, die schon eingerammt, aber noch nicht bebaut worden waren. Wendy wurde das Gefühl nicht los, dass sie einer von ihnen war. Ganz allein in einem Ozean voller gegen sie brandender Wellen.

Hinter den Pfählen machte sich Gavins Hubinsel bereit, den nächsten Pfahl einzurammen. Mit einem Seufzer lehnte Wendy sich ebenfalls an das Geländer. »Du nimmst dir also diesmal nicht frei?«

Seine Mundwinkel zuckten. »Hast wohl eine private Unterhaltung belauscht, was?«

»War keine Absicht. Ich kam nur gerade an, als …« Sie brach ab. Es war wahrscheinlich sinnlos, sich rechtfertigen zu wollen. »Bist du sicher, dass du durcharbeiten solltest?«

»Ja, ziemlich sicher.«

»Das ist nicht gut für deine Gesundheit.«

»Bist du hier für eine Sicherheitspredigt?« Er sah sie reumütig an. »Die Mühe würde ich mir nicht machen.«

»Jeder muss mal auftanken. Bei den Stunden, die wir hier arbeiten …«

Er schnitt ihr das Wort ab. »Craigs Frau hat gerade erfahren, dass sie Krebs hat. Er muss nach Hause zu ihr.«

Wendys Herz setzte einen Schlag aus.

»Craigs Familie hat jetzt Vorrang, und wenn ich ihm dabei nicht helfen kann, was bin ich dann für ein Freund?«

»Ich …« Wendy schluckte. Sie fand ihr Verhalten jetzt unangebracht, machte sich aber auch Sorgen um Gavin. »Ich hatte keine Ahnung …«

»Dann spar es dir.« Er schüttelte den Kopf. »Das ist eh etwas zwischen Carl, Craig und mir.«

Sie verzog das Gesicht. Das stimmte. Nicht dass sie ihn hätte aufhalten wollen, wenn Craig ihn so dringend brauchte. Sie machte sich einfach Sorgen um ihn, das war alles.

Natürlich nur als Angestellter von Barnes Inc.

Ein Angestellter, der sich nicht ausreichend erholte.

Gavin sah wieder auf sein Errichterschiff, und sein Gesichtsausdruck schlug in Verärgerung um – mit sich selbst oder mit ihr? Wendy konnte es nicht einordnen.

Zum ersten Mal fragte sie sich, ob Gavin vielleicht ihr geheimnisvoller Heimwerker war. Ihre gute Donga-Fee. Der Wohltäter, der ihr Fliegengitter und ihre Klimaanlage repariert hatte, ohne ein Dankeschön zu erwarten.

Bisher hatte sie ihn nicht in Betracht gezogen. Und wenn er es gewesen wäre, dann hätte er es doch sicherlich erwähnt, sich damit gebrüstet, es gewissermaßen gegen sie verwendet, um mit ihr zu flirten – was er ja tat, wann immer sich ihre Wege kreuzten. Aber jetzt, nachdem sie gehört hatte, welche Gedanken er sich über Craig machte, war sie da nicht mehr so sicher.

Die Brise wehte ihm ein paar Haarsträhnen in die Augen, und er nahm kurz seinen Helm ab, um sie glattzustreichen. Dieser Anblick ließ Wendy an den Abend auf dem Hügel denken. Sie wandte den Blick ab und sah hinunter auf ihre Hände. *Hör auf damit!*

Mit eisernem Willen konzentrierte sie sich wieder auf die Szene vor sich. Die rote Pfahlramme war merkwürdig still. Sie sah sich die riesige Klaue an, die normalerweise den nächsten Pfahl halten würde. Sie war leer. Die Männer vom Kommandoraum saßen momentan davor und rauchten.

»Was ist da los?«, fragte sie.

»Nichts«, grummelte Gavin. »Absolut nichts.«

»Das sehe ich.«

»Ich habe einen schlechten Tag. Meine Norweger sind nicht aufgetaucht.«

Sie runzelte die Stirn. »Stellen wir Leute aus Norwegen ein?«

Zum ersten Mal hellte sich seine düstere Miene ein wenig auf. »Eine norwegische Boje ist ein Luftsack, der das Pfahlende abdichtet. Wir lassen die Pfähle von Land aus bis ans Ende des Anlegers treiben, und die Bojen versiegeln sie, damit sie nicht untergehen. Ich habe welche bestellt, aber die verdammten Dinger sind immer noch nicht da.«

»Ach so.«

»Jetzt habe ich zwei Pfähle auf dem Meeresgrund liegen und keinen in der Ramme.«

»Das tut mir leid.«

»Mir auch.«

Sie schwiegen einen Moment, dann fragte Gavin: »Du hast mir immer noch nicht gesagt, weshalb du mit mir reden wolltest. Brauchst du bei irgendwas Hilfe?«

Sie zögerte. Hatte sie sich etwa getäuscht, war sie Gavin vielleicht doch vollkommen egal? Er hatte bisher immer mit ihr geflirtet. Bis auf heute.

Er schien mit den Gedanken woanders zu sein.

Der Gefallen, um den sie ihn bitten wollte, kam ihr auf einmal albern vor. Um so etwas bat man einen Freund, dem man vertraute. »Ach, weißt du was?« Sie ließ das Geländer los. »Mach dir keinen Kopf. Es war nichts.«

»Wendy.«

Ihr stockte der Atem, als sie seinen weichen Tonfall hörte. Er hatte sie nicht, wie er es sonst gern tat, mit »Sarge« geneckt, sondern sie bei ihrem richtigen Namen genannt.

»Um Himmels willen, sag's einfach.«

Sie wandte sich zu ihm und rang die Hände. »Es hat nichts mit der Arbeit zu tun.«

»Das hab ich mir schon gedacht.«

»Ich suche jemanden, das ist alles. Und ich dachte, du könntest mir vielleicht dabei helfen.«

»Wen denn?«

»Deinen Vorarbeiter, Hector Warner.«

Er blinzelte. »Yabber?«

Sie stutzte. *»Yabber?«*

»So wurde er genannt, weil er immer so viel geredet hat. Yabber, yabber, yabber. Hat fünf erwachsene Kinder, also eine Menge zu erzählen.«

»Tatsächlich? *Fünf* Kinder?« Sie konnte nichts dagegen tun, dass ihre Stimme etwas schrill klang.

Fünf Unbekannte.

Fünf Menschen, die mit ihr verbunden waren.

Fünf Überrumpelungen, die bevorstanden.

»Alles okay?«

Sie schluckte. »Ja, alles in Ordnung.«

»Jedenfalls ist er pensioniert. Ich fürchte, du hast ihn gerade verpasst.«

Sie biss sich auf die Lippe, denn vor der nächsten Frage hatte sie beinahe zu viel Angst. »Hat er eine Adresse hinterlassen?«

»Mir nicht.« Gavin schüttelte den Kopf. »Aber vielleicht jemand anderem aus dem Team. Sie waren alle gut befreundet. Er hat nach Feierabend auch oft mit den Leuten von Fishs Team rumgehangen.«

»Oh.« Mutlos sah sie zu den Männern hinüber, die auf der Hubinsel rauchten. Sie hatte gehofft, sie würde nicht jeden fragen und all ihre Privatangelegenheiten öffentlich machen müssen.

»Ich kann mich für dich umhören«, bot Gavin an. »Dann weiß niemand, dass du diejenige bist, die ihn sucht.«

Sie sah ihn an, und ihre Dankbarkeit wandelte sich schnell in Vorsicht. »Und wo ist der Haken?«

»Es gibt keinen.«

»Was willst du dafür?«

»Nichts.«

Sie schaute ihn an. »Sicher?«

Er hielt inne und betrachtete sie. Sie hatte keine Ahnung, was er in ihrem Gesicht zu lesen versuchte, aber irgendetwas schien er dort zu finden, denn schließlich sagte er: »Na gut. Wie wär's dann doch mit einem Abendessen?«

Diesmal funkelten seine Augen dabei nicht schelmisch.

»Wirklich? Das ist alles?«

»Du vertraust mir nur so, oder? Wenn für mich auch was dabei rausspringt?«

Sie hielt ihm die Hand hin. »Okay. Ich lade dich zum Essen ein, und du besorgst mir Hector Warners Adresse.«

Mit einem seltsamen Gesichtsausdruck blickte er auf ihre schmale, blasse Hand. »Ich meinte damit nicht, dass du zahlen sollst. Deine Gesellschaft genügt mir schon.«

»Ich glaube, das muss sein.«

Dann ist es eher wie eine geschäftliche Abmachung, dachte sie, sagte aber: »Schüttelst du mir jetzt die Hand, oder soll ich hier wie ein Idiot vor all deinen Männern dastehen?«

Sein Mund verzog sich zu dem Lächeln, das ihr immer wieder den Atem raubte. »In Ordnung, Sarge, ich bin dabei.« Er nahm ihre Hand fest in seine, und irgendwie hatte Wendy das Gefühl, als besiegelte er damit noch viel mehr als nur ihre Abmachung.

Kapitel 8

»Information, Unterweisung, Schulung und Beaufsichtigung.« Wendy trommelte mit den Fingern auf der Tischplatte.

»Das hast du jetzt schon ungefähr viermal von dir gegeben«, bemerkte Chub von seinem Schreibtisch aus. »Soll mir das irgendwas sagen?«

Wendy stand auf und begann auf und ab zu laufen, dabei schlug sie mit dem Handrücken in ihre andere Hand. »Das müssen wir beim Bauherrn vorweisen können.«

»Vorweisen?«, fragte Chub vage nach. »Wann?«

»Bei der Sicherheitsprüfung in vier Wochen.«

Das ließ Chub aufhorchen. »Wir werden geprüft?«

»Geprüft oder dichtgemacht. Eins von beidem.« Wendy erschauderte.

»Wir werden geprüft?«, fragte Chub nochmals, nur um sicherzugehen.

»Ja! Hörst du mir denn nicht zu?«

»Vielleicht solltest du das viermal sagen.« Chub wischte sich mit einem Taschentuch die Schweißtropfen von der Stirn und griff nach seinem Glas Trost-Süßigkeiten. »Smarties?«

»Was ist aus den Geleebohnen geworden?« Geistesabwesend griff Wendy hinein und nahm sich ein paar.

»Sind alle. Außerdem stärken Smarties auch das verbale System. Und das brauchen wir jetzt.«

Wendy grinste. »Dann bist du also dabei?«

»Kommt drauf an.« Er schnaubte. »Haben wir einen Plan?«

»So ungefähr.« Wendy setzte sich auf ihren Stuhl und rollte zu Chub hinüber. »Ich werde eine Sicherheitspräsentation für die gesamte Barnes-Inc.-Belegschaft vorbereiten und alle dazu bringen müssen, im Laufe des nächsten Monats daran teilzunehmen.« Sie biss sich auf die Lippe. »Das wird ihnen natürlich nicht gefallen, weil es sie von der Arbeit abhält. Aber es wird uns auf jeden Fall zugutekommen und ist dazu noch eine gute Vorbereitung für die Zyklonsaison.«

»Da wird einiges an Überredungskünsten vonnöten sein.«

»Na ja«, Wendy breitete die Arme aus, »ist es nicht besser, einen Tag lang nicht zur Arbeit zu gehen als nie mehr? So vermarkten wir es. Wir müssen sie dazu bringen, weiterzudenken, Großer.«

»Ich höre da ganz schön oft das Wörtchen ›wir‹.«

Sie erwiderte seinen argwöhnischen Blick mit einem koketten Blick. »Du hilfst mir doch bei den Präsentationen, oder? Das ist ja im Grunde deine Pflicht als Personalmanager.«

Er zuckte zusammen. »Meinst du?«

»Natürlich geht es auch viel schneller, wenn wir zeitgleich die Sitzungen abhalten.« Sie hielt inne. Wahrscheinlich sollte sie ihm im Gegenzug etwas dafür anbieten. »Ich setze auch Donuts aufs Menü für die Kaffeepause.«

Seine Miene hellte sich auf. »Abgemacht.«

Sie lachte und rollte mit ihrem Stuhl wieder zurück an ihren Schreibtisch. »Ich muss wirklich unbedingt mit den Ausführungsplänen fertig werden.«

Sie hatte bereits mit Carl darüber gesprochen. Nachdem er gehört hatte, wie viel sie ändern wollte, hatte er ihr geraten, diese verdammten Änderungen selbst vorzunehmen, anstatt die Ingenieure damit zu behelligen. Bisher hatte das auch ganz gut funktioniert, nur jetzt war sie bei Anton angekommen.

Anton schien eine Art Mädchen für alles zu sein. Er verlegte Leitungen auf dem Anleger, reparierte bereits bestehende Einrichtungen und erledigte noch allerlei anderes. Wendy war ihm nur zweimal über den Weg gelaufen und war alles andere als beeindruckt von seiner unbekümmerten Einstellung. Sie vermutete aber, dass er gerade deswegen nicht besonders viel Verantwortung übertragen bekommen hatte. Seine Pläne mussten massiv überarbeitet werden, und damit wollte Wendy jetzt beginnen, doch Anton hatte gerade frei, und seine Dokumente lagen auf seiner eigenen Festplatte. Wendy brauchte also sein Passwort. In Anbetracht der bevorstehenden Prüfung sah sie keine andere Lösung, als ihn in seinem Urlaub zu stören. Sie bat also Carl um Erlaubnis, Anton anzurufen. Wenn Anton deswegen sauer war, würde das ihren Ruf auf der Baustelle nur noch verschlimmern, das war ihr bewusst. Sie konnte die neuen Gerüchte schon förmlich hören. *Der Sergeant versucht dich sogar im Urlaub abzufangen.*

Sie wählte und biss sich auf die Lippe, während sie dem Klingeln lauschte.

Anton klang verschlafen, als er abnahm. »H…hallo.«

»Hi, Anton, hier ist Wendy Hopkins. Wie geht's dir?«

»Haben wir uns gestern Abend im Club kennengelernt?«

Sie räusperte sich. »Nein, Wendy Hopkins von Barnes Inc. Ich bin die Sicherheitsmanagerin in Cape Lambert. Wir haben uns ein paarmal auf der Baustelle gesehen.«

Sie vernahm ein Geräusch, als hätte Anton eine Lampe umgeworfen, als er sich zu ruckartig im Bett aufgerichtet hatte.

»Ach so, ja, klar, entschuldige. Was kann ich für dich tun?«

Sie lächelte erleichtert. Zumindest klang er erpicht darauf, es ihr recht zu machen, und nicht verärgert.

»Nur eine Kleinigkeit. Ich füge gerade ein paar Sicherheitshinweise zu deinen Ausführungsplänen hinzu, brauche aber dein Passwort, um an deine Dokumente zu kommen.«

»Oh, äh ...« Er legte eine Pause ein. »Warum schreibst du sie mir nicht einfach auf, und ich trage sie ein, wenn ich wieder da bin?«

Na, das ist ja mal zuvorkommend. Seit wann nahm sich ein Ingenieur so viel Zeit für sie?

»Das ist wirklich ein tolles Angebot, Anton. Aber wenn es dir recht ist, würde ich das diesmal gerne selbst übernehmen. Wir werden ja in vier Wochen geprüft, und da muss ich die Änderungen so schnell wie möglich eintragen und die Pläne neu austeilen.«

»Sicher, dass ich dir dabei nicht unter die Arme greifen kann?«

Wow, der Typ ist ja der Hammer!

»Ganz sicher.« Sie lächelte. »Könnte ich dann also dein Passwort haben, wenn es dir nichts ausmacht? Ich habe schon das Fenster auf dem Bildschirm vor mir geöffnet.«

»Ich, äh, also ...«

»Anton?«

»Ich buchstabiere es dir, ja?«

»Okay.«

»Alles kleingeschrieben: l-u-t-s-c-h-m-e-i-n-e-e-i-e-r. Äh, hast du das alles?«

Wendy presste die Lippen zusammen, um nicht laut loszulachen. »Ja. Danke. Tschüs.« Sie legte auf. So viel also dazu, helfen zu wollen! Er hatte ihr bloß nicht sein Passwort verraten wollen.

»Worüber freust du dich denn so, Kleine?«, kam es aus Chubs Ecke.

Wendy schüttelte den Kopf. »Nichts Besonderes. Nur ein ganz normaler Tag bei Barnes Inc. im Büro.«

Endlich war Sonntag, und auch wenn Wendy es sich erst nicht eingestehen wollte, musste sie doch zugeben, dass sie sich auf den Ausflug mit den Mädels freute. Einen Tag frei von *Wendy Hopkins: Sicherheitsmanagerin, Hüterin der Menschheit, Beschützerin der Arbeiterschaft.*

Nervensäge vom Dienst.

Es strengte sie immer mehr an, dass alle sie wie eine Aussätzige behandelten. Wie sollte man positiv und freundlich bleiben, wenn alle so negativ auf einen reagierten? Es war so gut wie unmöglich, zuversichtlich zu lächeln, wenn sie wusste, dass ihr Gesprächspartner sie ans andere Ende der Welt wünschte.

Aber heute würde sie einfach entspannen und Wendy sein.

Sie schlief aus, was letztendlich nur bis sieben bedeutete, damit sie noch in der Kantine frühstücken konnte. Sie knabberte gerade an einem Vegemite-Toast, als sich ein Tablett mit Bacon und Eiern in ihr Blickfeld schob.

Sie sah auf und entdeckte Gavin, der sie angrinste und sich dann setzte.

»Hey, Sarge.«

»Gavin«, begrüßte sie ihn trocken und verzog angesichts seiner vor Fett triefenden Menüauswahl das Gesicht.

»Ich habe gute Neuigkeiten für dich.« Er faltete seine Serviette auseinander, und der leichte Duft seines Aftershaves wehte zu ihr herüber. Sie ignorierte es.

»Ich habe Yabber gefunden.«

Ihr Herz setzte einen Schlag aus. »Du hast seine Adresse?«

»Genau.« Er schnitt sich ein Stück Bacon ab und steckte es sich in den Mund.

»Und wo wohnt er?«

»Ah«, sagte er mit einem Lächeln in den Augen, »vergisst du da nicht etwas?«

»Hm?«

»Wir wollten doch essen gehen.«

»Ja, das weiß ich.« Sie wurde rot. »Ich hab es nicht vergessen, ich habe nur …«

»Probleme damit, Spaß zu haben«, beendete er ihren Satz.

Sie funkelte ihn wütend an. »Ich habe eine Menge Spaß, vielen Dank auch.«

»Ach so.« Sein Tonfall blieb ungezwungen. »Dann bist du also kein Workaholic und hast dem letzten Typen, der dich einladen wollte, auch keine verpasst?«

Sie lief noch röter an. »Das war etwas anderes. Ich dachte, du wolltest mich angreifen. Was du übrigens auch getan hast.«

Er stocherte mit der Gabel in seinen Baked Beans herum und fragte leise, ohne sie anzusehen: »Wieso bist du so angespannt, dass du niemandem über den Weg traust?«

»Wen interessiert das schon?«, erwiderte sie verärgert.

Er sah sie direkt an. »Mich.«

Ihr stockte der Atem, und sie bekam kaum einen Ton heraus. »Ich habe doch gesagt, ich lade dich zum Essen ein, und das tue ich auch. Aber ich hätte vorher gerne die Adresse. Ich brauche sie.«

»Wozu?«

»Ich muss mit Yabber sprechen.«

»Warum?«

Mit einem heftigen Ruck legte sie ihr Besteck beiseite. »Das geht dich gar nichts an.«

»Okay, okay«, lenkte er ein. »Ich gebe dir die Adresse beim Abendessen.«

»Du willst mich also warten lassen?«

»Nicht allzu lange«, versicherte er ihr mit seinem bezaubernden Lächeln, das wie immer Dinge versprach, über die sie unter keinen Umständen weiter nachdenken wollte. »Ich will nur nicht, dass du einen Rückzieher machst, weil du bekommen hast, was du wolltest.«

Niemand tut irgendetwas für nichts.

Sie verlor die Geduld. »Ich werde dich schon nicht übers Ohr hauen. Ich halte immer mein Wort.«

Noch ein sanftes Lächeln. »Ich auch.«

Sie bekam eine Gänsehaut und wandte den Blick ab. »Wie schön für dich.«

Er nickte, als hätte sich die Spannung zwischen ihnen gelöst. »Also, ich dachte mir, wir gehen in Karratha oder Point Samson essen. Was wäre dir lieber?«

Grimmig schaute sie ihn an. »So bald wie möglich.«

Er lachte. »Na ja, dieses Wochenende wird es leider nichts mehr. Es gibt kaum gute Restaurants hier in der Gegend, da muss man früh reservieren. Wie wär's mit nächstem Samstag?«

»In einer Woche erst?«

»Die Liebe wächst mit der Entfernung.«

Sie hob einen Finger. »Diese Redewendung hat überhaupt nichts mit dem hier zu tun. Außerdem soll ich doch das Essen organisieren, oder etwa nicht? Ich bin mir sicher, dass ich schneller irgendwo einen Tisch reservieren kann.«

Er sah sie empört an. »*Wie bitte?* Glaubst du etwa, ich will einfach *irgendwo* essen? Tut mir leid, Sarge.« Er stand auf und wuschelte ihr im Vorbeigehen durch die Haare. »Ich glaube, es ist besser für uns beide, wenn du das mir überlässt.« Die flüchtige Berührung machte Wendy wütend, löste aber leider auch ein Kribbeln in ihrem Bauch aus. Gavin war so ein arroganter, unverbesserlicher Mistkerl, und nun hatte er die eine Information, die sie so dringend benötigte.

»Hey, komm zurück!« Sie wirbelte auf der Bank herum, doch es war zu spät. Gavin war schon nicht mehr in Hörweite, und wenn sie ihm jetzt hinterherrief, würde sie noch mehr Aufmerksamkeit auf sich ziehen, als ihr gemeinsames Frühstück es vermutlich bereits getan hatte. Sie drehte sich wieder um und bemerkte überrascht, dass ihr Teller noch voll, Gavins aber leer war.

Wann hatte er das alles aufgegessen? Und warum hatte sie selbst plötzlich keinen Hunger mehr? Sie konnte bei Gavin einfach nicht cool bleiben. Es war, als würde sie mit ihm jeglichen Sinn für Zeit und Raum verlieren. Und was noch schlimmer war, sie reagierte auf alles viel zu heftig. Er hatte recht. Sie war zu angespannt. Bei ihrer ersten Begegnung hatte sie ihn gleich zweimal geschlagen! Irgendetwas löste er bei ihr aus.

Mit einem Seufzen schüttelte sie den Kopf, und als sie aufsah, begegnete sie unbeabsichtigt dem Blick eines Mannes am Nachbartisch. Er zwinkerte ihr zu.

»So, so, Sergeant, hast wohl ein Date mit Gavin, was?«

Ach, Mist!

Sie wusste, dass er nur noch mehr Fragen stellen würde, wenn sie es abstritt, also stand sie entschlossen auf, rückte die Bank zurecht und ging. Sie hatte ohnehin nichts mehr essen wollen.

Zum Glück war sie später mit den Mädels verabredet. Jetzt, wo ihre Suche nach Hector vorübergehend auf Eis gelegt worden war, brauchte sie unbedingt etwas, was sie von der ganzen Aussichtslosigkeit ihres Unterfangens ablenkte.

Wendy traf Lena und Sharon um zehn auf dem Parkplatz, beide in Shorts und T-Shirt mit ihren Badesachen darunter.

»Wo soll's denn hingehen?«, fragte sie so enthusiastisch sie konnte.

Sharon grinste. »Zur Honeymoon Cove in Point Samson.«

Die jungen Frauen quetschten sich in Wendys Nissan. Nach ein paar gurgelnden Versuchen startete der Motor – Gott sei Dank –, und Sharon zeigte Wendy die

Richtung. Im Grunde war es ziemlich schön, ein paar fröhliche Stimmen als Begleitung im Auto zu haben anstelle von Schweigen. Es war warm und schwül, genau das richtige Wetter für ein Sonnenbad und eine Erfrischung im Meer.

Als sie schließlich am Strand ankamen, bedankte sich Wendy bei sich selbst für diese Auszeit.

Es war perfekt.

Der Sand in der halbmondförmigen Bucht war überraschenderweise goldgelb und nicht so rot wie die Erde, die Wendy sonst überall zu sehen bekam. Er verlockte geradezu dazu, die Zehen darin versinken zu lassen. Zu beiden Seiten des menschenleeren Strands erhoben sich schwarze, rote und graue zerklüftete Felsen wie Scherben aus dem Boden, als verteidigten sie diese private kleine Bucht gegen das Eindringen der restlichen Pilbara. Seichte Wellen schlugen gegen den Strand, und Wendy seufzte aus reiner Freude und Vergnügen.

»Das Korallenriff schützt die Bucht«, erklärte Sharon ihr. »Deswegen bleibt die See hier ruhig.«

Lena streifte ihre Flipflops ab, nahm sie in die Hand und rannte barfuß zum Wasser hinunter. Wendy und Sharon lachten und liefen ihr hinterher. Dann breiteten sie ihre Handtücher auf dem Sand aus und zogen sich für ein schnelles Eintauchen in das kühle und erfrischende Nass aus. Wendy hatte das Gefühl, sie würde die letzten beiden Wochen abspülen, als sie in scheinbar flüssiges Sonnenlicht eintauchte, so leuchtend tanzten die Sonnenstrahlen auf den Wellen.

Nach einer Viertelstunde kamen sie wieder aus dem Wasser und legten sich nass wie sie waren auf ihre Handtücher.

Lena schloss die Augen. »So lässt es sich leben.«

»Was? Stören dich die Sandfliegen etwa nicht?«, neckte Sharon sie.

»Ich habe mich mit Sonnencreme und Insektenspray eingedeckt.« Lena verschränkte die Hände hinter dem Kopf. »Außerdem scheinen heute auch nicht so viele unterwegs zu sein.«

»Das macht die Brise«, erklärte Sharon. »Ist ein bisschen zu windig für sie.«

»Ich finde es perfekt«, seufzte Wendy.

»Ja, oder?«, fragte Lena und hielt dann einen Moment inne. »Also, was höre ich denn da über dich und Gavin?«

Wendy hatte gerade die Augen geschlossen, riss sie aber sofort wieder auf. Das konnte Lena doch unmöglich schon gehört haben. Oder?

»Über ein Date in Karratha oder so was in der Art«, fuhr Lena unbeirrt fort. »Wann hat er dich denn gefragt?«

Sharon setzte sich auf. »Das ist nicht dein Ernst.«

Wendy stöhnte innerlich. »Ist kein richtiges Date.«

»Und was ist es dann?«, wollte Lena wissen.

Wendy suchte in den Wolken nach einer Antwort, aber sie waren rein gar keine Hilfe. Sie konnte nicht beweisen, dass es ein ganz und gar unromantisches Treffen mit Gavin werden sollte, ohne von ihrer Suche nach ihrem Vater zu erzählen. Und sosehr sie die beiden Frauen auch mochte, wollte sie ihren seelischen Ballast nicht auf sie abladen. »Wir sind nur Freunde«, wich sie wenig überzeugend aus.

»Das sieht er aber anders«, warnte Lena sie. »Glaub mir, Gavin hat einen gewissen Ruf. Solange du nicht klar und deutlich bist, wird er hinter dir her sein.«

»Wirklich?« Wendy bemerkte zu ihrem Verdruss, dass ihre Stimme leise und enttäuscht klang. »Habt ihr ihn schon mit vielen Frauen erlebt?«

»Na ja, um ehrlich zu sein«, gab Lena zu, »hat er es bei uns beiden auch mal versucht. Versteh mich nicht falsch, er sieht wirklich gut aus und …«

»*Und* ich war eine Zeitlang auch total in ihn verknallt«, unterbrach Sharon sie. Wendys Blick sprang zu ihr. Sharon runzelte die Stirn. »Das Problem bei Gavin ist bloß, dass man irgendwann merkt, dass er sich nur für sich selbst interessiert.«

»Das stimmt nicht«, verteidigte Wendy ihn.

Lena setzte sich auf und umschlang ihre Knie mit den Armen. »Weißt du was, wovon wir nichts wissen?«

Die Blauzungenechse.

Craigs Frau.

Doch darüber konnte sie nichts sagen. Das waren beides persönliche Momente für Gavin gewesen. Also schwieg sie.

»Tut mir leid«, sagte Lena. »Ich wollte dich nicht vor den Kopf stoßen. Im Grunde will ich dich warnen. Ich möchte nicht, dass du verletzt wirst.«

Wendy wandte den Blick ab. »Deswegen musst du dir keine Sorgen machen. Ich stehe nicht auf Gavin.«

Zumindest normalerweise nicht. Zum Glück wurden sie unterbrochen, als eine Frau mit lauter Falten, wahrscheinlich Ende sechzig, an ihnen vorbeischlenderte und ganz in der Nähe ihr Handtuch ausbreitete. Als sie dann zum Schwimmen hinunter ans Wasser humpelte, griff Sharon das Gespräch wieder auf. »Carl hat mich jedenfalls gefragt, ob ich bei ihm einziehen will.«

Es war eine allgemein bekannte Tatsache, dass Carl,

anders als Dan, nicht im Camp wohnte. Man nahm an, dass er seinen Leuten zwischendurch eine Verschnaufpause gönnen wollte. Dan dagegen, ganz nach TCN-Art, wollte ein Auge auf seine Mannschaft haben, selbst während sie schliefen.

Lena wandte sich blitzschnell zu Sharon um. »Wow! Und wie hast du reagiert?«

Sharon rang die Hände. »Ich habe natürlich ja gesagt!«

»Ach, Mensch.« Lena drückte Sharon am Arm. »Du wirst mir fehlen im Camp.«

»Ich ziehe ja nicht weit weg. Nur nach Wickham.«

»Aber dann sehe ich dich nicht mehr beim Abendessen.«

»Du sitzt sowieso immer mit Bulldog zusammen.« Sharon verdrehte die Augen. »Du wirst gar nicht merken, dass ich weg bin.«

Lena sah auf ihre Hände und blieb stumm.

»Oh-oh.« Sharon und Wendy sahen sich an. »Was ist los?«

»Eigentlich nichts. Es ist nur, na ja … Annabel George.«

»Die verrückte Tussi!«, sagte Sharon. »Glaub mir, Süße, von der hast du nichts zu befürchten.«

»Ich mache mir auch keine Sorgen. Sie nervt mich bloß.« Lena biss sich auf die Lippe. »Ich habe Dan darum gebeten, ihr doch bitte zu sagen, dass sie nicht mehr andauernd bei ihm aufkreuzen soll. Und er hat mir versichert, dass er das auch getan hat, sie aber trotzdem immer noch auftaucht. Und er scheint nicht deutlicher werden zu wollen.«

»Warum nicht?«, wollte Sharon wissen.

»Na ja, er hat das Gefühl, ihr etwas schuldig zu sein, dafür, dass sie für ihn da war, als sie zusammen waren.«

Sharon stöhnte. »Ich verstehe ja, weshalb er sich verpflichtet fühlt, aber wie ätzend für dich. Ich weiß nicht, was du dagegen unternehmen kannst.«

»Na ja.« Lena schloss die Augen und legte die Stirn auf die Knie. »Ich bin zu ihr gegangen und habe mal angedeutet, dass ich es nicht so richtig toll finde, wenn sie so viel Zeit mit meinem Freund verbringt. Sie arbeitet als Krankenschwester in der Nachtschicht im Nickol-Bay-Krankenhaus in Karratha. Jedenfalls hat sie mir quasi gesagt, dass es nur eine Frage der Zeit sei, bis sie und Dan wieder zusammen wären.«

»Ach, das ist doch Quatsch!« Sharon blies sich den Pony aus der Stirn. »Es ist doch bestimmt über fünfzehn Jahre her, dass sie zusammen waren. Glaubt sie ernsthaft, dass er ihr immer noch nachtrauert?«

»So benimmt sie sich zumindest. Ich weiß nicht, was ich machen soll.«

»Gib ihr einfach noch ein bisschen Zeit«, schlug Wendy vor. »Dann merkt sie vielleicht selbst, dass Dan nicht an ihr interessiert ist.«

Sharon wollte gerade noch etwas hinzufügen, als ihr Handy klingelte. Sie kramte es eilig aus ihrer Strandtasche hervor und hielt es sich ans Ohr.

»Ach, hallo, Schatz, mir geht's gut. Wo bist du?« Pause. *»Wo?«* Sharon schirmte die Augen gegen die blendende Sonne ab und konzentrierte sich auf ein kleines Fischerboot, das in der Ferne auszumachen war. »Ah, ja, ich sehe es ... Nein, kein Problem, dann bis heute Abend.«

»War das Carl?«, fragte Lena, als Sharon das Gespräch beendet hatte.

»Ja, er und die Jungs, also Fish, Radar, Leg und Gavin, haben ein Boot gemietet. Sie wollten wissen, ob wir eine Runde mitfahren wollen. Ich habe gesagt, dass wir lieber hierbleiben.«

Lena machte einen Schmollmund. »Warum das denn? Ich würde gerne mitfahren. Das wär doch super. Das beste Angebot, das ich von den Jungs bekommen habe, seitdem Gavin mir mit den Ködern an meiner Angelschnur geholfen hat.«

Gavin war mit Lena angeln gewesen. Das versetzte Wendy einen Stich, der sich viel zu sehr nach Eifersucht anfühlte.

»Kannst du sie nicht zurückrufen?«, fragte Lena.

»Na gut«, gab Sharon lachend nach. Doch anscheinend hatte Carl sein Telefon unter Deck liegen lassen, denn er nahm nicht ab. Sharon sprach ihm auf die Mailbox. »Warum versuchst du es nicht mit Winken?«, schlug sie Lena vor, als sie ihr Handy wieder in ihrer Tasche verstaute. »Das Boot scheint näher zu kommen.«

Wendy kniff die Augen zusammen. Ja, das Boot kam tatsächlich näher.

Lena sprang auf und zog die widerwillige Wendy mit hoch. »Komm schon, Wendy. Du musst mir helfen.«

Sie begann auf und ab zu springen und dem Boot enthusiastisch zuzuwinken. Wendy musste bei so viel Eifer kichern, machte aber halbherzig mit. Offenbar hatten die Männer auf dem Boot sie gesehen, denn sie kamen definitiv immer näher.

»Sie können uns sehen!« Lena wedelte noch heftiger mit den Armen.

Das Boot kam noch näher, doch als Wendy gerade dachte, es würde vor Anker gehen, drehte es scharf nach rechts ab und sauste parallel zum Strand an ihnen vorbei. Am Bug standen Leg, Radar und Gavin, und alle ließen gleichzeitig ihre Hosen herunter und wackelten mit ihren nackten Hintern in Richtung Strand.

Lena hielt sich die Augen zu und schrie. Sharon lachte so heftig, dass sie sich die Seiten halten musste. Wendy legte einfach nur erstaunt eine Hand auf den Mund.

Die ältere Dame, die sich neben ihnen sonnte, war hocherfreut. Offenbar war das in erotischer Hinsicht das Aufregendste, was ihr in den letzten Jahren passiert war. Sie quietschte und winkte den Jungs wie verrückt hinterher. Dann fragte sie Wendy: »Sind das Freunde von euch?«

»Äh, so ähnlich«, erwiderte Wendy.

»Diese Schweine!« Lena war empört. »Warte nur, bis sie mir das nächste Mal über den Weg laufen!«

Nachdem die entspannte Stimmung doch etwas verflogen war, beschlossen die Frauen, zum Mittagessen im Gasthaus von Point Samson einzukehren. Es war ein sehr ungezwungener Ort, und die meisten Gäste saßen draußen an runden Plastiktischen unter Sonnenschirmen.

Sie aßen die mit Abstand besten Fish and Chips, die Wendy seit langem gegessen hatte. Pilbara war bekannt für seinen guten Fisch, deswegen überraschte es sie nicht, dass so ein einfaches Gericht sie schon begeisterte. Noch ein paar Zitronenscheiben, und sie hätte einen zweiten Teller voll verputzen können, fand es dann aber doch wichtiger, nach dem Essen noch in ihren Badeanzug zu passen. Sie bezweifelte, dass Chub so viel Zurückhaltung an den Tag gelegt hätte.

Gerade als sie fertig waren, kamen Carl und die Männer an.

»Ich dachte, ihr würdet euren Fang frisch zubereiten und essen.« Lena schien überrascht.

Carl schaute ziemlich schlecht gelaunt drein. »Wir haben kein Bier mehr.«

Wendy sah auf, als sie Gavins unverhohlene Blicke auf ihrem Körper spürte. Seine braunen Augen wirkten dunkler denn je, und sie wünschte, sie hätte etwas mehr übergezogen so wie die beiden anderen Frauen, die ihre Shorts und T-Shirts wieder anhatten. Wendy trug einen Einteiler, und so hatte sie sich einfach einen Sarong um die Hüfte geschlungen. Als sie angekommen waren, hatte sie sich überhaupt nicht unwohl gefühlt. Jetzt dagegen schien es, als stellte sie geradezu unangemessen viel Haut zur Schau.

Um sich Gavins Blicken zu entziehen, stand sie auf und ging unter dem Vorwand hinein, dass sie etwas zu trinken brauchte – was auch beinahe stimmte. In Gavins Nähe schien sie immer einen trockenen Mund zu bekommen.

Zu ihrem Entsetzen kam er ihr jedoch kurz darauf hinterher.

»Also …« Er lehnte sich neben ihr an den Tresen. »Vielleicht lag ich doch falsch. Vielleicht hast du doch manchmal Spaß. Hat es dir am Strand gefallen?«

»Ja, das hat es tatsächlich.« Der Barkeeper stellte die Cola auf einem Untersetzer vor ihr hin. »Bis ihr dann die Stimmung kaputtgemacht habt.«

»Ach, komm.« Er schaute sie mit seinen funkelnden

Augen an, denen sie doch nicht vertrauen konnte. »Das war lustig.«

Sie zögerte und nippte an ihrer Cola, bevor sie ihn wieder ansah. »Okay, es *war* lustig.« Mit dem Strohhalm zwischen den Lippen grinste sie ihn an.

»Na, das sieht doch schon viel besser aus.« So wie er sie ansah, begann ihr Herz fast schmerzhaft heftig zu schlagen.

»Ich gehe mal besser zurück zu den Mädels«, murmelte sie. Doch als sie sich zum Gehen wandte, tippte ihr ein kleiner Teufel auf die Schulter. Sie hielt inne und schaute Gavin noch einmal an. »Übrigens, hübscher Hintern.«

Sie hatte ihn verunsichern wollen – ihn so in Verlegenheit bringen wollen, wie er es ständig mit ihr tat. Doch ihr hätte klar sein sollen, dass Gavin gegen solche Taktiken immun war. In seinem Blick konnte sie jedenfalls keine Spur von Unbehagen ausmachen, als er ihr in die Augen blickte. Stattdessen gab er ganz ernsthaft das Kompliment zurück.

»Deiner auch, meine Liebe, deiner auch.«

Mit einem Ruck wandte sie sich ab. Was war nur in sie gefahren? Sie hielt ihre Cola an die Brust gedrückt und hoffte, Gavin würde nicht auf ihr »Gesprächsthema« starren. Sie hatte es so eilig, dass sie beinahe mit Carl und den anderen zusammenstieß, als sie gerade hereinkamen.

»Sorry«, murmelte sie, als Carl sie erstaunt ansah, und ging dann hinaus zu den Mädchen. Sie war erleichtert, dass Lena und Sharon in der Zwischenzeit mit dem Essen fertig waren.

»Alles okay, Wendy?« Sharon warf ihr einen leicht besorgten Blick zu.

»Alles bestens.« Wendy trank ihre Cola in einem Zug aus und stellte das Glas ab. »Ehrlich gesagt, bin ich ziemlich müde. Macht es euch was aus, wenn wir zurückfahren?«

Sharon sah Lena an und zuckte mit den Schultern. »Kein Problem.«

Die Heimfahrt verlief ohne Zwischenfälle, und Wendy konnte sich etwas beruhigen.

Als sie allerdings bei ihrem Donga ankam, fand sie die Tür unverschlossen vor. Ihr Herz machte einen Satz, als ihr klarwurde, dass jemand eingebrochen haben musste. Vorsichtig drückte sie die Tür auf und schaute sich im Zimmer um. Sie biss sich auf die Lippe, als sie sah, dass jemand ihren Schreibtisch ersetzt und die Schranktür repariert hatte.

Wer auch immer das getan hatte, es konnte unmöglich Gavin gewesen sein.

Kapitel 9

Du musst damit aufhören, jetzt.

Gavin trank sein Bier an der Bar aus. Er traute sich nicht so recht, sich draußen zu seinen Freunden zu gesellen, da, wo auch Wendy sein würde.

Normalerweise war er ziemlich gut darin, sich eine Frau auszugucken. Diesmal konnte man das allerdings nicht behaupten.

Schon bei ihrem ersten Treffen war es ziemlich schnell klargeworden, dass Wendy auf keinen Fall jemand für eine flüchtige Affäre war. Sie konnte kein Wort mit ihm wechseln, ohne dass dabei ihr Herz aus den Augen sprach. Aber jedes Mal, wenn er sich vornahm, sich von ihr fernzuhalten, fand er doch wieder irgendeinen Vorwand, in ihrer Nähe zu sein. Irgendetwas an ihr ließ ihn den Kopf verlieren. Er schluckte und wischte sich mit dem Handrücken über die feuchten Lippen. Nein, sein Kopf war noch dran, denn jedes Mal, wenn er Wendy sah, fühlte es sich an, als würde ihm jemand mit einem Holzbrett eins überziehen. Wendy ließ ihn all die Grenzen vergessen, die er sich selbst gesetzt hatte.

Du könntest ihr sehr weh tun. Willst du das wirklich?

Es war mehr als offensichtlich, dass sie nicht sorglos durchs Leben lief. In ihren großen blauen Augen lagen Schmerz, Misstrauen und Vorsicht. Was immer sie für

Ballast mit sich herumschleppte, er war enorm. Wenn Gavin klug wäre, würde er auf Abstand gehen. Vorbelastete Frauen kannten meistens die drei Verhaltensregeln nicht: keine Verpflichtungen, keine Reue und keine emotionale Nähe.

Normalerweise ließ ihn ein Flirt hier und da auf der Baustelle das Chaos in seinem Leben vergessen. Diesmal aber machte er sich unweigerlich Sorgen, dass Wendy es vielleicht sogar noch komplizierter machen würde, dieses Chaos zu entwirren. Ihm fiel es schwer, sich daran zu erinnern, dass er ihr nicht zu nahekommen, ihr zum Beispiel nicht zu viele persönliche Fragen stellen durfte. Nicht dass sie die überhaupt beantworten würde. Von wegen. Sie traute ihm sogar noch weniger als er sich selbst.

Bisher hatte das Flirten mit ihr ihn alles andere als von seinen eigenen Problemen abgelenkt. Im Gegenteil, er brütete sogar noch mehr darüber – beinahe, als würde er noch zusätzlich Salz in die Wunde streuen. Wenn er mit ihr sprach, zeigte ihm das nur, was er alles verloren hatte oder niemals haben konnte.

Ein freundschaftlicher Klaps auf die Schulter unterbrach Gavins Gedankengang, und er drehte sich um. Sein Lächeln war sofort wieder da.

Mann, ich werde richtig gut darin.

Es war Carl, dicht gefolgt von den anderen Männern. »Verdammte Scheiße, ich dachte schon, wir würden nie hier ankommen.« Gavins Boss winkte den Barkeeper herrisch heran, der auch sofort herbeigeeilt kam. »Ich hätte gern eine Runde für meine Männer hier, bitte.«

Gavin grinste anerkennend. Carl konnte Angeln nicht besonders viel abgewinnen und jammerte schon, seitdem sie am Morgen in See gestochen waren über Übelkeit. Gavin vermutete, dass das nicht ganz der Wahrheit entsprach, aber Carls echte Freude darüber, wieder an Land zu sein, war nicht zu übersehen. Fish dagegen schaute drein wie jemand, dem man zu wenig Wechselgeld herausgegeben hatte.

»Verdammt, Carl! Du kannst doch nicht eine Runde bestellen. Bis jeder von uns mal dran war, ist doch der ganze Nachmittag vorbei.«

»Das ist auch der Plan, verdammt. Und jetzt trink und hör auf zu quasseln. Ich hab genug von euren beschissenen Angeln und Spulen, Harpunen und Köderkisten. Ich will einfach nur meine Ruhe.«

Radar schien das zu gefallen, und er griff mit unverfrorener Begeisterung nach einem Glas. »Von deiner Ruhe nehm ich auch was, Carl.«

»Ich auch«, verkündete Leg überschwänglich.

Resigniert griff Fish nach seinem Glas. »Ich nehme an, es ist noch nicht alles verloren. Wir können ja abends noch Krabben fischen gehen.«

»Ohne mich.« Carl schüttelte entschlossen den Kopf.

»Und wie sieht's mit dir aus, Bruder?«, wandte sich Fish an Gavin.

»Ach, bin ich jetzt dein Bruder?« Gavin prostete ihm leicht amüsiert zu. »Ich weiß nicht, Kumpel. Ich glaube, ich habe nicht so viel Ausdauer wie du.« Seine Laune war ihm definitiv von dem Zusammentreffen mit einer gewissen Blondine, die viel zu hübsch für diese Welt war, vermiest worden.

Fish stöhnte, dass er so schnell überstimmt worden war. »Willst du etwa keine schöne große, saftige Schlammkrabbe zum Abendessen?«

»Kumpel«, setzte Gavin stirnrunzelnd an. Er hatte eigentlich keine Lust, darüber zu diskutieren. »Wo soll ich sie denn zubereiten? Die Dongas haben schließlich keine Küche.«

»Das ist doch einfach«, entgegnete Fish. »Du hast doch ab morgen frei, oder? Dann packst du sie einfach ein, und …«

»Auf keinen Fall!«, unterbrach Carl vehement, bevor Gavin etwas erwidern konnte. »Das stinkt doch wie Hölle.«

Fish schüttelte den Kopf. »Nicht, wenn sie noch lebt.«

Carl verschluckte sich an seinem Bier. »Willst du mich verarschen? Du willst, dass Gav eine wütende Schlammkrabbe in seinem Handgepäck nach Perth transportiert? Hast du nicht gesehen, was die Dinger für beschissene Scheren haben? Was, wenn sie entwischt?«

Fish verdrehte die Augen. »Die sind nicht besonders schnell. Und man kann ihr einfach die Scheren zusammenbinden, dann ist das alles kein Problem.«

Carl starrte ihn ungläubig an. »Sag jetzt nicht, du hast das schon mal gemacht!«

Fish sah ihn an, als hätte er eine dumme und überflüssige Frage gestellt. »Carl, Krabben machen keinen Lärm, weißt du. Das sind keine Hunde. Sie bellen nicht!«

Carl winkte den Kellner heran. »Verdammte Scheiße! Ich brauche noch was zu trinken. Für so was bin ich noch nicht besoffen genug.«

»Also, was meinst du? Willst du eine?«, wiederholte Fish seine Frage an Gavin.

»Ich mache nicht frei. Craig nimmt stattdessen meine Urlaubstage«, gab er zu.

Fish rieb sich das Kinn. »Wirklich? Dann halten also

nur wir beide die Stellung? Das sollte interessant werden.«

Carl schnaubte. Er hatte bereits missbilligend in Kauf genommen, dass Gavin seine freien Tage ausfallen ließ. Für Leg und Radar kam es allerdings überraschend, wie Gavin erwartet hatte.

Es dauerte nicht lange, und Radar begann sein Verhör. »Aha, was hat das denn zu bedeuten? Hat er Burn-out? Oder macht seine Frau Stress?«

Gavin würde dem Klatschkönig der Baustelle ganz bestimmt nichts darüber erzählen, und so überspielte er sein Schweigen mit einem Schluck Bier.

Warum hast du Wendy dann davon erzählt? Ihr gegenüber warst du ja ziemlich offen. Es sah ihm gar nicht ähnlich, die Angelegenheiten von jemand anderem dafür zu benutzen, eine Frau zu beeindrucken. Wenn er auf etwas stolz war, dann auf seine Loyalität. Und darauf, dass er ein verdammtes Geheimnis für sich behalten konnte. Aber Wendy provozierte ihn einfach. Er wollte ihr beweisen, dass er ein besserer Mann war. Komisch, dass es ihm egal war, was die anderen von ihm dachten.

Du bist wahnsinnig.

»Ach, lass ihn doch in Ruhe, Radar.« Carl blickte finster drein. »Und du, Gavin, lass dir nicht immer alles von den anderen aufhalsen.«

Gavin trank noch einen Schluck Bier und schwieg weiter hartnäckig. Carl musterte ihn eindringlich. »Es ist ja schön und gut, ein guter Vorgesetzter zu sein, aber das hier ist ja nicht deine verdammte Familie.«

Doch, das sind sie. »Was machst du denn heute Abend, Carl?«, wechselte Gavin nun das Thema. »Ich meine, wenn du nicht beim Krabbenfischen bist.«

Zu seinem Erstaunen wurde sein Boss rot. »Ich hole meine bessere Hälfte und ihre Koffer aus dem Camp ab. Sie zieht bei mir ein.«

Radars Augen begannen zu leuchten. »Wirklich? Das wird ja ganz schön ernst! Dann ist es wohl bald vorbei mit dem Junggesellendasein.«

Carl grinste, sagte aber nichts weiter dazu. Und sehr zu Gavins Enttäuschung wandte Radar sich sofort wieder an ihn. »Und was ist mit dir, Gav?«, hakte Radar nach. »Du hast doch immer irgendwas am Laufen. Diesmal vielleicht ein Mädel aus Wickham?«

»Nee«, schaltete Fish sich prustend ein, und seine Augen funkelten rachsüchtig. »Er ist scharf auf den Sergeant. Erinnerst du dich noch an das erste Treffen mit den Ingenieuren, das sie einberufen hatte? Anton und ich wollten eigentlich nicht hin, aber Gavin kam vorbei und hat uns praktisch *eingesammelt*!«

»Ach, tatsächlich?« Radar wippte auf den Fersen zurück. Gavin stöhnte innerlich und wünschte sich Klebeband herbei, mit dem er Fish den Mund zukleben konnte. Glücklicherweise war Carl ebenso wenig begeistert.

»Und weshalb zum Teufel noch mal wolltet ihr nicht hingehen?«

Erst jetzt wurde Fish klar, dass seine Strategie wohl nach hinten losging. »Ach, äh … du weißt doch, wie es ist, Carl …«

»Nein, aber klär mich gern auf«, erwiderte Carl mit gefährlich leiser Stimme.

»Also, wenn du mich fragst, Kumpel, geht es ihr gar nicht um Sicherheit, sie will nur rummeckern. Sie ist genauso schlimm wie Bulldog. Letzte Woche hat sie mir erzählt, dass sie darüber nachdenkt, stichprobenartige

Drogen- und Alkoholtests durchzuführen! Hast du eine Ahnung, wie sehr das unsere Zeitpläne durcheinanderbringen würde?«

Carl zuckte nicht einmal mit der Wimper. »Das ist mir vollkommen bewusst.«

Gavin stellte sein Glas mit einem Knall auf dem Tresen ab. Sobald von Sucht die Rede war, besonders von Drogen, wurde ihm ganz anders. »Ich weiß ja nicht, wie es dir geht, Fish, aber ich will nicht, dass irgendjemand betrunken oder auf Drogen meine Maschinen bedient. Drogen sind das Gefährlichste, was es auf so einer Baustelle wie dieser gibt. Eigentlich auf jeder Baustelle.«

Fish verdrehte die Augen. »Das bestreite ich ja auch gar nicht, Gavin. Aber sie lässt uns das gar nicht mehr selbst beurteilen. Und du wirst wohl kaum meinen Standpunkt verstehen, oder? Bist viel zu geblendet von ihren blonden Haaren und langen Beinen. Was mich betrifft, da kann sie noch so toll aussehen, ich bin nicht an ihr interessiert. Um diesen Eisblock zum Schmelzen zu bringen, bräuchte man schon einen Zehntausend-Watt-Heizstrahler. So eine frigide Ziege. Das hält doch keiner aus.«

»Recht hast du.« Gavin nickte, und seine Faust landete mitten in Fishs Gesicht, sehr zur Überraschung aller, sich selbst eingeschlossen.

Fish taumelte und fasste sich an den Kiefer, während Leg und Radar ihn an den Armen packten, damit er nicht zurückschlagen konnte. Gavin schaute zu, wie Fish sich wand, als Carl ihn mit eisernem Griff am Arm beiseitezerrte.

»Was zum Teufel ist los mit dir?«

Die rasende Wut, die wie ein Blitz in Gavin gefahren

war, ebbte ab, und er konnte wieder klarer denken. Verdutzt sah er Carl an und wägte seine Optionen ab. Ihm war es relativ egal, ob er seinen Job verlor, aber er wollte seine Männer nicht hängenlassen. »Tut mir leid, Carl.«

»Tut es nicht.« Carl nickte wissend.

Gavin wollte keine Gefühle zeigen und setzte eine ausdruckslose Miene auf.

Carl senkte seine Stimme zu einem Brummen. »Versteh mich nicht falsch. Fish hat sich vollkommen danebenbenommen, und er kann manchmal ein ganz schönes Arschloch sein. Aber er ist auch mein bester Freund. Du kannst ihm nicht einfach eine reinhauen, ohne dass das Folgen hätte.«

»Willst du einen Freiwurf, Carl?«, forderte Gavin ihn heraus. Er hatte einen bitteren Geschmack im Mund. »Nur zu.«

Carl stieß ihn von sich. »Ich will, dass du aufhörst, jeden Tag so zu leben, als wäre es dein letzter. Ich hab genug davon, Gavin. Und das solltest du auch!«

Wenn das sein Marschbefehl war, dann führte Gavin ihn nur zu gerne aus. Ohne ein weiteres Wort und ohne einen Blick auf seine Begleiter verließ er die Bar.

An dem Abend war Gavin nicht danach, irgendjemandem zu begegnen. In der Kantine schnappte er sich nur ein Brötchen, belegte es mit ein paar Scheiben Roast Beef und stapfte wieder hinaus. Lieber aß er allein auf seinen Donga-Stufen mit einer Flasche Bier, als sich die Scherze anzuhören, die mit Sicherheit schon die Runde machten. Radar hatte ausreichend Gelegenheit gehabt, alles über den Zwischenfall in der Bar herumzuerzählen. Ganz zu schweigen von den Zwischenrufen auf dem Weg zur Kantine von einigen Männern, die von seiner bevorstehenden Verabredung mit Wendy zu wissen schienen. Jemand musste Wendy und ihm zugehört haben. Was nur wieder bewies, dass an diesem Ort nichts heilig war, rein gar nichts.

Er musste besser aufpassen, was er sagte.

»Hey.« Eine unfreundliche Stimme ertönte links von ihm, und er blickte resigniert von seinem Sandwich hoch. Zu seiner Verwunderung war es keiner der üblichen Verdächtigen, sondern Mike Hopkins.

»Selber hey, Mike.« Er hob seine Flasche und prostete dem Älteren zu. Er hatte nie viel mit Mike zu tun gehabt, außer vielleicht einmal, als er an Lena Todds Geburtstag betrunken bei ihm mitgefahren war. Keine seiner Sternstunden, und definitiv kein Auftritt, der in irgendeiner Form Anlass zu Bewunderung von ausgerechnet diesem Vorarbeiter gegeben hätte. An dem Abend hatte bestimmt keiner ihn besonders bewundert. Und er hoffte, dass er nie wieder so deprimiert sein würde. Er nahm noch einen Schluck von seinem Bier, als immer mehr demütigende Bilder vor seinem geistigen Auge auftauchten.

Mike unterbrach seine eigenwilligen Gedanken. »Jetzt werd mal nicht frech. Ich hab dir nur eine Sache zu sagen.«

Gavin sah ihn nur an und fragte völlig desinteressiert: »Und was mag das wohl sein?«

»Meine Nichte ist nicht auf dem Markt für einen Freund.«

Ihm fiel plötzlich ein, dass Mike ja Wendys Onkel war, und er seufzte tief. »Hast du dein Gewehr dabei, Mike? Kannst es vielleicht gebrauchen.«

Mike versuchte, einen Bauch einzuziehen, der eindeutig nicht mehr zu verstecken war, und richtete sich zu seiner vollen Größe auf.

»Ich will nicht, dass irgendwelche Rowdys meine Familie aufmischen. Wendy ist nicht hier, um sich mit jemandem wie dir einzulassen.«

Gavin ließ langsam seine Bierflasche sinken. »Und weshalb ist sie dann hier, Mike?«

Mike zeigte mit dem Finger auf ihn. »Aus dem gleichen Grund, aus dem du hier sein solltest – zum Arbeiten.« Damit marschierte er davon.

Verdammt! Mike hatte ja recht. Gavin sollte sich lieber auf die Arbeit konzentrieren, als sich Gedanken über eine Frau zu machen, die ihn überhaupt nichts anging. Wendy war eine klasse Frau, aber er konnte nicht ihre Schlachten für sie schlagen. Er hatte selbst schon genug Probleme. In dem Moment vibrierte sein Handy in seiner Hosentasche. Eine SMS: *Kann ich Sie morgen gegen halb acht erreichen? Ich habe Neuigkeiten.*

Er hielt das Telefon fest umklammert, während er eine Zusage tippte, und steckte es dann zurück in seine Tasche.

Gute Neuigkeiten, hoffe ich.

Am nächsten Morgen hatte Gavin die Weisheit gewonnen, die man erlangte, wenn man einmal darüber schlief. Er bereute zutiefst, was er in der Bar getan hatte. Sicher, Fish hatte eine Lektion verdient. Gavin hätte trotzdem warten sollen, bis sein Ärger verflogen war, und ihm dann unter vier Augen die Meinung sagen sollen. Aber nein, er hatte sich total aufgespielt. Dabei war das wirklich das Allerletzte, was er hätte tun sollen.

Er war früh bei der Arbeit, nahm sich einen Ordner

und wartete im Besprechungsraum darauf, dass Fish auftauchte. Jeden Morgen hatten sie hier mit ihren Männern eine Vorbesprechung, und Gavin wusste, dass er heute erst einmal seinen Stolz herunterschlucken und seinen Kollegen um Entschuldigung bitten musste. Das Bauprojekt war seine oberste Priorität. Und er würde das Einzige, was ihm in seinem Leben Halt gab, nicht aufs Spiel setzen.

Zum Glück hatte Fish offenbar die gleiche Idee gehabt, denn er kam fünf Minuten zu früh mit betretener Miene in den Besprechungsraum.

»Hör mal, Gav, wegen gestern …«

Gavin sah von seinen Unterlagen auf. »Sag nichts, Fish. Ich sollte mich als Erster entschuldigen. Ich hätte nicht auf dich losgehen dürfen.«

»Ja, das hättest du wirklich nicht.« Fish zuckte mit den Schultern. »Nicht dass ich es nicht mit dir hätte aufnehmen können.«

Gavin musterte kurz sein Gegenüber und erwiderte dann leicht amüsiert: »Natürlich.«

»Ich stehe einfach nur nicht gern unterm Pantoffel. Das bringt mich auf die Palme.«

Gavin musste sich zusammenreißen, um nicht auszurasten, als Fish unbekümmert weiterredete: »Aber wenn du mit ihr zusammen bist …«

»Es geht nicht darum, ob ich mit ihr *zusammen* bin oder nicht«, erwiderte Gavin schroff. Das Gespräch ging schon wieder in eine Richtung, die er nicht einschlagen wollte. »Konzentrieren wir uns von jetzt an einfach auf unsere Arbeit, okay? Damit wir sie gut machen und im Zeitrahmen bleiben. Wir haben heute eine Menge vor uns.«

Fish grinste. »Apropos Dinge, die wir heute zu erledigen haben. Ich hatte eine Wahnsinnsidee. Vor allem, wo Craig jetzt weg ist und so. Wir haben vor einer Weile darüber gesprochen.«

»Was für eine Idee?«

Doch Fish war gezwungen, seine Antwort auf später zu verschieben, da ihre beiden Teams und das von Craig in den Raum strömten. Stiefel und Stühle schrammten über den Boden, während die Männer sich setzten und sich dabei weiter angeregt unterhielten.

»Wir haben gehört, dass ihr beide euch gestern geprügelt habt«, sagte Jack, der gern provozierte. »Hat dir Gavin etwa deinen Köder geklaut, Fish?«

Gelächter brach los.

Danke, Radar.

»War eher eine Meinungsverschiedenheit.« Gavin tat die Bemerkung ab und legte seinem Kollegen einen Arm um die Schultern. »Aber wie ihr sehen könnt, ist jetzt alles geklärt zwischen uns, und das sogar ganz ohne Blumen und Schokolade.« Er nahm seinen Arm wieder herunter.

Fish hustete und rieb sich die Hände. »In Ordnung, was steht also heute an?«

Die Besprechung schien gut zu verlaufen, auch wenn Gavin auffiel, dass sein Vorarbeiter Marvin kaum etwas sagte. Marvin war relativ neu. Er war Yabbers Nachfolger, und es schien ihm schwerzufallen, in die großen Fußstapfen seines Vorgängers zu treten. Alle hatten Yabber vergöttert und ihm vertraut. Gavin wusste, dass er den Männern fehlte, wünschte aber, dass sie zumindest *versuchen* würden, Marvin mehr entgegenzukommen.

»Eine Sache noch«, sagte er, als die Besprechung sich

dem Ende zuneigte. »Ich habe heute Morgen noch ein paar Dinge im Büro zu erledigen, deswegen komme ich erst in ein paar Stunden raus auf den Anleger.«

Er war sich sicher, dass das kein Problem war, da sie alle ihr Arbeitspensum für den Vormittag abgesteckt hatten. Er wurde im Grunde nicht gebraucht. Fish schien sogar hocherfreut darüber, dass Gavin nicht da sein würde. Gavin vermutete, Fish war gerne die Nummer eins am Ende des Anlegers.

»Dann hab ich also alle drei Teams?« Fish grinste, als alle aufstanden und dann hinausgingen. »Deins, meins und Craigs. Versuchst du immer noch, es wiedergutzumachen?«

»Das hättest du wohl gerne.« Gavin ließ ihn stehen, um noch seinen Vorarbeiter zu erwischen, bevor der den Raum verließ. »Kann ich kurz mit dir sprechen?«

»Klar.« Marvin drehte sich um. Er war schmal und dünn, hatte verwuschelte blonde Haare und knochige Finger. Sein Helm schien immer etwas zu groß für ihn zu sein – ein Umstand, der definitiv nicht zu seinen Gunsten war.

»Ich wollte nur mal hören, wie es so läuft«, setzte Gavin vorsichtig an.

»Ach, gut, gut.« Marvin nickte, doch sein Gesichtsausdruck sagte etwas vollkommen anderes.

Gavin beschloss, die Sache auf den Punkt zu bringen, da er wusste, dass er nicht die Zeit hatte, Marvin von sich aus zum Reden zu bewegen. »Hör zu, ich weiß, dass es nicht leicht ist, sich hier einzufinden, und ich wollte dir sagen, dass ich mir dessen bewusst bin.«

Marvin machte große Augen, erwiderte aber nichts.

»Du kannst dich da ruhig auf mich verlassen, okay,

und hab ein bisschen mehr Vertrauen in dich selbst. Wir kriegen das schon hin. Ich glaube, die Jungs brauchen einfach noch ein bisschen Zeit. Aber du kannst darauf bauen, dass ich die Dinge nicht so belassen werde, wie sie sind.«

Marvin wurde rot. »Äh, danke, Gav.«

Gavin klopfte ihm auf die Schulter. »Kein Problem. Na dann bis heute Nachmittag.«

Nachdem er seinem Vorarbeiter das gesagt hatte, was er hören musste, damit er durch den Vormittag kam, ging Gavin nach draußen, wo der Handyempfang für private Telefonate am besten war. Es war 7.25 Uhr, und in genau solchen Momenten wünschte er sich, dass Rauchen einen nicht umbrachte. Denn wenn er jetzt eine Zigarette rauchte, würde er nicht so dämlich hier herumstehen wie bestellt und nicht abgeholt. Außerdem würde das vielleicht sogar seine Nerven beruhigen. Er ballte die Fäuste und ließ sie wieder locker. Er brauchte dringend etwas, womit er seine Hände beschäftigen konnte.

Und als spielte jemand ihm einen gemeinen Streich, kam genau in dem Augenblick Wendy aus ihrem Büro-Donga, frisch wie eine gerade aufgeblühte Blume.

Sie trug keinen Schutzhelm, und Gavin sah, dass sie ihre langen blonden Locken locker im Nacken zusammengebunden hatte. Und was für ein Nacken das war – elegant geschwungen und mit samtiger Pfirsichhaut, an die man einfach seine Wange schmiegen wollte. Ihr Outfit überließ alles der Phantasie – das weite Hemd und die lange Neonweste verbargen jede Rundung –, aber er hatte sie schon im Arm gehalten, ganz zu schweigen davon, wie sie am Tag zuvor in ihrem Badeanzug ausgesehen hatte. Er wusste, was seinen Augen entging, und das durchfuhr ihn jedes Mal siedend heiß, wenn er einen Blick auf sie erhaschte. Auf dem Anleger, wenn sie sich im gleichen Raum befanden, im Camp und jetzt hier … genau vor seiner Nase.

Sein schlechtes Gewissen meldete sich und verpasste ihm eine Ohrfeige. Er fühlte sich plötzlich wie ein kleiner Junge, der es gewagt hatte, das hübscheste Mädchen der ganzen Schule anzuglotzen.

Genau in dem Augenblick schaute Wendy hoch und bemerkte, wie er sie ansah. Sie verlangsamte ihre Schritte, und ihre Gesichtsfarbe verwandelte sich in ein herrliches Rosa. Sie fasste sich an ihren Hemdkragen und berührte ganz sanft das winzige Fleckchen Haut, das dort zu sehen war. Bei diesem Anblick allein wurde Gavin schon ganz anders. *Verdammt! Du bist so was von erledigt!*

»Hey, Sarge.« Er verzog selbstironisch den Mund.

»Ich … äh … hab dich gar nicht gesehen.« Sie blieb stehen. »Suchst du jemanden?«

Die Verletzlichkeit in ihrem Blick berührte ihn. Sie fühlte sich genauso verloren. Nur dass man ihr, anders als ihm, vielleicht helfen konnte …

Er schüttelte den Gedanken ab. »Nein«, murmelte er als Antwort auf ihre Frage, und dann konnte er nicht anders, als sie verheißungsvoll anzugrinsen. »Ich genieße nur die Aussicht.«

»Okay.« Sie hielt beide Hände abwehrend hoch. »Du hast offensichtlich grad eine deiner Launen, also gehe ich besser.«

Sie wollte eben davonmarschieren, aber ihre Worte ließen ihn aufhorchen und unwillkürlich ergriff er ihren Arm. »Was meinst du damit? Eine meiner Launen?«

Sie schaute auf die Hand herunter, die sie festhielt, und Gavin ließ sie hastig los. Der schwache Duft ihres Deos oder Shampoos stieg ihm berauschend in die Nase, als sie sich wieder zu ihm umwandte.

Ein Stirnrunzeln verunzierte ihr perfektes Gesicht. »Deine Laune kann von einer Sekunde auf die andere kippen. Erst machst du dich über mich lustig, dann flirtest du mit mir. Aber meistens belehrst du mich, als wäre ich ein kleines Mädchen. Ich verzichte gern auf deine Einschätzung darüber, wie viel Spaß ich in meinem Leben haben sollte und ob ich jetzt ein Workaholic bin oder vielleicht zu angespannt für deinen Geschmack. Es mag ja vielleicht ein Schock für dich sein, aber ich bin nicht auf dieser Welt, nur um dir zu gefallen.«

Ihre Augen flackerten auf, als sie ihre flammende Rede beendete. Sie hatte die Hände in die Hüften gestemmt, und ihre gesamte Körpersprache war eine Herausforderung.

»Tatsächlich?« Da sprach wieder der Teufel in ihm. »Das ist ja ein Jammer.«

Doch sie ließ sich von seinem Ablenkungsmanöver nicht täuschen. Sie hatte diese furchtlose Miene aufgesetzt, die er so bewunderte. Sie würde es ohne weiteres mit ihm aufnehmen. Ihre Lippen wurden zu einem schmalen Strich. »Was kümmert dich, was ich in meiner Freizeit mache? Warum interessiert dich das überhaupt?«

Gute Frage.

Sein Kiefer spannte sich an, und dann schossen die Worte aus ihm heraus, bevor er sie zurückhalten konnte. »Weil ich mich einschränken muss. Du dagegen, schöne Frau, musst dich nicht verkriechen.«

Sein Handy klingelte. Es war halb acht.

Das hartnäckige Klingeln erinnerte ihn schonungslos daran, was seine eigentlichen Verpflichtungen waren. Verpflichtungen, die so weit weg von dem Ort lagen, an dem er sich gerade befand, dass es schon nicht mehr lustig war.

»Tut mir leid«, brachte er mühsam hervor, »da muss ich rangehen.«

Ihm kam es gemein vor, sie so sprachlos dort stehen zu lassen, aber er hatte keine Wahl. Er drehte sich um, nahm sein Telefon aus der Tasche und ging auf den Vorplatz. Hier auf der freien Fläche, auf der er schon von weitem sehen konnte, wenn jemand kam, war es am sichersten zu reden. Er tat sein Bestes, Wendy aus seinen Gedanken zu verscheuchen, und nahm ab. »Janet?«

»Ja, ich bin's«, erwiderte eine höfliche Frauenstimme, die immer so gar nicht zu seinem eigenen Gefühlschaos passen wollte. »Wie geht es Ihnen?«

»Gut, gut.«

»Die Arbeit immer noch in Ordnung?«

Er dachte an seinen Streit mit Fish in der Bar. Verbannte ihn dann wieder. »Ja, alles bestens. Wie geht's meiner Familie?«

»Der geht es gut. Sogar richtig gut. Ihre Schwester wollte, dass ich Ihnen sage, sie wurde für das Medizinstudium angenommen.«

Das erste echte Lächeln seit Wochen erschien auf seinem Gesicht. »Wirklich? Das ist ja großartig. Sagen Sie ihr, dass ich stolz auf sie bin.«

»Das mache ich.«

»Sie, äh, sagten, Sie hätten Neuigkeiten.«

»Leider keine guten. In Sydney ist ein Bandenkrieg

ausgebrochen. Es wurde noch nicht für die Presse freigegeben, aber Eddie Marshall wurde gestern in seiner Zelle ermordet.«

Gavin schloss die Augen und atmete tief durch. Beinahe konnte er seinen eigenen Herzschlag hören.

»Alles in Ordnung?«

»Sein Bruder gibt bestimmt mir die Schuld dafür, oder?«

»Das ist die zweite Sache. Leider ist Eddies Bruder von der Bildfläche verschwunden. Ich bin sicher, dass wir ihn bald wieder ausfindig machen, aber seit dem Zwischenfall ist er einfach weg. Deswegen melde ich mich eventuell demnächst öfter bei Ihnen, wenn es Ihnen nichts ausmacht. Nur um sicherzugehen, dass alles okay ist.«

Gavin öffnete die Augen und rieb sich erschöpft die Schläfe. »Ja, ja, das geht in Ordnung.«

»Hören Sie«, sagte Janet teilnahmsvoll, »ich weiß, dass ich das schon von Anfang an erwähnt habe und Sie es immer ablehnen, aber wir können Ihnen eine Therapie anbieten, wenn Sie jemanden zum Reden brauchen.«

»Nein.« Gavins Tonfall duldete keinen Widerspruch. »Ich kann Ihnen versichern, das wird nicht nötig sein. Ich will mein Leben so normal wie möglich führen.«

»Und das sollten Sie auch.« Die Stimme seiner Betreuerin klang beruhigend, war aber wenig hilfreich. »Das ist das oberste Ziel für jeden, der am Zeugenschutzprogramm teilnimmt.«

Kapitel 10

Wendys Zusammenstoß mit Gavin an diesem Morgen passte ziemlich gut zum restlichen Tag. Der sich definitiv zu einem schlechten entwickelte.

Als Erstes bekam sie einen Anruf von Dans Sicherheitsmanager Frank für einen Termin für die Sicherheitsprüfung. Da sie ihn schon einmal getroffen hatte, wusste sie, dass er unangenehm war, aber dass er so unhöflich und barsch zu ihr sein würde, hatte sie dann doch nicht erwartet. Er hingegen machte nur allzu gern seine Absichten deutlich, als sie sich verabschiedeten.

»Ich wollte Ihnen nur noch sagen, dass Neil ein guter Freund von mir ist. Wir waren zusammen an der Uni. Ich hoffe, Sie können seinen Maßstäben gerecht werden.«

Wendy allerdings vermutete, dass Franks Maßstäbe für sie nichts mit Neils Fähigkeiten zu tun hatten. Frank machte sie dafür verantwortlich, dass sein Kumpel gefeuert worden war, und das würde er sie während der Prüfung spüren lassen.

Phantastisch.

Ihre Unterlagen durften nicht einfach nur einwandfrei sein. Sie mussten perfekt sein.

Langsam legte sie auf und biss sich hektisch auf die

Lippe. Zum Glück hatte sie am Vormittag eine Besprechung mit Carl. Dorthin war sie gerade auf dem Weg gewesen, als Gavin ihr, wie er es so gern tat, den Wind aus den Segeln genommen hatte.

Diesmal sogar mehr als sonst. Als hätte er ihr etwas sagen wollen, sich dann aber doch nicht dazu durchringen können. Eigentlich hatte sie genug davon, doch als sie versucht hatte, ihm das zu sagen, schien es alles nur noch schlimmer gemacht zu haben. Gavin war keinesfalls bereit dazu, nicht mehr ihr Privatleben zu kommentieren, ihr Yabbers Adresse ohne ein Abendessen zu geben oder aufzuhören, mit ihr zu flirten.

Ihr gefiel es ganz und gar nicht, dass sie anscheinend immer in seinem Fadenkreuz war, als würde er ein Auge auf sie haben. Er war anders als die Männer, die ihr hinterherriefen. Manchmal schien es, als steckte mehr als nur ein Spiel dahinter, aber wirklich sicher sein konnte sie da nie.

Wenn er doch nur einen Tick schlechter aussehen würde. Sie könnte so viel besser mit ihm umgehen.

Unzählige Fragen schwirrten ihr durch den Kopf, als sie sich auf den Weg zu Carl machte. Sie sprachen gut zwei Stunden miteinander. Wie sich herausstellte, war Carl, abgesehen von seinen Flüchen, äußerst hilfsbereit. Er wies sie sogar auf einige Aspekte hin, an die sie noch gar nicht gedacht hatte.

»Er wird alles kontrollieren, auch Einzelpersonen. Stell sicher, dass jede Zulassung und jede Qualifikation auf dem neuesten Stand ist. Ich will nicht, dass irgendein verdammter Kranführer abgezogen wird, nur weil er keine Prüfung abgelegt hat.«

»Wird gemacht, Carl.«

»Und noch was, überprüf mal, dass wir Lebensläufe von allen Ingenieuren vorliegen haben.«

»Schon geschehen.« Sie hielt inne. »Der Einzige, von dem wir nichts haben, bist du.«

»Scheiße! In Ordnung, ich stell dir meine Referenzen zusammen.«

An dieser Stelle brachen sie ihre Besprechung ab, damit er genau das erledigen und sie die letzten Änderungen an den Ausführungsplänen der Ingenieure vornehmen konnte. Leider kam sie dort nicht viel weiter, sie musste mit Fish reden. Vielleicht war es das Schicksal, das sich einmischte, oder irgendeine andere mystische göttliche Kraft, denn ansonsten wäre sie an dem Morgen niemals auf den Anleger gefahren.

Selbst Sharon schien sie nur widerwillig mitnehmen zu wollen. »Hast du nicht ein Treffen mit Carl oder so was?«, wollte sie wissen.

Wendy zuckte mit den Schultern. »Wir mussten es früher abbrechen.«

»Aber du hast doch bestimmt eine Menge im Büro zu tun, jetzt wo die Prüfung vor der Tür steht.«

»Das stimmt, aber ich muss mit Fish sprechen.«

Als hätte jemand die Sterbeglocke über ihrem Kopf geläutet, legte Sharon verbissen den Gang ein und schaute nach vorn. »Alles klar. Steig ein.«

Wendy stieg in den Bus, ihre Unterlagen an die Brust gepresst, und fragte sich, was um Himmels willen am Ende des Anlegers vor sich ging, das sie nicht sehen sollte. Sie war auch ein bisschen verletzt. War Sharon denn nicht ihre Freundin? Wendy hätte nicht gedacht, dass sie sich auch auf diese Schlacht um die Sicherheit einlassen würde.

War denn niemand auf ihrer Seite?

Auf den ersten Blick schien nichts anders als sonst, als der Bus auf seinen üblichen Parkplatz neben dem kleinen Büro-Donga fuhr. Die Ramme war in Betrieb, und so stopfte Wendy sich ihre Ohrstöpsel in die Ohren, bevor sie ausstieg.

PENG! PENG! PENG!

Das Krachen von Metall auf Metall dröhnte auf ihrem Trommelfell. Als sie ihren Fuß auf den bebenden Boden setzte, drehten sich mehrere der Männer zu ihr um, sahen sie entsetzt an und suchten eilig das Weite.

Irgendetwas war hier im Gange.

Sie entdeckte Gavin an der Seite, wie er mit einem seiner Männer sprach. Nur vage erinnerte sie sich an seinen Namen ... Marvin vielleicht? Sie schienen über etwas zu streiten, aber das hatte für Wendy momentan nicht Vorrang. Sie ging zum Geländer, um sich Gavins Hubinsel anzusehen. Als sie näher kam, konnte sie das Gewicht in der Ramme ausmachen, das den Pfahl in den Meeresgrund trieb.

Was stimmte an diesem Bild nicht?

»Wendy!« Sie spürte eine Hand auf ihrem Arm. Aber es war zu spät. Sie hatte schon hinuntergeschaut und entdeckt, was sie vor ihr verheimlichen wollten. Ihr stieg das Blut in den Kopf, und sie riss ihren Arm weg und wirbelte herum. »Halt *sofort* die Ramme an!«

Gavin reagierte sofort und ohne zu protestieren. Er griff nach dem Funkgerät an seiner Schulter und sprach hinein.

»Haltet die Ramme an. Over.«

»Okay, Chef. Over.«

Die Ramme stoppte.

Wendy atmete tief durch und starrte auf das Fischerboot, wie es ein paar Meter neben dem Pfahl und der Ramme auf den Wellen schaukelte. Erst zwei Tage zuvor war sie gerade noch einer Spritztour darauf entgangen. Fish, immer noch ganz euphorisch über seinen genialen Einfall, besaß auch noch die Frechheit, weiter fleißig die gelähmten Fische auf der Wasseroberfläche mit einem langen Kescher einzusammeln.

»Wie konntest du nur so dumm sein?«, flüsterte Wendy. Sie wagte es nicht, aufzusehen, so enttäuscht war sie.

»Wendy, tut mir leid.«

»Komm mir jetzt nicht damit!« Wie eine Furie ging sie auf Gavin los. »Das ist genau die Art von Schuljungeneinstellung, die ich von dir erwartet habe.«

In dem Moment klingelte Gavins Handy, er holte es aus seiner Tasche und hielt es sich ans Ohr. »Nein, Fish«, sagte er knapp, »die Ramme hat angehalten, weil du erwischt worden bist. Nein, das ist kein Scherz.«

»Sag ihm, er soll das Boot auf der Stelle an Land bringen und mich dann in Carls Büro treffen.«

Gavin nickte.

»Und, Gavin, dich will ich dort auch sehen.«

Er nickte wieder.

Als sie sich umdrehte, sah sie mit Entsetzen, wie Dan Hullog über die Fahrbahn marschiert kam – gerade, als Wendy sich nicht vorstellen konnte, dass es noch schlimmer kommen konnte. Sie beschloss, sich der Sache direkt zu stellen und ging auf ihn zu.

»Was zum Teufel ist hier los?«, wollte er wissen, sobald sie in Hörweite war. »Ist das etwa ein Fischerboot da unten?«

Sie schämte sich furchtbar, und ihr wurde ganz schlecht. Schnell schaute sie zurück auf Gavin, der immer noch telefonierte. Zu ihrer Entrüstung schien Fish auch noch überredet werden zu müssen, sein Vorhaben aufzugeben.

»Antworten Sie mir!« Dans Stimme klang schroff und streng, in etwa wie die ihrer Internatsleiterin, nur noch viel, viel schlimmer. »Haben Sie denn *nichts* von unserer Besprechung letzte Woche mitgenommen? Ich dachte, Sie würden mich dabei unterstützen, Barnes Inc. in Schuss zu halten. Nicht tatenlos zusehen, wie gegen jede erdenkliche Regel verstoßen wird!«

Wendy reckte das Kinn. »Ich habe nicht tatenlos zugesehen. Ich bin gerade erst hier angekommen.«

»Und ich vermute mal, das war auch nur ein glücklicher Zufall«, konterte er.

Sie biss die Zähne zusammen, so ungerecht behandelt fühlte sie sich. Eine Spur Sarkasmus konnte sie sich jedoch nicht verkneifen. »Ja, es war sehr nachlässig von mir, kein Memo rauszuschicken, das untersagt, neben der Ramme zu angeln.«

»Das ist hier kein Witz!« Dan schloss die Augen und rieb sich die Schläfen. »Ich denke, Barnes Inc. hat gegenüber seinen Mitarbeitern genug Warnungen ausgesprochen. Sie müssen anfangen, Disziplinarmaßnahmen zu ergreifen. Ich möchte, dass an diesen Spaßvögeln ein Exempel statuiert wird.«

»Ich werde mein Bestes tun, Sir.«

»Sehen Sie zu, dass das auch Ergebnisse einbringt«, schnauzte er sie an. »Richten Sie Carl aus, dass ich ihn heute Nachmittag anrufe, um zu erfahren, was deswegen unternommen wurde. Haben Sie das verstanden?«

»Absolut.« Gavin und Fish hatten ihre Jobs so gut wie verloren. Wie unnütz, und alles nur für ein gratis Mittagessen. Was hatten sie sich nur dabei gedacht?

Dan nickte knapp und marschierte davon.

»Wendy?«

Sie drehte sich um und bekam mit, wie Gavin Dan mit gerunzelter Stirn hinterhersah. »Hat er dich zusammengestaucht?«

Sie schnaubte. »Mit gutem Grund.«

»Das hier ist nicht deine Schuld.«

»Da hast du wohl recht.« Ihre Stimme brach. »Ich bin nicht diejenige, die dafür einstehen muss.«

Sosehr sie auch an ihre Arbeit glaubte und daran, dass Gavin es wahrscheinlich nicht anders verdiente, wollte sie doch keinesfalls, dass er gefeuert wurde. Trotzdem konnte sie ihn nicht schützen. Wollte sie das überhaupt? Sie hatte schon einmal jemanden gedeckt, und wohin hatte sie das gebracht? Am besten, sie überließ Carl und Dan die Regelung dieser Angelegenheit. Sie verschränkte die Hände, als müsste sie sich zurückhalten.

Ich kann ihn nicht retten.

Gavin schaute immer noch Bulldog hinterher. Eine Brise ließ seinen Hemdkragen flattern, seine breiten Schultern blieben gestrafft.

Er hat etwas Schlechtes getan. Er hat verdient, was jetzt auf ihn zukommt.

Er richtete den Blick wieder auf Wendy. »Keine Sorge. Mir wird schon nichts passieren. Lass uns Carl informieren und das Ganze hinter uns bringen.«

Sie wusste nicht, weshalb er sie beruhigen wollte, wenn er doch derjenige war, der gleich vor dem Kündigungskommando stand. Ohne auf sie zu warten, ging er vor zum Bus.

»Was ist los?« Sharon saß noch auf dem Fahrersitz und knabberte unruhig an einem Müsliriegel.

»Das Fischerboot wurde entdeckt, nicht nur von mir, sondern auch von Bulldog«, sagte Wendy mit einem Seufzen. »Aber das hast du dir wohl schon gedacht, oder?«

Sharon verschluckte sich an ihrem Snack. »Wendy ...«

Wendy hob die Hände. »Sag nichts, Sharon. Ich würde ja nicht wollen, dass du dich selbst belastest.«

Sharon wurde bleich. »Ich wollte nicht ...«

»Sharon, fahr uns zurück. Wir müssen mit Carl sprechen, und zwar sofort«, wies Gavin sie mit warnender Stimme an.

»Wurde irgendjemand verletzt?«, fragte Sharon kleinlaut.

Wendy schüttelte den Kopf.

Glücklicherweise sagte Sharon nichts mehr und startete den Motor. Sie waren allein im Bus. Die Anspannung war förmlich mit den Händen zu greifen.

Als sie bei den Büro-Dongas ankamen, war Carl nicht da und musste erst geholt werden. Fish war auch noch nicht da. Wendy und Gavin verbrachten also weitere qualvolle fünfundzwanzig Minuten mit Warten. Sie wechselten kein Wort.

Gavin setzte sich auf einen von Carls Besucherstühlen, faltete die Hände und streckte die Beine aus. Wendy dagegen lief wie eine Raubkatze im Zoo auf und ab.

Wie konnte er nur so gelassen sein? Carl würde außer sich sein vor Wut! Würde Gavin die Kündigung bekommen?

Sie hatte keinen blassen Schimmer.

Wie sollte Chub zwei neue Ingenieure als Ersatz finden? Das würde eine Ewigkeit dauern. Und Zeit kosten, die sie nicht hatten. Sie würden noch weiter zurückfallen. Ihr Ruf wäre vollkommen ruiniert. Noch zwei Entlassungen, die der TCN-Spion zu verschulden hatte. Gavin und Fish waren beliebt.

Sie würde geächtet werden. Wer würde schon glauben, dass sie keinen Einfluss auf die Entscheidung hatte?

»Wendy, setz dich doch endlich hin.« Gavins sanfte, dunkle Stimme raubte ihr den letzten Nerv, und sie fuhr ihn an: »Was ist los mit dir? Ist deine Arbeit dir egal? Warum gehst du bloß so ein Risiko ein? Das ist doch absurd, sinnlos, einfach nur … dumm. Und guck mich nicht so an, ich weiß, dass du schlauer bist, als du vorgibst.«

»Dein Vertrauen in mich ist sehr beruhigend«, murmelte er.

Sie stöhnte nur auf, stemmte die Hände in die Hüften und lief weiter auf und ab. »Übernimm verdammt noch mal Verantwortung. Sind dir deine Kollegen denn egal? Die Sicherheit deiner Leute?«

Er verzog selbstironisch den Mund. »Meine Männer stehen natürlich an erster Stelle. Schließlich wäre ich ein Niemand ohne sie. Und was meinen Job betrifft …« Er hielt inne. »Er bedeutet mir viel. Nur deswegen drehe ich nicht durch.«

Sie blieb stehen und sah frustriert auf ihn herunter. »Und was machst du dann, wenn du ihn verlierst?«

Auf seinem Gesicht lag der Ausdruck, den Wendy langsam als die Maske einordnen konnte, hinter der er seine wahren Gefühle verbarg. Die gehobene Augenbraue, die sagte »entspann dich, Baby«, und das freche Grinsen, das bedeutete »was passiert, passiert eben«.

»Die Industrie boomt, und Ingenieure werden händeringend gesucht.« Er klang selbstsicher. »Ist ja nicht so, als hätte man mich nicht schon abwerben wollen, Sarge.«

»Oh, um Gottes willen, Gavin. Du riskierst eine Menge für eine Wette oder ein bisschen Spaß.«

Er wandte den Blick ab und beachtete ihre Bemerkung nicht weiter. »Mach dir keinen Kopf, falls wir keine Zeit mehr für unser Abendessen haben. Ich geb dir Yabbers Adresse, bevor ich gehe.«

Sie starrte ihn ungläubig an. »Wie um alles in der Welt kommst du darauf, dass ich mir ausgerechnet darum Sorgen mache?«

»Tust du das nicht?« Er sah sie neugierig an. »Als wir das letzte Mal darüber gesprochen haben, kam es mir wie eine ziemlich große Sache vor. Als hätte der Typ dich irgendwie in der Hand. Du bist doch nicht etwa in Schwierigkeiten? Mir kannst du es ruhig sagen.«

»Verdammt noch mal!« Ausgerechnet so eine Frage, wo *er* doch im Büro vom Boss saß und kurz davorstand, gefeuert zu werden. »Hier geht es nicht um mich!«, schleuderte sie ihm entgegen. »Hier geht es um dich.«

Genau in dem Augenblick wurde die Tür aufgestoßen, und Carl kam mit hochrotem Kopf und kampfbereit hereingestürmt. Er riss sich den Schutzhelm herunter und hängte ihn an den Haken neben der Tür. Gavin setzte sich aufrecht hin.

»Was zum Teufel hast du dir dabei gedacht, Gavin?« Carls Augen traten fast aus den Höhlen, als er sich im

Raum umblickte. »Und wo verflucht noch mal steckt Fish?«

»Hier.« Der schmollende Meeresjäger war Sekunden nach Carl hereingekommen und stand in der Tür. Er reckte trotzig das Kinn, als sich alle Blicke auf ihn richteten.

Carl zeigte mit dem Finger auf ihn. »Ich habe dir durchgehen lassen, dass du dich in der Mittagspause verpisst, um nach deinen Netzen zu gucken, und du in der verdammten Kaffeepause abhaust, um Köder zu kaufen. Ich habe mich sogar damit abgefunden, dass du mir meine verdammten Pick-ups vollstinkst, wenn du auf deine nächtlichen Fischexpeditionen gehst. Aber diesmal bist du zu weit gegangen!«

»Carl …«, setzte Fish an.

»Halt deine verdammte Schnauze! Nur weil wir Kumpel sind, hast du noch lange nicht das Recht, mich auszunutzen.«

»Das hab ich doch gar nicht getan.«

»Wie würdest du es denn dann nennen, verdammt?«

»Es war ganz harmlos, Carl.« Fish lief rot an, schloss die Tür hinter sich und kam weiter ins Zimmer. Offensichtlich war ihm klargeworden, dass das gesamte Büro eingeweiht würde, wenn er weiter in der Tür stehen blieb, und das Gespräch lief viel schlechter für ihn, als er erwartet hatte.

»Harmlos!«, blaffte Carl. »Was, wenn dein Boot gegen den Pfahl geschleudert worden wäre wegen der Vibration im Wasser? Was dann, hm?«

»Ich hatte das Boot vollkommen unter Kontrolle.« Fish straffte die Schultern. »Ich bin ja kein Idiot. Und außerdem wurde niemand verletzt.«

»Darum geht's hier nicht, verflucht noch mal!« Carl schlug sich die Faust in die Handfläche. »Du kannst nicht einfach sagen, scheiß drauf, ich bin noch mal davongekommen, also ist alles in Ordnung.«

»Das wollte ich nicht …«

»Wir versuchen gerade, eine verfluchte Sicherheitsprüfung zu bestehen! Und du!« Carl drehte sich zu Gavin um wie ein Panther, der noch eine zweite Beute entdeckt hatte. »Dich kann ich überhaupt nicht verstehen! Wie konntest du dem zustimmen? Hast du den verdammten Verstand verloren?«

Wendy sah, wie Gavin dichtmachte, bevor er den Mund öffnete und antwortete: »Ja.«

Das war's?

Das war das Einzige, was er als Erklärung ablieferte, und selbst Carl fand das äußerst unangebracht.

»Was soll der Scheiß?«

»Gavin«, wandte Fish sich nun verzweifelt an seinen Kollegen und nicht an Carl, »du weißt doch, dass …«

»Ich wusste genau, was ich tue.« Gavin starrte Fish so eindringlich an, dass der keinen Ton mehr von sich gab. »Wie jetzt auch.«

»Jetzt können wir verdammt noch mal nur noch hoffen, dass Bulldog das nicht erfährt.« Carl marschierte zu seinem Schreibtisch und setzte sich. Es stand ihm ins Gesicht geschrieben, dass er sich geschlagen gab. »Da stehen die Chancen wohl eher schlecht, dass das passiert.«

»Äh … Carl.« Wendy beschloss, endlich auch etwas zu sagen. »Er … äh … er war da.«

Carl sah sie an, als hätte er jetzt erst gemerkt, dass sie anwesend war. Dann ließ er endgültig entmutigt den

Kopf nach vorn fallen. Mit einem Knall landete seine Stirn auf dem Tisch. »Ach, du heilige Scheiße!«

Sie schluckte. »Er will, dass bei dieser Sache hart durchgegriffen wird.«

Carl drehte Wendy den Kopf zu und öffnete ein Auge einen Spalt. »Natürlich will er das. Er will sie gehen sehen, oder? Na schön. Fish, du bist gefeuert. Gavin, du kommst mit einer Verwarnung davon. Wendy, gib dem Mistkerl Bescheid, und dann sind wir fertig mit diesem Scheiß.«

Fish blieb vor Schreck die Luft weg. »Du kannst mich doch nicht feuern. Ich bin dein bester Freund.«

»Heute nicht«, brummte Carl. »Und du musst auch aus dem Camp ausziehen. Du kannst da nicht bleiben, wenn du nicht mehr auf dieser verfluchten Baustelle arbeitest. Mach also besser ein paar Scheißpläne.«

»Aber …«

»Bisher hat mir keine deiner Entschuldigungen irgendeinen Grund geliefert, dich zu verschonen.« Carl winkte ab. »Versuch also bloß nicht, mich zu einer zweiten Chance zu überreden. Das läuft nicht.«

»Wollte ich auch gar nicht«, erwiderte Fish eingeschnappt. »Ich wollte nur fragen …« Er hielt inne und war anscheinend zu beschämt, als dass er weiterreden konnte.

Carl starrte ihn aufgebracht an. *»Was?«*

»Könnte ich ein paar Tage bei dir unterkommen? Nur bis ich mich wieder aufgerappelt habe …«

»Was zur Hölle …?« Dann schloss Carl die Augen und gab auf. »Na schön. Und jetzt verpisst euch, alle Mann!«

Was ist mit Gavin? Wendy war empört. Er versuchte nicht einmal, sein Verhalten zu entschuldigen, und kam einfach ungeschoren davon? Das kam ihr unglaublich ungerecht vor.

Fish machte den Mund auf, um noch etwas zu sagen, schloss ihn dann aber wieder, riss die Tür auf und stapfte davon. Gavin stand langsam auf und schob die Hände tief in die Taschen seiner Arbeitshose.

»Hör zu, Carl, ich war absolut bereit …«

Carl sah ihn verächtlich an. »Hältst du mich etwa für vollkommen bescheuert?«

»Nein, ich …«

»Dann zisch ab!«

»Aber …«

»Wenn du das nächste Mal den Helden spielen willst, dann mach das verdammt noch mal in deiner Freizeit.« Carl zeigte auf die Tür. »Raus!«

»Ja, Sir.« Gavin drehte sich um und zwinkerte Wendy zu. »Unser Date steht nun wohl doch noch.«

Da ging er doch tatsächlich erhobenen Hauptes und völlig unversehrt hinaus, obwohl das hier seine Hinrichtung hätte sein sollen.

»Was zum Teufel machst du noch hier?«, wollte Carl wissen, und Wendy riss ihren Blick von Gavin los und drehte sich zu ihrem Vorgesetzten um.

»Ich, äh … will mich ja nicht einmischen, Carl, aber findest du, dass das gerecht war? Fish zu feuern und Gavin nicht, obwohl sie beide Schuld haben?«

Carl schnaubte. »Glaub mir, das tun sie nicht. Ich würde ja nicht einfach Gavins Leben vor die Hunde werfen, nur weil er jetzt plötzlich beschissene edle Taten vollbringen will.«

»Edle Taten?«, wiederholte Wendy.

»Hast du das nicht gesehen?« Carl wedelte offensichtlich überrascht mit dem Zeigefinger vor sich in der Luft herum.

»Was gesehen?«

Carl zuckte mit den Schultern. »Er hat irgendjemanden gedeckt. Ich kenne Gavin. Er kann ein arrogantes Arschloch sein, aber er ist loyal und würde niemanden verpfeifen, vor allem, wenn er meint, dass sie es nicht verdienen.«

»Dann willst du ihn deswegen also nicht mal fragen?«, wollte Wendy wissen.

»Seine Männer vergöttern ihn. Wenn sie meinen, sie müssen mir sagen, wer verantwortlich dafür ist, dann tun sie das schon. Gavin war es bestimmt nicht. Jetzt ist nicht der Zeitpunkt, um …« Er schüttelte den Kopf. »Ach, egal. Sag einfach dem verdammten Bulldog, dass wir uns um den Anführer gekümmert haben und so was nicht wieder vorkommt.«

»Und was, wenn er nach Gavin fragt?«

»Dann sag ihm, er soll sich um seinen eigenen Scheiß kümmern, mir ganz egal. Wir müssen das jetzt abhaken. Wenn du jetzt also …«

Wendy wusste, dass sie das Ende von Carls äußerst begrenzter Geduld erreicht hatte, nickte und verließ eilig das Büro. Das Resultat der ganzen Angelegenheit behagte ihr allerdings nicht so recht. Sie wusste nicht, wie sie sich fühlen sollte.

Erleichtert.

Empört.

Übers Ohr gehauen.

Selbst wenn Gavin jemand anderen gedeckt hatte, sollten sie dann nicht herausfinden, wer das war, und ihn zur Verantwortung ziehen? Sie hatte miterlebt, dass

Mitleid mit jemandem, der etwas Schlechtes tat, demjenigen nicht half. Es machte alles nur noch schlimmer.

»Du siehst aber ganz schön schlecht gelaunt aus, Kleine«, bemerkte Chub, als sie zurück in ihren Büro-Donga kam.

»Ich hatte einen furchtbaren Morgen, Großer. Du wirst einen neuen Ingenieur für die Fahrbahn anstellen müssen. Carl hat gerade Fish gefeuert.«

»Was?«, stöhnte Chub. »Hast du eine Ahnung, wie schwierig es ist, heutzutage einen guten Ingenieur aufzutreiben, und vor allem ihn aus Perth hierherzubekommen? Die gibt's nicht wie Sand am Meer.«

»Hab ich schon gehört.« Wendy presste die Lippen aufeinander, als sie an Gavins vermessene Bemerkungen vorhin in Carls Büro denken musste.

»Weißt du was«, unterbrach Chub ihre Gedanken, »das ist schon der Zweite, den du feuern lassen hast, und das in gerade mal gut zwei Wochen.«

Sie legte den Kopf in die Hände. »Würde es helfen, wenn ich sage, es war keine Absicht?«

»Mich musst du nicht überzeugen, sondern den Rest der Baustelle.«

Das stand allerdings gerade nicht besonders weit oben auf Wendys To-do-Liste. Da war Bulldog, der beschwichtigt werden wollte, die Sicherheitsprüfung, die bestanden werden musste, und dann hatte sie noch eine Verabredung mit Herrn Hinterlist. Der Himmel stehe ihr bei.

Mit allem, was sie zu tun hatte, rauschte die Woche nur so an Wendy vorbei. Als Erstes berief sie das Treffen des ZMT oder Zyklon-Management-Teams ein. Ihnen fehlte jetzt ein Mitglied, da Fish ja entlassen worden war, doch Chub versicherte ihr, dass er und Carl ihre Beziehungen im Hauptsitz spielen lassen würden, damit sie so schnell wie möglich einen Ersatz bekamen. Der neue Mitarbeiter würde dann auch im ZMT Fishs Platz einnehmen.

Das war ihre erste Ankündigung für das Team, das aus ihr selbst, Gavin, Lena, Carl und Chub bestand. Sie schienen diese Nachricht alle widerspruchslos zu akzeptieren. Wendy vermutete aber, dass sie ihre zweite Ankündigung nicht so einfach hinnehmen würden.

»Ich weiß, dass ihr vielleicht denkt, eure Aufgaben hier fangen erst an, wenn es tatsächlich einen Zyklon gibt. Das stimmt aber nicht. Es gibt ein paar Dinge, die ihr schon jetzt vorbereiten müsst.«

Weder gab es einen Aufschrei über Zeitmangel noch das übliche gemeinschaftliche Aufstöhnen, nur erwartungsvolles Schweigen. Während Wendy sich in dieser kleinen Gruppe umschaute, wurde ihr klar, dass sie nicht nur ein ZMT gegründet, sondern auch mögliche Verbündete versammelt hatte, auf die sie in Zukunft vielleicht zählen konnte.

»Wendy, ich habe eine Frage.« Lena hatte die Hand gehoben, und Wendy musste lächeln. An solche Höflichkeit konnte sie sich gewöhnen.

»Schieß los!«

»Ich habe gehört, dass die Dongas im Camp nur für Zyklone bis Kategorie drei ausgerichtet sind. Wenn wir also einen der Kategorie vier oder fünf haben, wo sitzen wir das dann aus?«

Wendy nickte. »Das ist tatsächlich eins der Themen, die ich mit euch besprechen wollte. Das Verwaltungsgebäude mit der Kantine ist ein feststehendes Gebäude, aber wie ihr alle wisst, ist es auch ungefähr fünfzig Jahre alt. Es war früher ein Motel oder so was. Dort ist schon vieles ziemlich heruntergekommen. Auch wenn es dort sicherer ist als in den Dongas, würde ich ungern eine Einstufung für Zyklone vornehmen.«

»Und was machen wir dann, Sarge?«, fragte Gavin. »Alle nach Hause fliegen?«

Er sah sie respektvoll an, und das wärmte ihr ebenso das Herz wie sein Lächeln, wenn er mit ihr flirtete.

»Dafür gibt es eventuell nicht genug Zeit oder Flugzeuge. Die Flughäfen können von einem Augenblick auf den anderen schließen. Wir können uns nicht darauf verlassen, dass wir sie nutzen können, solange wir wollen.«

Sie besprachen sich noch weiter und beschlossen dann, sich an die Verwaltung vom Shire of Roebourne zu wenden, damit ihnen ein Gebäude zur Verfügung gestellt wurde, in dem die Männer während eines Sturms unterkommen konnten. Vielleicht gab es eine Schule oder ein Gemeindehaus in Karratha, das bei Bedarf als sichere Unterkunft dienen konnte. Chub wurde ernannt, sich um die Details zu kümmern. Wendy kündigte an, dass sie in der Zwischenzeit ein paar Evakuierungsübungen mit den Ingenieuren durchführen würden. Es gab keinerlei Widerspruch.

Sie war freudig überrascht. Vielleicht hatten die Ingenieure irgendwann, als sie gerade nicht hingesehen hatte, gemerkt, dass Wendys Arbeit tatsächlich zu etwas nutze war. Vielleicht lag es an der bevorstehenden Sicherheitsprüfung; vielleicht daran, dass sie mehr Verkehrsschilder und Abfallbehälter aufgestellt und mehr

Informationen ans Schwarze Brett gepinnt hatte, als Neil es jemals getan hatte. Oder vielleicht, und darauf hoffte sie letztendlich, fühlten sich die Männer tatsächlich sicherer unter ihrem wachsamem Blick und den regelmäßigen Kontrollen. Sie wusste es nicht. Aber sie schienen auf jeden Fall ein bisschen Vertrauen in sie gefasst zu haben, seitdem sie hier angefangen hatte.

Dieses Wissen gab ihrem Selbstbewusstsein einen Schub, und das hielt ein paar Tage lang an. Dann begann sie gemeinsam mit Chub die Sicherheitspräsentationen für die restlichen Mitarbeiter. Und von da an ging es rapide bergab.

Sie bemühten sich, diese Mini-Seminare auf die Vorbereitung für die Zyklonsaison auszurichten, die im November begann. Und sie waren keinen Moment zu früh dran, wenn man bedachte, dass es schon Mitte Oktober war.

Es gab so vieles, was die Männer wissen mussten, vor allem was die Zyklonkategorisierung und Warnsysteme betraf. Wie sicherte oder verkleidete man nicht befestigte Materialien, wie parkte man die Pick-ups, wann evakuierte man, was gehörte in einen Notfallkoffer?

Die Liste wurde immer länger.

Die Männer waren bestenfalls noch mürrisch, dass sie dazu verdonnert wurden, ein paar Stunden in dem Donga zu verbringen, der normalerweise ihr Pausenraum war. Wendy spürte, dass sie schon nach einer halben Stunde genug von ihr hatten und nur darauf brannten, zurück auf ihre Posten gehen zu können. Dazu war es noch alles andere als wohlriechend im Raum, so dass Wendy sich fragen musste, ob die Kerle überhaupt regelmäßig ihre Kleidung wuschen. Es stank nach Schweiß,

Käsefüßen und kaltem Rauch. Am Ende jeder Sitzung wollte auch Wendy unbedingt raus an die frische Luft.

Wie sie Chub versprochen hatte, gab es jeden Vormittag eine Kaffeepause. Als sie nach einer dieser Pausen zurück in den Donga kam, hatte jemand ihren Helm beschmiert, den sie dort auf dem Tisch liegen lassen hatte. Derjenige hatte den Stift für das Whiteboard benutzt und blaue Karos gemalt, wie sie die Streifenwagen in der Stadt hatten, offensichtlich eine Anspielung auf ihren Spitznamen. Hatten die Streiche also immer noch nicht aufgehört?

Sie hielt zwar tapfer alles aus, aber dieser unnötige Widerstand setzte ihr allmählich zu. *Wie kann ich sie bloß auf meine Seite ziehen? Bei den Ingenieuren hat es doch auch geklappt.* Sie fand keine Antwort auf ihre Frage.

Sie ignorierte ihren Helm – zur großen Enttäuschung der Gruppe, die natürlich nur begierig darauf wartete, dass Wendy reagierte – und machte mit dem Unterricht weiter. Kurz vor der Mittagspause waren sie fertig. Wendy bedankte sich für die Teilnahme, nahm ihren Helm, setzte ihn auf und marschierte hinaus. Als sie die Tür hinter sich schloss, hörte sie, wie die Männer drinnen in Gelächter ausbrachen und einer von ihnen sagte: »Ich dachte, ich würde sie vor Wut schnauben sehen, als sie den Helm entdeckt hat. Die hat 'ne ganz schöne Selbstbeherrschung, was?«

»Pass bloß auf, Kumpel«, warnte ihn ein Kollege. »Oder du endest noch wie Fish und Neil.«

Mit einem Seufzen ging Wendy weiter.

Leider wartete Chub nicht im Büro auf sie. Sie nahm ihren Helm ab und drehte ihn in den Händen. Was sollte sie damit machen? Ihn abschrubben, wegwerfen, einen neuen besorgen?

Nein, sie würde ihn tragen. Und zwar erhobenen Hauptes. Das würden sie am wenigsten von ihr erwarten. Wenn ihr Streich keine Wirkung zeigte, vielleicht gaben sie dann ja auf.

Wendy war am Verhungern, als sie am Freitagabend zum Essen in die Kantine ging. Sie freute sich, sowohl Sharon als auch Lena an einem der Tische neben dem Büfett zu sehen. Sie schienen sich angeregt über etwas Amüsantes zu unterhalten, als Wendy sich zu ihnen gesellte. Anscheinend hatte Sharon in ihrem neuen Zuhause ein paar Anfangsschwierigkeiten, vor allem mit ihrem neuen Mitbewohner Fish.

Lena musste grinsen und hielt sich die Hände vor den Mund. »Oh nein! Drei sind einer zu viel?«

»Oh ja«, stöhnte Sharon. »Aber warum fühle *ich* mich wie das fünfte Rad am Wagen?«

Lena schüttelte den Kopf. »Mit Fish zusammenzuwohnen ist bestimmt die reinste Freude.«

»Süße, wenn ich ihn nur sehe, geht die Sonne auf.« Sharons Stimme triefte nur so vor Sarkasmus, und Wendy und Lena mussten lachen.

»Sieht er sich zumindest nach einer neuen Stelle um?«, erkundigte sich Wendy.

»Er ist viel zu beschäftigt mit Fischen!« Angewidert stopfte sich Sharon ein Stück Rindfleisch in den Mund. »Ich habe es satt, dass es in meinem Haus wie auf dem Fischmarkt riecht. Könnt ihr euch vorstellen, dass er jeden Abend nach Hause kommt und seinen Fang in meiner Spüle ausnimmt, damit er ihn einfrieren kann?

Und glaubt bloß nicht, dass er danach saubermachen würde. Er haut einfach ab ins Bett. Wenn wir morgens aufstehen und frühstücken wollen, liegen noch Fischinnereien auf der Arbeitsplatte.«

Wendy blieb die Luft weg. »Das ist ja widerlich.«

»Das kannst du laut sagen. Er macht zwar sauber, wenn wir auf der Arbeit sind, aber mir wäre es lieber, ich müsste das nicht direkt nach dem Aufstehen sehen.«

»Igitt!« Lena stimmte ihr zu.

»Ich nehme mal an, du findest, das ist meine wohlverdiente Strafe«, sagte Sharon an Wendy gewandt.

»Wie meinst du das?«

»Ich weiß, dass du denkst, ich hätte Fish an dem Tag decken wollen. Hab ich aber nicht. Es ging um Gavin.«

Wendy bemühte sich, unbeteiligt zu wirken. »Es ist doch längst Gras über die Sache gewachsen.«

»Ich will nicht, dass du denkst, ich wäre nicht auf deiner Seite. Ich habe Gavin gesagt, er soll in seinen Wagen steigen und rausfahren, weil Fish nichts Gutes im Schilde führt. Ich wollte nicht, dass er in Schwierigkeiten gerät, weil er nicht versucht hatte, das Ganze aufzuhalten.«

Wendys Miene wurde sanfter. »Du musst dich nicht bei mir entschuldigen, Sharon. Ich werfe dir gar nichts vor.«

Sharon schien zwar nicht ganz überzeugt, ließ das Thema aber auf sich beruhen.

Als Wendy später zurück zu ihrem Donga ging, sah sie zufällig Gavin mit einem Bier in der Hand auf den Stufen vor seinem Donga sitzen und mit Marvin reden, der gerade einen Kasten Bier unten vor den Stufen abstellte. Gavin schüttelte den Kopf, als würde er ablehnen wollen. Marvin aber schien darauf zu bestehen und verabschiedete sich dann abrupt. Gavin schien zu spüren, dass sie ihn beobachtete, denn er schaute zu ihr.

Wendy fühlte sich ertappt und wandte den Blick ab.

»Hey, Sarge, willst du ein Bier?«

Mist! »Nein, danke.«

»Sicher? Ich hab reichlich.«

»Das sieht man.«

»Was hat dich denn diesmal geärgert?« Er kam zu ihr herüber und ging neben ihr her, während sie auf ihren Donga zusteuerte.

»Meinst du nicht, ich erkenne, wenn jemand für einen erwiesenen Dienst entschädigt wird?«

»Ach, komm, Wendy, so ist das gar nicht.«

Sie blieb stehen. »Weißt du, du solltest wirklich aufpassen. Selbst wenn du ehrenwerte Absichten hast, bei den anderen ist das nicht immer genauso. Es wird dir noch leidtun, dass du das getan hast.«

»Ich verstehe ja, was du meinst. Manchmal tun wir Dinge, die scheinbar noch ein ganzes Leben lang Konsequenzen nach sich ziehen. Aber dann wieder muss man einfach auf sein Bauchgefühl vertrauen. Und das hier ist so ein Fall.«

»Weißt du was? Ist auch egal. Du machst doch sowieso, was du willst.«

»Du vertraust niemandem, oder? Wer hat dich hintergangen? Irgendein Typ?«

Schön wär's.

Sie funkelte ihn an. »Hat deine Mutter dir nicht beigebracht, dass man nicht so neugierig sein soll?«

»Nee.« Er grinste. »Sie fand es niedlich, dass ich so

wissbegierig war. Scheint bei dir aber nicht zu funktionieren, was?«

Gavin und niedlich? Niemals.

Sie schloss die Augen und zwang ihren Hormonhaushalt dazu, einen Gang herunterzuschalten. Warum brachte dieser Typ sie bloß so durcheinander? Normalerweise war sie so beherrscht, verlor sie nicht einfach so die Fassung.

Um Himmels willen, wechsle das Thema.

Als er sie spitzbübisch musterte, fragte sie ihn in ihrem nüchternsten Tonfall: »Steht unsere Verabredung für morgen Abend?«

»Klar doch, Sarge. Wir treffen uns um sieben auf dem Parkplatz. Ich fahre.«

»Aber ich wollte doch …«

Er prostete ihr mit seiner Bierflasche zu und schlenderte davon, wie immer zuversichtlich, dass sie schon einverstanden sein würde.

Was habe ich für eine Wahl?

Langsam atmete sie aus. Sie wusste nicht, was sie mehr ärgerte: dass er sie Sarge nannte und dabei frech grinste, oder dass sie dabei jedes Mal ein Kribbeln im Bauch verspürte.

Obwohl es definitiv *kein* Date war, brauchte Wendy mindestens eine Stunde, um sich zu entscheiden, was sie anziehen sollte. Und als sie sich schließlich entschieden hatte, kam sie doch wieder auf ihre erste Wahl zurück, die sie zunächst als zu schick verworfen hatte. Ein weißer Baumwollrock mit einem schmalen Streifen Spitze am Saum und dazu ein ärmelloses hellblaues Top mit V-Ausschnitt, das sich an ihre Brüste schmiegte und locker auf die Hüften fiel. Eigentlich hatte sie das Oberteil mit einer Jeans kombinieren wollen, aber nachdem sie den ganzen Tag Hosen angehabt hatte, und es noch dazu so warm war, konnte sie doch dem Rock nicht widerstehen.

Wie abgemacht, wartete sie auf dem Parkplatz auf Gavin. Leider sahen sie dort auch die anderen Männer, die aus dem Fitnessraum kamen, und pfiffen.

»Seht mal, der Sergeant hat sich richtig hübsch gemacht. Was hast du denn Schönes vor, Schätzchen?«

»Nichts Besonderes«, murmelte sie, wandte aber den Blick ab. Sie wollte sie nicht noch dazu ermutigen, sich zu ihr zu gesellen. Der Jüngste unter ihnen sah aus, als würde er genau das gerne tun, bis zu dem Moment, als Gavin über den Schotter auf sie zukam.

Sie hätte nie gedacht, dass sie einmal dankbar sein würde, ihn zu sehen, und auch nicht, dass auch er sich Mühe geben würde. Ein weißblaues Hemd mit Kragen und dazu dunkelblaue Jeans, die wie die sauberste Kleidung aussahen, die Wendy jemals an ihm oder an sonst irgendjemandem hier im Outback gesehen hatte, brachten seine männliche Statur zur Geltung. Seine dunklen Haare waren noch nass von der Dusche, so dass sie sich über den Ohren wellten und es Wendy geradezu in den Fingern juckte, sie glattzustreichen. Er sah einfach umwerfend aus.

»Was soll das, Jungs, quatscht ihr etwa meine Verabredung an?«, schimpfte er, und Wendy erschauderte.

»Das ist kein Date«, informierte sie die anderen hastig, deren Blicke höchst interessiert zwischen ihr und Gavin hin und her wanderten. »Ich zahle nur für sein Essen.«

Sie lachten, und Wendy erschauderte wieder, dieses Mal allerdings angesichts ihrer lächerlich klingenden Erklärung.

»Hört sich nach einem Date an.« Einer der Männer rieb sich über sein stoppeliges Kinn. »Und ein gutes noch dazu, wenn die Frau zahlt. Wie hast du das bloß angestellt, Gav?«

Gavin verkniff sich ein Grinsen. »Das wüsstest du wohl gerne.«

»Ja, deswegen frage ich ja.« Er ließ nicht locker.

Gavin lachte leise und zeigte mit dem Daumen über die Schulter. »Zieht Leine.«

Ihr hämisches Gelächter wurde leiser, während das Grüppchen seiner Bitte nachkam.

»Wow«, bemerkte Wendy, »du bist ja richtig redegewandt.«

»Danke.« Er grinste sie unbeirrt an. »Wollen wir? Mein Pick-up steht gleich da drüben.«

»Hör zu«, hielt Wendy ihn zurück, »sollte ich nicht fahren? Ich lade doch dich ein. Das war unsere Abmachung.«

»Willst du uns ernsthaft den ganzen Spaß daran verderben?« Er sah sie erstaunt an. »Komm schon, Sarge. Wovor hast du Angst? Dass du vielleicht einen netten Abend hast?«

»Ich dachte nur …« Sie suchte nach Worten. »Das war nicht die Abmachung.«

»Na ja, ich ändere sie einfach.« Ohne zu fragen, nahm er ihre Hand und umschloss mit seinen warmen, großen Fingern ihre kleineren, schmaleren. Er zog sie hinter sich her zu seinem Wagen, unbekümmert darüber, dass sie stolperte, während sie versuchte, mit ihm Schritt zu halten. Ein warmes Gefühl krabbelte ihr den Arm hoch und erfüllte ihr Herz.

Vielleicht mache ich einfach mit. Nur dieses eine Mal.

»Na schön«, hörte sie sich selbst sagen. »Aber ich zahle. Lena hat mir von diesem Resort in Karratha erzählt, wo ...«

Er verzog das Gesicht. »Das kenn ich.«

»Ja, und ich habe mir gedacht ...«

»Die Sache ist die«, erklärte er, während er die Beifahrertür für sie öffnete, »ich werde mich nicht von dir in irgendein steriles, mittelmäßiges Restaurant in Karratha ausführen lassen, das es in ähnlicher Form wahrscheinlich überall auf der Welt gibt, nur damit du deine Kreditkarte zücken und für Auskünfte von mir bezahlen kannst, als wäre ich dein Informant.«

»Mein Informant?«, wiederholte sie entrüstet und presste dann die Lippen zusammen. Gavin war plötzlich näher gekommen.

»Es macht doch viel mehr Spaß, Garnelen unter freiem Himmel zu essen, findest du nicht auch?« Er umfasste ihre Taille mit beiden Händen und hob sie auf den Beifahrersitz. Wendy hatte sich noch nie für ein Federgewicht gehalten. Mit ihrer Körpergröße und Statur betrachtete sie sich auf keinen Fall als eine dieser elfengleichen Frauen, die aussahen, als würden sie schon bei dem kleinsten Windhauch davonfliegen. Und doch stand sie eben noch auf dem Schotter und saß jetzt oben im Wagen. Gavin grinste sie an, keine Spur von Anstrengung in seinem Gesicht. Er hielt ihr den Anschnallgurt hin.

»Immer dran denken«, er zwinkerte ihr zu, »Sicherheit geht vor.«

Grrr! Ihre Hände zuckten auf ihrem Schoß. Am liebsten würde sie ihn ohrfeigen. Nur mit äußerster Willenskraft hielt sie sich zurück und riss ihm stattdessen den Gurt aus der Hand. Sie konnte ja schließlich nicht jedes Mal handgreiflich werden, wenn er sie aus der Fassung brachte.

Nachdem sie sich angeschnallt hatte, drehte sie sich wieder zu Gavin um, doch als sie ihm gerade gehörig die Meinung sagen wollte, hatte er ihr schon die Tür vor der Nase zugeschlagen und ging um den Pick-up herum auf die Fahrerseite. Wendy hätte vor Verärgerung aufstöhnen können.

Gavin schien nichts zu bemerken. »Es wird dir gefallen«, versicherte er ihr, als er den Wagen startete. »Du hast noch keine richtigen Meeresfrüchte gegessen, bis du im Yachtclub von Point Samson gewesen bist.«

»Woher willst du wissen, was mir gefällt? Du kennst mich doch gar nicht«, entgegnete sie.

»Geht es hier nicht genau darum?« Er fuhr rückwärts aus der Parklücke und dann vom Parkplatz.

»Nein.« Sie verschränkte die Arme. »Hier geht es nicht darum, dass wir uns besser kennenlernen. Es geht um Yabber und seine Adresse.«

»Klar. Hab ich kurzzeitig vergessen.« Er neigte den Kopf. »Wird nicht wieder vorkommen. Dann erzähl doch mal von dir. Was geht denn so in Wendy Hopkins vor?«

»Gavin«, sagte sie halb lachend, halb aufstöhnend.

»Wow, ich finde es irre, wenn du meinen Namen so sagst. Und nehme ich wirklich so viel Platz in deinen Gedanken ein?«

Sie verdrehte die Augen und sah nach oben, als riefe

sie eine höhere Macht an. »Ich habe das Gefühl, ich hätte es mit einem Zweijährigen zu tun.«

»Man kann es niemandem zum Vorwurf machen, wenn er es versucht.«

»Oh doch, das kann man.« Sie schüttelte den Kopf. »Und zwar dir.«

»So wie du mir auch die Schuld am Vorfall mit dem Fischerboot gibst?«, fragte er auf einmal ganz ernst.

Sie seufzte. »Das tue ich ja gar nicht. Ich habe dann doch eins und eins zusammengezählt. Und auch wenn ich es nicht gutheiße, kann ich es dir nicht übelnehmen.«

Das schien er zu akzeptieren. »Ich muss zugeben, dass es gut ist, das zu wissen.«

»Ich weiß, dass du glaubst, es sei edel, die Schuld für etwas auf dich zu nehmen, was du nicht getan hast, aber meinst du nicht, das verschlimmert nur das eigentliche Problem?«

Er löste den Blick für einen Moment von der Straße und sah sie an. »Du musst wirklich unbedingt jemanden dafür drankriegen, oder?«

»Ich muss dafür sorgen, dass die Baustelle ein sicherer Arbeitsplatz bleibt, und wenn dort lauter tickende Zeitbomben herumlaufen, macht mich das nervös«, rechtfertigte sie sich.

Er umfasste das Lenkrad fester, lockerte dann aber seinen Griff wieder. »Hast du noch nie etwas Dummes getan, was du gern rückgängig machen würdest, um noch mal von vorne anzufangen, eine zweite Chance zu bekommen?«

»Verstehst du das denn nicht?«, seufzte sie. »Das hier ist meine zweite Chance. Und diesmal will ich es nicht vermasseln.«

»Oh! So langsam verstehe ich das besser. Was hast du denn für Mist gebaut?«

Ihre Lippen wurden zu einem schmalen Strich, und sie schaute aus dem Fenster auf die vorbeirauschende Landschaft. Sie musste es ihm nicht erzählen. Aber aus irgendeinem Grund wollte sie es. »Bei meiner letzten Stelle gab es diesen Typen, Adam Booth. Ich wusste, dass er Alkoholiker war und deswegen oft nicht richtig arbeiten konnte. Ich beschloss, deswegen zum Bauleiter zu gehen, damit der ihn entließ.«

»Und …?«, forderte Gavin sie zum Weiterreden auf.

Sie sah auf ihre Hände. »Er fing mich vorher ab und erzählte mir was von seiner Frau, seinen drei Kindern und seiner Hypothek, alle Zutaten für ein ordentliches schlechtes Gewissen. Er erklärte mir, er wisse, dass er ein Problem habe, und dass er es im Griff hätte. Er habe sogar schon einen Bürgen und sei seit ein paar Tagen trocken. Von jetzt an würde es für ihn nur noch bergauf gehen. Er hat praktisch um eine zweite Chance gebettelt.«

»Und die hast du ihm gegeben«, sagte Gavin leise. »Warum habe ich das Gefühl, dass es kein Happy End gegeben hat? Der Idiot hat sich doch nicht umgebracht, oder?«

Wendy biss sich auf die Lippe. »Das käme beinahe aufs Gleiche raus. Ein paar Wochen später ist er angetrunken von einem Gerüst gestürzt, und seitdem ist er querschnittsgelähmt. Es war dumm von mir, ihm zu glauben. Von so etwas erholt man sich nicht innerhalb von ein paar Tagen. Das dauert Monate, Jahre!«

»Das stimmt.«

»Wenn ich jetzt darüber nachdenke«, Wendy schluckte, »habe ich nicht nur ihn selbst in Gefahr gebracht, sondern jeden Einzelnen auf der Baustelle. Das habe ich mir immer noch nicht verziehen. Und ich bezweifele, dass seine Frau und drei Kinder das getan haben.«

Gavin schwieg einen Moment. »Du hattest gute Absichten. Du dachtest, du würdest etwas Gutes tun. Das kann dir niemand vorwerfen.«

»Mir würde da schon jemand einfallen.« Sie lächelte traurig. »Du verstehst also, weshalb ich nicht nachsichtig sein kann. Diesmal kann ich es mir nicht erlauben, den Männern alles durchgehen zu lassen.« Sie wandte sich zu ihm und sah ihm in die Augen. »Und zwar zu ihrem eigenen Besten.«

Gavin schien zu zögern. »Okay. Ich wollte es dir eigentlich nicht erzählen, aber vielleicht verstehst du meine Lage besser, wenn du die ganze Geschichte kennst. Willst du wissen, was wirklich passiert ist, bevor Fish gefeuert wurde?«

Sie antwortete nicht sofort, weil sie nicht zugeben wollte, wie verdammt neugierig sie in Wahrheit war. Aber er schien ihre Stimmung ohnehin zu erraten und redete weiter, ohne auf ihre Reaktion zu warten.

»Marvin, der Typ, der eigentlich vor Ort war, als Fish mit dem Boot angeschippert kam, ist mein neuer Vorarbeiter. Der jetzt Yabbers Platz einnimmt. Ich hatte gerade einen Termin, als Fish ihn darum bat, mit der Pfahlgründung weiterzumachen, während er seinen Fang einsammelte. Für Marvin ist das hier die erste Stelle als Vorarbeiter, und er möchte unbedingt, dass die anderen ihn mögen. Yabber fehlt allen, er war so ein toller Typ hier. Alle kannten ihn. Ich nehme an, dass Marvin noch unsicher ist, ob die Jungs ihn wirklich respektieren, und er wollte sich ein bisschen hervortun. Und außerdem«, Gavin klang verärgert, »hat Fish ihm gesagt, ich wäre damit einverstanden.«

»Das erklärt aber noch nicht, weshalb du so bereitwillig die Schuld auf dich genommen hast.«

»Na ja«, Gavin zuckte mit den Schultern, »ganz schuldlos war ich ja schließlich auch nicht. Ehrlich gesagt, wusste ich, dass Fish darüber nachdachte, die Sache durchzuziehen. Ich wusste nur nicht, wann. Und ich hatte Marvin gerade erst ein paar Stunden vorher gesagt, er solle mehr auf sich selbst und auf mich vertrauen. Du siehst also, er ist nicht gefährlich oder unqualifiziert. Er war nur falsch informiert. Als sein Vorgesetzter muss ich dafür sorgen, dass so etwas nicht noch mal passiert und die Jungs bei ihm spuren. Mach dir keinen Kopf, ich bin da am Ball. Außerdem«, er lächelte reumütig, »konnte ich ihn doch nicht für etwas feuern lassen, das zum Teil meine Schuld war. Marvin hat auch eine Familie und eine Hypothek. Was habe ich denn schon?«

»Keine Ahnung. Was denn?« Sie schaute ihn an.

Er verzog den Mund, und einen Augenblick lang dachte sie, er würde nachdenklich aussehen, aber der Ausdruck war schnell wieder verschwunden. »Ich habe Glück. Ich habe meine Freiheit.« Er grinste sie an. Aber da erkannte sie eine Leere in seinem Grinsen. Wo er sich doch eben noch für die Familie eingesetzt hatte, schien es verwunderlich, dass er keine eigene wollte.

»Du willst dich also nicht irgendwo niederlassen?«, fragte sie vorsichtig nach. »Heiraten? Eine Familie gründen?«

»Moment mal, Sarge.« Er warf ihr einen schelmischen Blick zu. »Soll das ein Antrag sein?«

»*Nein*«, wehrte sie ab. »Natürlich nicht.«

»Oh gut.« Er zwinkerte ihr zu. »Versteh mich nicht falsch. Ich bin gerne mit Frauen zusammen. Aber das mit den festen Bindungen ist nichts für mich, wenn du weißt, was ich meine.«

»Wie aufmerksam, dass du mir das mitteilst«, erwiderte sie zynisch.

»Was haben Frauen nur immer mit dem Ehrlichsein? Sie wollen, dass man ihnen die Wahrheit sagt, aber wenn man es dann tut, gefällt sie ihnen nicht. Wie soll man damit denn umgehen?«

Wendy lachte. »Die meisten lügen eben.«

Er fuhr auf einen im Dunkeln liegenden Parkplatz. »Willst du, dass ich dich anlüge, Sarge?« Diese dunklen Augen waren ihr Verderben.

Plötzlich war es zu eng im Wagen, zu dunkel um sie herum und Gavin viel zu dicht neben ihr. Gavin Jones bedeutete Gefahr. Und was noch schlimmer war, er hatte es gerade offen zugegeben.

»Nein.« Ihre Stimme klang jämmerlich kleinlaut. Und zwar so jämmerlich, dass Wendy sofort die Schultern straffte und den Kopf in den Nacken warf. »Komm, lass es uns hinter uns bringen.«

Dann öffnete sie die Tür und sprang ganz ohne Hilfe aus dem Wagen.

Kapitel 11

Wendy schaute sich um und begutachtete ihre Umgebung. Gavin hatte sie nicht in irgendein schickes Restaurant in Karratha ausgeführt, so viel war klar. Dieser Ort sah auch nicht aus wie ein typischer Yachtclub in Perth. Sie kniff die Augen zusammen, um im Dunkeln das Gebäude vor sich besser ausmachen zu können, das sowohl innen hell erleuchtet war als auch von außen von kleinen Spots angestrahlt wurde. Die Bezeichnung Schuppen hätte wohl besser gepasst, wie es hier mitten im Nirgendwo von roter Erde umgeben stand. Ein alter Segelmast steckte im Boden daneben.

»Willkommen im Yachtclub von Point Samson.« Gavin gestikulierte mit dem Arm.

Als sie näher kamen, erkannte Wendy, dass es ein ziemlich beliebter kleiner Laden war. Der Duft von gebratenem Fisch und Zitronen stieg ihr in die Nase. Sie und Gavin sahen sich die anderen Gäste an, die sich bereits über ihre Teller voller Meeresfrüchte hermachten. Im Außenbereich saßen die Leute auf Holzbänken an Holztischen und verspeisten Garnelen, alle möglichen Schalentiere, von denen Wendy manche noch nie gesehen hatte, und natürlich die üblichen gebratenen oder gegrillten Fischfilets mit dicken Pommes und überbordenden Salatschüsseln.

»Hast du auf irgendwas Bestimmtes Lust?«, wollte Gavin wissen.

»Ich weiß nicht«, murmelte Wendy. »Es sieht alles gut aus.«

»Also ich habe total Lust auf Garnelen. Soll ich uns eine Schüssel holen?«

»Nein, ich übernehme das.« Sie holte ihr Portemonnaie hervor.

»Nein, das wirst du nicht.« Gavin schüttelte den Kopf. »Setz dich draußen hin.«

Und bevor sie protestieren konnte, hatte er sie schon stehen lassen. Hilflos sah sie in die Richtung, die er ihr gezeigt hatte. Es gab nur noch einen freien Tisch, der allerdings abseits von den anderen und nicht unter der Terrassenüberdachung stand. Aber Wendy machte das nichts aus. Sie fand es wunderbar, unter dem Sternenhimmel zu essen, ganz wie Gavin es vorgeschlagen hatte. Aber das würde sie ihm natürlich nicht sagen.

Mit einer großen Schüssel Garnelen, einem Salatteller und Pommes kam er bald darauf zurück.

Wendy lief das Wasser im Mund zusammen. »Wow! Das sieht nach einem Festessen aus.«

»Ja, oder?« Er lachte und stellte das Essen zwischen ihnen auf den Tisch. »Dann erzähl mal«, forderte er sie auf, während er eine Garnele nahm und ihr den Kopf abzupfte, »was steckt noch so hinter Wendy Hopkins?«

»Sind wir wieder da gelandet?«, stöhnte sie und steckte sich eine Pommes in den Mund.

»Na, komm schon.«

»Ich finde, du bist jetzt dran mit erzählen.«

Seine Mundwinkel zuckten. »Es war einmal ein hübscher Prinz …«

»Ach, du meine Güte!« Sie lachte. »Das willst du doch nicht ernsthaft durchziehen, oder?«

»Na gut ... Da es dich nicht beeindruckt, wohl eher nicht.«

Er hatte seine erste Garnele verspeist und schälte die nächste. Wendy knabberte weiter an den Pommes.

Nach einer kurzen Pause redete er weiter. »Die letzten fünf Jahre habe ich auf verschiedenen Baustellen gearbeitet. In Pilbara und Queensland.«

»Fühlst du dich nicht einsam?«

Er sah nach unten. »Manchmal.«

»Was ist mit deiner Familie? Wohnen die in Perth?«

»Nein ... Ich ... Ich habe sie lange nicht gesehen. Ungefähr seitdem ich diese Arbeit mache.«

»Hast du Geschwister?«

Er schüttelte den Kopf. »Du bist dran.«

»Ich bin aus Perth. Keine Geschwister.« Sie wurde rot und fügte hastig hinzu: »Soweit ich weiß. Meine Eltern haben mich unterstützt, bis ich mit der Uni fertig war, und dann hab ich im Grunde sofort angefangen, im Outback zu arbeiten.«

»Ernsthaft?« Er verschlang noch eine Garnele. »Nicht mal kurz eine Anstellung in der Stadt, bevor du raus in die Wildnis bist?«

Nach dem Internat war sie schon daran gewöhnt gewesen, woanders zu leben. Aber sie wollte mit ihm nicht über ihre verkorkste Kindheit sprechen und lächelte leicht. »Ich liebe das Outback. Diese wilde Schönheit, die endlosen Weiten. Und ich bin gerne Nomadin, von einer Stadt in die nächste, von einem Job zum nächsten. Ein Abenteuer folgt dem anderen.«

Seine Augen funkelten. »Geht mir auch so.«

Sie aßen schweigend weiter, und ein paar Sekunden lang hatte Wendy das Gefühl, es würde sie etwas verbinden. Wie absurd!

»Und wie gefällt's dir in Cape Lambert?«, fragte er und spießte ein wenig vom Salat mit seiner Gabel auf.

»Der Anfang war ein bisschen schwierig, aber ich glaube, langsam finde ich mich ein …«

»Meinst du die ganzen Streiche?«

»Unter anderem.« Sie sah ihn verstohlen an. War das ein Trick? »Ethel hatte mir ja den Donga verpasst, der sozusagen außer Betrieb war. Aber ich habe da ein paar geheimnisvolle Spenden bekommen.«

Er ließ seine Gabel sinken. »Wie meinst du das?«

»Ich meine einen Tisch, eine Klimaanlage und ein neues Fliegengitter, die aufgetaucht sind, ohne dass Ethel oder ich sie bestellt hätten. Weißt du irgendwas darüber?«

»Ich wünschte, das täte ich.«

»Spielt auch keine Rolle.« Sie winkte ab. »Ich würde mich nur gerne bei demjenigen bedanken.«

Er nickte. »Ich halte die Ohren auf.«

Sie aßen schweigend weiter.

»Und wie ist es mit der Arbeit?«, setzte Gavin dann die Unterhaltung fort. »Entspricht sie deinen Erwartungen?«

Sie nahm noch eine Pommes. »Es ist eine Herausforderung. Und ich liebe meine Arbeit. Nur ist es schwer, die anderen von meinen Änderungen zu überzeugen.«

Er betrachtete die Garnele in seiner Hand, als würde er überlegen, ob er etwas sagen sollte oder nicht.

Wendy verdrehte die Augen. »Na, mach schon, alle anderen haben auch ihren Senf dazugegeben. Ich verspreche dir, dass ich nicht beleidigt sein werde. Glaub mir.« Sie schüttelte den Kopf. »Ich habe das alles schon hundertmal gehört. Aber ich habe mir diesen Job ja auch nicht ausgesucht, weil ich beliebt sein will.«

Er sah auf.

»Das vielleicht nicht, aber wenn du willst, dass man dich respektiert, solltest du die anderen vielleicht ein bisschen in den Prozess einbinden.«

Sie nahm ein Stück Möhre und kaute stumm, während sie über seine Worte nachdachte. Sie gab es nur ungern zu, aber er hatte nicht ganz unrecht.

Er zuckte mit den Schultern. »Ich mein ja nur … Bei jedem Paar Hände kommt ein Kopf noch gratis mit dazu. Könnte man schon mal schauen, wozu das gut ist, wenn du verstehst, was ich meine.«

Sie schaute ihn genauer an, so als würde sie ihn erst jetzt wirklich sehen. »Du hast vollkommen recht.«

Eine sanfte Brise fuhr in sein dichtes braunes Haar. Was verbarg sich wohl noch hinter diesen dunklen Augen? Wendy war wie elektrisiert, als er, ohne zu lächeln, ihren nachdenklichen Blick erwiderte. Er schien damit nichts sagen zu wollen, musterte sie nur genauso wie sie ihn.

Er runzelte die Stirn. Während sie sich noch fragte, was ihn störte, nahm er eine Garnele aus der Schüssel und schälte sie für sie. »Hier.«

»Oh, äh … danke.« Sie hatte eigentlich nicht vorgehabt, davon zu essen; das wurde immer so kompliziert. Doch diese beinahe schon intime Geste verursachte ihr eine Gänsehaut, und sie konnte einfach nicht ablehnen. Sie nahm ihm das Schalentier aus der Hand und biss hinein.

»Die schmecken ja unglaublich frisch.«

»Siehst du?« Er lächelte.

Er nahm noch eine aus der Schüssel, schälte sie und sah Wendy dabei wieder so an, dass ihr ganz anders wurde.

»Hast du irgendetwas auf dem Herzen, Sarge?«

Das hatte sie, sogar eine ganze Menge. Nicht zuletzt die Tatsache, dass sie nicht für eine Beziehung bereit war, solange sie ihren Vater nicht gefunden hatte.

Nicht dass Gavin ihr eine anbot. Das hatte er eindeutig klargemacht. Er suchte nur nach einem Feierabendflirt. Eine kleine Romanze nebenbei. Sie konnte so etwas nicht, das passte nicht zu ihr. Sobald sie jemanden an sich heranließ …

Sie schüttelte den Gedanken ab. Das war sowieso keine Option, deswegen war es ja auch so wichtig für sie, jemanden wie Gavin auf Abstand zu halten. Ihm stand *Herzensbrecher* geradezu auf die Stirn geschrieben.

»Das erinnert mich daran, weshalb wir eigentlich hier sind.« Sie nahm ihre Serviette und wischte sich die Hände ab. »Du wolltest mir doch Yabbers Adresse geben.«

Er sah sie bedeutungsvoll an und holte dann ein Stück Papier aus seiner Hemdtasche.

Sie faltete es auseinander und sah sich die in männlicher Handschrift und mit schwarzem Stift geschriebenen Worte auf dem kleinen Notizblockzettel mit abgerissenem Rand an.

Red Rock B&B
Cossack Road
Cossack WA 6720

»Cossack«, sagte sie laut. »Kommt mir bekannt vor.«

»Sollte es auch. Das ist von Wickham aus die nächstgelegene Stadt.«

»Wirklich? Was gibt's denn da?«

Gavin lächelte trocken. »Nicht viel. Ist eine Geisterstadt voller historischer Gebäude und alter japanischer Gräber aus der Zeit, als sie in der Gegend noch nach Perlen getaucht sind. Jetzt ist es vor allem ein Anlaufpunkt für Touristen.«

Wendy runzelte die Stirn. »Yabber wohnt da in einem Bed and Breakfast? Woher wissen wir, dass er nicht schon weitergereist ist?«

»Er ist nicht zum Urlaubmachen da. Er hat die Pension gekauft und richtet sie gerade neu her. Anscheinend ist das der Vorsorgeplan für ihn und seine Frau.«

»Ach so.« Sie faltete den Zettel wieder zusammen und steckte ihn in ihre Handtasche. »Hört sich sinnvoll an.«

Gavin lehnte sich zurück. »Fährst du hin?«

»Wahrscheinlich.«

»Wann?«

Sie zuckte mit den Schultern. »Ich bin nicht sicher … vielleicht nächsten Sonntag. Wir haben doch frei, oder?«

»Ich gehe fischen.« Er rieb sich die Hände.

Sie lächelte. »Klar.«

»Es sei denn, du möchtest, dass ich mitkomme?«

Sie dachte darüber nach. Wollte sie einen Freund dabeihaben, auf den sie sich stützen konnte, wenn sie ihrem Vater zum ersten Mal begegnete, nur für den Fall, dass er sie abwies und ihre Fragen nicht beantwortete?

Natürlich.

Aber sie schüttelte den Kopf. »Nein, das geht schon,

danke.« Sie sah auf die Uhr. »Weißt du was, wir sollten wahrscheinlich zurückfahren. Es ist schon spät.«

Er seufzte. »Wusste ich's doch, dass ich das kleine Stück Papier noch ein halbes Stündchen länger hätte behalten sollen.«

Wendy freute sich unheimlich, endlich Yabbers Adresse zu haben. Unglücklich daran war natürlich nur, dass sie eine komplette Woche abwarten musste, bevor sie ihren Vater besuchen konnte.

Der Sonntag verlief ohne Zwischenfälle, und Montag begann mit der sehr willkommenen Nachricht, dass es Chub gelungen war, einen neuen Ingenieur für die Fahrbahn aufzutreiben. Er hieß Dimitri Chrysanthopoulos, seine Referenzen waren einwandfrei, und Wendy konnte Chub nur zu seinem schnellen Fund gratulieren.

»Wow, und das innerhalb einer Woche! Das nenne ich mal Kompetenz.«

»Oh ja.« Chub rieb sich mit den Fingerknöcheln über die ausladende Brust. »Wie man sieht, bin ich nicht nur was fürs Auge.«

Dimitri kam am Mittwoch an. Er hatte dunkle Haare und einen herrlich gestutzten Schnurrbart. Seine Kleidung schien jeden Morgen gebügelt zu sein, etwas, was ihn definitiv von der Menge abhob. Seine auffälligste Eigenschaft war leidenschaftliche Begeisterung, die immer voll aufgedreht schien. Er küsste sich oft die Finger, rief vor Freude laut aus und erzählte Geschichten von vorherigen Baustellen, die ihm in irgendeiner Form Weisheit für die Arbeit hier verliehen. So oder so, die Männer nahmen ihn in ihre Reihen auf. Und das sogar trotz seiner anstrengendsten Angewohnheit, einem zu nahe zu kommen.

Zuerst dachte Wendy, es wäre nur bei ihr so, weil sie eine Frau war. Zu ihrer Belustigung bemerkte sie dann aber, dass er es bei jedem tat. Er stand einfach zu dicht, wenn er sich mit jemandem unterhielt. Und dann packte er einen auch noch unvermittelt am Arm, wenn er etwas besonders Faszinierendes unterstreichen wollte.

»Männer fassen sich gegenseitig nicht an«, informierte Radar Lena und Wendy beim Abendessen in der Kantine. »Macht man einfach nicht. Sehr unangenehm.«

»Wow«, Lena zwinkerte Wendy zu, »könnte es sein, dass die Jungs sich ein kleines bisschen sexuell belästigt fühlen? Wie sich das wohl anfühlt?«

»Das ist nichts Sexuelles.« Radar verdrehte die Augen. »Der Typ ist wahrscheinlich einfach nur kurzsichtig. Will sich versichern, dass man noch da ist oder so. Wer weiß ...?«

Bei ihrer Besprechung mit den Ingenieuren konnte Wendy sich ein Lächeln jedoch nicht verkneifen. Sie tranken danach Tee und aßen Kekse, um Dimitris Ankunft zu feiern. Dimitri stand zusammen mit Carl hinten im Raum, und ganz offensichtlich für Carls Geschmack viel zu nah. Während er redete, fuchtelte Dimitri mit der Hand vor Carls Gesicht herum. Wendy bemerkte, dass auch die anderen den beiden belustigt zusahen.

Dimitri machte zwei Schritte vorwärts, Carl zwei Schritte zurück. Dimitri trat noch einen Schritt vor, und Carl stand mit dem Rücken schon an der Wand und schaute sich nach einem Fluchtweg um. Als dann auch noch Dimitris Hand plötzlich vorschoss und Carl am Arm griff, Dimitri sich noch dazu vorbeugte, um den grandiosen Höhepunkt seiner Geschichte rüberzubringen, zuckte Carl heftig zurück.

In seinem Gesicht stand das reinste Entsetzen. Wendy fiel es nicht schwer, ihm seine Entgegnung von den Lippen abzulesen: »Verdammt noch mal!«

»Was ist los, Carl?«, rief ihm einer der anderen Ingenieure zu. »Hast du Berührungsängste, Kumpel?«

Alle brachen in Gelächter aus, und Dimitri drehte sich freudestrahlend um. Er wusste nicht, worüber sie lachten, war jedoch ganz hingerissen, dass er dazugehörte. Er breitete die Hände aus und verkündete: »Was für ein wunderbares Team. Ich freue mich sehr darauf, hier zu arbeiten.«

In dem Moment gelang es Carl, sich zur Tür zu stehlen. »Was zum Teufel macht ihr alle noch hier?«, rief er ihnen beim Hinausgehen über die Schulter zu. »Zurück an die Arbeit!«

Wendy hatte jede Menge Papierkram für die Sicherheitsprüfung zu erledigen. Nach dem Fischerboot konnte sie nicht noch einen Zwischenfall gebrauchen. Besonders, wo alle noch sauer waren, dass sie Fish hatte feuern lassen. Auch wenn er ein paar ziemlich verschrobene Angewohnheiten hatte, war er doch ein guter Vorgesetzter, hatte seine Arbeit erledigt. Dimitri dagegen war trotz all seiner Begeisterung noch nicht auf die Probe gestellt worden.

Vielleicht kam es deswegen am Donnerstagmorgen zur Katastrophe, gerade als Wendy dachte, sie würde ohne eine Panne durch die Woche kommen. Sie war hinten am Anleger und machte ihren Rundgang. So nannte es Chub, wenn sie morgens in allen Ecken und Winkeln der Baustelle nachsah, ob es irgendwo neue Gefahrenstellen gab.

Ihr Helm mit der Bemalung war mittlerweile schon zu einer Ikone geworden. Die Männer fanden es großartig, dass sie ihn behalten hatte und stolz trug. Es zeigte ihnen, dass sie nicht nur der Boss, sondern auch ein Kumpel sein wollte. Mittlerweile lachten sie mit ihr anstatt über sie, was eine willkommene Abwechslung war.

Auf dem Schlitten stellten sie sich einmal während ihrer täglichen Inspektion zum Spaß in einer Reihe auf, nahmen Haltung an und fragten sie, ob sie nicht auch ihre Uniformen inspizieren wolle.

»Du kannst mich auch gerne abtasten«, ermutigte sie Bic, einer der Jungs. »Vielleicht habe ich ja irgendwo etwas versteckt.«

Sie hielt sich Daumen und Zeigefinger ans Kinn und musterte ihn. »Weißt du was, du hast vollkommen recht. Radar«, wandte sie sich an den eifrig salutierenden Mann neben ihm, »taste ihn ab.«

»Hey, so war das nicht gedacht, das ist nicht fair«, erwiderte Bic.

»Zurück an die Arbeit!«, blaffte Mike über die Plattform.

Wendy sah überrascht auf. Er hatte sie anscheinend die ganze Zeit beobachtet.

»Hast du nicht noch mehr Inspektionen zu erledigen?«, wollte er wissen.

Sie gab keine Antwort, drehte sich einfach um und ging. Seiner Grobheit hatte sie nicht auch noch Munition geben wollen.

An diesem Morgen war sie allerdings noch nicht an den Schlitten gewesen, sondern stand noch am Ende des Anlegers und betrachtete fasziniert Wale, die nicht weit entfernt herumtollten. Sie warfen ihre gigantischen schwarzen Körper über die Wellen und landeten mit enormer Wucht wieder auf der Oberfläche. Wendy blieb angesichts der Freiheit dieser Tiere die Luft weg. Anders als sie führten diese majestätischen Wesen ein einfaches, sorgloses Leben. Selbst dieser von Menschen gebaute Anleger war nur ein Bruchteil ihrer gewaltigen Welt.

»Na, beobachtest du die Wale, Sarge?«

Sie erkannte die Stimme sofort.

Sexy.

Selbstsicher.

Die Versuchung in Person.

Er war wie eine Schachtel Pralinen, die ihr jemand immer wieder hinhielt. Erfolglos hatte sie versucht, nicht mehr an ihr »Date« zu denken. Aber es war schwierig, diesen Mann aus ihren Gedanken zu vertreiben, selbst wenn sie ihm gegenüber ihren Verpflichtungen nachgekommen war.

Sie holte Luft und drehte sich um. »Wie läuft es heute Morgen?«

»Gut.« Ihr Körper reagierte sofort auf Gavins Anblick. »Einen Pfahl haben wir schon drin. Und bei dir?«

»Zwei potentielle Gefahrenstellen und ein geringfügiger Zwischenfall.«

»Sind das gute Nachrichten?«, fragte er.

Sie musste lächeln. »Das bedeutet, dass wir gerade rechtzeitig für die Sicherheitsprüfung ordentlich was zusammensammeln.«

Sein Blick fiel auf ihren Helm, dann sah er ihr wieder in die Augen. »Gefällt mir. Selbst gemacht?«

Er meinte bestimmt ihre Polizeikaros. »Nein.« Sie verzog das Gesicht. »War ein Geschenk.«

»Nicht schlecht.«

»Gut, ich muss dann mal weiter.« Sie wandte sich zum Gehen. Der Bus hatte gerade in der farblich markierten Parkzone gehalten. Wendy sah Sharon mit Unterlagen für ihren Botengang aussteigen. Das war gutes Timing. In einer Viertelstunde würde der Bus zurückfahren und konnte sie mitnehmen. Während sie dabei zuschaute, wie Sharon fortschlenderte, kam ihr auf einmal etwas merkwürdig vor. Aus irgendeinem unerfindlichen Grund schien der Schiffsbelader mit der Hinterseite viel zu dicht neben dem Bus zu stehen. Das war ihr bisher noch nie aufgefallen.

Der fünf Stockwerke hohe Kran, der auf Schienen den Anleger hoch- und runterfahren konnte, wurde hauptsächlich dazu eingesetzt, Eisenerz vom Förderband auf die Schiffe zu verladen. Manchmal jedoch, wenn gerade keine Schiffe angelegt hatten, durfte auch Barnes Inc. den Kran benutzen – wie heute. Offenbar hatten Dimitris Leute ihn für den Fahrbahnbau in Beschlag genommen.

Wendy kniff die Augen zusammen, als sie auszumachen versuchte, was an dem Bild nicht stimmte. Aber es war Gavin, der als Erster handelte.

»Sharon! Lauf!«, schrie er.

Als Sharon ihn so erschrocken rufen hörte, blieb sie wie angewurzelt stehen. Verwirrt schaute sie sich um. Wahrscheinlich war das das Schlimmste, was sie hätte tun können. Gavin rannte zu ihr hinüber.

Dann sah Wendy, was geschah, als wäre es in Zeitlupe. Eine Kabeltrasse, die unter dem Kran selbst befestigt war, hatte sich an der Seite vom Bus verfangen. Während der Kran sich über die Schienen wegbewegte, neigte sich der Bus, kippte auf zwei Räder, schwankte …

»Nein! Halt!« Wendy entfuhr ein Schrei für den Kranführer, der sich außer Hörweite befand, und sie taumelte vorwärts. Sie sah, wie Gavin Sharon am Arm packte, um sie fortzuzerren, doch sie ließ ihre Unterlagen fallen und stolperte darüber.

RUMS!

Der Bus kippte um.

Glas zersplitterte, als einige der Fenster zerbarsten.

Sharon gab einen markerschütternden Schrei von sich.

Roter Staub von der Fahrbahn stob Wendy ins Gesicht, und sie bekam kaum Luft, als sie weiterrannte.

Oh Gott! Oh Gott! Oh Gott!

Als sie die beiden erreichte, war Sharon bewusstlos, und Gavin kniete halb unter ihr auf der Erde. Sharons Bein war unterhalb des Knies unter dem Bus begraben; das rostige Dach, an dem die Farbe abblätterte, stand nun wie eine Stahlmauer vor ihnen auf der Fahrbahn.

Gavin sah mit schmerzverzerrtem Gesicht zu Wendy auf. »Ich war zu spät.«

»Nein, warst du nicht.« Sie war erstaunt, wie ruhig ihre Stimme klang. Um sie herum wurde gerufen, geschrien und geflucht, von allen Seiten prasselten Anweisungen auf den Kranführer ein. Glücklicherweise kam eine davon irgendwie bei ihm an, und der Kran hielt an. Die Männer versammelten sich um den Bus, Entsetzen stand ihnen in die Gesichter geschrieben. Mit offenen Mündern und aufgerissenen Augen standen sie hilflos da.

»Oh Scheiße! Was hat Greg da nur gemacht?«

»Er hat Scheiße gebaut.«

»Verdammt, das ist ja Sharon! Sie muss gerade neben dem Bus gestanden haben. Scheiße!«

»Verdammte Scheiße!«

Wendy stand auf und wandte sich an den Mann, der am nächsten stand.

»Geh zum Büro-Donga.« Sie zeigte auf den Container, der keine drei Meter entfernt stand. »Ruf einen Krankenwagen und den Sanitäter der Betreiber. Sag ihnen, sie sollen alle sofort herkommen, ausgerüstet für einen schweren Unfall.«

»Ja, Ma'am.« Und weg war er.

Sie wandte sich an den nächsten Mann. »Lös den Alarm aus! Ich will, dass der Anleger sofort geräumt wird. Gib über Funk durch, dass alle Ausrüstung in die Haltebuchten verfrachtet werden soll, damit der Krankenwagen freie Fahrt hat.«

Er nickte und machte sich ebenfalls auf den Weg.

Sie sah den dritten Mann an, der ohne zu zögern auf sie zutrat. »Nimm dir auch ein Funkgerät und sag dem Pförtner, dass niemand außer dem Krankenwagen und den Sanitätern auf den Anleger gelassen werden darf. Bauleiter und Bauherr eingeschlossen.« Er rannte los.

Sie bedeutete dem letzten Mann, näher zu kommen. »Ruf Carl an. Erzähl ihm, was passiert ist, und versuch ihn zu beruhigen. Sag ihm, er soll nicht mit seinem Pickup hergerast kommen. Sie lassen ihn an der Schranke ohnehin nicht durch. Und er soll sich auf seine Verpflichtungen im Ablauf bei Notfällen konzentrieren – sonst könnte das hier noch eine ganze Ecke schlimmer werden.«

Sie kniete sich neben Gavin. »Wir müssen den Bus von ihr runterkriegen, bevor der Krankenwagen da ist, und am besten auch, bevor sie wieder zu sich kommt. Du bist der Ingenieur. Verrat mir, wie.«

Er legte ihr eine Hand auf die Schulter. Seine dunkelbraunen Augen wärmten sie bis ins Innerste. »Ich mach das für dich.«

Er schob sich unter Sharon hervor und legte ihren Kopf auf Wendys Schoß. Wendy bemerkte eine tiefe Schnittwunde an seiner Hand, vermutlich von den Glasscherben.

»Gavin, deine …«

»Das kann warten.« Er winkte brüsk ab, marschierte davon und rief Anweisungen über den Anleger. Ein paar der Männer kamen unsicher auf ihn zu, die meisten wichen zurück. Dimitri tauchte auf und redete so schnell, dass ihm die Spucke aus dem Mund spritzte.

»Was kann ich tun? Was kann ich tun? Das ist meine Schuld, oder?« Er gestikulierte wild, während er sprach.

»Wer Schuld hat, entscheiden wir später«, sagte Gavin mit rauer Stimme. »Jetzt müssen wir erst mal mit dem Schiffsbelader den Bus anheben.«

Er packte Dimitri am Arm und führte ihn zu einem der Dongas, in dem sie Ausrüstung, Tragegurte und Ähnliches lagerten. »Wir brauchen einen Plan, wie wir vorgehen müssen.«

Wendy wusste, dass es ein kompliziertes Unterfangen war, den Bus von Sharon anzuheben. Nichts wurde mal eben auf die Schnelle angehoben. Das wurde immer erst von Ingenieuren wie Gavin auf Papier ausgearbeitet. Man musste herausfinden, an welchen Stellen die Ladung überhaupt angehoben werden konnte – schließlich durfte sie nicht wieder umfallen oder, noch schlimmer, herunterkrachen, weil der Teil nachgab, an dem angesetzt wurde. Die Ladung sollte auch nicht hin und her baumeln und dabei etwas anderes umstoßen, während sie hochgehoben wurde. Und verbiegen, weil man an zu wenigen Stellen anpackte, sollte sie sich auch nicht.

Wendy schluckte. Heute würde es vorher nichts Schriftliches geben. Gavin hatte diesen Blick in den Augen. Er würde das hier nach Bauchgefühl angehen, und zwar nur nach Bauchgefühl.

Der Alarm zur Räumung heulte los, und die Männer, die nicht bei Gavin oder Dimitri waren, bewegten sich zu den Treffpunkten. Wendys Herz begann schneller zu schlagen, doch sie zwang sich zur Ruhe.

Du musst ruhig bleiben. Gefasst. Konzentriert.

Sie ballte die Hand, die nicht Sharons Kopf stützte, zur Faust, um das Zittern zu unterdrücken und die aufsteigende Panik abzuwehren. Ein wenig half es ihr. Sie sah hinunter und fluchte innerlich. Sharon begann sich zu bewegen, und mit einem Stöhnen schlug sie die Augen auf.

»Es ist alles okay, Sharon.« Wendy versuchte zu lächeln. »Du musst nur ein bisschen hier liegen bleiben.«

Sharon schien einen Augenblick zu brauchen, bis sie begriff, wo sie war und wer da mit ihr sprach. Sie riss die Augen auf und schaute sich panisch um. »Ich kann mein Bein nicht spüren«, brachte sie mit hoher Stimme hervor.

»Alles in Ordnung.« Wendy nickte. »Wir holen es gleich da raus.«

»Wo rausholen?«, fragte Sharon und wollte sich auf den Ellbogen aufstützen.

»Beweg dich nicht, Liebes.«

Sharon ließ sich wieder zurücksinken.

»Oh Scheiße! Liege ich etwa unter dem verdammten Bus?«

»Könnte man so sagen.« Wendy bemühte sich um einen unbesorgten Tonfall. »Willst du mit Carl sprechen? Ich kann ihn anrufen, ich habe mein Handy dabei.«

»Ich weiß nicht.« Sharon atmete flach und klang schwach. »Sollte ich denn? Vielleicht fange ich an zu weinen, und dann macht er sich bloß Sorgen ...«

»Süße, du liegst unter einem Bus. Er macht sich sowieso schon Sorgen. Wenn er deine Stimme hört, beruhigt ihn das vielleicht ein bisschen ... und du kannst dich ablenken.« Wendy holte ihr Telefon hervor.

Sharon nickte, und Wendy wählte Carls Nummer und presste sich das Telefon ans Ohr. Carl nahm nach zweimal Klingeln ab.

»Wendy!«, keuchte er in den Hörer. »Ich bin am Tor! Sag ihnen, sie sollen mich auf den verdammten Anleger lassen! *Sofort!*«

»Nein«, erwiderte sie ruhig. »Du kannst hier nichts ausrichten. Außerdem bist du gerade nicht ganz bei Verstand.«

»Ich muss verdammt noch mal da sein.«

»Nur der Krankenwagen und der Sanitäter«, beharrte Wendy. »Alle anderen kommen jetzt runter, ich schlage also vor, du machst Platz.« Sie warf einen Blick auf Sharon. »Ich hab hier allerdings jemanden, der mit dir sprechen will.«

Bevor er etwas sagen konnte, gab sie das Handy an Sharon weiter. Deren Stimme bebte, als sie, den Kopf noch auf Wendys Schoß, in den Hörer sagte: »Carl, ich bin's.«

Sharon schloss die Augen, offensichtlich hörte sie sich einen emotionalen Wortschwall ihres Freundes an. Wendy blickte auf und sah, dass einige Männer Gurte durch die zerbrochenen Busfenster zogen. Der Schiffsbelader setzte langsam zurück.

Plötzlich war Gavin wieder an ihrer Seite. »Wir werden nicht versuchen, den Bus komplett anzuheben, das ist zu gefährlich. Wir kippen ihn nur seitlich auf die Räder, damit du Sharon darunter hervorziehen kannst.«

Hoffentlich war sie stark genug. Natürlich war sie das. Sharon war ungefähr so groß wie sie.

Konzentrier dich einfach. Du schaffst das.

Sie spürte wieder seine Hand auf ihrer Schulter. »Keine Sorge. Ich helfe dir dabei.«

»Sharon, du musst jetzt auflegen und ganz ruhig liegen bleiben.«

Die folgenden Minuten schienen in einem Gewirr aus Rufen, knarrendem Stahl und gespannten Gurten vorbeizurauschen. Irgendwann zwischendurch traf der Sanitäter ein. Er hatte eine Trage und auch andere Ausrüstung dabei.

Während der Bus, halb auf der Seite stehend, ächzte, verfrachteten Wendy und Gavin die keuchende, unter Schock stehende Sharon eilig auf die Trage. Unter diesen Qualen wurde Sharon kreidebleich, und ihre Augen verdrehten sich nach oben. Zuerst dachte Wendy, Sharon wäre wieder ohnmächtig geworden, und sie griff nach ihrer Hand. »Sharon, bist du noch bei uns?«

»Gerade so.« Ihre Stimme war kaum zu hören. Wendy trat hastig zur Seite, um dem Sanitäter Platz zu machen.

Gavins Leute ließen den Bus wieder herunter. Das unbrauchbare Gefährt lag wie ein Tierkadaver auf der Fahrbahn; es fehlte nur noch ein Schwarm Fliegen.

Nachdem das geschafft war, schien alles glatter abzulaufen. Wendy war froh, dass der Sanitäter nun übernahm. Er brachte Sharon zu dem Krankenwagen, der auf sie wartete. Kaum war der Sanitäter jedoch losgefahren, wurde sich Wendy der gewaltigen Ausmaße dessen bewusst, was gerade geschehen war, gefolgt von der Erkenntnis, was sie alles als Nächstes zu erledigen hatte.

Sie musste den Vorfall melden und einen Gutachter holen. Der Unfallort durfte nicht verändert werden, damit der Hergang untersucht werden konnte. Der Schiffsbelader musste gekennzeichnet und außer Betrieb gestellt werden, bis er von den Inspektoren wieder freigegeben wurde. Die Gewerkschaften! Sie würden ihr endlos im Nacken sitzen. Wann würden die Männer wieder sicher an die Arbeit gehen können, und was war mit einem neuen Bus und den Überresten von diesem hier? Ihr schwirrte der Kopf.

Sie legte sich eine Hand an die Schläfe und schwankte unsicher.

»Wendy.« Gavins ruhige Stimme ertönte. »Alles in Ordnung?«

»Ich brauche einen Moment.« Sie lief hinüber zu den Toiletten-Dongas und schaffte es gerade noch hinein, bevor sie sich in die Toilettenschüssel übergab.

Sie merkte noch, wie das Licht anging und sich die Tür leise hinter ihr schloss, doch sie achtete nicht weiter darauf und übergab sich noch einmal.

Wie sich herausstellte, war Sharons Bein dreifach gebrochen. Sie würde operiert werden müssen und dürfte anschließend ihr Bein mindestens sechs Wochen lang nicht belasten. Die wichtigste Nachricht jedoch war, dass sie sich wieder vollkommen erholen würde. Wendy war enorm erleichtert, dass Sharon keine bleibenden Schäden davontragen würde.

»Das würde ich mir nie verzeihen«, sagte sie am Samstagmorgen zu Chub.

»Also, das ist das Dümmste, was ich je gehört habe«, schnaubte er. »Du kannst doch gar nichts dafür. Es war ein Zusammentreffen ungünstiger Umstände, sonst nichts. Das hättest du nicht vorhersehen können.«

»Ich stand genau daneben.« Wendy knirschte mit den Zähnen. »Ich habe nicht einmal gemerkt, dass etwas nicht sicher ablief, bevor es zu spät war.«

Zu sehr damit beschäftigt, Walen zuzusehen und Gavins schönes Lächeln zu bewundern.

Sie zuckte schuldbewusst zusammen.

»Hör auf damit!« Chub wedelte mit dem Finger vor ihrer Nase herum. »Mir ist zu Ohren gekommen, dass du großartig warst da draußen. Die Männer sagen, dass sie noch nie jemanden mit so einem klaren Kopf handeln sehen haben.«

Wendy schnaubte. »Dann können sie nicht gesehen haben, wie ich zehn Minuten lang auf der Toilette gekotzt habe, nachdem der Sanitäter weg war.«

»Vollkommen nachvollziehbar.« Chub zuckte mit den Schultern und warf ihr dann noch einen besorgten Blick zu. »Du hast aber später schon noch was gegessen, oder?«

»Ich hatte keinen richtigen Hunger.«

»Ich esse immer, wenn ich mir Sorgen mache.« Er hielt inne. »Im Grunde esse ich eigentlich immer.« Er seufzte. »Diese Woche habe ich allerdings meine gesunde Woche. Tagsüber keine Geleebohnen, Smarties oder sonst irgendwelche Süßigkeiten.«

»Das ist gut.«

Er langte über seinen Schreibtisch und griff sich eine riesige orangefarbene Tüte mit salzigen Snacks. »Auch einen?«

Sie lachte. »Klar.«

»Schon viel besser.« Er grinste angesichts ihrer sich bessernden Laune.

Sie warf ihm einen skeptischen Blick zu, bevor sie in die Tüte griff. »Danke, Großer.«

»Keine Ursache.«

Den Rest des Vormittags verbrachte sie mit Gesprächen. Als Erstes hatte sie alle Teams versammelt, um ihnen zu erklären, was vorgefallen war. Die Wahrheit wurde über den Buschfunk gern mal überzogen. Sie unterrichtete alle über Sharons Zustand und versicherte ihnen, dass es ihr bald bessergehen würde.

Von den Teams, die auf dem Anleger arbeiteten, ließ sie die Männer von den Schlitten und den Dalben ihre Posten wieder einnehmen. Gavins und Dimitris Teams jedoch konnten ihre Arbeit nicht wieder aufnehmen, bis der Inspektor den Unfallort begutachtet hatte.

Die Baustelle wurde unter dem Bergbaugesetz betrieben und unterlag daher dem Ministerium für Bergbau. Wendy hoffte, dass es nicht zu lange dauern würde, bis der zuständige Gutachter das Projekt und den Schiffsbelader wieder freigab. Der Betreiber schäumte vor Wut über den Ausfall.

Dann begann Wendy mit ihren eigenen Nachforschungen. Sie sprach mit dem Kranführer und Dimitri sowie einigen anderen Männern aus seinem Team.

Schnell wurde klar, dass der Fehler beim Schiffsbelader lag: Er hatte seine sichere Arbeitszone überschritten.

Diese Begrenzungen waren an den Schienen markiert, es gab jedoch keine Absperrung und auch keinen Stoppmechanismus, der das Überschreiten verhinderte. Wendy war überrascht, dass so etwas nicht schon vorher passiert war. In Kombination mit einem neuen Kranführer, der die Regeln nicht kannte, und einem neuen Ingenieur, der den Kranführer nicht besser hatte einweisen können, hatte das zu dem Unfall geführt. Wendy sprach mit mehreren Männern, die Zeugen des Vorfalls waren, und notierte sich ihre Vorschläge dazu, wie man weitere Unfälle verhindern konnte. Sie waren sehr entgegenkommend mit ihren Ideen, und Wendy erinnerte sich an den Rat, den Gavin ihr in Point Samson gegeben hatte.

Nachmittags ging sie zurück in ihr Büro und versuchte, den Papierkram zu erledigen, der am Vortag liegengeblieben war. Sie drehte sich auf ihrem Stuhl herum zu Chub und fragte ihn: »Was hältst du von einer Schachtel für Anregungen, Großer?«

»Einer Schachtel was?« Er sah erwartungsvoll auf.

»Anregungen.«

»Ach so.« Er wirkte enttäuscht. »Ich hab mich schon gefreut.« Er zuckte mit den Schultern. »Anregungen, von wem?«

»Von allen. Jederzeit. Wir könnten sie in unseren Sitzungen aufstellen und im Pausenraum, damit die Leute etwas hineinwerfen können.«

»Glaubst du ernsthaft, dass die Männer freiwillig Vorschläge zur Sicherheit in einen deiner kleinen Kästen werfen?« Chub prustete los. »Da würden sie sich schon eher von einem Kumpel die Eier abschneiden lassen.«

»Es wäre doch anonym.«

»Trotzdem wäre es das nicht wert.«

»Okay … Wie wäre es, wenn jede Woche daraus ein Los gezogen wird, und der Gewinner bekommt einen Sechserträger?«

Chub grinste. »Das hört sich schon besser an. Dafür würde sogar ich ein paar Vorschläge einwerfen. Aber wo willst du das Geld hernehmen? Glaub nicht, dass Carl für so was blechen wird, wo die Baustelle grad Verluste macht.«

»Ich schau mir mal unser Budget an.«

Wenn es nicht genug Mittel gab, würde sie selbst etwas dazugeben, zumindest für die nächsten paar Wochen. Sie sparte gerade für nichts außer ein wenig Seelenfrieden. Und sie hatte keine Lust mehr, Männern hinterherlaufen zu müssen wie ein Löwendompteur mit Peitsche. Sie wollte ihren Respekt, aber mehr noch als das wollte sie, dass sie etwas für ihr eigenes Wohlergehen taten.

Zumindest hatte Sharons Unfall die Männer aufgerüttelt. Vielleicht konnte Wendy das zu ihrem Vorteil nutzen – sie dazu bewegen, sie und ihre Ideen ernster zu nehmen. Die Prüfung war in ungefähr zwei Wochen. Sie hatte noch Zeit, ein paar größere Veränderungen vorzunehmen … wenn sie die Männer nur mit ins Boot holen konnte.

Am Abend fuhr Wendy zu Sharon ins Krankenhaus in Karratha. Sie sah ziemlich blass und klein aus in dem verstellbaren Edelstahlbett. Carl und Lena waren im Zimmer und zufälligerweise auch gerade Annabel George. Schließlich arbeitete sie hier. Auf den ersten Blick schien sie sich auch äußerst professionell zu benehmen, schüttelte die Kissen auf und gab Sharon ihre Schmerzmittel. Trotzdem schienen alle erleichtert zu sein, als Wendy ihren Kopf zur Tür hereinstreckte.

»Na, wenn das nicht mein Schutzengel ist.« Sharon lächelte und versuchte, sich aufzusetzen. »Komm rein!«

»Jetzt übertreiben Sie es aber nicht mit dem Besuch«, schalt Annabel. »Ich möchte ja nicht, dass Daniel mich anruft und sich beschwert, dass ich seine Angestellten schlecht behandele.«

»Sharon arbeitet nicht für Daniel, ich meine *Dan*«, berichtigte Lena sie. »Sie arbeitet für Carl. Ich bin mir sicher, dass Dan nicht anruft.«

»Nein?«, fragte Annabel. »Vermutlich nicht. Er hat noch nie besonders viel über seine Gefühle geredet, stimmt's? Selbst als er mir den Antrag gemacht hat, hat er es nicht ausgesprochen. Er hat einfach einen Diamantring im Mousse au Chocolat versteckt, und ich konnte dann eins und eins zusammenzählen.« Sie lachte zärtlich bei dieser Erinnerung und legte sich eine Hand aufs Herz. »So eine magische Nacht, das kann ich Ihnen sagen.«

»Bitte nicht«, fuhr Wendy dazwischen, weil sie Lenas mordlustige Gedanken ahnen konnte. Wahrscheinlich hatte sie nicht gewusst, dass Annabel und Dan verlobt gewesen waren. Aber Wendy wollte nicht noch zwei Verletzte haben. »Ich meine, ich glaube, wir brauchen keine Details.«

»Keine Sorge«, entgegnete Annabel fröhlich und sagte dann an Sharon gewandt: »Ich bin in ein paar Stunden wieder da. Dann sollten die Besucher weg sein.«

»Gott sei Dank«, flüsterte Sharon, als sich die Tür hinter Annabel schloss. »Ich höre mir ungefähr genauso gern wie Lena Geschichten über ihre Vergangenheit mit Dan an.«

Wendy trat ans Bett und nahm Sharons blasse Hand in ihre. »Es tut mir so leid, dass dir das hier passiert ist.«

»Genau, weil es ja auch *deine* Schuld ist«, sagte Sharon sarkastisch und lächelte. »Ehrlich, du lädst dir zu viel auf deine Schultern, Sergeant.«

Zum ersten Mal nannte eine der Frauen Wendy bei ihrem Spitznamen. Aber es hörte sich nicht abfällig an wie bei den Jungs, sondern zeigte Sharons Bewunderung. Das rührte Wendy.

Um ihre Verlegenheit zu überspielen, erzählte sie von ihren Nachforschungen vom Vormittag und den Vorschlägen der Männer, die sie umsetzen wollte.

»Wie geht's meinem Bus?«, wollte Sharon wissen.

Wendy schürzte die Lippen. »Der ist in schlechter Verfassung, fürchte ich. Aber nichts, was ein Mechaniker nicht wieder hinkriegen würde.«

Sharon grinste. »Na ja, ich denke mal, ich habe jetzt frei, oder?«

Lena tätschelte ihre Hand. »Das ist die richtige Einstellung. Eine wohlverdiente Pause .«

Jetzt machte sich auch Carl bemerkbar, er knurrte und stand auf. Er fuhr sich mit den Händen durch die dunklen Haare. »Ich hätte sie gestern verdammt noch mal verlieren können!«

»Schatz.« Sharon streckte eine Hand nach ihm aus, und er wankte zu ihr und umfasste ihre Finger mit seiner großen Pranke. »Du verlierst mich niemals. Versprochen.«

Er drehte ihre Hand in seiner um und sagte ohne aufzusehen: »Dann sollten wir wohl verdammt noch mal heiraten.«

Alle im Zimmer hielten den Atem an. Erwartung lag in der Luft. Sogar Wendy spürte ihr Herz heftig schlagen. Carl sah halb auf, dunkelrot angelaufen, und blinzelte in das Gesicht seiner Liebsten.

»Carl Curtis, hältst du etwa um meine Hand an, während ich mit einem gebrochenen Bein im Krankenhaus liege?«

»Scheiß drauf!« Carl beugte sich vor und küsste sie auf die Stirn. »Du siehst wunderschön aus. Außerdem dachte ich, jede Frau will heiraten. Du etwa nicht?«

Sharon streckte die Hände aus und zog sein Gesicht zu sich heran. »Nur dich.«

Wendy und Lena traten ein paar Schritte vom Bett zurück, um dem Paar ein bisschen Raum zu geben.

»Wahrscheinlich weiß man es manchmal einfach, was?«, sagte Lena zaghaft. Auf ihrem Gesicht lag ein seltsamer Ausdruck.

»Wahrscheinlich«, antwortete Wendy langsam. Sie wusste, dass Lena an Dan und Annabel George und die fürchterliche Mousse-au-Chocolat-Geschichte dachte.

Wendy legte ihr eine Hand auf den Arm. »Lena …« Sie hatte etwas sagen wollen wie »Lass dich von ihr nicht verunsichern« oder »Das ist doch schon Jahre her«, aber Sharon kam ihr zuvor.

»Was hockt ihr denn da hinten in der Ecke? Kommt her und gratuliert mir!«

Das ließen sie sich natürlich nicht zweimal sagen.

Kapitel 12

Zum Glück war der Sonntag ohnehin als freier Tag vorgesehen, denn der Inspektor war noch nicht am Unfallort gewesen, und die Hälfte der Männer konnte nicht weiterarbeiten. Er hatte versprochen, gleich am Montagmorgen vorbeizukommen, und dafür war Wendy dankbar – so würde sie zumindest nicht ihren Plan fallen lassen müssen, zu Yabber nach Cossack zu fahren. Der Gedanke daran hatte die ganze Woche in ihrem Hinterkopf gebrodelt, und den Ausflug jetzt noch einmal aufzuschieben wäre furchtbar gewesen.

Sie war nervös, aber auch gespannt darauf, Yabber kennenzulernen. Es konnte das Ende ihrer Suche bedeuten – der mögliche Beginn einer neuen Beziehung und das letzte Kapitel im Buch ihrer Identität.

Sie würde die ganze Wahrheit herausfinden, und das konnte gar nicht früh genug geschehen.

Sonntagmorgen stand sie um sieben Uhr auf, um in der Kantine zu frühstücken, beschloss aber, Yabber besser nicht vor neun zu überraschen. Sie ging Laufen, um ein bisschen die Zeit totzuschlagen. Als sie gerade auf dem Rückweg war, sah sie Gavin vor seinem Donga sitzen. Spontan folgte sie einer Eingebung und lief zu ihm.

Sie hatten seit dem Unfall nicht wirklich miteinander gesprochen. Und nach allem, was sie zusammen durchgestanden hatten, wollte sie zumindest seinen Einsatz würdigen. Er war sehr mutig gewesen. Und auch wenn er sich oft unreif benahm, als es darauf angekommen war, war er da gewesen.

Sie verlangsamte ihr Tempo, als sie näher kam, weil sie mitbekam, dass er telefonierte. Sie hatte gerade weitergehen wollen, als etwas sie zurückhielt. Vielleicht war es sein Gesichtsausdruck.

Sie hatte schon Provokation in seinem Gesicht gesehen. Verschmitztheit. Arroganz. Sogar Verachtung.

Aber Zuneigung … Liebe … Schmerz … das waren Emotionen, von denen sie niemals gedacht hätte, dass sie sein Gesicht so bewegen würden. Sie konnte ihren Blick einfach nicht losreißen. Es war einer dieser seltsamen Momente, wie der Zwischenfall mit der Blauzungenechse, in denen sie das Gefühl hatte, sie würde einen Blick auf einen Mann erhaschen, von dem niemand sonst wusste, dass es ihn gab.

Als sie noch näher kam, konnte sie verstehen, was er gerade sagte. »Ja, kein Problem. Äh … Ich weiß nicht, was würden Sie empfehlen? Okay, dann Orchideen. Ja, einen ganzen Strauß … Können Sie ihn morgen liefern? Eine Karte … Äh, können Sie schreiben: *Liebe Kate, ich habe nie daran gezweifelt, dass Du es schaffen würdest. Alles Liebe, Du fehlst mir.* Nein, sie weiß schon, von wem es ist. Okay, danke. Tschüs.«

Er legte auf und saß einen Moment lang still da, auf die Dongas vor sich blickend, ohne Wendy wahrzunehmen.

Wer um alles in der Welt ist Kate?

»Also, Sarge«, hörte sie seine gedehnte Stimme, »sagst du jetzt hallo oder schleichst du dich wieder weg?«

Ihr wurde ganz heiß vor Verlegenheit. Sie hustete und suchte panisch nach Worten, die ihr aber im Halse steckenblieben.

»Ich wollte mich nur erkundigen, wie es deiner Hand geht«, sagte sie schließlich. »Nach dem Unfall ging alles so drunter und drüber, und da wusste ich nicht, ob du beim Arzt warst und es genäht wurde oder so.«

Er hielt seine bandagierte Hand hoch. »Ein paar Stiche. Sonst nichts.«

»Du warst ganz schön mutig.«

Er lächelte zaghaft, als wäre er nicht an Komplimente gewöhnt. Schließlich sagte er: »Du auch.«

Aus irgendeinem Grund wollte Wendy das Gespräch noch nicht beenden. »Ich, äh … ich dachte, du gehst heute fischen.«

»Und ich dachte, du würdest zu Yabber fahren.«

»Mache mich gleich auf den Weg.« Sie nickte und hatte das Gefühl, als hätte er ihr eine Abfuhr erteilt.

»Hey, Sarge.«

Sie schaute sich noch einmal um. »Ja?«

Er sah sie ernst an. »Viel Glück.«

Sie lächelte, seltsam aufgeheitert durch seine guten Wünsche. »Danke.«

Cossack lag nur fünfzehn Minuten von Wickham entfernt direkt an der Mündung des Harding River. Die Stadt selbst war kaum größer als ein Dorf und zum großen Teil verlassen. Es lag eine nostalgische, fast gespenstische Stimmung in der Luft, und Wendy bekam sofort Lust, auf Entdeckungstour zu gehen. Es standen einige historische Gebäude auf der flachen steinigen roten Erde, nur hier und da wuchs ein Busch. Ein zweistöckiges Gerichtsgebäude mit weißen Steinsäulen und einer breiten Veranda zeugte von den vergangenen einflussreichen Zeiten der Stadt, auch wenn das Gefängnis aus Steinmauern und das Polizeirevier daneben sicherlich auf eine raue Gesellschaft hindeuteten.

Im Stadtzentrum standen noch einige weitere historische Bauten. Ein Postamt, ein Telegraphenamt und eine Schule. Wendy schlenderte herum, um sich noch etwas die Zeit zu vertreiben, und machte dann auch den obligatorischen Spaziergang zum Friedhof, einer der Mittelpunkte der Stadtgeschichte.

Er war in zwei Bereiche unterteilt, einer für die europäischen Siedler und einer für die japanischen Perlentaucher, die entweder auf See verschwunden oder beim Tauchen ertrunken waren. Im europäischen Teil sah sie das Grab einer Zehnjährigen, die an Tetanus gestorben war.

Aber sie war hierhergekommen, um ihre eigene Geschichte zu entdecken. Also ging sie zu ihrem Auto und fuhr zum Ortseingang zurück, wo sie beim Hereinfahren Hectors baufälliges Bed and Breakfast gesehen hatte. Es konnte auf jeden Fall eine Renovierung vertragen. Der alte Schuppen neben dem Haupthaus sah aus, als würde er sich noch vom letzten Zyklon erholen. Das Haus an sich war aus Backstein und wirkte stabiler, war aber wahrscheinlich schon so alt wie Hector selbst.

Zögerlich stieg sie aus. Sie war vor Nervosität ganz flatterig. War er ihr Vater? Würde er verärgert über ihren Besuch sein? Enttäuscht?

Oder einfach nur schockiert?

Bis jetzt hatte sie sich keine Gedanken darüber gemacht, welche Auswirkungen ihr Besuch auf sein Leben und das seiner Familie haben konnte. Wenn es ein Schock für Wendy war, zu erfahren, dass sie Geschwister hatte, dann wäre es das auch für Yabbers Kinder. Und vielleicht auch für seine jetzige Frau oder Partnerin.

Sie wollte auf gar keinen Fall einer anderen Familie Probleme bereiten. Sie wusste aus erster Hand, wie viel eine Offenbarung wie diese zerstören konnte. Sie würde sich also bedeckt halten, wenn sie mit ihm sprach. Sie musste nichts preisgeben, solange sie nicht sicher war.

Sie schlug die Autotür zu und stopfte die Hände in ihre Jeanstaschen.

Fass dir ein Herz und tu es einfach.

Sie warf die Haare zurück und marschierte entschlossen über die mit Schlaglöchern übersäte Auffahrt zur Eingangstür. Es war nicht abgeschlossen, und an einem Nagel an der Tür hing ein Schild.

Wir haben geöffnet, treten Sie ein.

Sie zog die quietschende Fliegengittertür auf und ging hinein. Ein langer Holztresen, darauf ein uralter Tischventilator, an dem Bänder flatterten, diente als Empfang. Und anstelle eines Rezeptionisten gab es deutlich sichtbar eine Klingel mit einem *Bitte klingeln*-Schild.

Wendy klingelte und unterdrückte das Bedürfnis, an den Fingernägeln zu kauen.

Sofort kam eine Frau aus dem Hinterzimmer herbeigeeilt und wischte sich die Hände an einem Geschirrtuch ab, als wäre sie gerade in der Küche gewesen. Sie hatte einen gewaltigen Busen und lächelte über das ganze Gesicht. Wären da nicht ihre schwarzen Locken gewesen, dann hätte man sie für die Frau vom Weihnachtsmann halten können.

»Hallo, meine Liebe, wollen Sie ein Zimmer mieten?«

»Äh, nein, danke«, antwortete Wendy. »Ich würde gerne mit Hector sprechen. Hector Warner. Ist er da?«

»Ist er.« Ihre rosa Wangen schienen sich noch dunkler zu färben. »Er ist gerade draußen und raucht eine. Und wer sind Sie?«

»Ich ... ich ...« Wendy verdrängte entschlossen ihre Anspannung. »Ich bin aus dem Camp in Wickham. Ich arbeite auf dem Anleger in Cape Lambert. Wendy ist mein Name.«

Die Augen der Frau leuchteten auf. »Da wird er sich freuen, Nachrichten vom Anleger. Sie wissen ja bestimmt, wie gern Yabber ein Schwätzchen hält. Hier gibt's ja leider nicht so viele Leute zum Reden außer mir.«

»Und Sie sind ...?«, fragte Wendy vorsichtig nach.

»Seine Frau.« Sie strahlte Wendy an und hielt ihr die Hand hin. »Linda Warner, freut mich sehr. Kommen Sie mit?«

»Ja.« Wendy war froh über die kurze Gesprächspause, und versuchte sich zu sammeln. Die ältere Frau führte sie durch eine zweite Tür quer durchs Haus bis in den Garten. Wendy konnte sehen, dass sie hier und da schon mit der Renovierung begonnen hatten. Als sie durch die Schiebetür nach draußen ging, entdeckte sie einen Mann mit dem Rücken zu ihr, der auf einer alten Parkbank im Schatten eines großen Eukalyptusbaumes saß. Er hatte die übereinandergeschlagenen Beine unter einem Tischchen ausgestreckt, auf dem eine dampfende Tasse stand.

Sie blickte sich in dem heruntergekommenen Garten mit seiner roten Erde, der kargen Bepflanzung und den hier und da herumliegenden Renovierungsutensilien um. Sie konnte nicht anders, als das Chaos mit ihrem eigenen Leben zu vergleichen. Kein klares Muster, kein eindeutiger Weg. Das reinste Durcheinander.

Als sie sich Yabber näherte, bemerkte sie als Erstes, dass er rote Haare mit ein paar grauen Strähnen darin hatte. Das hatte sie nicht erwartet. Er sah auf, als seine Frau den unebenen Steinpfad entlangging, der über den von Unkraut überwucherten Rasen führte.

»Hallo, Schatz«, sagte Linda, »kennst du dieses Mädchen hier?«

Er zwinkerte Wendy zu. »Hätte nichts dagegen. Wie heißt du, Mädel?«

Sie hatte auch keinen starken schottischen Akzent erwartet. Linda jedoch schien definitiv Australierin zu sein.

Wendy räusperte sich. »Ich bin Wendy. Wir haben uns nie kennengelernt«, erklärte sie, »aber ich, äh ... ich habe von Ihnen in Cape Lambert gehört.«

»Ach, tatsächlich?« Hector blickte sie interessiert an. »Was denn?«

»Na ja ...« Sie holte tief Luft. »Ihr Name kam mir bekannt vor, und ich glaube, dass Sie vielleicht meine Mutter kennen.«

Seine Frau, die gerade gehen wollte, blieb nun stehen. »Wirklich? Wie hieß sie denn?«

»Helen. Helen Padbury war ihr Mädchenname.«

Er runzelte die Stirn. »Kommt mir nicht bekannt vor.«

»Es ist nur«, Wendy warf seiner Frau einen Blick zu, »dass sie ziemlich oft, äh ... von einem Hector gesprochen hat, den sie mal kannte.«

Yabber schüttelte den Kopf. »Wann soll das gewesen sein?«

»Vor ungefähr neunundzwanzig Jahren«, antwortete Wendy nervös.

»Hat sie in einem Pub in Edinburgh gearbeitet?«, wandte sich Yabbers Frau an Wendy.

»Edinburgh?« Wendy war einen Moment lang verwirrt. »Meine Mutter lebt in Perth, seit über dreißig Jahren.«

Linda schien erleichtert aufzuatmen. »Dann haben Sie definitiv den falschen Mann. Yabber ist erst seit fünfzehn Jahren in Australien. Wir haben in Schottland geheiratet, alle unsere fünf Kinder wurden dort geboren. Dann wollte ich den Kindern meine Heimat zeigen, und so sind wir hergezogen.« Sie lächelte bei dem Gedanken daran. »Es sollte eigentlich nur vorübergehend sein, aber Yabber hat sich in das Land verliebt – da wollte er nicht mehr zurück.«

»Warte mal einen Moment.« Yabber setzte sich auf. »Was geht hier vor? Was meinst du damit, ich bin der falsche Mann?«

Linda verdrehte die Augen. »Ach, um Gottes willen, Yabber. Begreifst du nicht, dass das Mädchen hier glaubt, du seist ihr Vater?«

»Ich …«, setzte Wendy an. Hectors Frau war nicht auf den Kopf gefallen.

Doch Yabber hielt sich den ausladenden Bauch und fing laut an zu lachen, ein dunkles Lachen, das tief unten in seinem Bauch begann und sich dann bis in die Lungen vorarbeitete.

»Es tut mir so leid, Liebes«, entschuldigte Linda sich für ihren Mann. »Er war schon immer so taktlos.«

Yabber stand auf und legte Wendy eine Hand auf die Schulter. »Ist aber eine ganz schön schmeichelhafte

Theorie. So ein hübsches Ding wie du. Wer würde da nicht sagen wollen, das ist meine? Das erzähle ich noch, bis ich sterbe.« Sein Bauch bebte erneut unter einem leise grollenden Lachen.

Eine Anekdote? Ein Witz?

Wendy sah nach unten, als eine Welle Übelkeit sie zu erfassen drohte. Sie konzentrierte sich auf seine Füße. Erst jetzt bemerkte sie, dass sie in Flipflops steckten. Alle zehn Zehen waren da. Kein Anzeichen von der Verletzung, von der ihre Mutter gesprochen hatte ... Tränen brannten ihr in den Augen. Sie bemühte sich, sie wegzublinzeln. Sie fühlte sich nicht nur enttäuscht – ein bisschen Erleichterung war definitiv auch dabei. Trotzdem hatte sie keine Lust, vor den beiden zusammenzubrechen.

»Tut mir leid, dass ich Sie gestört habe.« Sie trat unbeholfen von einem Fuß auf den anderen. »Ich gehe dann mal lieber wieder.«

»Ach, meine Liebe«, protestierte Linda, »Sie sehen aus, als könnten Sie ein heißes Getränk vertragen. Kann ich Ihnen etwas anbieten?«

»Nein, nein«, wehrte Wendy ab. »Ich werde mich auf den Weg machen.«

»Tut mir wirklich leid, Mädel. Ich wollte nicht ...«

Sie konnte Yabbers Stimme noch hinter sich hören, als sie den Pfad entlangstolperte. Aber ihr einziger Gedanke war nur noch, dass sie so schnell wie möglich hier wegwollte.

Sie war hergekommen, um die Wahrheit herauszufinden. Doch die Wahrheit war, dass es hier nichts herauszufinden gab.

Am ganzen Leib zitternd, kam sie wieder auf der Straße an. Ihr gelang es, die Schlüssel hervorzukramen, und sie setzte sich ins Auto und schlug die Tür zu. Heftig drehte sie den Schlüssel im Zündschloss.

Der Wagen keuchte einmal kurz auf und wurde dann wieder still.

Nein, nicht jetzt.

Es war doch wirklich zu symbolisch, dass sich hier in dieser Geisterstadt nicht nur ihre letzte Spur im Sand verlief, sondern sich auch ihre Autobatterie endgültig verabschiedete.

Wendy stieg aus, lehnte sich ans Auto, schloss die Augen und streckte das Gesicht der Sonne entgegen. Sie atmete tief ein und aus, bis die Panik in ihrer Brust abklang und ihr Puls sich beruhigt hatte. Ja, sie hatte einen Rückschlag erlitten, aber das hieß noch lange nicht, dass sie am Straßenrand zusammenbrechen durfte. Sie nahm ihr Handy aus der Tasche. Zumindest zitterten ihre Hände nicht mehr. Sie hatte sowohl Chubs als auch Carls Nummer gespeichert, doch bei beiden erwischte sie nur die Mailbox. Vermutlich schliefen beide heute aus.

Es gab nur noch einen Menschen, den sie um Hilfe bitten konnte. Mit einem Seufzer ging sie zurück zu Yabbers Haus.

»Tut mir leid, aber mein Auto ist gerade in der Werkstatt.« Yabber breitete entschuldigend die Arme aus. »Kann ich irgendjemand anderen vom Camp anrufen?«

»Haben Sie Lena Todds Nummer?«

»Lenas nicht.« Sein Gesicht leuchtete auf. »Aber Gavins habe ich wahrscheinlich noch gespeichert.«

Na großartig.

Gavin würde die Situation voll ausnutzen.

»Haben Sie vielleicht noch eine andere Nummer?« Sie runzelte die Stirn.

Er überlegte. »Von ein paar Leuten die Büronummer. Aber da wird niemand in den Büro-Dongas sein, wenn ihr heute alle freihabt.«

Wendy nickte resigniert. »Sie haben recht. Könnte ich seine Nummer bekommen? Dann rufe ich ihn selbst an.«

Er suchte Gavins Nummer auf seinem Handy und sagte sie ihr. Sie speicherte sie ab, bedankte sich und ging wieder hinaus zu ihrem Auto. Halb betete sie, dass Gavin nicht abnehmen würde, aber nach dem fünften Klingeln ging er ran.

»Hallo?«

»Gavin, hier ist Wendy.«

»Na so was, Sarge.« Der übliche in die Länge gezogene Tonfall. Sie schaute zum Himmel. »Vermisst du mich schon? Du bist doch erst seit ein paar Stunden weg.«

Sie biss die Zähne zusammen. »Ich habe da ein kleines Problem.«

Zu ihrer Überraschung verlor seine Stimme jeglichen neckenden Unterton. »Geht's dir gut? Du bist nicht verletzt, oder?«

Beinahe wollte sie »doch« sagen, nur um zu sehen, wie er reagieren würde. Mit seiner unmöglichen Art holte er wirklich das Schlimmste aus ihr heraus.

»Nein, mir geht's gut. Aber mein Auto springt nicht an.«

»Hat die Batterie endgültig den Geist aufgegeben?«

»Ja. Könntest du mich vielleicht abholen? Ich zahle dir auch eine Tankfüllung als Dankeschön für deine Mühe.«

»Für meine Mühe.« Seine Stimme war wieder zu einem dunklen, sexy Murmeln geworden, und sie bekam ganz weiche Knie.

»Ja, das scheint mir doch das mindeste, was ich tun kann.«

»Warum hast du bloß die Einstellung, dass niemand etwas einfach so machen würde?«, wollte er verärgert wissen.

Weil niemand das tut. Plötzlich fühlte sie sich ganz hilflos, und der Gedanke an ihre erfolglose Mission hier machte es nur noch schlimmer. Wieder brannten ihr die Tränen in den Augen, und sie spürte einen Kloß im Hals. *Ach Mist! Was für ein idealer Zeitpunkt, um weinerlich zu werden! Reiß dich zusammen.*

»Ich weiß nicht, was du meinst«, brachte sie gerade noch hervor.

»Hör zu, Wendy«, sagte Gavin jetzt wieder mit weicher Stimme, »ich fahre sofort los. Du bist noch bei Yabber, oder?«

»Ja«, flüsterte sie, aber da hatte er bereits aufgelegt. Langsam ließ sie das Telefon sinken. *Ach, was soll's.*

Sie heulte und schluchzte und ließ die Tränen über ihr Gesicht laufen.

Doch es half. Sie fühlte sich erleichtert und war zumindest dankbar dafür, dass niemand sie in diesem schwachen Moment gesehen hatte.

Nach ungefähr zwanzig Minuten fuhr Gavin vor und hielt neben ihr. Sein besorgter Gesichtsausdruck und seine große, männliche Gestalt lösten eine Sehnsucht in ihr aus, die sie nicht unterdrücken konnte.

Sie ging um ihren Wagen herum zu ihm. Seine Haare fielen ihm sanft in die Stirn, und er wirkte so aufgeschlossen, dass Wendy ihm beinahe an Ort und Stelle in die Arme gefallen wäre.

»Wie geht's dir?«, begrüßte er sie.

»Okay«, erwiderte sie vage. »Es ist ein schöner Tag, und du warst ganz schön schnell.«

Er sah sie merkwürdig an, und ihr fiel ein, dass ihre Augen vielleicht noch rot waren vom Weinen.

Verdammt!

»Sicher, Sarge? Du siehst ein bisschen ...«

»Ach das.« Sie zeigte mit dem Finger auf ihre Augen. »Heuschnupfen. Manchmal kommt das ganz plötzlich.«

Gavin schaute sie skeptisch an. Er war eindeutig nicht zufrieden mit dieser Erklärung, ließ es aber auf sich beruhen. »Ich dachte mir, wir versuchen es mit Starthilfe. Ich habe Überbrückungskabel bei mir im Pick-up.«

»Okay.«

Er öffnete beide Motorhauben und holte die Kabel aus seinem Wagen. Wendy sah ihm schweigend und dankbar zu, wie er mit gerunzelter Stirn ihre Batterie mit seiner verband. »Weißt du, Sarge, du hättest sie wirklich schon vor Monaten auswechseln lassen sollen. Warum hast du das nicht getan?«

»Keine Ahnung ...«

»Aber du hast doch schon seit einer ganzen Weile Probleme beim Starten.«

»Ja, aber irgendwie war es nie dringend genug.« Sie zuckte mit den Schultern.

Alles andere in ihrem Leben schien immer Vorrang zu haben. Ständig war sie kurz davor, ihren Vater ausfindig zu machen, dann hatte sie sich einarbeiten müssen, dann Sharon im Krankenhaus besuchen, oder sie war einfach zu verdammt müde. Und das Auto war etwas, was warten konnte. Zumindest dachte sie das.

Gavin startete seinen Motor und versuchte dann, ihren in Gang zu bringen. Er heulte einmal kurz auf, und zwei Sekunden lang gab das Wendy Hoffnung, doch dann gab er wieder den Geist auf. Nach mehreren Anläufen mussten sie sich geschlagen geben. Gavin klemmte die Kabel wieder ab und wickelte sie über dem Arm auf.

»Tut mir leid, Wendy, ich muss eine neue Batterie kaufen fahren, und dann komme ich wieder her und setze sie dir ein. Ich kenne eine Werkstatt in Dampier, die heute aufhat.«

»Ich kann dich unmöglich bitten, das zu tun.«

»Hast du ja auch nicht.«

Sie rang die Hände. Ihr gefiel es nicht, wenn sie jemandem verpflichtet war. Das machte sie verletzlich, und das konnte sie nicht gebrauchen. Vor allem nicht heute, wo sie sich schon elend genug fühlte.

»Wendy, was ist denn los?«

Sie sah auf und hoffte, dass ihr Lächeln nicht zu aufgesetzt wirkte. »Am Ortseingang gibt's eine Tankstelle. Ich mach dir deinen Tank voll.«

Er stellte sich neben sie und warf die Kabel auf die Ladefläche seines Pick-ups. »Mein Tank ist voll.«

»Dann lad ich dich zum Mittagessen ein. Wie wär's mit einem Sandwich?«

»Hab grad gegessen.«

»Okay, dann vielleicht einen Sechserträger?«, schlug sie verzweifelt vor. »Wir könnten noch beim Getränkeladen anhalten.«

»Marvin hat mich gerade mit Bier versorgt.« Seine

Augen begannen seit seiner Ankunft hier zum ersten Mal verschmitzt zu funkeln.

Sie verschränkte die Arme und sah zu Boden. »Was willst du, Gavin?«

Er sagte nichts, und dann legte er ihr mit einem Seufzen die Hände auf die Wangen und hob ihr Gesicht sanft an, so dass sie nicht anders konnte, als ihm in seine dunklen, unendlich tiefen Augen zu sehen. Einen fürchterlichen, verrückten Augenblick lang dachte sie, er würde sie wieder küssen. Das Herz schlug ihr bis zum Hals. Ungläubig schaute sie ihn an, und ganz automatisch legten sich ihre Hände auf seine, die noch ihr Gesicht umschlossen.

»Nein«, flüsterte er, »das wäre zu einfach.«

Er ließ sie los und verkündete: »Ich will deine Meinung zu einem Kunstwerk.«

»Was?« Sie fing an zu stammeln. »Du willst … was?«

»Hast du ein Auge für Farben?«

»Nein.«

Er rieb sich die Hände. »Ich auch nicht. Deswegen hat bei mir auch jedes Bild den gleichen Farbton.«

»Wovon redest du?«

Er verschränkte die Arme. »Entschädigst du mich jetzt für meine Mühe oder nicht? Es liegt auf dem Weg nach Dampier, wir kommen also eh daran vorbei.«

Sie musterte ihn, konnte aber nichts in seinem Gesicht lesen. »Ich … okay.«

»Na, dann komm.« Er trat einen Schritt zurück und hielt die Wagentür auf. »Ich hab nicht den ganzen Tag Zeit.«

Sie verdrehte die Augen. Er genoss ihre Verwirrung

offensichtlich, also setzte sie eine ausdruckslose Miene auf. »Na gut.« Sie kletterte in den Wagen und legte die Hände in den Schoß. »Ich sehe mir dieses Kunstwerk an.«

»Wunderbar.« Er schlug die Tür zu und ging um den Pick-up herum auf die Fahrerseite.

Dampier lag nur eine Stunde Autofahrt entfernt. Wendy machte sich also keine Sorgen, dass sie nicht rechtzeitig zum Abendessen wieder im Camp sein würde. Es war ein herrlicher Tag. Die Landschaft flog an ihnen vorbei, als der Pick-up über die Straße brauste, und irgendwie beruhigte sie das.

Gavin hatte sein Handy in eine Halterung auf dem Armaturenbrett gepackt. Es brummte kurz auf, und Wendy sah, dass eine SMS von jemandem namens Janet angekommen war.

Gavin bemerkte ihren Blick, griff zum Telefon und schaltete es aus.

Sie schaute wieder aus dem Fenster. Wie viele Frauen hatte Gavin wohl in seinem Leben, von denen sie nichts wusste? Um Himmels willen, sie wusste ja, dass er ein Charmeur war, aber das hier war doch vollkommen absurd.

Blumen für Kate.

Nachrichten von Janet.

Hatte er auch irgendwo eine Ehefrau versteckt?

»Du hast wieder diesen missbilligenden Blick«, scherzte er. »Ich wüsste nur zu gerne, was da in deinem Kopf vorgeht.«

Sie betrachtete sein markantes Profil. Vielleicht hatte er über das ganze Land verstreut irgendwelche Sachen am Laufen. Gavin war so ein Typ, und laut Lena und

Sharon hatte er es bei jeder Frau hier versucht. Vielleicht war das einfach sein Ding. Vielleicht …

»Kannst du bitte aufhören, mich so anzusehen?«

Sie schrak zusammen. »Wie denn?«

»Als würdest du mich ausnehmen und an die Möwen verfüttern wollen.«

»Keine schlechte Idee«, murmelte sie.

»Meine Güte, Wendy«, er verkrampfte die Finger um das Lenkrad. »Du bist ganz schön empfindlich.«

»Du auch.«

»Da ist was dran.« Er hielt kurz inne. »Also, was hast du mit Yabber zu tun?«

»Nichts.« Das war die Wahrheit. Gavin konnte ihr nicht vorwerfen, dass sie log.

»Du wirst schon genauer sein müssen.«

»Ich dachte, wir wären verwandt«, sagte sie mit einem Seufzen. »Sind wir aber nicht.«

»Verstehe.«

Nichts verstand er, doch sie würde ihn auch nicht aufklären. Sie ging stattdessen zu einem ungefährlicheren Thema über – seine Arbeitserfahrungen. Er warf ihr einen kurzen, amüsierten Blick zu, war dann aber so nett, sie mit Geschichten von vergangenen Anstellungen in Tom Price, Paraburdoo, Port Headland und Marble Bar zu unterhalten. Gavin hatte seine Karriere jedenfalls in den letzten fünf Jahren ordentlich vorangebracht, die Stellen mit Bedacht ausgewählt und sich rasch hochgearbeitet. In ein paar Jahren wäre er ein Carl, und bis dahin wahrscheinlich noch unerträglicher. Bei dem Gedanken musste Wendy lächeln.

»Hey«, unterbrach sie ihn, »auf dem Schild steht, dass es dort lang nach Dampier geht.«

»Das Kunstwerk ist hier lang«, informierte er sie.

Sie sah ihn zweifelnd an. »Tatsächlich?«

»Wirst schon sehen.«

Sie bogen in die Burrup Road ein und schienen auf eine Halbinsel hinauszufahren. Gavin hielt den Wagen am Strand an, und Wendy sah ehrfürchtig durch die Windschutzscheibe.

»Wo sind wir hier?« Sie hatte vor zwei Jahren auf dem Anleger in Parker Point ganz in der Nähe gearbeitet und war aber nie auf die Idee gekommen, hierherzufahren.

Die Landschaft war voller Gegensätze: Da waren das knallblaue Meer und der weiße Sand, die es mit einer paradiesischen Südseeinsel aufnehmen konnten. Doch rund um die Küstenlinie erhoben sich sanfte Hügel mit in allen Rottönen schillernden Felsen, von flammendrot wie Eisenerz bis zu sanft pfirsichfarben. Als hätte Gott eine Handvoll Geröll in kleinen Ansammlungen über das Land verteilt. Hier und da ragte ein Busch zwischen den scharfen Felskanten hervor, der sich durch die kargen Felsen gekämpft hatte.

»Das ist eine heilige Stätte der Aborigines. Manche nennen es das australische Stonehenge«, erklärte ihr Gavin.

Als sie aus dem Auto stiegen, entdeckte Wendy Wallabys auf den zerklüfteten Felsen, die sie selbst nur schwer erklimmen könnte. In kleinen Grüppchen hüpften die Beuteltiere wie mausgrau gefärbte Miniaturkängurus herum.

»Komm«, forderte Gavin sie auf und nahm ihre Hand. »Lass uns einen Spaziergang machen.« Sie widersetzte sich nicht, als er sie von der Küste weg und in eine kleine Schlucht führte, offenbar ein ausgetrocknetes Bachbett. Die Steine waren glatt poliert und der Sand dazwischen ganz fein.

»Sieh dir diese Felsen an.«

Gavin deutete auf die Hänge rechts und links von ihnen, und Wendy begriff schließlich, was für ein Kunstwerk er ihr hatte zeigen wollen. Die roten Felsen waren von Hunderten kreideartiger Zeichnungen bedeckt, die eine ganz eigene Geschichte erzählten. Echsen, Kängurus, Schlangen, Füße und Hände von Menschen und Tieren. Bilder von Aborigines mit Speeren, manche allein, manche in Gruppen. Sie gingen weiter das trockene Flussbett hinauf, wo immer mehr Erinnerungen auf Stein festgehalten worden waren.

»Es ist wunderschön.« Wendy war überwältigt.

Ein schiefes Lächeln umspielte Gavins Mund, als er sie ansah. »Dachte mir, dass es dir vielleicht gefallen würde.«

Sie drehte sich um die eigene Achse und verfolgte das Schauspiel, das die Zeichnungen ihr boten. »Kommst du oft hierher?«

»Wann immer ich Ruhe brauche.«

Langsam dämmerte es ihr. »Und du dachtest, das könnte ich heute auch gebrauchen?«

Er zuckte mit den Schultern. »Ja.«

Heute war sie schon zum zweiten Mal in der Zeit zurückgegangen. Zuerst in Cossack, als sie die ersten Schritte der frühen Siedler nachgegangen war. Und jetzt hier, inmitten dieser prachtvollen archäologischen Sammlung von Felsmalerei, wo die Ureinwohner ihre ersten Aufzeichnungen fast vergessener Zeiten erschaffen hatten.

Ihre eigene Geschichte hatte sie zwar noch nicht entdeckt, aber dafür etwas anderes.

Das Leben ging weiter.

Ob nun mit ihr oder ohne sie.

Sie konnte sich verstecken. Oder sie konnte daran teilnehmen und eine Vergangenheit hinter sich lassen, die ohnehin nichts von ihr wissen wollte. Sie schaute Gavin an. Er hatte ihr etwas gegeben, was sie nicht für möglich gehalten hätte. Sie trat auf ihn zu. Er stand vollkommen reglos da und sah sie durch halb geschlossene Augen an. Ohne nachzudenken, folgte sie einfach ihrem Instinkt und warf all ihre Vorsicht über Bord. Sie legte ihm die Hände auf die Brust, ließ sie nach oben über seine Schultern gleiten und verschränkte sie dann in seinem Nacken. Sie lehnte sich an ihn, und jede ihrer Rundungen schmiegte sich ganz von allein an seinen Körper, wie zwei Zahnräder, die ineinander passten.

»Danke«, sagte sie, schloss die Augen und versiegelte seine Lippen mit einem Kuss.

Kapitel 13

Gavin dachte nicht nach.

Er reagierte einfach nur.

Dieser Kuss unterschied sich in allem von dem, den er sich so schamlos gestohlen hatte. Das war nicht einfach ein Anfachen der Lust. Auch kein verzweifelter Versuch, sich abzulenken. Hier offenbarte ihm eine Frau ihre ganze Seele.

Und sie hielt nichts zurück. Er spürte, wie ihr Vertrauen und ihre Zärtlichkeit ihn ebenso umhüllten wie ihre Arme. Sie hatte keine Angst, machte sich keine Sorgen. Sie schmiegte ihren Körper an seinen, und Gavin spürte, wie sie miteinander verschmolzen.

Gott, vergib mir.

Was sie ihm schenkte, war so aufrichtig, es machte ihn machtlos. Obwohl er sich vor kurzem erst geschworen hatte, sie auf Abstand zu halten, konnte er nicht widerstehen.

Zur Hölle mit dem Abstand!

Er zog sie noch fester an sich. Ihre Münder vereinten sich immer heftiger, fordernder. Er schob seine Finger in ihr Haar, umfasste ihr Gesicht, wollte ihr hitziges Verlangen im Zaum halten, wurde sanfter, obwohl sein Herz und sein Körper vor Sehnsucht nach mehr schmerzten.

Ich kann das nicht.

Er löste sich von ihr, ihr Gesicht noch in seinen Händen, und sah, wie sich ihre Augen langsam öffneten, als würde sie gerade aufwachen.

»Was ist los?«, flüsterte sie mit ihrem süßen, schüchternen Lächeln auf den Lippen. »Habe ich etwas falsch gemacht?«

Seine Stimme klang rau. »Nein.«

Das Problem war, dass alles an ihr zu *richtig* war. Zu perfekt, in jeder Hinsicht. Er musste verrückt gewesen sein, zu denken, dass er eine flüchtige Affäre mit dieser Frau haben könnte und unbeschadet davonkommen würde.

Eine Beziehung mit Wendy konnte man nicht so mir nichts, dir nichts eingehen. Sie war jemand für eine dauerhafte Sache, und Gavin wusste, würde er auch nur einen Schritt in diese Richtung gehen, er wäre verloren. Und deswegen musste er sie loslassen. Ironischerweise war das nur zu ihrem Besten.

Hätte sie es doch vorher gewusst.

Er ließ die Hände sinken, und in ihren Augen sah er Überraschung und Kränkung aufflackern. Ihn brachte es um, sich aus ihrer Umarmung zu lösen. Doch er setzte seine verfluchte großspurige Maske wieder auf, hinter der er sich so gern versteckte, nahm ihre Hand und führte sie an seine Lippen. »Komm, wir sollten die Batterie für dich besorgen.«

Bevor sie etwas erwidern konnte, zog er sie schon mit sich an den Felszeichnungen vorbei und über die Steine. Die Zeichnungen spendeten ihm jetzt keinen Trost mehr, sondern schienen ihn anklagend wie kleine Kobolde anzuspringen. Sie verließen das Flussbett, gingen über den Strand und kamen wieder beim Wagen an.

»Gavin, nicht so schnell«, bat Wendy atemlos.

Er verlangsamte sein Tempo, drehte sich aber nicht um. Er wollte nicht sehen, wie sie atemlos und errötet hinter ihm ging. Er war auf dem Rückzug. Er musste das hinter sich bringen.

Komm schon! Es war doch nur ein kleiner Kuss. Reiß dich zusammen.

Er öffnete die Wagentür und ließ ihre Hand los. »Steig ein.«

Sie funkelte ihn an, tat aber wie ihr geheißen, und er ging um den Wagen herum auf die Fahrerseite. Kaum war er jedoch eingestiegen, fing sie an zu reden. Auf einmal wünschte er, er säße nicht mit der Frau seiner Träume mitten im Nirgendwo.

»Du hast gesagt, ich hätte nichts falsch gemacht.«

»Hast du auch nicht.« Er ließ den Motor an.

»Kann ich so schlecht küssen?« Sie klang kleinlaut.

Er trat unkontrolliert auf das Gaspedal, und sie rasten in einer Staubwolke davon.

»Nein.«

»Um Himmels willen, Gavin, rede mit mir. Das macht mich noch wahnsinnig.«

»Ich glaube bloß«, sagte er langsam, »als Kollegen … wäre es keine gute Idee, wenn wir zusammenkämen.«

Obwohl er sie nicht ansah, spürte er ihren ungläubigen Blick.

»Und das von dem Mann, der seit meiner Ankunft hier mit mir geflirtet hat? Ich verstehe dich nicht. Was hat sich geändert?«

Verdammt noch mal alles. Er hustete und flüchtete sich in seine übliche Abwehrhaltung. »Ich habe nur das Gefühl, dass du die Regeln nicht verstehen würdest.«

»Welche Regeln?« Ihre Stimme klang so verletzlich, so zart, er hielt ihr kaum stand.

»Was willst du, Wendy? Sex?« Die Worte wollten ihm kaum über die Lippen, doch er zwang sich dazu, sie auszusprechen. Sie musste diese grausamen Worte hören. »Ein paar nette Nummern bei mir oder bei dir im Donga, bis ich keine Lust mehr auf deinen Körper habe und wir uns bei der Arbeit aus dem Weg gehen?«

»Was?«

»Du weißt doch, dass ich nichts Verbindliches will. Und schon gar keine Beziehung.«

»Ich weiß … ich dachte nur …«

»Was?« Er umklammerte das Lenkrad und flehte innerlich, ja schrie es beinahe, dass sie es nicht sagen würde.

»Ich dachte nur«, sie kam ins Stocken und schluckte, »dass sich die Dinge vielleicht geändert hätten.«

»Wieso sollten sie das?«, wollte er wissen. Es war eine Herausforderung an sie, ihre Gefühle zu offenbaren. Ihm zu sagen, dass er verrückt war. Dass da etwas zwischen ihnen war, das er nicht leugnen konnte. Mehr als nur eine schnelle Nummer im Dunkeln. Kein One-Night-Stand und auch keine bedeutungslose Affäre, sondern etwas Echtes, Greifbares und so Besonderes, dass allein der Gedanke daran ihn erbeben ließ.

Lass dich nicht in die Falle locken, Wendy.

Zu seiner Erleichterung schaute sie nun aus dem Fenster, so dass er ihr Gesicht nicht sehen konnte. »Ach, egal.«

Braves Mädchen.

Wenn er sich auf eins bei ihr verlassen konnte, dann war es ihre Selbstachtung.

Er umklammerte immer noch das Lenkrad. Er sollte eigentlich erleichtert sein, froh darüber, dass sie in Sicherheit war. Und doch ärgerte er sich nur über sich selbst.

Es gab Dinge im Leben, die er niemals haben konnte. Und Wendy gehörte jetzt dazu. Er biss die Zähne so fest zusammen, bis ihm die Kiefer schmerzten.

In Dampier wartete er im Auto auf sie, während sie eine neue Batterie kaufte. Er vermutete, dass sie den Abstand gebrauchen konnte. Wenn es irgendwie möglich gewesen wäre, zu Fuß vor Einbruch der Dunkelheit im Camp anzukommen, wäre sie mit Sicherheit sofort ausgestiegen. Zum Glück gab es kleine Segen.

Ihre Augen waren leicht gerötet, als sie zurückkam, doch der wütende Blick, den sie ihm zuwarf, war so entschlossen und lebendig wie immer. Sie würde sich nicht einfach tot stellen.

Das entrang ihm ein Lächeln. »Verdammt! Du bist wunderschön, wenn du wütend bist.«

»Wow!« Sie schlug die Autotür zu. »Wie originell.«

»Komm schon, Sarge …«

»Sei still, Gavin. Fahr einfach los.«

Den Rest der Fahrt nach Cossack zu ihrem Auto verbrachten sie in eisigem Schweigen. Als sie ankamen, wechselte Gavin die Batterie. Wendy sah ihm kühl und kritisch dabei zu und gab ihm das Gefühl, er wäre eine Schnecke in ihrem Salatbeet. Als er fertig war, zückte sie ihr Portemonnaie und nahm einen Hundert-Dollar-Schein heraus, den sie aus einem Automaten in Dampier geholt haben musste, und hielt ihn Gavin hin.

»Wendy.« Er hob abwehrend die Hände. Das war zu viel. Er würde sich nicht von ihr bezahlen lassen.

»Nimm schon«, sagte sie mit rauer Stimme und wedelte mit dem Schein.

»Nein.«

»Ich sagte, nimm schon!«, brachte sie verzweifelt hervor. »Ich will dir nichts schuldig sein.«

»Du bist mir gar nichts schuldig.«

»Das hier schulde ich dir.« Sie stopfte den Schein in seine Hemdtasche. Und trotz des Gefühlsaufruhrs zwischen ihnen, reichte die kurze Berührung schon aus, um Gavin lange genug sprachlos dort stehen zu lassen, so dass sie mit wehenden blonden Haaren davonstapfen konnte.

»Wendy!«, rief er ihr hinterher.

Weder drehte sie sich um, noch würdigte sie ihn eines Blickes, als sie in ihr Auto stieg und losfuhr. Er konnte nur noch der Staubwolke hinterhersehen.

Er fühlte sich wie der letzte Mistkerl, als er zurück zu seinem Wagen ging und einstieg. Er zerrte den Schein aus der Tasche. Was zur Hölle sollte er damit anfangen? Es kam nicht in Frage, ihn auszugeben. Er stopfte ihn in das Münzfach seines Pick-ups und ließ den Motor an. Er schaltete auch sein Handy wieder ein, das beinahe sofort zu vibrieren begann.

Noch eine Nachricht von Janet.

Sie wunderte sich vermutlich, warum er noch nicht geantwortet hatte. Er öffnete die Nachricht. *Dringend! Nehmen Sie sich bitte heute Abend um halb acht Zeit für ein Gespräch. Bitte um Bestätigung.*

Er tippte eine Antwort und schickte sie ab.

Es würde Neuigkeiten zu Peter Marshall geben, da war er sicher. Erstaunlicherweise brachte der Gedanke an seinen Erzfeind Gavins Blut nicht mehr zum Kochen.

Selbst wenn er den Drogenboss in den Nachrichten sah, verspürte er nicht mehr den Drang, den Fernseher auszuschalten und sich zu übergeben. Dieser Mann hatte ihm das Leben zur Hölle gemacht, und tat es immer noch. Aber Gavin hatte keine Angst mehr vor ihm. Im Grunde genommen hoffte er sogar, dass Peter Marshall ihn eines Tages finden würde. Nur zu gern würde er ihm gegenüberstehen und einen Anlass dafür haben, den Scheißkerl windelweich zu prügeln. Diese ganze Heimlichtuerei hatte ihm Lust auf eine offene Konfrontation gemacht.

Seit fünf Jahren war er jetzt im Zeugenschutzprogramm. Und mit jedem Jahr wurde es schwerer. Er sehnte sich danach, nach Hause zurückzukehren, oder einfach seine Familie zu besuchen, die nach der Katastrophe auch in eine andere Stadt gezogen war. Aber er wagte es nicht, ihr Leben ebenfalls in Gefahr zu bringen.

Stattdessen versuchte er, sich auf seine Männer zu konzentrieren. Sie waren seine Ersatzfamilie. Seine alleinige Verantwortung. Wenn er ihnen und seiner Arbeit gegenüber ehrlich bleiben konnte, war er sicher. Dann waren die Menschen, die er liebte, sicher.

Er konnte es sich nicht leisten, Wendy in sein Leben zu lassen.

Es war zu gefährlich, irgendjemandem zu nahezukommen.

Solange er in diesem Programm war, waren Bindungen an Menschen und Orte immer nur vorübergehend. Er nahm eine Stelle an, erledigte die Arbeit und zog weiter. Und so musste er weitermachen.

Er fuhr aus Cossack hinaus.

Das Problem war, es war kein Ende in Sicht. Wann

würde Peter Marshall aufgeben? Wann würde der Kerl aufhören, Gavin zu jagen?

Ganz bestimmt nicht jetzt. Marshalls Bruder Eddie war im Knast ermordet worden. Wenn der Typ bisher ohnehin schon Rache wollte, würde er jetzt geradezu danach lechzen.

Während Gavin auf den Parkplatz vom Camp fuhr, bemühte er sich, Marshall aus seinen Gedanken zu vertreiben. Ihm blieben noch ein paar Stunden, bevor er anrufen musste. Besser, er grübelte nicht darüber nach, was Janet ihm möglicherweise mitzuteilen hatte.

Er machte seine Wäsche, las in einer Zeitschrift, ging laufen, duschte und aß zu Abend. Dazwischen sprach er mit ein paar der Jungs und erlaubte es sich, sich normal zu fühlen. Um halb acht kehrte er dann in der Hoffnung auf gute Nachrichten zu seinem Donga zurück.

Aber es waren keine guten Nachrichten.

»Wir haben Peter ausfindig machen können, als er mit dem Rest seiner Familie in Darlinghurst bei der Beerdigung war«, berichtete Janet. »Er schmiedet Pläne, Gavin. Er will nicht nur Rache für seinen Bruder, sondern auch für ein paar Freunde und Familienmitglieder, die im letzten Bandenkrieg umgebracht wurden.«

»Wie viele Tote hat es da gegeben?«

»Wir wissen von vier. Er ist alles andere als erfreut. Ich vermute, auf ihn selbst haben sie es auch abgesehen, und deswegen ist er eine Woche lang untergetaucht.«

»Und jetzt ist er wieder da.«

»Und nicht nur das.« Janet hustete. »Ich fürchte, das sind die schlechten Neuigkeiten. Er hat einen Flug nach Perth gebucht. Wir sind nicht hundertprozentig sicher, aber wir vermuten, dass er nach Ihnen sucht.«

»Aber wenn er so viele Verluste einstecken musste …«, setzte Gavin an.

»Keiner davon war so einschneidend wie der seines Bruders. Er macht immer noch Sie dafür verantwortlich, dass Eddie überhaupt im Gefängnis gelandet ist.«

Gavin umklammerte sein Telefon. »Dann sucht er mich also wieder … und zwar ernsthaft.«

Dann mal los.

Janet missverstand seinen Tonfall.

»Keine Panik«, beruhigte sie ihn. »Wie gesagt, genau können wir das nicht wissen. Ich wollte nur sichergehen, dass Sie wachsam sind. Machen Sie einfach weiter wie bisher, aber seien Sie extra vorsichtig, mit wem Sie reden und wen Sie in Ihr Leben einbinden.«

Wendy, zum Beispiel.

Halt dich verdammt noch mal fern von Wendy.

»Kein Problem«, versicherte Gavin.

»Okay.« Janet schien alles gesagt zu haben. »Ich rufe an, sobald es neue Entwicklungen gibt. Und rufen Sie mich an, wann immer Sie wollen.«

»Sicher.« Trotz Janets Angebots fühlte er sich seltsam alleingelassen, nachdem sie aufgelegt hatte.

Er verfluchte den Tag, an dem er Braydens Mord miterlebt hatte, wie jedes Mal, wenn er daran erinnert wurde, wie gefangen er war.

Damals, mit Ende zwanzig, war er immer noch so unbekümmert wie ein Teenager gewesen, und wahrscheinlich auch nicht viel reifer. Das musste er auch nicht sein. Er war jung, gut bezahlt und ungebunden. Er hatte ein paar Ingenieursstellen im Ausland gehabt, einen Haufen Geld verdient, und war dann nach Sydney zurückgekehrt, um ein entspannteres Leben zu genießen.

Freitagabend bedeuteten für ihn drei Dinge: Kumpels. Mädels. Und ein paar Drinks … oder vielleicht auch ein paar mehr.

An dem entscheidenden Abend feierte einer seiner Freunde Geburtstag. Die übliche Runde war unterwegs auf Kneipentour. Sie kamen gerade aus einem schicken Laden namens *Pulse*, und alle warteten draußen. Brayden hatte kein Bargeld mehr und machte sich auf die Suche nach einem Geldautomaten. Als er nicht zurückkam, begannen die anderen sich über ihn zu ärgern. Gavin bot an, nach ihm zu suchen. Er nahm die Seitenstraßen, um schneller beim 7-Eleven anzukommen. Der Geldautomat sollte an der Ecke direkt daneben sein.

Doch er fand Brayden, bevor er den Automat erreichte. Sein Freund schien eine Auseinandersetzung mit einem anderen Mann zu haben, den Gavin nicht erkannte – mit dunkler Haut, Narben, dunklen Haaren und Tattoos auf den Handrücken. Unbekümmert näherte Gavin sich den beiden, um mit Brayden zu reden, als unvermittelt ein Schuss abgefeuert wurde.

»Hey!«, rief er und rannte los. Doch als Brayden zu Boden ging und der Schütze herumwirbelte, die Waffe in der Hand wie jemand, der sie schon unzählige Male benutzt hatte, wusste Gavin, dass er erledigt war.

»Was zur Hölle?«, hörte er den tätowierten Kerl sagen. »Was guckst du so?«

Als Gavin einen Schritt zurücktrat, hob sein Gegenüber die Pistole und zielte auf ihn. Gavin drehte sich um, gerade als erneut ein Schuss losging. Schmerz durchfuhr seine Schulter, und ihm wurde kurz schwarz vor Augen, doch er lief weiter. Hinter sich hörte er Schritte, und er wusste, der Schütze wollte ihn kaltmachen.

Vor Schmerz keuchend, aber gleichzeitig angetrieben von dem Willen zu überleben, hielt er sich die Schulter und rannte, nein, taumelte so schnell er konnte auf die Lichter der stark befahrenen Hauptstraße zu. Er sah die anderen und fiel in die Arme des Türstehers vom Club, in dem sie keine halbe Stunde zuvor noch gesessen und getrunken hatten.

»Was zum Teufel …?«, rief der kräftige Kerl, als er das Blut an Gavins Schulter bemerkte.

»Hinter mir«, konnte Gavin noch von sich geben, bevor er das Bewusstsein verlor.

Er wusste nicht, was als Nächstes geschah, da er erst im Krankenhaus wieder zu sich kam, nachdem die Kugel schon entfernt worden war. Seine Eltern und seine Schwester saßen neben ihm, und ein Polizist stand am Fußende des Bettes.

Er hatte eine Aussage gemacht, und eine Zeitlang reichte das aus. Doch dann führten seine Täterbeschreibung und die Kenntnisse der Polizei über den Drogenring aus der Gegend dazu, dass sie den Mistkerl erwischten.

Eddie Marshall.

Bruder von Peter Marshall, Drogenboss von Sydneys mächtigstem organisiertem Verbrecherring und Besitzer des *Pulse*.

Im Wesentlichen also ein Prinz im Reich der Kriminellen.

Allein schon diese zweifelhafte Berühmtheit hätte bei Gavin die Alarmglocken läuten lassen sollen. Doch ihm war gerade erst eine Kugel aus der Schulter entfernt worden und einer seiner besten Freunde war tot. Als die Polizei ihn um eine Zeugenaussage vor Gericht bat, lehnte er nicht ab. Wie ein übermütiger junger Hund gierte er nach Gerechtigkeit und war sicher, dass er sie sowohl für Brayden als auch für sich selbst erlangen konnte. Selbst wenn ihm der Gedanke gekommen wäre, dass die Marshalls womöglich nicht fair spielten, hätte er ihn wahrscheinlich abgetan. Vielleicht würde er das sogar heute noch tun. Jemand musste Eddie seiner gerechten Strafe zuführen. Wenn nur der Preis dafür nicht so hoch gewesen wäre.

Ohne Gavins Aussage wäre Eddie niemals lebenslänglich verurteilt worden.

Und ohne seine Aussage wäre Peter Marshall niemals hinter ihm her gewesen.

Die nächsten Tage blieb Gavins Laune unverändert schlecht. Nicht, weil er wusste, dass ein irrer Drogenboss hinter ihm her war, sondern weil einer seiner Männer den Laden aufhielt. Seine Arbeit war das Einzige, was ihn bei Verstand hielt – wo er doch Wendy aus dem Weg gehen und sich vor Peter Marshall verstecken musste. Auf die Arbeit konnte er sich konzentrieren, und die Ablenkung brauchte er dringend.

Er konnte allerdings nicht vernünftig weitermachen, solange ein fehlerhafter Pfahl nicht instand gesetzt wurde. Der verdammte Jack wollte erst eine Schulung für das Arbeiten in beengten Räumen machen, bevor er schweißen würde.

Auf engen oder in geschlossenen Räumen zu arbeiten wurde meistens als gefährlicher angesehen als das Arbeiten draußen. Es gab viele Gefahren, die besonders bei der Arbeit in Behältern, Minen oder abgeschlossenem Raum lauerten, vor allem, weil man nicht schnell herauskonnte, wenn es zu einem Unfall kam, oder weil man allein und ohne Aufsicht arbeiten musste. In einem sehr kleinen Raum konnte auch die Belüftung schlecht sein, was wiederum andere Gefahren barg.

Gavin stimmte vollkommen mit alldem überein. Der sogenannte beengte Raum jedoch, den Jack meinte, befand sich innen am Ende des Pfahls. Der Durchmesser betrug anderthalb Meter, war also definitiv breit genug, dass man bequem darin stehen konnte. Die nötigen Reparaturarbeiten waren nur vierzig Zentimeter vom Ende entfernt. Wenn Jack eine Hand hochhielt, würde er ihnen draußen zuwinken.

Seine Forderung nach einer Schulung war lächerlich, vor allem, da es ihn einen Tag lang von der Arbeit abhalten würde.

Und das war noch nicht das Schlimmste daran. Das Schlimmste war, dass Gavin wusste, er würde Wendy mit einbeziehen müssen. Er war ihr am Montag und Dienstag so erfolgreich aus dem Weg gegangen. Aber heute ging das nicht mehr, denn sie war die Einzige, die diese Angelegenheit ein für alle Mal aus der Welt schaffen konnte.

Um halb drei verließ er den Anleger unter Gelächter und Frotzeleien. Seine Männer hatten alle seine schlechte Laune mitbekommen, und einer rief ihm hinterher: »Ich glaube, Gav braucht noch mal Besuch von seinen Norwegern!«

Seitdem jemand ihn zu seinem Lieferanten sagen gehört hatte: »Ich brauche die Norweger unbedingt, und zwar heute noch«, war er immer wieder Zielscheibe schwuler Anspielungen geworden. Normalerweise fand er das lustig.

Heute jedoch nicht.

Jedes Mal, wenn er Wendy sah, hatte er das Gefühl, jemand würde ein Pflaster abreißen. Er wusste, heute Nachmittag würde sich das nicht anders anfühlen.

Er klopfte an die Tür ihres Büro-Dongas und wünschte sich augenblicklich, er hätte das nicht getan. Niemand klopfte an. Alle gingen einfach hinein.

Während er sich noch selbst verfluchte, wurde die Tür aufgerissen und Chub füllte den Türrahmen aus. »Verdammt, Gavin, wegen dir bin ich aufgestanden. Hast du eine Ahnung, was für eine Anstrengung das ist?«

Gavin konnte nicht anders und grinste. »Dann hast du schon dein tägliches Work-out erledigt, Kumpel. Du solltest mir dankbar sein. Ist der Sergeant da?«

Für Gavins Geschmack sah Chub ihn etwas zu wissend an. »Willst wohl vorsprechen, was?«

Gavin trat von einem Fuß auf den anderen. »So ähnlich.«

»Na, du kannst es gerne versuchen.« Chub trat zur Seite. »Sie ist schon den ganzen Tag am Telefonieren.«

Gavin nahm seinen Helm ab und ging in den Donga, wo er Wendy sofort an ihrem Schreibtisch entdeckte. Sie gab ihm mit einem zaghaften Lächeln zu verstehen, dass sie ihn gesehen hatte. Mit den Lippen formte sie die Worte »fünf Minuten«, dann sprach sie weiter in den Hörer, den sie sich zwischen Ohr und Schulter geklemmt hatte. Gavin stand etwas unbeholfen da mit seinem Helm in den Händen und blickte sie an, als wäre sie ein Trugbild. Sie hatte sich weit auf ihrem Stuhl zurückgelehnt und die Füße auf den Tisch gelegt. Wahrscheinlich dauerte das Telefonat schon eine ganze Weile.

Gavin konnte nicht anders, als seinen Blick die ellenlangen Beine entlangwandern zu lassen, die dort so wunderschön drapiert lagen. Dann fiel sein Blick auf Wendys elegante Finger, die ungeduldig mit einem Haarband spielten. Sie musste es aus ihren Haaren gelöst haben, denn ihre lange blonde Mähne umschmeichelte ihre Wangen und fiel ihr wild auf die Schultern, als wäre sie gerade erst aufgestanden. Ein Anblick, den Gavin nie tatsächlich zu Gesicht bekommen würde.

Ein leises Kichern ertönte direkt neben ihm. »Brauchst du noch eine Kippe dazu, Kumpel?«

»Äh …« Er drehte sich um und bemerkte Chub hinter sich, der ihn interessiert betrachtete.

Er räusperte sich. »Könntest du ihr ausrichten, dass ich im Pausen-Donga auf sie warte?« Verlegen fuhr er sich durch die Haare. »Sieht so aus, als könnte es länger dauern, und ich könnte einen Kaffee gebrauchen.« *Oder etwas Stärkeres.*

»Kein Problem.« Chub grinste. »Ich sage ihr Bescheid, dass sie dich dort abholen soll.«

Dankbar für den Aufschub sah Gavin zu, dass er da rauskam. Hoffentlich war es nicht zu offensichtlich, dass er regelrecht flüchtete.

Erst als er sich schon einen Tee gemacht hatte, bekam er mit, dass er nicht allein im Pausen-Donga war. Ein ziemlich jämmerlich klingendes Schniefen ließ ihn aufsehen, als er gerade Milch in seine Tasse geben wollte. Hinten im Donga stand Lena Todd mit einer Schachtel Taschentüchern. Sie hatte ihm den Rücken zugewandt, aber er konnte hören, wie sie ein Taschentuch nach dem anderen aus der Schachtel zog. Offensichtlich war sie sich ebenso wenig bewusst, wie er bis eben, dass sie nicht allein war.

Weint sie etwa?

Er konnte nicht einfach gehen, weil er Chub gebeten hatte, Wendy hierherzuschicken. Und auf keinen Fall würde er zu Wendys sexy Beinen und ihrem selbstgefälligen Bürokollegen zurückgehen.

Hast du nicht schon genug hilflose junge Damen in deinem Leben?

Mit einem Seufzer holte er eine zweite Tasse unter dem Tresen hervor und tat einen Teebeutel hinein. *Was ist schon eine mehr oder weniger?*

Lena schrak zusammen, als er die Tasse vor sie hinstellte. »Gavin, ich dachte, hier wäre sonst niemand.«

»Dachte ich auch. Also, wo liegt das Problem, Madame I.?«

»Wie kommst du darauf, dass es ein Problem gibt?«

Er deutete mit dem Zeigefinger auf ihr Gesicht und trank dann einen Schluck Tee. »Du hast auf jeden Fall schon mal besser ausgesehen.«

»Danke.«

»Gern geschehen.«

Sie seufzte. »Weißt du eigentlich, dass du ein ganz schönes Arschloch sein kannst?«

»Irgendjemand muss es ja sein.« Er zuckte mit den Schultern. »Craig ist der Nette, Dimitri ist der Ausländer, Anton ist jung, Carl weise, Tony tüchtig und so weiter. Also bin ich der Arsch. Das kann ich am besten.«

Sie konnte sich ein Lächeln nicht verkneifen. »Und was bin ich dann?«

Er überlegte. »Du bist tough. Du hast die letzten Monate eine Menge durchgestanden, aber du hast es geschafft, deine Begeisterung dabei nicht zu verlieren.«

Seine Worte schienen die entgegengesetzte Wirkung zu dem zu haben, was er beabsichtigt hatte, denn ihr Gesicht verzog sich sofort wieder. »Wirklich? Aber wenn ich so verdammt tough bin, warum lasse ich mich dann von dieser Irren so sehr aus dem Konzept bringen?«

»Dieser Irren?«

»Annabel George«, schniefte sie und zog die Tasse näher zu sich heran. »Dan und ich waren gestern Abend essen, und mittendrin ruft sie ihn auf dem Handy an und fragt ihn um Rat.«

Gavin sah sie erstaunt an. »Rat, weswegen?«

»Anscheinend tropft ihr Wasserhahn im Bad, und sie wollte wissen, ob er ihr jemanden für die Reparatur empfehlen kann.«

»Hört sich eigentlich harmlos an.«

»Mag sein.« Lena nippte an ihrem Tee. »Bis ich rausgefunden habe, dass sie ihn ständig wegen solcher Sachen anruft. Sie tut fast so, als wäre er ihr Mann.«

»Und was sagt er dazu?«

»Er sagt, er will nur ein guter Freund sein, und findet mich kleinlich. Er behauptet, sie sei nicht so souverän mit solchen Dingen wie ich und brauche manchmal einfach etwas Hilfe. Und da hatten wir dann unseren ersten Streit.«

»Oh.« Gavin nickte. Langsam verstand er. »Lass mich raten, Bulldog versteht nicht, weshalb du ihm nicht vertraust. Vor allem, wo er dir doch erklärt hat, dass er sich nicht für sie interessiert.«

»Ja.« Lena funkelte ihn an. »Aber es geht gar nicht um Vertrauen, sondern um Respekt. Annabel respektiert unsere Beziehung nicht. Sie respektiert mich nicht. Sie nutzt einfach nur Dans Gutmütigkeit und seine Unfähigkeit aus, einer hilflosen Frau den Rücken zuzukehren.« Lena stöhnte auf. »Ich weiß nicht, wie ich es sonst erklären soll.«

»Nein, nein«, stimmte Gavin nachdenklich zu, »ich verstehe schon.«

»Oh, gut.« Lena sah ihn erwartungsvoll an. »Kannst du es dann Dan erklären?«

Gavin lachte laut auf. »Machst du Witze? Du willst, dass ich mit Bulldog über eure Beziehung rede? Wenn ich mir unbedingt den Hals umdrehen lassen will …«

Lena stützte das Kinn auf die Hände. »Was soll ich denn sonst machen?«

»Na ja«, setzte Gavin langsam an, »wenn du willst, dass diese Person Dan in Ruhe lässt, dann brauchst du vielleicht einen Ersatz für ihn.«

»Einen was?« Lena ließ die Hände wieder sinken.

»Du hast ihr gesagt, sie soll sich zurückziehen, hat sie aber nicht.« Gavin versuchte, nicht herablassend zu klingen. »Den Typ Frau kenne ich. Sie braucht jemanden, der sich um sie kümmert, und sie will ganz offensichtlich, dass Dan das wieder übernimmt. Glaub mir, ich erkenne schon von weitem, wenn jemand ein Klammertyp ist. Was glaubst du, woher ich sonst weiß, wann ich mich verabschieden muss?«

»Hab ich dir schon mal gesagt, dass du ein Arsch bist?«

Er grinste. »Ja, hast du.«

»Gut, dann wäre das ja erledigt.« Sie schniefte, doch seine Idee hatte offensichtlich etwas angestoßen, denn sie fügte hinzu: »Aber wer würde denn mit *Annabel George* ausgehen wollen?«

»Na ja, sie sieht nicht schlecht aus und will unbedingt gefallen. Manchen Männern reicht das schon.«

»Okay.« Lena nickte entschlossen. »Ich denke mal drüber nach.«

»Mach das.« Er trank seinen Tee aus und stand auf, um die Tasse an den Küchentresen zurückzubringen.

Lena stand auch auf. »Gavin?«

»Ja?«

»Danke. Also, für den Tee und den Rat und so. Vielleicht bist du doch nicht so ein Arsch.« Zu seiner Überraschung schlang sie ihm die Arme um den Hals und gab ihm spontan einen Kuss auf die Wange.

»Äh … kein Problem.«

In dem Moment ertönte eine Stimme. »Störe ich gerade?«

Lena ließ die Arme sinken, und sie drehten sich beide schuldbewusst zur Tür, als gäbe es tatsächlich etwas zu verheimlichen.

Verdammt!

»Nein«, antwortete er.

»Wendy?«, sagte Lena.

Wendy sah streng aus. »Gavin und ich haben ein Meeting.«

»Oh, dann lass ich euch mal in Ruhe«, erklärte Lena.

Wendy lehnte sich mit der Hüfte an den Tisch, die Arme vor der Brust verschränkt, und sah Lena hinterher. Kaum fiel die Tür hinter ihr ins Schloss, starrte Wendy Gavin mit ihren blauen Augen an.

»Wow! Sie auch?«

»Was?«

»Das macht dann drei, wenn ich richtig gezählt habe … von mir mal ganz abgesehen. Falls ich überhaupt dazuzähle, was offensichtlich nicht der Fall ist, wenn man an unser letztes Zusammensein denkt – du weißt schon, bevor du angefangen hast, mir aus dem Weg zu gehen.«

»Drei was?«, hakte Gavin nach.

»Frauen!« Wendy funkelte ihn wütend an. »Aber dein erwiesenes Talent mit dem anderen Geschlecht kann unmöglich der Grund sein, weshalb du mit mir sprechen wolltest.«

Er sah sie entsetzt an. Wie sollte er darauf reagieren? Er wusste, was er sagen wollte. *Sei nicht albern. Du bist die einzige Frau, mit der ich zusammen sein will. Ich kann nicht schlafen. Ich kann nicht essen. Ich kann mich nicht auf die Arbeit konzentrieren, weil du mir ständig im Kopf herumspukst.*

Aber natürlich durfte er nichts davon sagen. Das würde nur zu Komplikationen führen, die womöglich ihr Leben in Gefahr brachten. Also blinzelte er stattdessen zweimal und sagte geradeheraus: »Du hast recht, Sarge. Deswegen bin ich nicht hier.«

Er hatte noch nie jemanden so verärgert darüber gesehen, im Recht zu sein. Er musste sich ein Lächeln verkneifen, als er ihr schnell sein Problem mit Jack und dessen Forderung nach einer Schulung für die Arbeit auf beengtem Raum darlegte. »Also …«, fragte er dann »ist das berechtigt oder stellt er sich nur an?«

Sie sagte einen Moment lang nichts, offenbar unentschlossen, ob sie ihm hätte durchgehen lassen sollen, so überstürzt das Thema zu wechseln. Schließlich antwortete sie knapp: »Es müssen mehrere Kriterien zutreffen, wenn man einen Bereich als beengten Raum einordnen will. Ich kann eine formelle Gefährdungsbeurteilung machen, bevor er mit der Arbeit anfängt, aber nach dem, was du mir erklärt hast, glaube ich nicht, dass es ein beengter Raum ist.«

»Dann braucht er also keine Schulung?«

»Nicht von einem Spezialisten, nein. Aber lass mich doch eine halbe Stunde mit ihm über die Gefahren bei dieser Art von Arbeit plaudern.« Sie hielt kurz inne. »Wir sollten vielleicht auch noch ein paar zusätzliche Hilfsmittel einsetzen, zum Beispiel für die Belüftung. Vielleicht einen Ventilator hinter Jack anbringen, der mögliche Abgase rausbläst.«

»Okay, das hört sich gut an.« Gavin wollte noch bleiben und etwas sagen, denn er spürte Wendys Geringschätzung und die ungeklärten Fragen zwischen ihnen geradezu körperlich. Aber er wusste, es wäre eine Katastrophe, wenn er das Thema ansprach, das er gerade so erfolgreich vermieden hatte. Sogar jetzt wollte er ihre weichen Lippen küssen und zum Lächeln bringen. Sie in seine Arme schließen und ihr zärtliche Worte ins Ohr flüstern.

Geh, jetzt!

Er ging zur Tür und nahm seinen Helm vom Küchentresen. »Danke für den Rat, Sarge. Bis dann.«

Als Gavin an dem Abend mit einem Bier vor seinem Donga saß, fragte er sich, ob sein Leben eigentlich noch schlimmer werden konnte.

Und dann tauchte Mike vor ihm auf.

»Na, sieh mal einer an, Hopkins«, begrüßte er den glatzköpfigen Vorarbeiter. »Du scheinst es dir ja zur Angewohnheit zu machen, vorbeizuschauen. Möchtest du ein Bier?«

»Nein.« Mike blickte nicht gerade freundlich drein.

Es war offensichtlich, dass er nur auf einen kurzen Besuch vorbeikam, denn er war bereits für die Dusche umgezogen – ein weißes Unterhemd, ein Handtuch um die Hüften und Badelatschen. In einer Hand trug er einen Kulturbeutel, der aussah, als wäre er schon sechsmal um die Welt gereist.

»Schade.« Gavin nahm noch einen großen Schluck.

»Ich dachte, ich hätte dir eindeutig klargemacht, dass du dich von meiner Nichte fernhalten sollst!«

»Ach, tatsächlich?« Gavin legte seinen Arm aufs Knie. »Verdammt! Wusste ich's doch, dass ich da letzte Woche was vergessen hab.«

Er war kein großer Trinker, aber er hatte wegen seiner schlechten Laune heute Abend schon drei Flaschen geleert. Das war definitiv mehr als sein übliches Pensum, und auf nüchternen Magen stieg ihm der Alkohol sofort zu Kopf.

Mike sah richtiggehend mordlüstern aus. »Das ist kein Scherz.«

»Nein, du hast vollkommen recht.« Gavin versuchte mit einem aufrichtigen Gesichtsausdruck zu nicken, doch dabei wurde ihm ein bisschen schwummerig im Kopf, also ließ er es wieder. »Diese Woche gebe ich dir mein Wort, dass ich alles in meiner Macht Stehende tun werde, um ihr aus dem Weg zu gehen.«

»Ach, wirklich? Was hast du getan?«

Gavin lachte in sich hinein. »Nichts, was du in der gleichen Situation nicht auch getan hättest.«

Mike holte zum Schlag aus. Gavin aber packte seine Faust, bevor sie ihn seitlich im Gesicht traf. Auf einmal war er wieder nüchtern. Dieses Licht in den Augen von Mike hatte er schon bei jemand anderem gesehen.

In Wendys Augen.

»Was zum Teufel sollte das denn?« Er ließ Mikes Faust los und stand auf. Die Alkoholnebel in seinem Kopf lichteten sich immer mehr.

»Denkst du etwa, ich erkenne nicht sofort, wenn Ärger im Anmarsch ist?«, zischte Mike.

»Was?«

»Ich war mal wie du, Gavin. Und ich weiß genau, was du da tust.«

Gavin verschränkte die Arme und konnte seine Verachtung nicht verbergen. »Ach ja? Und was soll das bitte sein?«

»Du rennst weg.« Mike schaute ihn angewidert an. »Und du wirst immer weiterrennen, bis was auch immer dich verfolgt müde wird oder aufgibt.«

»Verdammt noch mal ...«

Mike unterbrach ihn. »Willst du, dass ich anfange, tiefer zu graben?«, drohte er. »Denn das werde ich tun. Ich habe keine Skrupel, dich und was immer du hier treibst bloßzustellen, ob das nun etwas Legales ist oder nicht.«

Gavin erwiderte jedoch nichts darauf, wartete nur auf das, was nun offensichtlich folgen würde.

Der Preis, den Gavin würde zahlen müssen.

»Halt dich von meiner Nichte fern. Zieh sie da nicht mit rein. Sie hat schon genug durchgemacht.«

»Soll das eine Drohung sein?«

»Darauf kannst du Gift nehmen.«

Gavins Augen verengten sich zu schmalen Schlitzen. Mike rang leicht nach Atem, so viel hatte die Unterhaltung ihm abverlangt. Gavin hatte keine Angst. Wenn überhaupt, dann bemitleidete und respektierte er Mike dafür, so eine entschlossene Haltung gegenüber seiner Nichte einzunehmen. Ob Wendy wohl wusste, welchen Beschützerinstinkt ihr Onkel hatte?

Vermutlich nicht.

»Also, Mike«, sagte er und stellte mit einem Blick auf Mikes beleibten Körper sein Bier ab, »rein aus Neugier, so von Mann zu Mann: Wovor bist *du* weggerannt?«

Mike lief rot an. »Das geht dich verdammt noch mal gar nichts an!«

Gavin ließ den Blick sinken und sah erst jetzt, dass Mikes nackte Füße ziemlich interessant aussahen. »Muss ein ganz schön hartes Rennen gewesen sein«, bemerkte er nachdenklich.

»Unterschätz mich nicht«, fauchte Mike. »Leg dich bloß nicht mit mir an, Gavin, sonst hole ich deinen Verfolger schneller hierher, als du gucken kannst. Hast du mich verstanden?«

Gavin hielt die Hände hoch, als würde er sich ergeben. »Klar und deutlich.«

Kapitel 14

Es war ein Kuss, der alle anderen Küsse in den Schatten stellte. Sanft, und doch entschieden, erregend und doch zärtlich, und dabei auch noch so unglaublich mitreißend, dass er einem tief unter die Haut ging.

Kein Wunder, wenn man von einem der erfahrensten Frauenhelden von ganz Pilbara geküsst wurde. Gavin hatte nicht nur eine, auch nicht zwei, sondern ganze *drei* Frauen an der Hand. Er war schamlos. Untreu. Und zu keiner Entschuldigung bereit.

Im Grunde genommen kümmerte ihn einzig und allein, dass *sie* die Lage der Dinge verkomplizieren könnte.

Sie schluckte. *Danke deinem guten Stern.* Zumindest war sie noch mal davongekommen.

Sie sollte dankbar dafür sein, dass er ihre Unerfahrenheit gespürt hatte. Wahrscheinlich, weil sie so unbeholfen geküsst hatte, oder weil sie sich ihm an den Hals geworfen hatte, dass klar war, wie sehr sie sich nach dieser Art von Aufmerksamkeit sehnte – und dass sie nicht an etwas Unverbindlichem interessiert war. Sie konnte keinen anderen Grund dafür finden, dass er sich so plötzlich zurückgezogen hatte, obwohl er doch derjenige war, der mit dem Flirten angefangen hatte. Ihm musste klargeworden sein, dass sie ihm in Sexdingen nicht ebenbürtig war. Sie sollte eigentlich erleichtert sein, fühlte sich aber nur gedemütigt. Sie versuchte, sich auf die Akten zu konzentrieren.

Morgen würde die Sicherheitsprüfung stattfinden. Die Krönung von vier Wochen Arbeit, Stress und Überstunden. Wendy hatte tatsächlich ihre freie Woche sausenlassen müssen, um hier zu sein. *Stell dir das nur vor, du könntest jetzt am Strand liegen, anstatt dich hier so erbärmlich zu fühlen.*

Nachdem sie Gavin und Lena in ihrer Umarmung gesehen hatte, war sie hauptsächlich für sich geblieben. Sie glaubte nicht, dass die beiden etwas miteinander hatten. Dafür war Lena viel zu sehr in Dan verliebt. Und Gavin war wahrscheinlich wie gewöhnlich nur auf einen Flirt aus. Nahm sich, was er konnte, wann immer sich die Gelegenheit dazu bot.

Und Lena war jung und impulsiv. Annabel George umkreiste ihren Freund wie ein Hai. Vielleicht wollte Lena Bulldog zeigen, dass auch sie heiß begehrt war – ihn so eifersüchtig machen, dass er entschiedener mit seiner Stalkerin umging.

Wer weiß?

Wen kümmert's?

Wendy musste sich nur daran erinnern, wer und weshalb sie hier war, und sich nicht in das Liebesleben anderer einmischen oder, noch schlimmer, sich selbst in eine Affäre stürzen.

Die letzten fünf Tage hatte sie lediglich an ihren Vorbereitungen für die Prüfung gearbeitet und alle ihre Energien in diese Aufgabe gesteckt. So einfach, wie sie gehofft hatte, war das allerdings nicht.

Sie hatten jetzt November, und die Vorhersage für

tropische Zyklone war vom australischen Wetterdienst veröffentlicht worden – im Wesentlichen eine Prognose für die Wahrscheinlichkeit von Zyklonen in der bevorstehenden Saison, die auf globalen Wetterlagen und anderen statistischen Informationen beruhte. Wendy gefiel die diesjährige Vorhersage ganz und gar nicht. Es deutete sich an, als kämen schon früh ein paar schlimme Stürme auf sie zu. Noch etwas, worum sie sich Sorgen machen musste.

Des Weiteren, zwar nicht so wichtig, aber ebenso nervenaufreibend, hatte es sich auf der Baustelle herumgesprochen, dass Gavin und sie sich ein paarmal verabredet hatten. Aus den Gerüchten war eine ausgereifte Liebesgeschichte geworden, und die Jungs fragten ihr zu jeder Gelegenheit Löcher darüber in den Bauch.

»Behandelt er dich auch anständig, Sergeant?«

»Sag mir Bescheid, wenn er sich nicht benimmt.«

Anscheinend hatten ein paar Männer mitbekommen, wie sie ihn am Sonntag angerufen hatte und er dann schnurstracks zu ihrer Rettung geeilt war. Noch schlimmer wurde das durch die Tatsache, dass Gavin den Rest des Tages nicht mehr aufgetaucht war. Nun gingen alle davon aus, dass sie ein Paar waren.

Selbst, wenn Wendy es abstritt. Was sie natürlich tat. *Andauernd.*

Chub begriff schnell, dass etwas nicht stimmte. Für jemanden, der immer beteuerte, wie wenig er von Frauen verstand, schien er in dieser Katastrophe erstaunlich viel zu durchschauen.

»Bist du wirklich sicher, dass die Gerüchte über Gavin und dich nicht wahr sind, Kleine?«

»Würde ich dich belügen, Großer?«

»Na ja.« Chub seufzte, als würde er sich eine romantische Szene vorstellen. »Als er letzte Woche hier reinkam, hat er dich angeguckt, als würde eine Schale heißer Kartoffelecken mit Sour Cream und süßer Chilisauce vor ihm stehen.«

Sie verdrehte die Augen. »Das kann ich mir kaum vorstellen.«

»Kleine, wenn es etwas gibt, bei dem ich mich nie irre, dann ist es eine Schale Kartoffelecken mit Dips dazu.«

»Gut zu wissen«, erwiderte sie und lächelte.

Er sah sie nachdenklich an. »Ich will nur nicht, dass du was Dummes tust, wie zum Beispiel, dich für mich aufzuheben.«

»Was?«

»Ich wollte ja nicht grausam sein, aber es tut mir leid, meine Liebe. Das mit uns wird einfach nichts.«

Wendy legte sich eine Hand aufs Herz. »Oh mein Gott! Warum denn nicht?«

»Du bist nicht mein Typ.« Er senkte seine Stimme zu einem Flüstern. »Du isst wie eine Heuschrecke auf Diät. Wer tut so was?«

Sie lachte. »In Ordnung, du hast mich überzeugt, die Hoffnung aufzugeben. Ich werde mich nicht für dich aufheben.«

Er drehte sich wieder zu seinem PC um, fügte aber noch ernst hinzu: »Es bringt einfach nichts, sich aufzuheben, Punkt. Das Leben findet jetzt statt, meine Kleine, nicht erst in zehn Jahren. Glaub mir. Ich weiß das.«

»Wirklich? Was ist dir denn wichtig bei einer Frau?«

»Dass sie nicht vor mir wegläuft.«

Wendy lachte. »Sag das nicht, Großer. Du bist ein toller Typ. Jede Frau, für die du dich interessierst, könnte sich glücklich schätzen.«

»Findest du?« Ausnahmsweise schien er mal nicht so vorlaut wie sonst. »Das behalte ich mal im Kopf.«

Sie wusste nicht so recht, was sie noch sagen sollte, also entschied sie sich für einen Themenwechsel. »Hast du alle Lebensläufe ausgedruckt? Die will Frank mit Sicherheit durchblättern.«

Chub wirkte erleichtert. »Ja, alle da.«

»Auch Carls?«

»Gerade dazugelegt. Wusstest du, dass er vor der Baustelle hier vier Jahre in Indonesien gearbeitet hat?«

»Ja, ich hab mir gestern Abend seinen Lebenslauf angesehen. Er hat wirklich eine Menge Berufserfahrung.«

Chub nickte. »Dann ist alles bereit.«

»Super, dann fange ich mal mit dem Bücherregal an.«

Sie drehte sich auf ihrem Stuhl herum und sah sich das Möbelstück hinter ihr an. Gestern hatte sie ein paar Männer ein großes, aber leeres Bücherregal aus dem großen Büro-Donga herholen lassen. Jetzt würde sie alle ihre Ordner mit sorgfältig sortierten Unterlagen in einem Archiv leicht zugänglicher Informationen anordnen. Frank konnte von ihr verlangen, was er wollte. Sie würde einfach nur hinter sich greifen und genau das gewünschte Dokument hervorziehen, egal, um welchen Bereich auf der Baustelle es ging.

Trotz ihrer Vorbereitungen war Wendy am nächsten Morgen unglaublich nervös. Sie brachte keinen Bissen herunter und ließ das Frühstück ausfallen, stattdessen kam sie eine halbe Stunde zu früh ins Büro, nur um sicherzugehen, dass alles bereit war. Carl dagegen war ziemlich entspannt für jemanden, der immer kurz davor schien, gleich in die Luft zu gehen.

Wendy vermutete, dass ihm die Verlobung guttat.

Frank und Dan trafen um Punkt acht ein und wurden von John Lewis in Carls unordentliches Büro geführt.

Wendy saß bereits auf dem Besucherstuhl und sprach mit Carl über die Dinge, die TCN sich eventuell vornehmen würde. Sie brach abrupt ab, als Dan den Raum betrat, dicht gefolgt von seinem gerissen dreinblickenden Handlanger. Die Anspannung schnellte prompt nach oben.

Selbst Wendy fiel es schwer, nicht in Angriffsstellung zu gehen. Diese ganze »Bauherr gleich Feind«-Kultur auf der Baustelle schien wohl auch sie zu beeinflussen.

»Guten Morgen.« Sogar Dans nichtssagende Begrüßung wirkte wie ein Aufruf zum Kampf.

Wendy hatte zwei zusätzliche Stühle bereitgestellt und bedeutete ihren Besuchern, Platz zu nehmen. »Hätten Sie gern einen Kaffee?«

»Nein, für mich nicht, danke.« Dan winkte ihr Angebot ab.

Frank jedoch – der vermutlich die Aussicht, von Wendy bedient zu werden, verlockender fand, als dass er tatsächlich seinen Durst stillen wollte – nickte sofort gebieterisch. »Ja, aber gerne doch. Mit Milch, drei Stückchen Zucker. Viel Milch, bitte, aber nicht so viel, dass er kalt wird. Ich mag meinen Kaffee gerade etwas heißer als lauwarm. So ungefähr einundvierzig Grad, wenn es Ihnen keine Umstände macht.«

Wendy spielte kurz mit dem Gedanken, ihm einen kochend heißen schwarzen Kaffee ohne Zucker auf seinen Schoß zu servieren, entschied dann aber, dass

Boshaftigkeit nicht zu einer zügigen und schmerzlosen Prüfung führen würde. Mit zusammengebissenen Zähnen nickte sie höflich und verließ den Raum.

Als sie zurückkehrte, war das Feuer schon eröffnet worden. Carl machte sich bereit, den Angriff abzuwehren, und seine Fingerknöchel traten weiß hervor, so fest umklammerte er die Tischkante. Er sah dankbar auf, als Wendy wieder hereinkam.

»Nun, ich will natürlich alle Unterlagen persönlich durchsehen – Zulassungen, Qualifikationen, Schulungspläne, Register, tägliche Inspektionsberichte, Gefährdungsbeurteilungen, JSAs …«, sagte Frank mit lauter Stimme.

Zum Glück unterbrach Bulldog ihn. »Frank, ich bin sicher, dass keine Auflistung nötig sein wird.«

Frank setzte eine störrische Miene auf, akzeptierte die Kritik jedoch und klappte sein Notizbuch zu. »Ich wollte lediglich präzise sein.«

»Hier.« Wendy hielt ihm den Kaffee hin.

Sein Gesichtsausdruck verwandelte sich in selbstgefällig. Anstelle von einem Dankeschön sagte er nur »gut gemacht«, als hätte ihr mickriges Gehirn endlich eine Leistung vollbracht.

Sie beachtete den Seitenhieb nicht weiter, sondern zog ihren Stuhl näher heran und konzentrierte sich auf das, was Dan sagte.

»Frank wird auf jeden Fall bis weit in den Nachmittag hinein bleiben und Ihre Unterlagen und Ihre Sorgfalt in den unterschiedlichen Bereichen prüfen. Heute Morgen wollte ich allerdings über zwei ganz bestimmte Vorfälle mit Ihnen sprechen.«

»Extrem gefährliche Vorfälle.« Frank nippte an seinem Kaffee. »Es erstaunt mich immer noch, dass dabei nicht mehr Schaden oder Verletzungen entstanden sind.«

Wendy ignorierte ihn. Carl auch.

Dan redete weiter. »Und zwar die Sache mit dem Fischerboot, die ja gerade noch mal gutgegangen ist. Und der Busunfall, der nicht so glimpflich ausging.«

»Was wollen Sie wissen? In beiden Fällen haben wir nichts vor Ihnen geheim gehalten«, erwiderte Carl.

»Sind Sie da sicher?«, wollte Frank wissen. »Lance hatte doch bestimmt Hilfe mit dem Boot.«

»Lance ist ein erfahrener Fischer«, erklärte Wendy mit steinerner Miene. »Er brauchte keine Hilfe.«

Bulldog sah seinen Handlanger streng an, und Frank machte augenblicklich den Mund zu. Dann wandte Dan sich wieder an Carl. »Wir werfen Ihnen nicht vor, irgendetwas vor uns verheimlicht zu haben. Ich wollte nur persönlich mit Ihnen die Akten dazu durchsehen, um sicherzugehen, dass Sie die Nachbereitung und das zukünftige Präventionsprocedere zu meiner Zufriedenheit ausgeführt haben.«

»Kein Problem.« Wendy stand auf. »Ich hole sie.«

»Ich helfe Ihnen.« Frank stand ebenfalls hastig auf, als könnte Wendy versuchen, die Unterlagen zu manipulieren, wenn man sie unbeaufsichtigt ließ.

»Na schön«, sagte sie undeutlich.

Sie holten beide Akten und brachten sie in Carls Büro. Dan blätterte sofort darin herum.

»Hier steht also, dass der Inspektor am Montag da war.«

»Ja.«

»Und das ist alles gut verlaufen?«

»Weil mir aufgefallen ist, dass der Schiffsbelader ziemlich schnell wieder in Betrieb war«, platzte Frank dazwischen, noch bevor Wendy antworten konnte. »War der schon für die Nutzung freigegeben?«

»Natürlich«, antwortete Wendy, ohne zu zögern. »Er war nicht beschädigt, und sobald der Stoppmechanismus auf den Schienen angebracht war, konnten wir weitermachen.«

Dan blätterte weiter. »Und was ist mit Dimitri und dem Kranführer?«

»Ich habe mit beiden eine ausführliche Nachbesprechung gehabt, wie mit allen anderen Männern auch«, entgegnete Wendy. »Die Berichte finden Sie auch in der Akte.«

»Und was ist mit Präventionsmaßnahmen?«, wollte Frank wissen. »Wie können Sie sicher sein, dass so etwas nicht noch einmal passiert?«

Wendy wandte sich an Dan. »Nun, der Inspektor hat lange mit allen Beteiligten gesprochen und einige Vorschläge unterbreitet. Ich habe aber auch einen eigenen Bericht verfasst, wir haben den Einsatz des Schiffsbeladers eingeschränkt, und natürlich ist der Stoppmechanismus jetzt installiert.«

»Nur zu Ihrer Information«, sagte Frank von oben herab, »ein Stoppmechanismus kann nicht alles geradebiegen. Ihre Leute müssen darüber nachdenken, was sie da tun.«

»Was soll der Scheiß?«, schnauzte Carl Frank an. »Sie haben wohl nicht alle Tassen im Schrank!«

Frank starrte Carl entsetzt an und lief rot an wie eine Tomate.

»Ich kann Ihnen nur versichern, dass wir die Baustelle wie ein Kriegsgebiet behandeln, seitdem dieser beschissene Unfall passiert ist – der übrigens meiner Verlobten beinahe das Leben gekostet hätte. Es gibt keine Maßnahme, die wir nicht schon ergriffen hätten.«

Frank, der sich wieder einigermaßen gesammelt hatte, öffnete den Mund, um etwas zu entgegnen, doch Carl hielt abwehrend die Hand hoch.

»Und was das Fischerboot angeht: Es hat weder davor noch danach je etwas Vergleichbares auf oder unter dem Anleger stattgefunden. Fish, oder besser gesagt Lance, war ein wandelndes Pulverfass, um das wir uns gekümmert haben.«

»Lance wurde entlassen«, warf Wendy ein, »weil er während der Arbeitszeit fischen gegangen ist und dabei sich selbst und möglicherweise andere in Gefahr gebracht hat. Wir haben ihn und somit auch seinen Einfluss von dieser Baustelle entfernt. Es besteht kein weiteres Problem.«

»Aber …«, setzte Frank an.

»Ja, dem stimme ich zu.« Dan schloss die Akte und stand auf. »Ich werde Ihnen Frank hierlassen, damit er die Prüfung abschließt. Meine Hauptsorgen wurden besprochen. Ich möchte Ihnen auch mein Lob über Ihre Veränderungen aussprechen, Wendy. Ich habe auf dem Anleger schon viele Verbesserungen entdeckt.«

»Danke.« Wendy strahlte.

»Na ja, wir haben Ihre Akten noch nicht gesehen«, fügte Frank beleidigt hinzu. »Machen Sie sich keine Sorgen, Dan. Ich nehme alles sorgfältig unter die Lupe.«

Dan sah ihn erheitert an. »Ich mache mir keine Sorgen.«

Carl bemühte sich, nicht zu erleichtert auszusehen,

als er aufstand und Dan die Hand hinhielt. »Schön, Sie zu sehen, Bu… Dan.«

»Schön, dass Sie mich jetzt wieder los sind, meinen Sie.« Er grinste ihn wissend an. »Glückwunsch übrigens.«

»Oh.« Carl fuhr sich verlegen durch die Haare. »Sie haben's schon gehört …«

»Da kommt man nicht drum herum.«

Carl schnalzte mit der Zunge. »Ich vergesse immer wieder, dass Sie mit Lena zusammen sind. Wenn man etwas verbreiten will, muss man nur einer Frau davon erzählen, was?«

Dan presste die Lippen zusammen, sagte aber nichts weiter. Carl hustete, offensichtlich verwundert darüber, dass er wohl was Falsches gesagt hatte. Dan marschierte aus der Tür, und Frank musterte Wendy von oben bis unten wie ein Huhn, dem er gleich den Hals umdrehen würde.

»Ich würde mir dann gern jetzt die Unterlagen anschauen.«

Sie reckte das Kinn. »Kein Problem.«

Frank folgte ihr in ihr Büro, wo Chub still vor sich hin arbeitete.

»Was würden Sie gerne als Erstes sehen?«

»Alles.«

Tatsächlich.

Frank durchkämmte jeden einzelnen Ordner aus Wendys schickem neuem Bücherregal, machte sich sorgsam Notizen und kopierte hin und wieder etwas für seine eigenen Unterlagen oder um es später noch einmal genauer durchzugehen. Ab und zu wollte er auch digitale Dokumente einsehen, die sie nicht ausgedruckt hatte.

Zwischendurch unternahmen sie eine Begehung auf dem Anleger und dem Werksgelände. Unruhig durchforstete Frank jeden kleinsten Winkel, den er auftat, und überhäufte Wendy und die Männer mit pingeligen Fragen. Dabei schien er im Laufe des Tages immer verärgerter und aggressiver zu werden.

Natürlich wusste Wendy, weshalb.

Weil er nichts finden konnte, was ernsthaft nicht in Ordnung war.

Und jedes Mal, wenn er »Aha!« rief, zog sie noch eine Akte hervor und wies freundlich darauf hin, dass das Problem bereits erkannt und gemäß des in der Akte belegten Procedere beseitigt worden war.

Er blieb lange.

Sehr lange.

Es war neun Uhr abends, und Frank ging immer noch Akten durch. Alle anderen waren schon längst ins Camp zurückgekehrt. Wendys Magen knurrte. Sie wusste, dass sie das Essen in der Kantine verpasst hatte und in die Stadt fahren müsste, um sich etwas zu besorgen.

Wenn überhaupt noch etwas aufhatte.

Während sie in der Küche ihre siebte Tasse Tee an diesem Tag aufgoss, sah sie Frank dabei zu, wie er zum zweiten Mal den dicken Ordner mit Lebensläufen durchging.

Er hielt inne. Legte einen Finger auf die Seite vor sich. Dann breitete sich langsam ein Lächeln auf seinen wulstigen Lippen aus. Er schnappte sich den Lebenslauf aus dem Ordner und eilte zum Kopierer.

Nur ein Wort konnte seinen Gesichtsausdruck in diesem Augenblick beschreiben: schadenfroh.

Oh-oh.

Wendy stellte ihre Tasse auf dem Tresen ab und ging zu ihm. »Ist alles in Ordnung?«

Er sah auf, während er die Papiere in den Ordner einsortierte, den er für sich selbst angelegt hatte. »Ich denke, wir sind hier fertig.«

Endlich!

»Haben wir also bestanden?«, wollte sie wissen.

Er sah immer selbstgefälliger aus. »Um ehrlich zu sein, kann ich das zu diesem Zeitpunkt noch nicht genau sagen.«

»Wie bitte?«

»Da sind noch ein paar Dinge, die ich überprüfen muss.« Er klopfte auf seinen Ordner. »Ich gebe Ihnen dann morgen Vormittag Bescheid.«

Na großartig! Danke für die schlaflose Nacht.

Sie schaute ihm hinterher, als er zur Tür hinausging, und dann fiel ihr Blick auf den Ordner mit den Lebensläufen, dem er seinen letzten Fitzel Information entnommen hatte. Der Ordner lag aufgeschlagen da und zeigte die Lebensläufe zweier Männer.

Auf der einen Seite Carl Curtis und auf der anderen Gavin Jones. Wendy setzte sich.

Welchen hat er nun mitgenommen?

Sie versuchte, sich die Situation vor Augen zu halten, konnte aber nicht mehr sagen, von welcher Seite er ein Blatt herausgenommen hatte. Sie hatte Carls Lebenslauf vor kurzem gelesen, weil er ihn erst letzte Woche für sie zusammengestellt hatte. Ihr fiel nichts ein, was daran hätte nicht stimmen können. Carl war ein erfahrener Ingenieur und Bauleiter, und das sowohl hier als auch im Ausland. Gavins Lebenslauf hatte sie sich jedoch noch nicht genauer angeschaut.

Zögerlich zog sie das dünne Dokument aus der Folie und überflog es. Verglichen mit anderen Lebensläufen hatte Gavin nur ein Minimum an Informationen zusammengestellt, keine zusätzlichen Anmerkungen oder kleine persönliche Details wie eine Auflistung von Freizeitaktivitäten oder Referenzen, die man manchmal hinzufügte, um interessanter oder sympathischer zu wirken. Er war gute sechs Jahre älter als sie. Komisch, sie hatte nicht gedacht, dass sie altersmäßig so weit auseinanderlagen. Den Familienstand hatte er nicht angegeben.

War ja klar.

Aber auch die Highschool und die Universität, an der er seinen Abschluss gemacht hatte, waren nicht aufgeführt. Er hatte lediglich BE (mit Auszeichnung) und BSc unter seinen Namen geschrieben, hatte also zwei Abschlüsse: einen Bachelor in Ingenieurwissenschaften und einen Bachelor of Science. Sie hatte ja schon immer gewusst, dass der Mann schlau war. Das war also keine Überraschung.

Das war die Auswahl seiner Berufserfahrung weiter unten auf der Seite schon eher: Er hatte nur Projekte der letzten fünf Jahre angeführt. Den Positionen mit großer Verantwortung nach zu urteilen, die er dort innegehabt hatte, musste er auch davor schon weitreichende Berufserfahrung gehabt haben. Aber warum hatte er das nicht angegeben?

Für Wendy war Gavin jemand, der mindestens zehn bis fünfzehn Jahre Berufserfahrung hatte. Und doch hatte er es nicht für nötig befunden, dies zu erwähnen.

Sie lehnte sich auf ihrem Stuhl zurück und dachte an die Gespräche zurück, die sie mit ihm geführt hatte. Ihr dämmerte eine simple Tatsache.

Ich weiß nichts aus Gavins Leben, was mehr als fünf Jahre zurückliegt.

Sie sah noch einmal auf das vorderste Blatt und suchte nach einer Adresse. Eine Straße in Perth: Northberry Road 3, Leederville, gleich um die Ecke vom Lokal ihres Adoptivvaters. Sie dachte scharf nach. Gavin hatte ihr erzählt, dass er seine freien Wochen in Perth verbrachte, aber nicht, dass er von dort stammte oder dort lebte.

Wahrscheinlich war sie nur kleinlich. Und sowieso, was spielte das für eine Rolle? Frank konnte Barnes Inc. nicht dichtmachen, nur weil Gavin nicht sein komplettes Berufsleben und keinen Geburtsort angegeben hatte. Wenn auch spärlich, so waren seine Angaben doch ausreichend. Frank hatte nichts in der Hand.

Grübelnd klappte sie den Ordner zu.

Es sei denn, mir entgeht da etwas.

Sie schloss den Büro-Donga ab und verließ die Baustelle. Letztendlich aß sie einfach nur ein bisschen Obst aus ihrem Kühlschrank und ging früh zu Bett. Sie konnte schlecht einschlafen, weil sie sich zu viele Gedanken darüber machte, was Frank am nächsten Morgen wohl aus seinem Hut zaubern würde.

Und als sie dann doch einschlief, träumte sie von Gavin und wie sie ihn zwischen wilden Küssen am sandigen, felsigen Strand über seine Vergangenheit ausfragte.

Als das Klingeln des Weckers sie aus dem Schlaf riss, fühlte sie sich, als hätte sie nur zwei Minuten die Augen zugetan.

PIEP! PIEP! PIEP!

Sie fasste sich an den hämmernden Kopf und setzte sich abrupt im Bett auf. *Oh ja! Heute wird ein großartiger Tag.*

Weder Carl noch Chub schien im Geringsten erstaunt darüber, dass Bulldog nicht gleich frühmorgens angerufen hatte, um ihnen Bescheid zu geben, ob sie bestanden hatten.

»Der Typ schiebt einfach nur das Unvermeidliche auf«, beruhigte Chub sie. »Er will uns nicht bestehen lassen. Aber das muss er, und er lässt sich damit Zeit, um uns zu quälen.«

»Du verstehst das nicht, Großer«, beharrte Wendy. »Frank hat es auf mich abgesehen. Er ist Neils bester Freund.«

»Kein Wunder, dass er so ein Arschloch ist. Keine Sorge, Kleine, wir bekommen noch vor zehn Uhr den Anruf. Glaub mir.«

Doch sie bekamen keinen Anruf. Stattdessen tauchte Frank höchstpersönlich bei ihnen auf. Er triefte förmlich vor Selbstzufriedenheit und verlangte umgehend nach einer Unterredung mit Carl und Wendy.

Sie versammelten sich zu dritt in Carls Büro. Carl saß an seinem Schreibtisch, Frank auf einem der Besucherstühle. Wendy schloss die Tür und war zu angespannt, um sich zu setzen.

»Also«, sagte Carl herausfordernd, »was haben Sie für mich?«

»Es sieht so aus«, begann Frank widerwillig, »als wäre der Großteil der Arbeitsabläufe akzeptabel. Wir werden die Baustelle also nicht schließen müssen.«

»Na, das ist doch mal eine Erleichterung.« Carl grinste sie beide an, als hätte er das die ganze Zeit über schon gewusst.

»Ich bin noch nicht fertig.« Frank reckte überheblich das Kinn, und Carls Grinsen verschwand. »Wir schließen die Baustelle nicht, sofern ein Problem, das ich ausfindig gemacht habe, *umgehend* behoben wird.«

Carl warf Wendy einen Blick zu und legte dann die Stirn in Falten. »Welches Problem denn?«

»Sie, Carl.«

Carls Blick fiel wieder auf Frank. »Was … zur Hölle?«

Frank klappte seinen Ordner auf und holte einen Lebenslauf hervor, der, wie Wendy jetzt erkannte, nicht Gavins, sondern Carls war. »Ich bin darauf aufmerksam geworden, dass Sie keinen Führerschein besitzen.«

Carl stand auf. »Natürlich hab ich einen beschissenen Führerschein. Schon seit Jahren. Seitdem ich verfluchte achtzehn bin. Gut, vielleicht musste ich die verdammte schriftliche Prüfung sechsmal wiederholen, aber ich habe das beschissene Stück Papier bekommen.«

Frank blieb sitzen und kam zum Kern seines teuflischen Plans. »In Ihrem Lebenslauf steht, dass Sie zuletzt in Indonesien gearbeitet haben, und zwar vier Jahre lang. Währenddessen haben Sie einen indonesischen Führerschein gemacht, den australischen aber vernachlässigt.«

»Vielleicht habe ich ein paar verfluchte Rechnungen nicht bezahlt. Keine große Sache.«

»Doch, es ist eine große Sache.« Frank schlug den Ordner mit einem Knall zu, und Wendys Mut sank. »Es bedeutet, dass Sie keine Genehmigung haben, in diesem Land am Steuer zu sitzen, geschweige denn in einem Pick-up auf einer hochgefährlichen Baustelle herumzufahren. Und aus diesem Grund fordern Dan und ich Ihre sofortige Suspendierung, bis Sie das Problem aus der Welt geschafft haben. Es ist einfach zu riskant, Sie hier zu haben.«

»Suspendierung?« Carl war einen Augenblick lang sprachlos.

Frank sah geschäftsmäßig auf seine Uhr, als hätte er noch etwas Dringendes zu erledigen, nachdem er Carl zur Sau gemacht hatte. »Ich werde Sie persönlich von der Baustelle begleiten, von wo Sie sich von jemand anderem nach Hause fahren lassen müssen. Wenn Sie möchten, können Sie gerne per Telefon von Wickham aus mit der Baustelle in Kontakt bleiben, aber unter keinen Umständen dürfen Sie Cape Lambert betreten, bis Sie einen gültigen australischen Führerschein besitzen.«

»Aber das könnte Wochen dauern, je nachdem, wie viele Behörden uns abwimmeln«, protestierte Wendy. »Was wird da aus der Baustelle?«

»Das sind unsere Anforderungen«, erwiderte Frank gleichgültig. »Wir erwarten natürlich von Barnes Inc., dass die aufgestellten Termine unterdessen weiter eingehalten werden. Ihr Unternehmen verliert trotz dieses kleinen Malheurs keinesfalls seine vertraglichen Verpflichtungen.«

Kleines Malheur.

Sie hätte ihm am liebsten den Hals umgedreht.

»Ich gehe nicht, auf keinen Fall.« Carl zeigte mit dem Finger auf Frank.

»Es tut mir leid, aber ...«

»Halten Sie die Schnauze, Sie kleiner Dreckskerl.«

Frank klappte die Kinnlade herunter.

»Ich werde meine Männer auf keinen Fall alleine lassen, nur damit Sie sich an einer beschissenen Formalität hochziehen können. Ich kann die Baustelle nicht einfach verlassen. Ich schmeiße hier den Laden, verdammt.«

»Nun, da müssen Sie sich eben für eine Weile jemanden als Vertretung suchen.«

»Das ist meine Baustelle, meine Verantwortung, mein Baby. Ich lasse mich nicht einfach von Ihnen rauswerfen. Dazu haben Sie verdammt noch mal kein Recht. Jeder mit zwei Augen im Kopf sieht doch, dass ich Auto fahren kann.«

Wendy hatte miterlebt, wie Carl in seinem Pick-up herumheizte und mehrmals beinahe rückwärts in irgendetwas reingefahren wäre, befand aber, dass dies nicht der richtige Zeitpunkt war, um das anzusprechen.

Frank wurde sichtlich nervös. »Ich glaube, Sie verstehen mich nicht ganz. Was Sie da momentan tun, verstößt nicht nur gegen die Baustellenvorschriften, es ist gesetzeswidrig.«

Diese Aussage schien Carl nur noch mehr anzustacheln. »Ich sag Ihnen was, Sie Knalltüte! Das kümmert mich einen Scheißdreck!«

Frank stand auf und hielt sich an seinem Aktenordner fest. »Mr Curtis«, er bemühte sich um einen autoritären und weniger ängstlichen Tonfall, »warum machen wir es uns nicht leicht und Sie begleiten mich jetzt nach draußen?«

»Ich begleite Sie nirgendwohin. Und wenn Sie versuchen, mich dazu zu zwingen, dann drehe ich Ihnen eigenhändig Ihren mickrigen Hals um.« Carl deutete boshaft an, wie das aussehen würde.

Frank schluckte schwer und wandte sich dann verzweifelt an Wendy. »Sie haben eine Stunde, um ihn von der Baustelle zu bringen. Wenn er bis dahin nicht weg ist, lasse ich den gesamten Betrieb dichtmachen. Das ist mein Ernst. Ich lasse alles dichtmachen!«

Mit dieser feigen Drohung marschierte er aus dem Raum und knallte die Tür hinter sich zu.

Carl begann, im Zimmer auf und ab zu laufen. Seine Wut war förmlich zu spüren.

»Carl ...«, setzte Wendy zaghaft an.

»Sei still«, fuhr er sie an. »Ich denke verdammt noch mal nach.«

Doch nach weiteren fünf Minuten, in denen er auf und ab lief, hatte er immer noch nichts gesagt.

»Carl, wenn ich etwas sagen dürfte ...«

»Darfst du nicht.«

»Ich weiß, dass es unglaublich nervt, aber wir haben nur«, sie warf einen Blick auf die Wanduhr, »vierundfünfzig Minuten, bevor der Idiot Barnes Inc. dichtmacht. Bitte komm mit mir von der Baustelle, bevor das passiert – zumindest bis wir dir einen Führerschein besorgt oder uns etwas einfallen lassen haben.«

»Ich gehe nicht.«

»Aber du weißt doch, dass wir keine andere Wahl haben.«

Er sah sie verächtlich an. »Du hast gerade erst Neil und Fish feuern lassen. Willst du wirklich jetzt auch noch den Bauleiter von der Baustelle begleiten? Was meinst du, was die anderen dann von dir halten?«

Wendy schrak zurück, als hätte er ihr eine Ohrfeige verpasst. Die ganze Zeit über hatte sie angenommen, Carl würde von den Gerüchten über sie nichts mitbekommen, oder ihnen zumindest keine Beachtung schenken. Vielleicht war er aufmerksamer, als sie angenommen hatte, trotz seiner immer so gelassen wirkenden Einstellung.

Sie rang einen Augenblick mit sich selbst, sagte dann

aber: »Mir ist es egal, was die anderen über mich denken, und dir sollte es auch egal sein. Wir wissen beide, dass du nicht gehen würdest, weil Frank recht hat. Du würdest es für die anderen tun. Halt einfach einen Moment inne, Carl, und überwinde deinen Stolz.«

Er blieb stehen und starrte sie an, öffnete den Mund und schloss ihn dann wieder. Eine Sekunde lang dachte sie, sie wäre zu ihm durchgedrungen, doch dann hob er den Arm und deutete auf die Tür.

»Raus!«

»Aber ...«

»Raus!«

Es hatte keinen Zweck mehr, noch etwas zu sagen, und kaum war sie aus der Tür, knallte er sie auch schon hinter ihr zu.

Was soll ich jetzt nur machen?

Sie eilte aus dem Büro-Donga und ignorierte dabei die neugierigen Blicke der anderen, die gerade auch mitbekommen hatten, wie Frank fluchtartig Carls Büro verlassen hatte. Zurück an ihrem Schreibtisch, ließ sie den Kopf in die Hände sinken.

»Ich nehme mal an, dass es nicht gut gelaufen ist«, erklang Chubs leicht amüsierte Stimme vor ihr.

Sie stöhnte und sah hoch. »Wir haben fünfzig Minuten, bis TCN Barnes Inc. dichtmacht.«

»Was?«, rief Chub erschrocken. »Warum?«

Wendy legte ihm knapp Franks bösen Plan dar.

»Dieser gerissene Fuchs.« Chub runzelte die Stirn. »So viel Kreativität hätte ich ihm gar nicht zugetraut.«

»Ich weiß nur nicht, wie ich Carl von der Baustelle runterbekomme, Großer! Er will einfach nicht gehen.«

»Scheint mir so, als bräuchtest du ein bisschen Verstärkung.«

Sie schaute ihn hoffnungsvoll an.

»Ja, ich weiß, ich habe einen unglaublich muskulösen Oberkörper.« Er fasste sich stolz an seinen Bauch. »Da gibt es nur, äh … ein kleines Problem.«

»Und das wäre?«

Chub verzog schmerzvoll das Gesicht. »Ich bin ein Angsthase. War ich schon immer. Als ich noch in der Schule war, habe ich mir immer buchstäblich in die Hosen gepinkelt, wenn es eine Schlägerei auf dem Schulhof gab. Und meistens war ich nicht mal daran beteiligt.«

»Ach!« Wendy stöhnte frustriert. »Wen kann ich denn sonst fragen? Es will doch niemand dem TCN-Spion dabei helfen, den Bauleiter abzuführen. Abgesehen davon, dass alle mich hassen, würde Carl mit Sicherheit jedem mit sofortiger Kündigung drohen, der ihn anzufassen versucht.«

»Da ist was dran.« Chub betrachtete seine Fingernägel und schlug dann ohne aufzusehen vor: »Du könntest Gavin fragen.«

»Auf keinen Fall.«

»Warum nicht? Er ist der Nächste in der Hierarchie hier. In den seltenen Fällen, dass Carl mal krank ist oder sich freinimmt, ist er der stellvertretende Bauleiter. Scheint mir eigentlich so etwas wie sein Recht zu sein.«

»Das finde ich gar nicht«, gab Wendy zurück. Sie fühlte sich überhaupt nicht mehr wie die Herrin der Lage.

»Außerdem«, Chub nickte ernst, »hat er Muskeln. Der Kerl ist quasi aus Stahl. Hast du ihn mal ohne Hemd gesehen?«

»Nein.« Wendy stockte der Atem.

»Solltest du aber«, sagte Chub nachdenklich. »Würde dir gefallen.«

»Großer.«

Chub hob kapitulierend die Hände hoch. »Ich sag ja nur.«

Sie funkelte ihn einen Moment lang stumm an. Seine Mundwinkel zuckten unter ihrem mordlustigen Blick, und er sah auf seine Uhr. »Na ja, du hast ja noch eine Dreiviertelstunde, um dir etwas anderes auszudenken. Da würde ich mich an deiner Stelle mal ranmachen.«

»Na schön«, rief sie, »du hast gewonnen! Ich rufe Gavin an.«

Kapitel 15

Es klingelte zweimal, bevor er abnahm.

»Sarge?«

»Hi, Gavin.« Sie hoffte, dass ihre Stimme geschäftsmäßig klang. »Ich brauche deine Hilfe. Kannst du zu mir ins Büro kommen?«

»Äh, klar. Passt dir in einer Stunde? Ich wollte hier draußen bleiben, bis der Pfahl drin ist.«

»Es kann nicht warten. *Ich brauche dich jetzt*«, flehte sie ihn an und merkte erst dann, dass sie es vielleicht anders hätte formulieren sollen. »Ich meine, ich brauche deine Muskeln.«

Oje.

»Du brauchst meine *was*?«

Sie schlug sich mit der Handfläche an die Stirn und schloss die Augen. »Hab ich Muskeln gesagt? Ich meine eigentlich eher deinen ganzen Körper ...«

»Du brauchst meinen *Körper*?«

»Äh, kannst du einfach herkommen und aufhören, so dumme Fragen zu stellen?« Sie knallte den Hörer auf die Gabel und sprang auf, als wäre das Telefon eine angriffslustige Schlange.

Rechts neben ihr prustete Chub los. »Nicht schlecht.«

»Ach, sei doch still.«

Keine zehn Minuten später riss Gavin die Tür auf

und stürzte herein wie Batman, bloß ohne Maske und Cape.

»Hallo, Lahmarsch«, brummelte Chub. »Ging das nicht ein bisschen schneller?«

Gavin beachtete ihn nicht, sondern wandte sich an Wendy. »Was sagtest du, brauchst du?«

»Bietest wohl deine Dienste an, was?« Chubs Mundwinkel zuckten. »Irgendwie überrascht mich das nicht.«

Wendy stand auf und biss sich nervös auf die Lippe. »TCN macht den Laden in einer halben Stunde dicht, wenn du Carl nicht dazu bringst – möglicherweise auch mit Körpereinsatz –, die Baustelle zu verlassen.«

Gavin zeigte mit dem Finger auf sie. »Siehst du, ich hätte niemals erraten, dass du das sagen würdest.«

»Tatsächlich?« Chub wirkte amüsiert. »War das nicht eindeutig?«

Wendy funkelte ihren Bürokollegen an. Er genoss das viel zu sehr. »Könntest du bitte still sein? Siehst du nicht, dass wir mitten in einer Krise stecken?«

Chub senkte den Blick. »Entschuldige.«

Wendy klärte Gavin schnell über die morgendlichen Vorfälle auf. »Wir haben noch siebenundzwanzig Minuten.«

»Verlass dich auf mich.« Gavin grinste. »So lange brauchen wir nicht.«

Chub sah Wendy selbstzufrieden an. »Was hab ich dir gesagt?«

Sie ignorierte ihn jedoch und hielt die Bürotür auf. »Dann mal los.«

Wendy und Gavin erwischten Carl gerade noch rechtzeitig. Er hatte schon den Helm auf und die Weste an und war offensichtlich im Begriff, loszufahren –

zweifellos, um seinen üblichen Pflichten nachzugehen.

»Was zur Hölle soll der Scheiß?« Seine Gesichtszüge entglitten ihm, als er Gavin hereinkommen sah, gefolgt von Wendy, die vorsichtig die Tür hinter sich schloss, sich dagegen lehnte und für mehr Halt eine Hand auf die Klinke legte.

»Nenn es eine Intervention«, klärte Gavin ihn auf.

Carl sah erst Gavin an und dann Wendy. »Hast du diesen Schönling etwa hergeholt, damit er mich wegbringt? Der kann doch nicht mal einen Nagel gerade einschlagen, geschweige denn einen beschissenen Pfahl.«

Gavin grinste. »Ist doch immer schön, ein bisschen Rückmeldung über seine Arbeit zu bekommen. So weiß man, wie man sich macht.«

»Wenn du glaubst, dass er mich zum Gehen überreden kann, dann bist du vollkommen übergeschnappt.«

»Wer hat hier irgendwas von reden gesagt?«, spottete Gavin. »Ich wollte dich eigentlich einfach k. o. schlagen und dann in die Gosse zerren.«

»Das will ich sehen.«

Gavin zuckte mit den Schultern und trat einen Schritt vor, aber da holte Carl schon aus und traf ihn mit der Faust am Kiefer.

Gavins Kopf wurde zurückgeschleudert, und Carl ließ seine Faust sinken, als wäre er perplex über das, was er gerade getan hatte.

Gavin drehte den Kopf wieder zu ihm um. »Weißt du, eigentlich sollte es nur ein Witz sein, dass ich dich verprügeln will. Aber jetzt ... *jetzt nicht mehr.*«

Er stürzte sich auf Carl, doch der wehrte ab. Dann

holte Gavin noch mal mit der Faust aus und landete einen Treffer.

Wendy hielt sich die Hände vors Gesicht. »Leute! Hört auf! Ich dachte, ich könnte das, aber das stimmt nicht.«

Sie schenkten ihr keine Beachtung. Ein Stuhl fiel um. Stiefelsohlen quietschten über das Linoleum.

»So geht das doch nicht!«, rief sie.

Du solltest doch eigentlich die Sicherheitsmanagerin sein. Stattdessen stachelst du die beiden hier zu einer Schlägerei an. Bist du verrückt?

Sie stürzte sich ins Gefecht, um sie voneinander zu trennen. Hätte sie genauer darüber nachgedacht, wäre ihr klargeworden, dass so eine Taktik nutzlos war, wenn zwei Stiere ihre Kräfte miteinander maßen, aber genau das tat sie eben nicht.

Sie wurde zur Seite gestoßen, und als sie gegen den Schreibtisch und dann auf den Boden fiel, knackte es zuerst seltsam in ihrer Schulter, und dann durchfuhr sie ein so heftiger Schmerz, dass ihr beinahe schwarz vor Augen wurde.

Sie schrie auf.

»Verdammt, Wendy!« Gavin riss sich von Carl los und warf sich neben sie auf den Boden. Er richtete sie halb auf und drückte sie an seine Brust.

Sein Herz schlug wie wild gegen ihre glühende Wange. Sie stöhnte vor Schmerzen.

»Ich glaube, sie hat sich die Schulter ausgekugelt«, sagte er zu Carl, der sich keuchend an einen Stuhl lehnte.

Die Tür wurde aufgerissen. John Lewis und mehrere andere Kollegen kamen herein und blieben abrupt stehen, als sie das Chaos sahen. Carls zerrissene Warnweste, die umgestoßenen Möbel, die zitternde Wendy mit einer merkwürdig aussehenden Schulter in Gavins Armen.

»Wo ist der Sanitäter?«, fragte Carl mit belegter Stimme.

»Auf dem Anleger«, reagierte John schnell. »Heute Morgen ist jemand in Ohnmacht gefallen. Dehydrierung oder so …«

»Scheiße! Hätte er nicht morgen umkippen können, der Trottel!«

Vage nahm Wendy seine Stimme durch den Schmerz wahr. Tränen liefen ihr über die Wangen.

»Es geht schneller, sie nach Wickham reinzufahren, als zu warten.« Gavin stand auf und hob Wendy so mühelos hoch, als würde er ein Kleinkind im Arm halten. »Wir brauchen sofort einen Arzt, der ihr die Schulter wieder einrenkt.«

In ihrem benebelten Zustand erinnerte sich Wendy jedoch noch an etwas.

Mühsam hob sie den Kopf von Gavins Brust und erklärte starrköpfig: »Ohne … ohne Carl gehe ich nirgendwohin.«

Carl sah sie entsetzt an, bis sein Mund sich langsam zu einem Grinsen verzog. »Verdammt, Wendy! Wenn ich es nicht besser wüsste, würde ich sagen, du hast dir mit Absicht die Schulter versaut. Ganz ruhig, Mädchen. Ich komme mit. Ich fahre sogar.«

»Nein!«, protestierten Gavin und sie zugleich.

Er streckte die Arme aus. »Dann lass sie mich tragen.«

»Du fasst sie nicht an«, ordnete Gavin an. »Und wir nehmen meinen Wagen.«

Die Umstehenden machten großzügig Platz für Gavin, und er stapfte mit Wendy in seinen Armen hinaus.

»Dann bin ich wohl eine Weile nicht da«, informierte Carl John barsch. »Rufst du Bulldog an und sagst ihm, dass ich weg bin?«

»Klar, Carl.« John nickte und blickte Carl sprachlos hinterher, als er Gavin und Wendy folgte.

Wendy schaute in Gavins Gesicht und staunte darüber, wie schuldbewusst und besorgt er aussah. Seine Haare waren von der Schlägerei zerzaust und seine Hemdtasche abgerissen. Aber sie konnte nicht abstreiten, dass er einfach zum Dahinschmelzen war. Hätte sie nicht solche Schmerzen gehabt, hätte sie sich noch enger an ihn geschmiegt.

»Sag mal«, murmelte sie, »haben wir es geschafft?«

»Was geschafft?«

»Es rechtzeitig geschafft?« Sie rang nach Luft, als ihr erneut der Schmerz in die Schulter fuhr.

»Wendy, hör auf zu reden, du machst es nur noch schlimmer.« Aber er sah trotzdem zur Uhr hoch, als sie den Donga verließen. »Sogar noch zwei Minuten übrig.«

»Gott sei Dank.«

Gavin fuhr Carl und Wendy nach Wickham ins Ärztezentrum, das nur gute fünf Minuten von der Baustelle entfernt lag. Mit seiner lauten Stimme und unverfrorenen Forderungen machte Carl ziemlich schnell aus ihrem Fall einen Notfall, und Gavin trug Wendy in das Sprechzimmer eines Arztes mittleren Alters.

Den schien es überhaupt nicht zu überraschen, dass ihm zwei besorgte und zerzauste Männer und eine vor Schmerzen stöhnende Frau gegenüberstanden. Wendy vermutete, dass Patienten in Neonwesten kein ungewöhnlicher Anblick in dieser Gegend waren.

»Eine ausgekugelte Schulter, verstehe.« Er rieb sich vergnügt die Hände und untersuchte sie. »Sieht nicht allzu schlimm aus. Die kann ich gleich selbst wieder einrenken.«

Nachdem er Wendy eine örtliche Betäubung verabreicht hatte, hob er ihren Arm, packte ihre Schulter und manövrierte den Knochen wieder an Ort und Stelle. Sie spürte wieder, wie es knackte, doch diesmal tat es nicht weh – obwohl das kaum verwunderlich war, so taub wie sich ihre gesamte Schulter anfühlte.

Der Arzt steckte ihren Arm in eine Schlinge und wies sie an, nach Karratha ins Nickol-Bay-Krankenhaus zu fahren, um sich dort röntgen zu lassen, nur um ganz sicherzugehen, dass der Knochen wieder richtig eingerenkt war und sie sich nichts gebrochen hatte.

Wendy bedankte sich und ließ sich dann mit der Überweisung in der Hand von den Männern wieder hinaus zum Auto begleiten. Sie stützte sich auf Gavin, wehrte jedoch sein Angebot, sie zu tragen, diesmal ab. Sie wollte sich nicht wie ein Kleinkind verhalten, wo es doch ihre eigene Schuld war, dass sie sich verletzt hatte.

Vierzig Minuten später fanden sie sich im nächsten Wartezimmer in Karratha wieder, und Wendy konnte sehen, dass auch Carl jetzt die Schuldgefühle übermannten.

»Hör zu«, sagte er und fuhr sich mit seinen Pranken durch die Haare, »es tut mir verdammt leid wegen deiner Schulter, Wendy. Ich dachte nicht, dass es so weit kommen würde.«

»Es sollte dir auch verdammt leidtun«, grummelte Gavin.

Wendy drückte Gavin mit ihrer unversehrten Hand das Knie. »Lass es sein. Alles wird wieder gut. Ich bin nur froh, dass nicht stattdessen ihr zwei hier im Krankenhaus liegt. Ich dachte wirklich, ihr bringt euch gegenseitig um.«

»Das hätten wir wohl auch«, stimmte Gavin zu.

»Könnten wir auch immer noch«, fügte Carl mit einem herausfordernden Funkeln in den Augen hinzu.

»Ach, um Gottes willen.« Wendy verdrehte die Augen. »Wenn es unbedingt sein muss, macht das aber diesmal draußen unter euch aus.«

»Nein.« Gavin klang schuldbewusst. »Da bin ich extra hergekommen, um dich zu beschützen, und dann wirst du trotzdem verletzt.«

»Mich beschützen? Wovor?« Sie sah ihn überrascht an.

Er sah weg und wich der Frage aus. »Das ist alles meine Schuld.«

»Das ist nicht deine beschissene Schuld«, wies Carl ihn zurecht. »Du hast nur getan, was das Beste für die Baustelle ist.«

»Wendy quer durchs Büro zu schleudern?«, höhnte Gavin.

»Ich glaube, ihr habt mich beide umgestoßen«, verbesserte ihn Wendy. »Wenn irgendjemand schuld ist, dann ich selbst, weil ich so dumm war, euch auseinanderbringen zu wollen.«

»Na ja, ich werde jedenfalls jetzt keine verdammte Haarspalterei darüber betreiben, wer schuld hat«, seufzte Carl. »Ich will das jetzt nur hinter mich bringen und weitermachen können.«

»Dann musst du von Wickham aus arbeiten, bis ich

deinen Führerschein geregelt bekommen habe.« Sie sah ihn streng an.

»Ich kann doch nicht alles von Scheiß-Wickham aus erledigen.«

»Ich übernehme den Rest.« Gavin nickte entschlossen.

Carl schnaubte. »Und warum sollte ich dir die Verantwortung übertragen?«

Gavin hatte wieder sein großspuriges Lächeln auf den Lippen. »Komm schon, Carl. Mich hat es doch schon immer gereizt, Bauleiter zu sein.«

Carl blickte zur Decke. »Hätte ich doch bloß bessere Optionen, verdammt.«

»Dann bist du also einverstanden?«, fragte Gavin.

»Halt unbedingt ein Auge auf ihn. Wahrscheinlich macht sich sein verdammtes Ego zu breit«, wandte Carl sich an Wendy.

»Wendy Hopkins?« Eine Krankenschwester erschien.

Wendy hob ihren unversehrten Arm. »Hier.«

Nachdem sie geröntgt worden war und entlassen wurde, fuhr Gavin zu Carl nach Hause, um ihn dort abzusetzen.

Sie trafen Sharon im Wohnzimmer. Ihr Bein steckte noch in einem riesigen blauen Plastikstiefel.

»Oh nein! Was ist passiert?«, rief sie.

»Ich hab mich geprügelt«, gab Wendy zu.

»Mit *wem*?«

»Carl und Gavin.«

Sharons Blick fiel sofort auf Carl. »Was hast du getan?«

»Warum gehst du immer davon aus, dass ich irgendwas verbockt habe?«, fragte Carl missmutig zurück.

»Warum hast du dich dann mit Wendy geprügelt?«

»Ich habe mich nicht mit Wendy geprügelt, sondern mit dem verdammten Gavin!«

»Und wer hat angefangen?«

»Was hat das denn damit zu tun, verdammt?« Carl wurde rot.

Wendy legte Sharon die Hand auf den Arm. »Lass ihn! Der Bauherr hat uns so etwas wie ein Ultimatum gestellt. Carl war beleidigt, Gavin und er sind aneinandergeraten, und dumm, wie ich bin, dachte ich, ich wäre stark genug, sie auseinanderzubringen.«

Sharon sah wieder den mürrisch dreinschauenden Carl an. »Und was hat dich so beleidigt?«

Wendy klärte Sharon schnell über die ganze Situation auf. »Und deswegen kann Carl erst wieder zurückkommen, wenn er seinen Führerschein hat.« Sie schaute sich im Zimmer um, als würde sie nach einem Kind Ausschau halten. »Wo ist denn Fish?«

Sharons Miene verdunkelte sich. »Ich hab ihn gestern mehr oder weniger rausgeschmissen.«

»Lässt er immer noch die Innereien seines Fangs in der Spüle liegen?«

»Schlimmer«, Sharon verzog das Gesicht, »viel schlimmer. Gestern hat er eine riesige Schlammkrabbe gefangen. Eigentlich wollte er noch mehr erwischen, aber die große hat sein Netz kaputtgerissen. Also ist er nach Hause gekommen, um ein neues zu holen, und hat seine Beute – noch lebendig, wohlgemerkt – solange in die Badewanne gesetzt.«

Wendy konnte es nicht fassen. »Nein!«

»Weißt du, wie er sich verteidigt hat?« Sharon ahmte seine Stimme sehr überzeugend nach. »Na, woher sollte ich denn wissen, dass du noch nicht geduscht hattest?«

Wendy verkniff sich ein Lachen.

»Ich nehme mal an, eure Dusche ist über der Badewanne«, sagte Gavin.

»Ja«, bestätigte Sharon. »Ich habe mir beinahe noch mein zweites Bein gebrochen, als ich wieder aus der Wanne gesprungen bin, um mich nicht von dem bissigen kleinen Ding in die Knöchel zwicken zu lassen.«

»Dieser Mistkerl«, rief Wendy.

»Es war so demütigend. Auf jeden Fall der Tropfen, der das Fass zum Überlaufen gebracht hat.«

»Das kann ich gut nachvollziehen.«

»Entschuldigt die Unterbrechung«, Gavin rieb sich die Hände, »aber jetzt, wo ich amtierender Bauleiter bin, finde ich, wir sollten Zukunftspläne schmieden.«

»Ach, findest du das?« Carl beäugte ihn entnervt.

»Ja«, entgegnete Gavin entschieden. »Carl arbeitet von hier aus, ich gehe zurück auf den Anleger, und Wendy, finde ich, sollte ihre freie Woche nehmen.«

Wendy wirbelte zu ihm herum. »Wieso?«

»Na ja, das ist längst überfällig, oder, wegen der Prüfung? Und wo du jetzt eine verletzte Schulter hast … perfektes Timing für eine Pause.«

»Aber es gibt so viel zu tun.«

»Finde ich nicht. Nimm dir frei und erhol dich. Du brauchst das.«

Sie funkelte ihn an. »Meinem Arm geht es gut. Ich nehme mir heute frei und morgen …«

»… fliegst du nach Hause.«

»Tu ich nicht.« Sie stand herausfordernd vor ihm, eine Hand in die Hüfte gestemmt.

»Weißt du, Wendy«, warf Sharon nachdenklich ein, »diesmal stimme ich ihm zu.«

»Ja, er hat recht«, schloss sich auch Carl an. »Du hast alles erledigt, Wendy, zumindest für den Moment. Du brauchst eine Pause. Sieh dich doch an. Dein rechter Arm ist im Arsch. Du kannst doch gar nichts machen.«

»Aber ich muss die Prüfung nachbereiten und mit der Zyklonvorbereitung weitermachen.«

»Und das kannst du alles noch, wenn du wieder da bist.« Gavin lächelte sie so an, dass es ihr in den Fingern juckte, ihm eine Ohrfeige zu verpassen. »Komm.« Er legte ihr eine Hand auf den Rücken. »Ich bring dich zurück zu deinem Donga, damit du packen kannst. Chub bucht dir den Flug.«

»Bis dann, Wendy.« Sharon winkte ihr vergnügt zu.

»Das hast du mit Absicht gemacht«, beschuldigte sie ihn, als sie aus dem Haus kamen.

»Was denn, Sarge?«

»Mich vor Zeugen von der Baustelle beordern, damit es drei zu eins steht.«

»Na gut, da habe ich also eine kleine List angewendet.« Gavin schenkte ihr sein umwerfendes Lächeln. »Ist dir das erst jetzt an mir aufgefallen?«

»Oh, der war gut.« Sie verdrehte die Augen, und er half ihr, mit einer Hand an ihrem Ellbogen und einer an ihrer Taille, in seinen Pick-up. Seine Berührung jagte ihr einen wohligen Schauer über den Rücken.

Gavin stieg ebenfalls ein und startete den Wagen. »Ich wollte nur sichergehen, dass du dich ausruhst«, sagte er ernst. »Durchzuarbeiten ist nicht gut für deine Gesundheit.«

Seine Worte waren beinahe eins zu eins ein Zitat ihrer eigenen, und Wendy konnte nur staunen, wie dreist er war.

»Wow! Ganz schön heuchlerisch, wenn man bedenkt, dass dein Urlaub viel überfälliger ist als meiner.«

»Und wie kommst du darauf?«

»Du hast ihn wegen Craig ausfallen lassen, und seitdem er wieder da ist, hast du noch keine Anstalten gemacht, einen Flug nach Perth zu buchen.«

Er verzog das Gesicht. »Es wäre gerade keine gute Idee für mich, nach Perth zu fahren.«

»Warum nicht?« Auf seinem Gesicht lag ein merkwürdiger Ausdruck. Gavin war sehr gut darin, frech zu gucken, sexy, verschmitzt oder provozierend. Düster und geheimnisvoll jedoch war etwas ganz Neues.

Plötzlich erhellte sich seine Miene, und er sah grinsend zu ihr herüber. »Weil die Fische in Exmouth besser anbeißen als in Perth. Ich habe überlegt, in meiner nächsten freien Woche stattdessen dorthinzufahren.«

»Na dann fahr.«

»Ich kann jetzt nicht fahren. Ich bin gerade zum Bauleiter ernannt worden.« Die Freude in seiner Stimme war nicht zu überhören. »Meine Karriere steigt steil an, Sarge. Dem kehrt man nicht einfach den Rücken zu.«

»Mhm, lass dir das mal nicht zu Kopf steigen.«

Er lachte.

»Was?«

»Nichts.« Er hielt an, und Wendy bemerkte, dass sie zurück am Camp waren.

Aber als sie gerade die Tür öffnen wollte, legte Gavin ihr eine Hand auf den Arm. »Ich hoffe jedenfalls, du hast eine gute Zeit und kannst deine Freunde sehen und …«, er sah wehmütig aus, »… deine Familie.«

Klar, weil mich das total entspannen wird.

Er sah ihr Stirnrunzeln. »Hab ich was Falsches gesagt? Ist es wegen dem Typen in Perth, der dir weh getan hat? Der wird doch nicht da sein, oder?«

Sie entzog ihm ihren Arm und stieg aus dem Wagen. »Du liegst falsch, Gavin. Schon die ganze Zeit. Der letzte Mann, der mir weh getan hat, war kein Exfreund.«

»Wer war es dann?«

»Mein Vater.«

Ihr spontanes Geständnis hatte sie erschreckt. So sehr sogar, dass sie Gavin keine Gelegenheit gegeben hatte, weiter nachzuhaken. Nachdem sie seinem fragenden Blick ausgewichen war, hatte sie sich verabschiedet und war allein zu ihrem Donga gegangen. Vor allem machte es ihr zu schaffen, es überhaupt ausgesprochen zu haben. Bisher hatte sie nicht einmal sich selbst eingestanden, wie weh es ihr tat, dass ihr Vater sie schon vor ihrer Geburt verlassen hatte. Er hatte sie nicht einmal kennengelernt. Vielleicht weil er dachte, er würde ihr dadurch ein besseres Leben ermöglichen ... Sicher konnte sie sich da nicht sein.

Andererseits hatte die Frau, die ihm doch eigentlich so wichtig gewesen war, ein Kind von ihm erwartet, und er hatte nicht einmal seinen Sohn oder seine Tochter sehen wollen. Noch heftiger zurückgewiesen werden konnte man wohl nicht.

Im Flugzeug am nächsten Tag hatte Wendy reichlich Gelegenheit, über die Entdeckungen und Sackgassen auf ihrer Suche nach dem Mann nachzugrübeln, der sie verlassen hatte. Jetzt, wo sie nicht mehr auf der Baustelle, sondern auf dem Weg nach Hause war, erfasste sie wieder dieses ruhelose Gefühl.

Der Drang danach, mehr zu wissen.

Wendy war fest entschlossen, zumindest noch einmal ihre Familie auszufragen. Diesmal allerdings nicht so sehr ihre Mutter, sondern ihren Adoptivvater. Wenn sie ihn allein erwischte, bekam sie vielleicht mehr aus ihm heraus. Parry Hopkins war ein zurückhaltender, schüchterner Mensch, der sich meistens hinter seiner Frau versteckte. Wendy war sicher, dass er mehr wusste, als er vorgab.

Sie gestattete sich drei Tage zum Erholen, Einkaufen und Lesen. Es war das reine Vergnügen, nicht mehr von Staub bedeckt zu sein und bis mittags schlafen zu können, wenn sie wollte. Den Workaholic in ihr konnte sie jedoch nicht aufhalten, und so sortierte sie altes Zeug aus, das schon seit Ewigkeiten herumlag. Ihre Schulter heilte gut, der Arzt jedoch hatte ihr verordnet, die Schlinge ein bis zwei Wochen umzubehalten.

Kein Tag verging, an dem sie nicht an Gavin dachte. Sie fragte sich, wie er wohl mit seiner neuentdeckten Macht zurechtkam. *Wahrscheinlich genießt er sie in vollen Zügen.*

Oder mit seinen drei oder mehr Romanzen. *Die wahrscheinlich auch.*

Warum fühlten sich Frauen nur immer zu den Bad Boys hingezogen? Warum waren die stillen, schüchternen, verlässlichen Männer dagegen immer solche Nieten? Diejenigen, die auch eine empfindsame Seite hatten und sich hin und wieder gern eine romantische Komödie anschauten, verursachten nur selten Herzklopfen, weiche Knie und Schmetterlinge im Bauch.

Wahrscheinlich ist es das Adrenalin. Der Körper erkennt die Gefahr. Nur das Gehirn glaubt, das sei Liebe.

Liebe?

Wie kam sie denn darauf? So wahnsinnig war sie doch nicht, oder?

Im Grunde genommen war es eine Erleichterung, dass sie ein Ziel vor Augen hatte, das sie von solch verwirrenden Gedanken ablenkte. Sie wollte ihren Vater am Montag besuchen. Das war der ruhigste Tag in seinem Lokal *The Grunt*. Der einzige Ort, an den es ihre Mutter nicht oft verschlug. Wendy dachte sich, dass die beste Zeit vier Uhr wäre – nach dem Mittagessen, vor dem Abendessen.

Parry war überrascht über ihren Besuch, so wie sie es erwartet hatte. Sie standen sich nicht besonders nahe. Seitdem sie ihren Führerschein hatte, war ihr der Kontakt zu ihren Eltern überflüssig vorgekommen und schien bedauerlicherweise auch von keinem der beiden erwünscht. Ihr Vater kam aus der Küche, um sie zu begrüßen, küsste sie auf die Wange und lud sie ein, sich an einen der freien Tische zu setzen.

»Was ist denn mit deinem Arm passiert?« Sein Blick fiel sofort auf die Schlinge. »Ist alles in Ordnung?«

»Ach, das ist nichts. Ich habe mir die Schulter ausgekugelt. Ist schon gut abgeheilt.«

»Du belastest dich zu sehr.«

Er war ein kleingewachsener Mann, kleiner als Wendy, und hatte schütter werdendes schwarzes Haar. Für einen Koch war er erstaunlich dünn. Er hatte traurige Augen und ein abgespanntes Gesicht, und man sah ihm an, dass er meist unter Druck stand.

»Kann ich dir etwas anbieten, Wendy? Kaffee? Etwas Kaltes? Oder etwas Stärkeres?«

»Nein, danke.« Sie winkte mit einem leichten Lächeln ab. »Ich bin nur zum Reden hier.«

»Wirklich?« Er sah skeptisch aus. »Worüber denn?«

»Ich glaube, du kannst es dir schon denken.«

Als er stumm vor ihr stehen blieb, seufzte sie. »Ist es denn so schwer, mit mir darüber zu reden?«

»Ich will nicht, dass du wieder sauer wirst oder es dich traurig macht.«

»Glaub mir, das habe ich hinter mir. Ich habe das letzte halbe Jahr genug durchgemacht. Mir ist klargeworden, dass es Zeitverschwendung ist, sich über die Vergangenheit aufzuregen. Man kann sie sowieso nicht ändern.«

Schließlich setzte er sich zu ihr an den Tisch. Er legte sein Geschirrtuch beiseite und eine Hand auf die andere. »Das ist wohl wahr.«

»Aber nur weil man sie nicht ändern kann«, setzte sie nervös an, »heißt nicht, dass man nicht aus ihr lernen kann.«

»Was willst du von mir hören, Wendy? Ich habe dir schon alles erzählt, was ich weiß.«

»Nicht alles«, erwiderte sie vorsichtig. »Liebst du meine Mutter?«

Er sah sie überrascht an. »Ja, der Himmel steh mir bei. Deswegen bin ich geblieben. In der Hoffnung, dass sich die Dinge ändern würden. Vielleicht ist es an der Zeit, loszulassen.«

»Hast du ihr deswegen verziehen, als du herausgefunden hast, dass ich nicht deine leibliche Tochter bin?«

»Ich habe ihr vergeben, weil ich euch beide geliebt habe. Das tue ich auch immer noch.«

Sie schüttelte den Kopf. »Du hast mich quasi rausgeworfen, als du herausgefunden hast, dass ich die Tochter eines anderen bin.«

»Ist es das, was du glaubst?« Er griff nach ihrer Hand. »Ich weiß, dass ich schlecht damit umgegangen bin, mein Schatz, aber ich habe nie aufgehört, dich zu lieben. Ich hatte nur das Gefühl, nicht länger das Recht dazu zu haben.«

»Das ist keine Entschuldigung.« Wendy presste die Lippen zusammen. »Kannst du dir vorstellen, wie ausgestoßen ich mich gefühlt habe, als ihr mich weggeschickt habt, als hätte ich etwas verbrochen?«

Er zog seine Hand weg. »Hier herrschte das reinste Chaos. Und es war besser, dass du nicht die ganzen Streitereien mitbekommen musstest, vor allem in den ersten Jahren.«

»Streitereien worüber?«

Er sah sie kurz an und zögerte. »Ich wollte deinen leiblichen Vater ausfindig machen und ihm sagen, dass ein Fehler gemacht wurde.«

Sie beugte sich erschrocken vor. »Hast du ihn gefunden? Hast du es ihm gesagt?«

»Nein, ich habe es ihm nicht gesagt«, brachte er mühsam hervor. »Helen war dagegen, und meine Mutter auch.«

»Großmutter?«

»Dein Großvater im Grunde genommen auch. Er hat damals noch gelebt, und sie waren beide dagegen, den Status quo zu ändern und dadurch den Ruf der Familie zu ruinieren.«

Das konnte Wendy sich vorstellen. Ihre Großeltern gehörten einer anderen Generation an und hatten deren Mentalität – traditionell und konservativ. Vor allem ihre Großmutter war sehr katholisch. Das Letzte, was sie gewollt hätten, wäre ein uneheliches Kind in der Familie, das von allen angestarrt wurde. Vor allem, wenn sie es sechs Jahre lang in der Familie anerkannt hatten.

»Außerdem wussten wir, dass ... dein Vater verheiratet war. Wir mussten auch seine Frau in die Entscheidung einbeziehen. Wir wussten nicht, was passieren würde, wenn wir es ihnen erzählten.«

»Warte.« Wendy sah ihn kritisch an. »Woher wusstet ihr, dass Hector verheiratet war?«

»Er heißt nicht Hector«, bellte Parry förmlich. »Das ist nur eine Erfindung deiner Mutter, damit sie sich besser fühlt.«

Wendy war wie vor den Kopf gestoßen. »Das verstehe ich nicht.«

»Ich glaube, dass deine Mutter dachte, er würde nach deiner Geburt zu ihr zurückkommen. Vielleicht, um dich und sie zurückzugewinnen ... Wer weiß? Sie hatte ihn nicht aus den Augen verloren. Aber kurz bevor du ein Jahr alt wurdest, hat er eine andere geheiratet und damit die Chance auf eine Beziehung zunichtegemacht. Und auch seine Absichten klargemacht«, erzählte er mit Bitterkeit in der Stimme.

Wendy nickte. »Und dann bist du wieder auf der Bildfläche erschienen und hast ihr einen Antrag gemacht?«

»Ja.«

»Wusstest du, dass sie meinen Vater im Auge behielt?«

»Ja.« Er biss die Zähne zusammen. »Weil ich das selber auch tat. Ich wollte wissen, ob er wegen dir zurückkehren würde. Und als er das nicht tat, schien mir das Beweis genug, dass du mein Kind warst. Siehst du, wie dumm ich war?«

»Du warst nicht dumm«, sagte Wendy leise. »Du wolltest Mum einfach glauben, weil du sie geliebt hast.«

»Genau. Mir war nicht klar, dass sie mich benutzte, um jemand anderen eifersüchtig zu machen. Dass sie hoffte, er würde sie zurückerobern wollen. Im Nachhinein ergibt das alles einen Sinn.« Er klang wieder bitter. »Sie hat meinen zweiten Antrag nur akzeptiert, weil ihr anderer Geliebter heiratete. Aber das war mir nicht bewusst. Ich wollte zu sehr daran glauben, dass alles wieder wie vorher sein könnte.«

Wendy war elend zumute.

Es schien, als hätte ihre Mutter Parry genauso benutzt wie ihre Tochter, jedoch nicht aus den Gründen, die Wendy bisher vermutet hatte – Geld, Status, ein Dach über dem Kopf.

Sie hatte sie benutzt, um den Mann zurückzugewinnen, den sie wirklich liebte.

Bis es dazu zu spät war.

Kapitel 16

Überwältigt von diesen neuen Erkenntnissen verließ Wendy wie betäubt das Lokal und war schon auf halbem Weg nach Hause, als ihr einfiel, dass sie eine entscheidende Frage vergessen hatte.

Wenn ihr Vater gar nicht Hector hieß, wie hieß er dann? Sie war sich jetzt sicher, dass Parry es wusste. Wahrscheinlich kannte er sogar seinen Nachnamen, wenn er ihn so lange im Auge behalten hatte. Sie wendete und fuhr zurück. Doch als sie im Lokal eintraf, war Parry nicht mehr da.

»Er hat sich nicht so gut gefühlt«, erklärte ihr einer der Barkeeper. »Er wollte den Nachmittag freinehmen und heute Abend wiederkommen.«

Wendy vermutete, dass er nach Hause gefahren war; dort wäre auch ihre Mutter. Aber das war egal. Sie würde sie zusammen zur Rede stellen.

Sie stieg wieder ins Auto und fuhr auf die Hauptstraße. Nach etwa einem Kilometer fiel ihr eine abzweigende Straße ins Auge. Northberry Road.

Warum kam ihr das so bekannt vor? Mit Schrecken erinnerte sie sich, dass Gavin in dieser Straße wohnte. Die Neugier ging mit ihr durch, und sie bog in die schmale Straße ein. Sie konnte sich nicht an seine Hausnummer erinnern, nur, dass es eine einstellige Ziffer war. Das war es jedoch nicht, was ihr dabei half, sein Haus ausfindig zu machen.

Jedes Haus in der Straße hatte einen einwandfrei gepflegten Vorgarten – tadellose Rasenflächen, getrimmte Hecken und Büsche und in voller Blüte stehende Blumenbeete. Vor Haus Nummer drei jedoch gab es nur Unkraut, abgestorbene Bäume und Büsche, die unbedingt beschnitten werden mussten. Es war ein herrlicher Tag, und fast überall standen die Fenster oder Eingangstüren offen. Bei Nummer drei allerdings waren sie geschlossen und die Vorhänge zugezogen – und in der Auffahrt stand ein verstaubter alter Holden. Der Wagen war eindeutig seit einiger Zeit nicht gefahren worden, denn um seine Reifen sammelte sich Laub, und die Kofferraumhaube war über und über mit Vogeldreck bedeckt.

Wie reizend.

Sie fuhr auf die Auffahrt und stellte den Motor ab. Wie eine Detektivin, die nach Hinweisen suchte, nahm sie jedes Detail des Hauses auf. Natürlich konnte sie sich nicht sicher sein, dass es Gavins Haus war. Wer weiß, vielleicht beschäftigte er einen Gärtner, der sich jede Woche um den Garten kümmerte, damit sein Zuhause immer in Ordnung war, wenn er beschloss, nach Hause zu fahren.

Ja, sicher.

Warum faszinierte dieser Mann sie so sehr?

Er war genau wie das Haus hier. Schwer zu durchschauen und vollkommen verschlossen. Sie konnte sich einfach nicht entscheiden, ob sie ihn für einen netten Kerl oder ein Arschloch halten sollte. Manchmal hatte er diese wunderbar großzügige Seite, half anderen und fühlte mit ihnen. Aber diese Seite konnte ebenso schnell wieder verschwinden, und dann ging er auf Abstand und wurde unnahbar.

Sie wusste eigentlich nichts Persönliches über ihn. Hatte er überhaupt Familie, Geschwister? Wo war er zur Schule gegangen? War er jemals verliebt gewesen? Vielleicht hatte eine Frau aus seiner Vergangenheit seinen Glauben an die Liebe zerstört.

Wer wusste schon, was hinter verschlossenen Türen vor sich ging. Während sie noch kritisch das Haus betrachtete, das ihr wie ein Symbol vorkam, klopfte es plötzlich an der Autoscheibe neben ihr, und sie schrak so heftig zusammen, dass sie beinahe mit dem Kopf an die Decke gestoßen wäre, wäre sie nicht noch angeschnallt gewesen.

Sie wandte sich zur Seite und sah, dass ein Mann sich herunterbeugte und zu ihr ins Auto sah. Er kam ihr vage bekannt vor, doch sie konnte dem Gesicht keinen Namen zuordnen.

Er war groß, schlank und muskulös und hatte blonde Haare. Sein wettergegerbtes, faltiges Gesicht machte es unmöglich, sein Alter einzuschätzen. Er sah aus wie jemand, der hart arbeitete und noch härter feierte. Ehrlich gesagt, fand Wendy, dass er alles zwischen dreißig und Ende vierzig sein konnte. Ein silberner Ohrstecker zierte sein rechtes Ohrläppchen.

Er bedeutete ihr mit seinem Zeigefinger, das Fenster herunterzukurbeln. Zwar lächelte er eigentlich ganz freundlich, aber Wendy kam seiner Aufforderung doch nur ein kleines Stückchen nach.

»Kann ich Ihnen helfen?«

»Haben Sie Gavin Jones in letzter Zeit gesehen?«

Dann war es also tatsächlich sein Haus.

»Äh … ja«, antwortete sie zögerlich.

Er kratzte sich am Kopf. »Ich, äh … wollte nur wissen, wann er nach Hause kommt.«

»Warum? Wer sind Sie denn?«

»Meine Freunde nennen mich Skinner.« Sein Grinsen wurde breiter. »Hat er denn gar nichts von mir erzählt? Gav, mein Bruder und ich kennen uns schon ewig. Aber im Moment bin ich nur der Typ, der seine Post abholt.«

»Wie bitte?«

»Hat mich drum gebeten. Du weißt schon«, sagte er, »solange er nicht da ist.« Wie zum Beweis hielt er ein paar Umschläge hoch, allesamt an Gavin Jones adressiert. »Ich hab jetzt schon einen ganzen Stapel und wollte nur wissen, wann er sie abholen kommt. Ich glaube, ein paar davon sind Rechnungen … und es wäre ja ärgerlich, wenn sie ihm das Telefon abstellen oder so.«

Wendy entspannte sich ein wenig. An dem Mann war doch gar nichts Verdächtiges. Gavin hatte ihn offensichtlich unbekümmert, wie er war, schlicht und einfach vergessen.

»Tut mir leid, als ich das letzte Mal mit ihm darüber gesprochen habe, wann er sich freinimmt, hat er gesagt, er würde nicht nach Perth fahren, er wollte wohl lieber nach Exmouth zum Fischen.«

»Typisch Gavin.« Der Mann nickte kläglich. »Wann hat er denn frei?«

»Keine Ahnung.« Wendy zuckte mit den Schultern. »Momentan hat er ziemlich viel zu tun. Vielleicht in ein oder zwei Wochen?«

»Verstehe.« Er legte seinen Arm auf das Autodach, als würde er es sich für eine längere Unterhaltung bequem machen, was Wendy nicht gerade begeisterte. »Wer bist du eigentlich?«, wollte er nun wissen. »Seine Freundin?«

Sie bekam eine verräterische Gänsehaut im Nacken. »Nein, nein. Eine Kollegin ... die Sicherheitsmanagerin in Cape Lambert.«

Sein Grinsen wurde noch breiter. »So abgelegen im Norden braucht man so was definitiv. Und was machst du dann hier?«

Diese Frage überrumpelte sie. Was sollte sie darauf antworten?

Ich wollte mal ein bisschen herumspionieren? Ich stalke ihn? Ich bin nicht seine Freundin, wäre es aber gern? Nicht der Typ hier war zwielichtig, sie war es.

»Ich ... äh ... ich war grade in der Gegend.«

»In der Gegend?«, hakte er nach.

»Mein Vater hat ein Lokal hier um die Ecke.« Sie wurde nervös. »Ich wusste, dass Gavin hier wohnt, da dachte ich mir, ich schaue mal vorbei.«

»Tatsächlich?« Er klang, als hätte er mehr begriffen, als sie gesagt hatte. Sie spürte, wie sie rot wurde.

Warum bringst du dich immer wieder in solchen Schlamassel? Er würde Gavin vermutlich umgehend davon berichten, wie sie seine Haustür angebetet hatte, ganz die Psychopathin.

Großartig!

Er beugte sich weiter herunter und sagte grinsend: »Ich verrate nichts, wenn du nichts verrätst.«

Sie schrak zusammen. Ohne es zu bemerken, war sie in ihren eigenen Gedanken abgetaucht. »Aber was ist mit der Post?«, fragte sie leise. »Willst du nicht, dass ich ihn deswegen frage?«

»Du brauchst mich gar nicht zu erwähnen.« Er winkte gutmütig ab. »Ich melde mich bei ihm. Ich habe dich nur angesprochen, weil ich zu faul war … und weil ich einem hübschen Gesicht noch nie widerstehen konnte.«

Verlegen schaute sie weg. »Dann hast du also seine Nummer?«

»Ja.« Er richtete sich wieder auf. »Die hab ich.«

Zehn Minuten später fuhr Wendy bei ihren Eltern vor. Die Haustür wurde aufgerissen, bevor sie überhaupt klopfen konnte. Ihre Mutter kam heraus und schloss die Tür hinter sich, ein klares Zeichen, dass sie Wendy nicht hineinbitten würde.

»Hallo, Mum.«

»Was hast du zu ihm gesagt?«, fragte ihre Mutter ohne Umschweife und ohne Begrüßung.

Wendy erschrak, als sie den Schmerz in den Augen ihrer Mutter bemerkte. Sie hatte die Lippen zusammengepresst und war blass. So hatte sie ihre korrekte englische Mutter noch nie erlebt.

»Was? Was … meinst du?«, stammelte Wendy.

»Das weißt du ganz genau! Gräbst wieder die Vergangenheit aus. Was ist nur los mit dir?«

»Nichts ist mit mir los!«, schleuderte Wendy ihr aufgebracht entgegen. »Ich will nur die Wahrheit. Wenn du sie mir erzählen würdest, dann müsste ich es nicht, wie du sagst, *wieder ausgraben.*«

Ihre Mutter lief auf der Veranda auf und ab. »Ich weiß nicht, wie ich ihm klarmachen soll, dass er das alles missversteht. Wie kann ich ihn dazu bringen, dass er bleibt?«

»Dass er bleibt?« Wendys Ärger verflog. »Parry geht?«

»Er will die Scheidung, dank dir! Ich will genau wissen, was du über mich gesagt hast.«

Wendy stockte der Atem. »Nichts. Wir haben kaum über dich gesprochen. Es ging mehr um mich – um das, was passiert ist, als ich aufs Internat geschickt wurde.«

Wendys Mutter fuhr sich mit zitternden Händen durch die blonden Haare. »Er denkt, dass ich ihn nicht liebe.«

»Das tust du doch auch nicht«, gab Wendy offen zurück. »Zumindest nicht so sehr wie … wie den anderen.«

»Das hast du zu ihm gesagt?« Ihre Mutter war außer sich.

»Das musste ich gar nicht. Er wusste es sowieso schon«, fuhr Wendy sie an. »Er hat es die ganzen Jahre über nur ausgehalten, weil er dich liebt und mich liebt, und weil er gehofft hat, dass sich die Dinge ändern würden …«

Helen sackte etwas in sich zusammen. »Aber das haben sie doch! Schon vor Jahren. Wie kann ich ihn nur davon überzeugen? Was denkt er denn, weshalb ich mit ihm zusammengeblieben bin?«

»Na ja, da ihr mich fast mein ganzes Leben lang im Dunkeln gelassen habt, verstehe ich nicht, weshalb du dir jetzt die Mühe machst, mich das zu fragen.« Wendy war sauer. »Er hat gesagt, dass du und Großmutter euch immer auf eine Seite geschlagen habt. Vielleicht dachte er, dass du von der Familie unter Druck gesetzt wurdest.«

Helen schnaubte. »Diese Familie hat mir nichts als Kummer bereitet. Sie hat mir immer das Gefühl gegeben, ich wäre eine Außenseiterin, die sie nicht endgültig verstoßen können. Ich kann einen Fehler, den ich vor so langer Zeit begangen habe, nicht wiedergutmachen.«

»Also mir ist diese Familie mit nichts als Gleichgültigkeit begegnet.« Wendy funkelte ihre Mutter wütend an. »Vom Tag meiner Geburt an. Wusstest du, dass ich Onkel Mike in Karratha getroffen habe? Rein zufällig natürlich, ich hatte das nicht geplant. Und er hat zu mir gesagt, ich solle verschwinden und nach Hause fahren. Wenn das nicht das Ganze auf den Punkt bringt, dann weiß ich auch nicht, was sonst.«

Ihre Mutter sah ruckartig zu ihr auf. »Ja, gut, er hat sich nie ...« Sie kam ins Stocken. »Er hat sich nie besonders für dich interessiert.«

»Na ja, ich bin letztendlich auf der gleichen Baustelle gelandet wie er. Nicht dass er irgendjemandem freiwillig erzählen würde, dass wir verwandt sind.« Wendy schüttelte verächtlich den Kopf. Ihr wurde erst jetzt klar, wie sehr sie das verletzt hatte. »Ich habe ihm gesagt, dass er sich darum keine Sorgen machen müsse, wo wir schließlich doch gar nicht biologisch verwandt sind.«

Ihre Mutter hörte auf, die Hände zu ringen. »Und wie hat er darauf reagiert?«

Wendy dachte an den Tag damals auf der Post in Karratha zurück, wo sie Mike zufällig begegnet war. Er hatte eine Rechnung bezahlen wollen, und sie hatte sich nach Postfächern auf den Namen Hector erkundigt. Sie hatte ihn erkannt und begrüßt, wenn auch nur aus Höflichkeit, weil sie Verwandte waren. Es überraschte sie nicht, dass er distanziert und abweisend reagierte.

»Was machst du hier überhaupt?« Er schien noch

griesgrämiger dreinzuschauen als ohnehin schon. »Das Letzte, was ich gehört habe, war, dass du in der Weltgeschichte herumtingelst und dein Geld verprasst.«

»Ich bin auf der Suche nach meinem Vater.«

»Du bist *was*?«

»Ach, wusstest du das gar nicht?«, fragte sie zuckersüß. Endlich hatte sie ihm den Wind aus den Segeln genommen und die selbstgefällige Miene von seinem Gesicht gewischt. »Ich dachte, es wüssten alle außer mir. Parry ist nicht mein leiblicher Vater.«

Er sah sie lange an. Zwischen seinen Augenbrauen hatte sich eine Falte gebildet, und seine Blicke scannten sie förmlich. »Wer hat dir das erzählt?«

»Mum. Aber sie behauptet, sie wüsste nicht, wo mein wirklicher Vater ist. Also habe ich mich selbst auf die Suche gemacht.«

Er schnaubte verächtlich. »Das ist so ziemlich das Dümmste, was ich jemals gehört habe! Was für eine unglaubliche Zeitverschwendung. Noch sinnloser und törichter als Backpacking.« Er zeigte mit dem Finger auf sie. »Was du brauchst, ist eine Arbeit, damit Schluss ist mit der Herumtreiberei. Das holt dich wieder auf den Boden der Tatsachen zurück.«

Sie sah ihn wütend an. Eine Standpauke war wirklich das Allerletzte, was sie erwartet hatte. Sie war schließlich kein Kind mehr. Selbst ihre Eltern mischten sich nicht mehr in ihr Leben ein. Sie begnügten sich damit, darüber informiert zu werden. Wendy wandte sich zum Gehen. Onkel Mike verdiente offenbar nicht einmal Höflichkeit. Kein Wunder, dass er das schwarze Schaf der Familie war.

»Hey, ich rede mit dir.«

Sie drehte sich noch einmal zu ihm um, machte diesmal aber keinen Hehl daraus, wie verärgert sie war.

Er holte Luft. »Komm heute Abend in die Bar in Point Samson. Ich glaube, ich kenne da jemanden, der einen Job für dich hat.«

Sie hatte sich gewünscht, sie könnte ihm sein Angebot vor die Füße werfen. Aber sie suchte zu der Zeit tatsächlich gerade nach einer Stelle in der Gegend, um ihre Reserven etwas aufzustocken. Sie hätte sich nur ins eigene Fleisch geschnitten, hätte sie abgelehnt.

Und so hatte sie Bulldog kennengelernt und war zu ihrem ersten Arbeitstag erschienen. Sie verzog den Mund bei dem Gedanken an diese Demütigung.

»Wendy, was ist los?« Die Stimme ihrer Mutter klang schwach und atemlos und holte sie in die Gegenwart zurück.

»Du hast mich doch gefragt, wie er reagiert hat, oder?« Sie schüttelte den Kopf, und ihre Stimme triefte vor Verachtung. »Er hat mich dafür benutzt, jemand anderen zu erpressen. Das war seine Reaktion. Genau wie ihr anderen benutzt er einen nur. Weißt du, der Rat, den du mir letztes Jahr gegeben hast, dass niemand etwas für nichts tut? Nun, das trifft den Nagel auf den Kopf.«

Ihre Mutter wurde blass. »Ich verstehe nicht, warum du einen Mann finden willst, der sich nicht für dich interessiert, es nie getan hat. Da ist Kummer doch schon vorprogrammiert. Glaub mir, ich weiß das.« Sie ging auf Wendy zu und legte ihr die Hände auf die Schultern, doch Wendy machte sich los.

»Du kannst nicht wissen, ob er sich für mich interessiert.«

»Er ist nie zurückgekommen, um dich zu sehen. Er

hat mich nie angerufen, um sich nach dir zu erkundigen, hat nie einen Vaterschaftstest verlangt. Nachdem ich schwanger wurde, hat er zwei Jahre lang keinen Fuß in die Stadt gesetzt. Das sollte dir doch etwas sagen!«

»Alles, was mir das sagt, ist, dass du mehr weißt, als du zugeben willst«, erwiderte Wendy bitter. »Und wenn du vorhast, Parry damit zum Bleiben zu bewegen, mit dieser unausgegorenen Ehrlichkeit, dann viel Glück, denn ich glaube nicht, dass das funktioniert.«

Helen wich zurück, als hätte Wendy ihr eine Ohrfeige verpasst. Und zum ersten Mal in diesem ganzen Desaster musste Wendy sich fragen, ob sie nicht zu weit gegangen war.

Ohne ein Wort machte ihre Mutter auf dem Absatz kehrt und ging ins Haus. Wendy hörte, wie sich der Schlüssel im Schloss drehte. Ein unmissverständliches Zeichen, dass sie ihren Adoptivvater heute nicht noch einmal sehen würde.

Nach dem fürchterlichen Streit mit ihrer Mutter versuchte Wendy noch ein paarmal, Parry in seinem Restaurant abzufangen, hatte jedoch kein Glück. Er hatte sich anscheinend für unbestimmte Zeit freigenommen. Wendy hatte keine Ahnung, ob er zu Hause ausgezogen war. Ihre Mutter ging nicht ans Telefon und machte ihr auch nicht die Tür auf. Offenbar hatte es nun doch den endgültigen Bruch zwischen ihr und ihrer Familie gegeben, den sie nicht für möglich gehalten hatte. Sie war nun vollkommen auf sich allein gestellt.

Es fühlte sich beinahe therapeutisch an, am Freitagmorgen in das Flugzeug zu steigen und aus der Stadt rauszukommen – und all ihre Ängste hinter sich zu lassen. Sich in Cape Lambert ein wenig Gespött und Gerüchten auszusetzen schien nichts im Vergleich zu der Tortur, der sie sich zu Hause ausgesetzt hatte.

Lena holte sie vom Flughafen ab. Sie strahlte geradezu über das ganze Gesicht.

»Wendy, ich bin so froh, dass du wieder da bist. Ich brauche dich für Operation AGM.«

Wendy sah sie verwundert an. »Operation AGM?«

»Annabel-George-Management. Ich verkuppele sie mit jemand anderem.«

Wendy überkam ein ungutes Gefühl. *Bitte, sag nicht Gavin.* »Äh, mit wem?«

»Ich weiß nicht, egal mit wem. Das ist eine der Formalitäten, an denen ich noch arbeite. Wichtig ist erst mal, dass ich Sharon überreden konnte, Carl zu überreden, Barnes Inc. und TCN übernächsten Freitag noch mal abends im Pub in Point Samson für die Verbesserung der Arbeitsbeziehungen zusammenzubringen. Wir erzählen Annabel davon und nutzen Dan als Köder.« Sie klatschte freudig in die Hände. »Da kommt sie mit Sicherheit.«

Wendy atmete erleichtert auf, doch dann fragte sie nicht ohne Sorge: »Wenn Dan der Köder ist, wie kriegst du sie dann dazu, andere Männer kennenzulernen?«

»Wir stellen sie allen vor. Du, Sharon und ich.«

Ich habe befürchtet, dass du das sagen würdest.

»Ohne überhaupt eine Ahnung zu haben, wird Annabel auf ein Speed-Dating-Abenteuer geschickt.«

»Hört sich nach einem astreinen Plan an«, entgegnete Wendy trocken.

»Ja, oder?«

Als sie den Flughafenparkplatz in Lenas Pick-up verließen, bemerkte Wendy, dass es auf der Straße feucht war und die rote Erde am Straßenrand dunkler und schwerer aussah. In der Luft hing ein metallischer, erdiger Geruch.

»Hat es geregnet?«

»Ja«, antwortete Lena. »Das Wetter ändert sich gerade ganz schön.«

»Und wie läuft es auf der Baustelle?«

»Gut könnte man sagen.« Lena lächelte, hielt den Blick jedoch auf die Straße gerichtet. »Gavin behauptet sich wirklich als Bauleiter. Ich glaube, er hat alle damit überrascht und ist leider dem armen Carl dabei auf die Füße getreten.«

Wendy verzog das Gesicht. »Ich nehme mal an, der neue Führerschein ist noch nicht da?«

»Nein.«

»Ich schaue mal, was ich tun kann, um das anzukurbeln.«

»Keine schlechte Idee.«

»Und wie geht's Sharon?«

»Ach, ihr geht's gut. Fish hat die Stadt verlassen. Anscheinend hat er irgendeinen tollen Job auf einem Ladeanleger für Kohleexport in Queensland ergattert. Den sehen wir also so schnell nicht wieder. Und Sharon und Carl konnten eine *Menge* Zeit miteinander verbringen.«

»Und wie sieht es mit den Hochzeitsplänen aus? Haben sie schon einen Termin?«

»April nächsten Jahres«, bejahte Lena freudestrahlend. »Ich bin Brautjungfer.«

Nach allem, was Wendy in ihrer freien Woche durchgemacht hatte, wurde ihr Lenas Hochstimmung doch etwas zu viel. Sie war also erleichtert, als sie für den Rest der Fahrt in angenehmes Schweigen verfielen.

»Gavin hält übrigens in ungefähr einer Stunde eine Besprechung für die Ingenieure ab. Du solltest auch kommen, dann wärst du ruck, zuck wieder auf dem neuesten Stand«, informierte Lena sie, als sie auf die Schotterstraße zum Anleger einbogen.

Dagegen konnte Wendy nichts einwenden, und so betrat sie nach einem kurzen Plausch mit Chub und ein paar anderen den Besprechungsraum, wo sich das übliche Team um eine Freisprechanlage versammelt hatte. Gavin saß am Kopfende des Tisches.

Als sein Blick auf sie fiel, verzogen sich seine Mundwinkel leicht.

»Willkommen zurück, Sarge.«

»Danke.«

Eine Sekunde lang gab es nur sie beide, umgeben von einer perfekten, privaten, schallgeschützten Blase, bis er in die Hände klatschte, und Wendy sich wieder in der Wirklichkeit befand. Sie wandte ihr rot gewordenes Gesicht ab, als er sagte: »Okay, Leute, machen wir es uns bequem und bringen das Ding zum Rollen. Haben wir Carl in der Leitung?«

»Noch nicht.« Craig grinste und stellte sich zum Wählen hin. Carl nahm nach nur zweimal Klingeln ab.

»Ihr seid verdammt spät dran«, grummelte er.

»Deine Uhr geht vor, Carl.« Gavin grinste. »Wir sind genau pünktlich.« Alle am Tisch wurden ruhig und rutschten auf ihren Stühlen herum, als würden sie sich auf ein langes Meeting einstellen. »Gut, fangen wir mit den Tätigkeitsberichten an. Wer beginnt?«

Jeder berichtete nun vom aktuellen Stand in seinem

Bereich. Ein Mann namens Harry, der sich um die Bauzeitpläne kümmerte, fügte noch hinzu, ob der betroffene Bereich in Verzug war oder im Zeitplan lag. Wenn er in Verzug war, dann besprach die Runde, wie die bestehenden Probleme gehandhabt werden konnten.

Es war effizient, berücksichtigte alles. Und es war äußerst ergebnisreich.

Es war Gavin.

Wendy musste sich mehrmals ein Lächeln verkneifen, wenn Carl sich einzubringen versuchte, um seine Macht geltend zu machen. Seine Bemühungen waren jedoch vergeblich und stießen eher auf Belustigung als auf Respekt. Auch wenn Carl ein guter und gerechter Bauleiter war, der Probleme bei den Hörnern packte, Gavins ruhigerer, loyaler und engagierter Führungsstil war ebenso erfolgreich. Während Carl vom Teufel getrieben wurde, schien Gavin die Fäden locker in der Hand zu halten, war aber jederzeit bereit, fester zuzupacken, wenn es angebracht war.

Wendy erinnerte sich an seinen Ratschlag im Yachtclub in Point Samson. *Bei jedem Paar Hände kommt ein Kopf noch gratis mit dazu.* Das war genau sein Stil, und während sie ihm dabei zusah, wuchs ihre Bewunderung für ihn nur noch mehr.

Leider hatte Carl dies alles nicht gut aufgenommen. Wendy spürte sogar durch die Leitung, wie frustriert er war, und sie wusste, dass sein auferlegtes Exil ihm zu schaffen machte. Mittlerweile war Lena an der Reihe, und es war klar, dass sie in der Woche einige Probleme gehabt hatte. Und keins davon war einfach zu bewältigen.

»Wir können es uns nicht leisten, dass das, was gestern unter dem Anleger passiert ist, noch einmal vorkommt«, formulierte es Gavin vorsichtig. »Ich denke, wir sollten keine Träger mehr vom Land aus montieren.«

»Jetzt warte mal einen Moment«, unterbrach Carl, der hier die Gelegenheit sah, zu brillieren. »Du kannst nicht einfach so eine Montageweise stoppen, das bringt uns noch mehr in Verzug.«

Gavin seufzte. »Bei allem Respekt, Carl, wir haben damit angefangen, um mehr Tempo reinzubringen, aber jetzt wird es einfach zu riskant.«

»Das entscheide immer noch ich, verdammt.«

»Das würdest du mit Sicherheit, wenn du hier wärst.« Gavin runzelte die Stirn. »Das bist du aber nicht, und deswegen muss ich die Entscheidung treffen.«

»Ich will eine zweite Meinung.«

»Wie wär's mit meiner?«, schaltete Wendy sich ein. Sie spürte, dass ein Streit im Anmarsch war. »Wenn es um die Sicherheit geht, könnte ich helfen.«

»Was für eine verflucht gute Idee«, erwiderte Carl sofort. »Lena, setz einen Bericht zum Vorfall für Wendy auf und schick mir eine Kopie davon. Wir folgen dann Wendys Einschätzung.«

Offensichtlich wollte er die Entscheidung nur nicht Gavin überlassen.

»Wenn du das sagst, Carl.« Gavin sprach mit ruhiger Stimme, aber er zwinkerte Wendy zu – offensichtlich unbeeindruckt davon, dass Carl die Macht an sich riss. Sie atmete erleichtert auf. Sie wollte ihm schließlich nur dabei helfen, noch einen Streit mit Carl zu vermeiden.

Im Raum war Gekicher zu hören.

»Wer zum Teufel lacht da bei euch?«, ertönte Carls Stimme durch die Leitung.

Das Kichern schlug in Gehüstel um.

»In Ordnung«, ließ Carl ungehalten verlauten, »dann sind wir wohl fertig hier. Jungs und Mädels, zurück an die Arbeit!«

Alle sahen Gavin erwartungsvoll an, und er nickte stumm in die Runde. Stuhlbeine schabten über den Boden, als sich alle verabschiedeten, und Carl legte auf.

Als nur noch Wendy und Gavin im Zimmer waren, lächelte er sie verschmitzt an. Prompt machte ihr Herz einen Hüpfer. »Weißt du, Sarge, ich bin schon ein großer Junge, ich kann auf mich selbst aufpassen.«

»Ich weiß«, sagte sie beiläufig, »ich will nur nicht, dass du und Carl über dieser Sache zu Feinden werdet. Das ist es nicht wert. Er wird nicht mehr lange wegbleiben müssen.«

Er lehnte sich mit der Hüfte an den Tisch. »Das bedeutet aber nicht, dass du dich jedes Mal zwischen Carl und mich werfen musst, wenn er zum Schlag ausholt.«

Unter seinem durchdringenden Blick wurde sie rot.

Er sah sie besorgt an. »Wie geht's deinem Arm? Du hast ja die Schlinge abgenommen.«

»Oh ja.« Sie war froh, das Thema wechseln zu können. »Der Schulter geht's wieder viel besser. Ich glaube, ich brauche die Schlinge nicht mehr.«

»Der Arzt hat gesagt zwei Wochen.«

»*Eine* bis zwei Wochen«, korrigierte sie ihn. »Und ich würde das lieber nicht an die große Glocke hängen. Das würde nur noch die Gerüchte anheizen, dass du und Carl nicht miteinander auskommt.«

»Dann machst du das also, weil du mich schon wieder beschützen willst?«

Sie verschränkte die Arme und verzog das Gesicht.

Warum konnte sie nicht ein einziges Mal so schwer zu durchschauen sein wie er? Dann musste sie eben Schadensbegrenzung betreiben. »Hat nichts mit dir zu tun, Gavin. Ich will nur das Beste für die Baustelle. Du nicht auch?«

Mit grimmiger Miene sammelte er seine Unterlagen zusammen. »Doch. Doch, natürlich.«

Kapitel 17

Gavin ging zurück in Carls herrenloses Büro, schloss die Tür und warf seine Unterlagen auf den Schreibtisch. Eine Pille gegen unerwünschte Gefühle würde ihm helfen. Ein Antibiotikum gegen eine Herzinfektion.

Es war so gut gelaufen, als sie nicht da war. Alles war wieder wie früher gewesen. Seine neue Position hatte angefangen, ihm Spaß zu machen. Die Bedrohung durch Peter Marshall war eine Sorge in seinem Hinterkopf, lähmte ihn aber nicht vor Angst.

Gut, vielleicht hatte er jeden Tag an Wendy gedacht. Aber zumindest hatte ihn ihre ständige Gegenwart nicht emotional ausgelaugt. Er musste sich keine Gedanken darüber machen, dass sie ihm vielleicht zu nahekam – dass sie womöglich ins Kreuzfeuer geriet oder dass seine Gefühle für sie sich möglicherweise in eine unerlaubte Richtung entwickelten.

Als er sie heute wiedergesehen hatte, war das wie ein Adrenalinschub gewesen. Und als sie dann während der Besprechung so für ihn eingesprungen war, als wollte sie ihn wieder »retten«, hatte es sich wie der Beweis dafür angefühlt, dass sie genauso empfand.

Reiß dich zusammen, Mann. Du willst doch gar nicht, dass sie genauso empfindet.

Er warf einen Blick auf die Wanduhr. Beinahe Zeit, mit Janet zu telefonieren. Er holte sein Handy hervor und legte es auf den Schreibtisch. Dann setzte er sich auf Carls Stuhl und versuchte das verdammte Ding mit seinen Blicken zum Klingeln zu bringen.

Letzten Endes war es eigentlich ganz schön, sein eigenes Büro zu haben. Zumindest musste er diese Anrufe nicht mehr vor der Tür entgegennehmen. Allerdings ging es mit ihm und Carl rapide den Bach herunter. Er wusste nicht so recht, wie er ihr Verhältnis wieder hinkriegen oder Carl zumindest davon überzeugen konnte, dass er nicht hinter seinem Job her war. Carl war immer ein guter Boss gewesen. Er hatte einen ausgeprägten Gerechtigkeitssinn. Aber selbst die Besten erlitten manchmal Rückschläge, von denen sie sich nicht sofort wieder erholten.

Das Handy klingelte und riss ihn aus seinen Tagträumen. Hastig ging er ran.

»Hallo?«

»Hi, Gavin, hier ist Janet.«

»Irgendwelche Neuigkeiten?«

»Keine guten, fürchte ich. Jemand in der Abteilung hat nicht dichtgehalten. Wir vermuten, dass Ihr Deckname und Ihre Adresse in Perth gefährdet sind. Jetzt wäre ein guter Zeitpunkt für Ihren Urlaub.«

»Das ist unmöglich.«

»Warum?«

»Ich habe die Leitung der Baustelle übernommen.«

»Habe ich Ihnen nicht gesagt, dass Sie sich bedeckt halten sollen? Peter Marshall wurde vor Ihrem Haus in Perth gesichtet. Um genauer zu sein, hat er Ihre Post gestohlen.«

»Das macht nichts«, erwiderte Gavin unbeeindruckt. »Da wird nichts Wichtiges hingeschickt. Da findet er nichts.«

»Trotzdem, wir glauben, dass er seine Suche weiter eingrenzt. Ich habe die Behörden in Wickham in Kenntnis gesetzt und möchte, dass Sie diese Nummer anrufen, wenn Sie glauben, dass Sie in Schwierigkeiten stecken.«

Er notierte die Nummer, die sie ihm durchgab.

»In der Zwischenzeit setzen wir weiterhin unsere Leute auf ihn an und lassen Sie wissen, wenn er sich in Ihre Richtung bewegen sollte. Sind Sie sicher, dass Sie sich nicht freinehmen können? Und irgendwohin fahren, außer nach Perth oder Wickham?«

»Ich hatte tatsächlich an Exmouth gedacht ...«

»Perfekt.«

»Aber wie gesagt, im Moment ist das einfach nicht machbar. Ich verschwinde erst, wenn Sie mir Bescheid geben, dass er auf dem Weg hierher ist.«

»Es wird knapp, Gavin.« Janet klang besorgt. »Sehr knapp.«

Am nächsten Tag kam Wendy wegen Lenas Bericht zu ihm. Er musste eigentlich nicht noch einmal von ihr hören, was vorgefallen war, da er es bereits aus diversen Quellen erfahren hatte. Der Versuchung, Zeit mit ihr allein zu verbringen, konnte er allerdings nicht widerstehen.

»Anscheinend kam die Flut also etwas früher als erwartet und hat den Boden unter dem Anleger durchweicht«, erklärte Wendy. »Sie hatten zwei Kräne dort stehen, einer beinahe schon im Wasser, als der Sattelschlepper mit dem Acht-Tonnen-Träger geladen angefahren kam.« Sie verdrehte die Augen. »Du weißt ja, was dann passiert ist, oder?«

Er grinste. »Er hat sich festgefahren.«

»Also dachten sie sich, sie nutzen einen ihrer Kräne, um ihn wieder aus dem Schlamm zu ziehen.«

Gavin konnte sich die Szene bestens vorstellen. Fieldmouse und Radar, wie sie drauflosplappern und einen Plan schmieden. Lena befand sich zu dem Zeitpunkt oben auf den Schlitten. Sie hatte keine Ahnung, dass die Männer ohne ihren Rat oder ihre Meinung versuchen würden, den Schlepper anzuheben. Gavin musste ein Lächeln unterdrücken. »Sie haben an einer schwachen Stelle angesetzt.«

»Ganz genau.« Wendy schlug mit Lenas Bericht gegen ihre Handfläche. »Radar hat den Gurt um den Frontschutzbügel geschlungen, und als sie dann mit dem Kran zogen, sprang das Teil mit voller Wucht vom Laster ab. Das Ganze ging mit einem fürchterlichen Knall einher. Eine richtig schöne Steinschleuder haben sie sich da gebastelt, der Bügel als Munition. Ich bin immer noch völlig baff, dass er sicher im Schlamm gelandet ist und nichts getroffen hat.« Wendy verschränkte die Arme. »Da lasse ich euch eine Woche allein, und ihr vergesst einfach alles, was ich euch gesagt habe. Was soll eine Frau denn noch unternehmen, damit sie hier jemand wahrnimmt?«

Gavin musste grinsen. Ihm fielen da unzählige Möglichkeiten ein, die allerdings allesamt in einem beruflichen Umfeld nichts zu suchen hatten.

Wendy schien sich jedoch denken zu können, wohin seine Gedanken wanderten, denn sie hob warnend ihren Zeigefinger. »Das war eine rhetorische Frage. Wag es ja nicht, etwas darauf zu erwidern.«

Er sah sie mit Unschuldsmiene an. »Wie du meinst, Sarge.«

»Okay«, sagte sie mit einem Seufzen und zog endlich den Stuhl vor seinem Schreibtisch vor und setzte sich. »Den Steinschleuder-Vorfall mal beiseite, ich habe eine JSA für die Trägermontage von Land aus durchgeführt. Mit der Witterungsveränderung ist das nicht mehr unbedenklich.«

»Hey«, Gavin breitete die Arme aus, »ich bin ganz auf deiner Seite. Hast du Carl das schon mitgeteilt?«

»Nein, ich wollte erst mit dir darüber sprechen.«

»Na, dann mal los.« Er nickte. »Ich bin mir sicher, dass er genau das gleiche Urteil fällt, wenn er hört, was du zu sagen hast.« Er musste sich wieder ein Lächeln verkneifen. »Solange du ihm nicht meine Meinung dazu verrätst.«

»Geht klar.« Ein betretenes Schweigen breitete sich zwischen ihnen aus, und dann beugte Wendy sich vor, als würde sie Anstalten machen, aufzustehen und zu gehen. Es gab schließlich auch nichts mehr hinzuzufügen. Sie sollte gehen, oder?

»Wie war deine freie Woche?«, platzte es aus ihm heraus. Er wollte nicht, dass sie ging. *Du Dummkopf.*

Ihre Miene verdüsterte sich. »Äh, gut.«

»Du hörst dich nicht grade begeistert an.«

Sie schloss die Augen und schüttelte den Kopf. »Ach, nur ziemlich viel Familienkram.«

Er erinnerte sich daran, dass sie ihm erzählt hatte, ihr Vater sei schuld an ihrem stark beeinträchtigten Privatleben. Gavin malte sich bereits die schlimmsten

Szenarien aus. Jedes Einzelne davon machte ihn wütend.

»Hast du deinen Vater getroffen?«

»Hm?« Sie schaute ihn mit großen Augen an.

Gavin zögerte. »Es geht mich ja nichts an. Du hast nur so ausgesehen, als würde er es dir vielleicht wieder schwermachen.«

»Schön wär's.« Sie wandte ihr Gesicht ab. »Die Wahrheit ist, dass ich nicht weiß, wo mein Vater ist, Gavin. Ich habe ihn nie kennengelernt.«

Damit hatte er nicht gerechnet. »Aber ich dachte, du hättest gesagt ...«

»Er hat mich schon vor meiner Geburt verlassen, das hat er mir angetan. Ich habe erst vor ungefähr einem Jahr von ihm erfahren. Und ich weiß, dass das vielleicht bescheuert klingt, aber ich weiß überhaupt nicht mehr, wer ich eigentlich bin. Seitdem bin ich auf der Suche nach Antworten ...«

»Das hört sich überhaupt nicht bescheuert an«, sagte Gavin leise. »Ich kann verstehen, dass sich so etwas wie ein Verrat anfühlt.« *Kein Wunder, dass du dich auf niemanden mehr verlässt.*

»Ach, du Scheiße, du dachtest Yabber wäre dein Vater?«

Sie lächelte schwach. »Kurze Zeit, ja ...«

»Hättest du mir davon erzählt, dann hätte ich dir sagen können, dass er es nicht ist.«

»Ich habe dir nicht vertraut.«

Du vertraust niemandem. Das versetzte seinem Herzen einen Stich.

»Aber jetzt tust du es anscheinend«, stellte er vorsichtig fest.

Sie schien sich darüber zu amüsieren, dass er sie ertappt hatte. »Sieht so aus.«

»Was weißt du über diesen Typ?«

»Über meinen Vater?« Sie sah ihn verwirrt an. »Nicht viel. Dass er ein unstetes Leben führte und oft im Outback war. Dass er von Beruf Schweißer ist und eine Verletzung am rechten Fuß hat, die ihn fürs Leben gezeichnet hat, dass er verheiratet ist … Ich dachte, er hieße Hector, aber das hat sich doch als falsch herausgestellt. Wie auch immer«, sie schlug sich energisch auf die Oberschenkel und stand auf, »es spielt keine Rolle.«

»Für dich ganz offensichtlich schon.«

»Das hat es auch.« Sie nickte nachdenklich. »Aber wenn ich darüber nachdenke, was ich in der letzten Zeit durchgemacht habe – die ganzen Höhen und Tiefen, eine zerbrochene Beziehung, das Streiten mit meiner Familie, ich konnte nicht einmal arbeiten, so besessen war ich davon –, da habe ich das Gefühl, die Suche hat mehr von mir abverlangt als gebracht.«

Sie ging zur Tür. Aber wie ein Junkie, der nach nur einer Droge süchtig war, hielt Gavin sie auf. »Gehst du auf die Party, die Lena für nächste Woche in Point Samson organisiert hat?«

Wendy verdrehte die Augen. »Ich glaube, sie würde mich umbringen, wenn nicht.«

»Das wird dir guttun. Ein bisschen Abstand von der Familie und Zeit mit deinen Freunden. Viele hier mögen dich sehr, Wendy.«

»Ja, klar«, spottete sie. »Ich bin doch der TCN-Spion. Ich habe noch einen weiten Weg vor mir.«

»Du bist auch die Frau, die Sharon unter dem Bus

vorgezogen hat, und du hast bei der Sicherheitsprüfung den Arbeitsplatz von uns allen gerettet – und du bist auch der einzige Grund, weshalb wir für die Zyklonsaison vorbereitet sind. Stell dein Licht nicht unter den Scheffel.« Er sah auf seine Hände herab und setzte dann hinzu: »Du bist sehr wichtig für diese Baustelle.« *Und für mich auch.*

Sie hatte die Hand schon auf den Türknauf gelegt und errötete so herrlich, dass er sie am liebsten geküsst hätte. »Tue ich das? Das ist auf jeden Fall ein Kompliment, wenn du das sagst.«

Er grinste. »Und das sag ich auch nur einmal, Sarge, werd also nicht gleich überheblich.«

Sie legte den Kopf schief und schaute ihn seltsam schwermütig an. »Dann bringe ich Carl mal meinen Bericht«, sagte sie mit heiserer Stimme und verließ das Büro.

Er starrte vermutlich viel zu lange auf die geschlossene Tür. So ehrlich war er noch nie zu ihr gewesen. Und es fühlte sich gut an.

Danach hieß es für ihn wieder ab auf den Anleger. Das Schwierige an seiner Position als Bauleiter war das Koordinieren mit seiner Aufgabe bei der Pfahlgründung. Manchmal hatte der Tag einfach nicht genug Stunden.

Aber von jetzt an wollte er sich bedeckt halten. Und das gelang ihm auch, er hielt sich von Wendy fern und konzentrierte sich so gut es ging auf die Arbeit.

Eine Woche war um, und alles lief relativ gut, bis er am Mittwochabend die Tür zu seinem Donga öffnete und sah, dass jemand eine Zeitung unter der Tür hindurchgeschoben hatte.

Der Anblick wäre keine besonders große Sache gewesen, wäre die Zeitung nicht auf einer bestimmten Seite mit einem bestimmten Artikel aufgeschlagen gewesen. Die Schlagzeile lautete: *Peter Marshall auf Rachekurs nach Todesfällen während Bandenkrieg.* Gavin bückte sich eilig und hob die Zeitung auf.

Er schloss die Tür hinter sich, schaltete das Licht ein und sah sich im Zimmer um, ob irgendetwas mitgenommen oder anders hingestellt worden war. Das Chaos schien jedoch eher das Ergebnis seiner eigenen Unordentlichkeit zu sein und nicht das eines Einbruchs. Außerdem war sein Fenster verschlossen, und das Türschloss sah nicht so aus, als hätte sich jemand daran zu schaffen gemacht.

Er starrte wieder auf die Zeitung. Was hatte das zu bedeuten? War es eine Warnung? War Peter hier?

Er schnappte sich sein Handy und lief wegen des besseren Empfangs zum Parkplatz. Als er sicher war, dass niemand ihn beobachtete, wählte er die Notfallnummer seiner Betreuerin.

»Hallo, Gavin. Ist irgendetwas nicht in Ordnung?«

»Sie haben Peter noch im Visier, oder?«

»Ja, natürlich.« Janet klang sofort besorgt.

»Ist er noch in Perth?«

»Ja, im Hyatt mit ein paar seiner Kumpane.«

Gavin spürte, wie sich sein Puls langsam wieder beruhigte.

»Wieso, was ist passiert?«

Gavin sah noch einmal auf die Zeitung. Wenn er ihr davon erzählte, würde sie ihn umgehend von hier wegbeordern. Aber er konnte noch nicht weg. Es gab zu viel zu tun, und Carl war noch nicht so weit, das Ruder wieder zu übernehmen. Außerdem hatte sie es ja bestätigt, dass Peter noch in Perth war.

»Ach, nichts.« Er zwang sich zu einem gelassenen Tonfall. »Wahrscheinlich bin ich nur paranoid. Ich dachte bloß, dass ich vielleicht einen Anruf von Ihnen verpasst hätte.«

»Nun, es bringt nichts, in Wickham zu bleiben, wenn Sie sich Sorgen machen. In Exmouth steht schon ein Haus für Sie bereit.«

»Noch nicht.« Gavin zögerte. »Ich gebe Ihnen Bescheid.«

Er legte auf und sah wieder auf die Zeitung. Wenn Peter nicht hier war, hatte er dann womöglich einen seiner Männer hergeschickt? Unter anderen Umständen hätte Gavin das vermutet. Aber er hatte das Vergnügen gehabt, Peter nach Eddies Verurteilung kennenzulernen. Etwa eine Woche nachdem Eddie im Gefängnis gelandet war, hatte der Drogenboss vor Gavins Haustür auf ihn gewartet. Er war erst aus dem Schatten getreten, als Gavin aus dem Auto gestiegen war und in der Auffahrt stand.

»Mannomann, du arbeitest aber spät«, war Peters Begrüßung.

Gavin brauchte ein paar Sekunden, um den Mann zu erkennen, der ihn ansprach. Er hatte Peter im Gerichtssaal gesehen, aber mit Anzug und Krawatte hatte er einen deutlich ordentlicheren Eindruck gemacht. In Jeans und T-Shirt waren nun die Tattoos auf seinen Armen sichtbar.

»Genau.« Peter nickte, während Gavin noch eins und eins zusammenzählte. »Ich bin Eddies Bruder Peter. Aber du kannst auch Skinner zu mir sagen. Du hast dich mit der falschen Familie angelegt, Kumpel, und es ist Zeit, dass du deine Schulden begleichst.«

»Meine Schulden?« Gavin trat einen Schritt zurück.

»Na komm, sag jetzt nicht, du hast geglaubt, dass das keine Folgen haben würde.« Peter legte den Kopf schief. »Glaub mir, deine Bestrafung ist so wichtig, dass ich sie niemand anderem anvertrauen würde. Ich bin der Einzige, der es richtig machen kann.«

Gavin holte sein Handy hervor. »Ich rufe die Polizei.«

Im Nachhinein betrachtet war das ein schlechter Schachzug gewesen. Peter hatte ihm das Telefon aus der Hand geschlagen, und es war gegen Gavins Auto und dann auf den Asphalt geknallt, wo es in tausend Stücke zerbrach.

Während Gavin noch verarbeitete, dass sein Telefon kaputt war, blitzte schon Metall auf, und ein Messer drang in seine Brust ein, glücklicherweise nicht auf der Herzseite.

Er spürte keinen Schmerz. Zweifellos stand er unter Schock. Als Peter das Messer langsam ein Stück herauszog, verkündete er leise: »Zwanzig Stiche für zwanzig Jahre.«

Dann riss er das Messer mit einem Ruck heraus, und Gavin torkelte zurück, doch Peter stach sofort wieder zu, diesmal direkt unter Gavins Brustkorb.

Da musste sein Überlebensinstinkt geweckt worden sein, denn als Peter das Messer wieder hervorzog, holte Gavin aus, und seine Faust landete in Peters Gesicht. Lachend taumelte der rückwärts. Das verschaffte Gavin gerade genug Zeit, um zu seinem Auto zu wanken.

Jetzt war der Schmerz unerträglich.

Er wusste, er hatte nur Sekunden, bevor Peter wieder auf ihn einstechen würde. Vor seinen Augen verschwamm alles, doch irgendwie brachte er es fertig, ins Auto zu steigen und gerade noch rechtzeitig die Zentralverriegelung herunterzudrücken.

Peter trommelte mit der Faust gegen das Fenster und zog mit der anderen Hand am Türgriff. Sein Gesicht war verzerrt, und er bleckte die Zähne. Gavin hantierte panisch mit seinen Schlüsseln.

Mach schon! Mach schon! Mach schon!

Die Fensterscheibe zerbarst in tausend Scherben.

Die Glassplitter auf seinem Gesicht fühlten sich im Vergleich zu den Schmerzen in seinem Oberkörper an wie Konfetti. Im gleichen Moment sprang der Motor heulend an. Gavin rammte den Rückwärtsgang ein, gab Gas, und das Auto machte einen Satz nach hinten. Peter, der durchs Fenster gegriffen hatte und versuchte, das Lenkrad zu fassen zu kriegen, wurde weggeschleudert und landete auf dem Boden, als Gavin wie ein Fahranfänger weiter zurücksetzte. Das Letzte, was Gavin von Peter sah, war das verschwommene Bild in seinem Rückspiegel, wie dieser mit blutender Hand über den Rasen stolperte und zu seinem Auto zu gelangen versuchte, das er die Straße runter geparkt hatte.

Gavin versuchte gar nicht erst ins Krankenhaus zu fahren. Sein Hemd war von seinem eigenen Blut getränkt, und er kämpfte gegen Übelkeit an. Gleich würde er das Bewusstsein verlieren. Er fuhr also nur bis zur nächsten Tankstelle, wo eine entsetzte Jugendliche ihren Chef rief: »Komm schnell!«

Gavin konnte immer noch nicht fassen, dass die Geschworenen im darauffolgenden Prozess Peter nicht zweifelsfrei für schuldig befunden hatten.

Danach war Gavins Familie nach Melbourne gezogen und er nach Perth. Das Zeugenschutzprogramm war ihm wie die Rettung erschienen. Nach fünf Jahren allerdings fühlte es sich mehr nach einem Gefängnis an.

Zumindest wusste er aber eins: Peter wollte sich höchstpersönlich an ihm rächen. Er würde niemanden vorschicken. Was hatte dann also die Zeitung zu bedeuten? Wer hatte sie ihm unter der Tür durchgeschoben?

Mike?

Gavin hatte weder Mike selbst noch seinen Drohungen besondere Beachtung geschenkt. Er wurde schließlich von der Regierung geschützt. Wie hätte ein Sechzigjähriger, der schon von seiner Rente träumte, trotz aller staatlichen Schutzmaßnahmen Gavins wahre Identität herausfinden und dann Peter Marshall nach Pilbara holen können? Das hörte sich doch ziemlich lächerlich an.

Dennoch fiel ihm nicht sofort eine andere Erklärung ein. Sollte er Mike vielleicht den Artikel zeigen und seine Reaktion abwarten, nur um sicherzugehen? Er machte sich nicht die Mühe, sich umzuziehen, und verließ mit der Zeitung in der Hand seinen Donga.

Nach einem kurzen Besuch an der Rezeption und einem kleinen Plausch mit Ethel wusste er Mikes Donga-Nummer. Es gab natürlich keine Garantie, dass er dort sein würde. Aber Gavin würde es den ganzen Abend lang versuchen, wenn es sein musste.

Mikes Donga sah etwas heruntergekommen aus. Sein Fliegengitter war voller Löcher, die er mit Klebeband geflickt hatte. Und wie es der Zufall wollte, öffnete er Gavin nach dem ersten Klopfen.

Er war nicht gerade erfreut über den Besuch seines Bauleiters. »Was machst du denn hier?«

Gavin grinste ihn an. »Du hast mir gefehlt. Du bist schon länger nicht mehr vorbeigekommen.«

»Komm zur Sache, Gavin.«

»Ich dachte, du hättest vielleicht was verloren.«

Er hielt die Zeitung hoch, und Mike kam aus seinem Donga und ließ die Tür offen stehen. Er hatte zwar schon seine Arbeitsschuhe ausgezogen, trug aber noch seine Arbeitskleidung. Er schnappte Gavin die Zeitung aus der Hand, las mit gerunzelter Stirn die Schlagzeile und blätterte dann weiter, als suchte er nach der Pointe. Als er keine fand, drückte er Gavin die Zeitung wieder in die Hand. »Was soll das?«

Gavin sah ihn fragend an. »Nicht deine?«

»Nein.« Mike schnaubte. »Ich weiß ja nicht, was du hier für ein Spiel spielst, aber ehrlich gesagt, ist es mir auch egal, solange du mich und meine Familie in Ruhe lässt.« Er drehte sich um. Gavin wandte sich auch gerade zum Gehen, als ihm bei einem Blick in Mikes Zimmer auffiel, dass der Tisch kaputt war. Eins der Beine stand krumm.

Gavin schaute schnell zur Klimaanlage, die schief in ihrer Haltevorrichtung hing und nicht angeschlossen war. Offensichtlich benutzte Mike sie nicht.

War sie vielleicht auch kaputt?

Gavins Blick fiel nun auf Mikes nackte Füße. Ihm fehlten zwei Zehen. Wendys Stimme hallte in seinem Kopf nach. *»Er hat eine Verletzung am rechten Fuß, die ihn fürs Leben gezeichnet hat.«*

Oh verdammt!

Er stellte einen Fuß in die Tür, bevor Mike sie schließen konnte.

Mike sah verwundert auf. »Was denn noch?«

»Deswegen willst du sie beschützen, oder?« Gavin war außer Atem. »Deswegen hast du ihren Donga wieder hergerichtet. Und deswegen hast du so eine verdammte Todesangst davor, ihr ins Gesicht zu sehen.«

»Ich weiß nicht, wovon du redest«, knurrte Mike. »Nimm deinen verdammten Fuß aus meiner Tür.«

»Du bist Schweißer, oder?«

»Was?« Mike schüttelte den Kopf, als würde er um ihn herumschwirrende Insekten verscheuchen wollen. Er drückte die Tür gegen Gavins Fuß.

Gavin rührte sich jedoch nicht vom Fleck und redete unbeirrt weiter. »Ursprünglich warst du Schweißer. Ich habe deine Frau mal kennengelernt. Allerdings keine Kinder ... zumindest nicht mit ihr.«

Mikes fleckiges Gesicht wurde kreidebleich.

»Raus aus meinem Donga!«

Zu spät.

Puzzleteile fügten sich zusammen, von denen Gavin gar nicht gewusst hatte, dass er sie sammelte. Und das Bild, das sich daraus ergab, machte ihn wütend. »Hast du eine Ahnung, wie du ihr das letzte Jahr über das Leben zur Hölle gemacht hast? Sie ist ein emotionales Wrack. Weiß nicht mehr, wer sie ist. Will niemandem mehr vertrauen. Wusstest du, dass sie mir hundert Dollar gegeben hat, als ich ihre Autobatterie gewechselt habe, weil sie nicht glauben konnte, dass irgendjemand etwas ohne Hintergedanken macht?«

»Ich warne dich! Verschwinde!« Mike schien mittlerweile verzweifelt.

»Ich finde, du hast genug gewarnt und zu wenig erklärt«, schleuderte Gavin ihm entgegen. »Und das reicht einfach nicht. Du musst es ihr sagen. Sie will es wissen.

Sie muss es wissen. Wenn sie die Wahrheit kennt, kann sie zumindest aufhören, sich den Kopf darüber zu zerbrechen. Und glaub mir, du bist es nicht wert, dass man sich über dich den Kopf zerbricht.«

»Das weiß ich doch!«, entfuhr es Mike. »Deswegen will ich ja nicht, dass sie es erfährt. Ich habe doch gar keine Entschuldigung. Ich bin einfach nur ein schlechter Mensch.«

»*Tatsächlich?* Das hätte ich dir auch sagen können.«

»Ich habe mit der Verlobten meines Bruders geschlafen!« Mike ließ die Tür los und trat einen Schritt zurück. Er griff sich mit seinen schwieligen Händen an die Glatze. »Wie kann man so etwas wiedergutmachen?«

»Du musst es Wendy sagen. Du musst es richtigstellen, für sie.«

»Du verstehst das nicht. Ich wusste gar nicht, dass sie meine Tochter ist. Also *wirklich* meine Tochter, bis sie mir erzählt hat, dass sie auf der Suche nach ihrem leiblichen Vater ist.«

»Na und?« Gavin wurde langsam ungeduldig. »Dann hättest du es ihr sagen sollen.«

»Ich werde es ihr nie erzählen.« Mike klang unnachgiebig, und seine Gesichtszüge wurden starr.

»Warum verdammt noch mal nicht?«

»Das wären nur schlechte Neuigkeiten. Warum soll ich sie unnötig aufwühlen?«

»Du solltest es ihr sagen, weil das selbstlos wäre.« Gavin funkelte ihn an. »Du kannst es nicht geheim halten, weil du dich zu sehr schämst. Ich bin mir sicher, dass sie dich nicht dazu zwingen wird, an ihrem Leben teilzuhaben, wenn du es nicht willst. Sie will nur ihre

Identität wiederfinden. Egal ist sie dir doch offensichtlich nicht.« Er deutete auf das Chaos in Mikes Donga.

Mike sah weg, und in seinem Kiefer zuckte es. Gavin bemerkte, dass er hin- und hergerissen war. Das war der Moment, wo er sich wirklich hätte zurückziehen sollen. Letztlich war das hier eine Familienangelegenheit, aber nicht seine. Doch er konnte einfach nicht anders. »Okay, Kumpel, ich lass dich erst mal darüber nachdenken. Aber wenn du es ihr nicht bald erzählst, dann halte ich mich nicht mehr so zurück.«

Mike sah ihn wieder an. »Das würdest du nicht tun. Es geht dich doch gar nichts an.«

»Ob Wendy glücklich ist, geht mich sehr wohl etwas an.«

»Wieso?« Mike blickte ihn mit zusammengekniffenen Augen an.

Gavin zog endlich seinen Fuß aus der Tür und trat einen Schritt zurück. »Weil ich sie liebe.«

Die nächsten Tage verschlechterte sich das Wetter ebenso wie Gavins Laune und Geduld. Weil er seinen Mund nicht halten konnte, kannte Mike jetzt sein bestgehütetes Geheimnis. Vor Demütigung bewahrte ihn nur, dass er auch Mikes kannte.

Wendy war die unsichtbare Verbindung zwischen ihnen, die sie beide handlungsunfähig machte. Ein Zustand, der Gavin ganz und gar nicht gefiel.

Am Freitag erhielt er einen Anruf von Carl, der freudig verkündete, sein australischer Führerschein werde voraussichtlich am Donnerstag eintreffen. Da auch die Pfahlgründung nach Plan verlief, gab es keinen Grund mehr, seinen Urlaub länger aufzuschieben. Vor allem nicht wegen einer schönen Frau mit blonden Haaren und langen Beinen, von der er lieber die Finger lassen sollte. Also plante er seinen Flug nach Exmouth für den Tag von Carls Rückkehr. Er wusste, dass seine Betreuerin erfreut darüber sein würde, dass er sich endlich um sich selbst kümmerte. Er rief sie an, um sie darüber zu informieren. Dabei erfuhr er, dass Peter Marshall keinen Versuch unternommen hatte, aus Perth wegzufliegen, seitdem sie das letzte Mal telefoniert hatten, sondern dass er damit beschäftigt war, seine Kontakte in Westaustralien zu treffen und Geschäfte mit ihnen zu machen.

Nur noch eine Tortur musste er über sich ergehen lassen – Lenas Betriebsfeier im Point Samson Pub. Carl war Feuer und Flamme gewesen, vor allem, als er gehört hatte, dass die Idee nicht von Gavin kam. Gavin wusste, dass die Männer Lenas Ausflüge und Veranstaltungen großartig fanden, und er konnte Lena auch nicht ihren Enthusiasmus zum Vorwurf machen. Nur war die letzte Feier in genau diesem Pub für ihn die reinste Katastrophe gewesen. Und er war sicher, dass es diesmal ebenso schlimm werden würde.

Warum?

Wendy würde auch da sein.

Zweifellos in Schale geworfen und die Zielscheibe jeder nur erdenklichen Anmache. Er kannte seine Männer und machte sich nichts vor. Sie würden jede sich ihnen bietende Gelegenheit beim Schopfe packen. Besonders in Anbetracht der Tatsache, dass er den gesamten letzten Monat darauf beharrt hatte, dass er und Wendy kein Paar waren. Es würde ihm schwerfallen, sich den ganzen Abend zurückzuhalten. Und da gab es natürlich auch noch eine viel schlimmere Möglichkeit. Er ertrug es kaum, daran zu denken.

Was, wenn sie jemand Nettes kennenlernte? Gavin konnte sich wohl kaum beschweren, wenn irgendein anständiger Typ sich vorwagte und sie sich darauf einließ. War die Hauptsache nicht, dass sie glücklich war?

Als stellvertretender Bauleiter musste er sich zumindest kurz dort zeigen, das gehörte sich einfach. Er hatte aber auf keinen Fall vor, viel zu trinken oder lange zu bleiben. Ein schnelles Abendessen und ein, zwei Stunden Small Talk, und er wäre wieder raus da. Achtlos zog er eine Jeans und ein kurzärmeliges Hemd an und fuhr mit seinem Wagen zum Lokal, so dass er schnell wieder abhauen konnte.

Der Point Samson Pub war ziemlich groß, und es gab sowohl drinnen als auch draußen eine Bar. Zum Trinken war der Außenbereich beliebter, weil man von der großen Terrasse aus aufs Meer schauen konnte. Gavin ging hinaus und sah sich um.

Carl war in bester Stimmung und hatte schon ordentlich einen sitzen. Er trug ein Hawaiihemd, auch bekannt als sein Trinkhemd, und bestellte gerade einen Krug Bier. Um ihn herum standen Dimitri, Chub, Craig und ein paar andere, die Gavin sofort erkannte. Sharon, ihr Bein noch im Plastikstiefel, stand weiter hinten an der Bar mit einem Cocktail in der Hand und unterhielt sich angeregt mit Lena und … Wendy.

Er konnte den Blick nicht von ihr wenden.

Sie sah atemberaubend aus in ihrem dunkelblauen geschwungen ausgeschnittenem Top. Dazu hatte sie lässig Jeans und schwarze Stiefel kombiniert. Natürlich trug sie die Haare offen, ihre Haut schimmerte, und am liebsten hätte er ihre zarte Halsbeuge mit Küssen bedeckt. Er musste sich tatsächlich auf die Zunge beißen. Sie winkte ihm zu. Er winkte zurück, wandte sich dann jedoch ab. Er bemerkte, dass bereits einige der Männer aus dem Ort die kleine Gruppe Frauen beäugte, sich ihre Chancen ausrechnete und ihren Mut zusammennahm.

Das würde noch viel schwerer werden, als er vermutet hatte.

Er lehnte sich an das Terrassengeländer und sah auf den Ozean vor sich. Verscheuchte, was er nicht fühlen sollte, bevor er sich ins Getümmel stürzte. Die Lichter des Pubs glitzerten auf der spiegelnden Wasseroberfläche. Schwarze Umrisse und ein sanftes Platschen verrieten ihm, dass wohl ein paar Delphine dort draußen herumtollten.

Die haben es gut.

Er schüttelte seine Verstimmung ab und ging zu Carl und seiner Runde hinüber. Chub begrüßte ihn als Erster.

»Keine schlechte Feier«, bemerkte er freundlich. »Aber ich glaube, ich gehe rein und hol mir ein paar Meeresfrüchte. Hier draußen scheint's nur Alkohol zu geben.«

Gavin und Dimitri lachten, als er hineinging, um seinen Hunger zu stillen. Carl bemerkte Gavin anscheinend erst jetzt und musterte ihn skeptisch. Nach einem angespannten Schweigen fasste er sich jedoch ein Herz und klopfte Gavin auf den Rücken. »Was zum Teufel stehst du hier mit leeren Händen rum? Wartest du etwa drauf, dass ich dir einen ausgebe, Mann?«

»Ich bin gerade erst angekommen, Carl.« Gavin lehnte sich an die Bar. »Ich schau mir erst mal alles an.«

»Was für ein Scheiß.« Carl verdrehte die Augen. »Sei

doch nicht so ein Lahmarsch.« Er rief dem Barkeeper zu: »Ein Bier für den Herrn hier!«, und sah Gavin dann wissend an. »Du denkst wohl, ich schulde dir was, nachdem ich dich so behandelt habe.«

Gavin setzte eine Unschuldsmiene auf, während er das schäumende Bier vom Barkeeper entgegennahm. »Meldet sich da etwa dein Gewissen, Carl?«

»Halt's Maul und trink«, ordnete Carl an. »Von mir kriegst du nämlich keine verdammte Entschuldigung zu hören.«

Gavin nahm das trotzdem als Entschuldigung an, und wechselte dann mit einem versteckten Lächeln höflich das Thema. »Ich kann Bulldog nirgendwo entdecken.«

Carls Miene verdüsterte sich. »Vielleicht umso besser. Die Mädchen hecken irgendwas aus, und das gefällt mir gar nicht.«

Gavins Blick wanderte erneut zu Wendy, Sharon und Lena. Tatsächlich sahen sie ständig zur Tür, als würden sie jemanden erwarten. Und dann, als wäre es abgesprochen, tauchte Annabel George im Türrahmen auf und ließ ihren Blick in der Bar umherschweifen.

Sie war viel zu fein angezogen für den Anlass, und die Männer drehten allesamt wie auf Kommando ihre Köpfe und bestaunten ein blasslila Neckholder-Cocktailkleid, das sowohl ein bisschen zu tief ausgeschnitten als auch einen Tick zu kurz geraten war. Annabel hatte ihre dunklen Locken kunstvoll hochgesteckt und ihre ausdrucksstarken Augen dunkel geschminkt, so dass sie noch größer aussahen als sonst. Wenn sie es darauf anlegte, zu beeindrucken oder zu verführen, so würde sie heute Abend keinerlei Probleme damit haben. Was jedoch nicht so recht ins Bild passen wollte, war, dass sie eine große Glasschale mit Mousse au Chocolat, verziert mit Schlagsahne und Kirschen, die anscheinend große Aufregung auf der anderen Seite des Raumes verursachte, in den Händen hielt.

Gavin warf wieder einen Blick auf die drei Frauen. Wendy und Sharon sahen besorgt aus.

Und Lena fuchsteufelswild.

»Ich glaube, die Vorstellung hat grade angefangen, Carl«, sagte er und deutete auf die Szene, die sich ihnen darbot.

Lena marschierte zu Annabel hinüber und redete auf sie ein, zeigte erst auf die Glasschale und stemmte dann die Hände in die Hüften. Annabel hörte aber ganz offensichtlich *nicht* zu. Sie lächelte zwar, suchte aber mit dem Blick nach jemand anderem. Nach einer Weile drohte das Ganze zu eskalieren. Lena legte die Hände um die Glasschale, und endlich schaute Annabel sie direkt an. Sie war allerdings gar nicht einverstanden mit dem, was Lena sagte, sondern schüttelte den Kopf.

Dann versuchte Lena, ihr die Schale aus den Händen zu ziehen. Es war beinahe, als sähe man einem Bugs-Bunny-Cartoon zu, so gefährlich, wie die Schale sich zwischen den beiden Frauen hin und her bewegte.

Meins.

Nein, meins.

Meins.

Nein, meins.

Und dann ließ Lena los.

Ein wenig Schlagsahne schwappte auf Annabels herrliches Cocktailkleid. Die Spannung im Raum erreichte ihren Höhepunkt, als alle im Raum innehielten.

»Ach, du Scheiße!«, sagte Carl, als Annabel in die

Schale griff und Lena eine Handvoll Mousse ins Gesicht klatschte. Lena quietschte, griff nun ihrerseits in die Schale und schleuderte eine Ladung Mousse zurück.

Die Menge feuerte die beiden an.

»Los! Los! Los! Los!«

Sharon wollte Lena wegzerren, aber sie funkelte sie nur wütend an. Annabel warf mit irrem Blick noch eine Portion in Lenas Richtung und versuchte gleichzeitig, die Schale außer Reichweite zu halten.

Wendy wollte ebenfalls dazwischengehen, wurde aber grob weggestoßen und warf dabei beinahe den Stuhl hinter sich um. Als sie sich wieder aufrichtete, trafen sich quer durch den Raum ihre Blicke. Die stumme Botschaft, die sie Gavin sandte, war lauter als jeder Schrei.

Hilf mir, bitte!

Auch wenn er sich das Ganze gern von weitem ansah, so war er doch nicht immun gegen Wendy und diesen Blick. Mit einem Seufzer stellte er sein Bier auf dem Tresen ab und ging hinüber zu dem Gerangel. Einige der Männer buhten ihn aus, doch Wendy sah ihn dankbar an, als er den beiden Frauen jeweils eine Hand auf die Schulter legte und sie mühelos voneinander trennte.

»Hört mal, so gerne euch alle hier dabei zusehen, ist es, glaube ich, doch an der Zeit, aufzuhören.«

Zu seinem Entsetzen stürzten sich die beiden auf ihn wie zwei wild gewordene Katzen, kratzten gleichzeitig noch mehr Mousse aus der Schale und klatschten es ihm auf sein Hemd und ins Gesicht.

»Verdammt!«

Glücklicherweise ertönte genau in dem Augenblick eine gebieterische Stimme: »Was zur Hölle ist hier los?«

Bulldog stand mit angespannter Miene neben ihm.

Seine Gegenwart schien eine beruhigende Wirkung auf beide Frauen zu haben. Sie gaben sich mit hängenden Schultern geschlagen. Gavin ließ sie los.

»Daniel.« Annabel sah Bulldog flehentlich an. Doch der ging sofort auf Lena zu und hob sachte ihr Kinn an, damit er den Schokoladenschaden in ihrem Gesicht begutachten konnte.

»*Bist du wahnsinnig geworden?* Was soll das hier?«

Lena wand sich. »Äh, ich habe deine Ehre verteidigt?«

Als er nichts tat, außer sie verärgert anzustarren, strich sie sich mit einem Finger über die Wange und leckte dann die Schokolade davon ab. »Rache hat noch nie so süß geschmeckt.«

»Hör auf damit«, warnte er sie halb lachend, halb stöhnend, nahm dann ihre Hand und drehte sich um. »Ich fahre Lena zurück ins Camp, damit sie sich umziehen kann.«

»Daniel«, flehte Annabel erneut. »Und was ist mit mir?«

Mehrere Männer boten sofort ihre Hilfe an. Einer schmieriger als der andere. Bulldog ließ den Blick schweifen. Schließlich wählte er jemanden aus, der sich gar nicht angeboten hatte.

»Bill, würden Sie Annabel nach Hause fahren?«

Chub, der gerade vorsichtig seine Schale mit frittierten Garnelen durch die Menge balancierte, blickte genervt auf, als plötzlich nach ihm verlangt wurde.

»Muss das sein?« Sein Blick fiel auf die mit Schokoladenmousse beschmierte Annabel. »Jetzt gleich? Nachtisch gibt's doch erst nach dem Hauptgericht.«

Annabel rang nach Luft und hielt sich eine Hand auf die Brust.

Wendy berührte Chub sanft am Arm. Sie hatte wieder diesen flehenden Gesichtsausdruck, und Gavin spürte, wie eifersüchtig er war, dass sie diesmal nicht ihn ansah. »Bitte, Großer?«

Gavin ertrug es kaum, wie vertraut es klang. *Warum redet sie mit mir nicht so?*

»Na schön«, stimmte Chub mit einem Seufzen zu. Er sah Annabel an. »Dann komm. Aber erst essen wir die hier.«

Bulldog wandte sich mit Lena zum Gehen, und so schloss Annabel sich widerwillig Chub an, und Gavin und Wendy blieben allein zurück.

Sie legte ihm eine Hand auf die Schulter. »Es tut mir so leid.«

Ihn durchfuhr ein Schauer, als sie ihn berührte, und er blickte auf sein schmutziges Hemd herunter, damit sie nicht sah, welche Wirkung sie auf ihn hatte. »Ich sollte wohl auch zurück ins Camp fahren.«

»Nein«, protestierte sie sofort, »ich verderbe dir nicht auch noch den Abend, wo ich schon dein Shirt ruiniert habe.«

»Ehrlich, Sarge, das ist kein Problem.« Er hatte ja ohnehin gar nicht herkommen wollen. Das wäre eine großartige Ausrede, um abzuhauen.

»Komm«, sie zog ihn am Arm, »ich hab eine Idee.«

»Aber …«

Sie ließ ihn nicht zu Wort kommen und zog ihn entschlossen hinter sich her durch die Menge. Sie gingen nach drinnen und steuerten direkt auf die Toiletten zu.

»Äh, Sarge …« Gavin wurde langsamer. »Ist dir klar, dass das hier die Frauentoilette ist?«

»Ja.«

»Ist dir auch klar, dass ich ein Mann bin?«

»Sehr klar.« Sie nickte leicht und drehte sich um, um ihm in die Augen zu sehen. »Keine Sorge, ist niemand hier.«

Es war unmöglich, sein wild klopfendes Herz zu beruhigen, jetzt wo sie allein waren und Wendy so viel mehr von ihrer samtweichen und ebenmäßigen Haut zeigte als sonst. Er verschlang sie geradezu mit seinen Blicken, als sie sich mit den Händen in den Hüften vor ihn stellte und ihn aufforderte: »Zieh dein Hemd aus!«

Etwas in seinem Gesicht musste ihn verraten haben, denn sie lachte – ein herrliches Perlen, das ihn an Edelsteine denken ließ, die auf Samt fielen. »Entspann dich. Ich falle schon nicht über dich her«, versprach sie.

»Wie schade!«

Sie wurde rot und streckte ihre Hand aus. »Ich kann die Schokolade ausspülen und das Hemd unter dem Handtrockner trocknen. Dauert nur zwei Minuten.«

»In Ordnung«, willigte er schließlich ein. Verzweifelt versuchte er, das Kribbeln in seinem Körper unter Kontrolle zu bekommen, während er sein Hemd aufknöpfte. Hätte es ihn nicht so überwältigt, vielleicht wäre ihm klar gewesen, dass das, was er da tat, alles andere als harmlos, ja geradezu leichtsinnig war.

Kapitel 18

Wendy hatte es den Atem verschlagen. Nachdem Gavin sich über dem Waschbecken die Schokolade und Sahne aus dem Gesicht gewaschen hatte, richtete er sich wieder auf, stand mit nacktem Oberkörper vor ihr und sah ihr fest in die Augen. Er war die Männlichkeit in Person: breite Schultern, muskulöse Brust, ausgeprägte Bauchmuskeln und wohl definierte Oberarme.

Seine Jeans saß tief, und der Bund einer roten Unterhose lugte hervor, auf der der Schriftzug »Spiderman« einmal um seine Taille verlief.

Zu spät bemerkte Wendy, dass er ihr immer noch sein Hemd hinhielt, und sie riss den Blick von seiner Unterhose los und richtete ihn auf das karierte Hemd. Sie schnappte es ihm aus der Hand und drehte sich damit zum Waschbecken um. Das heiße Wasser lief sprudelnd aus dem Hahn, und ein bisschen entspannter hob Wendy den Blick und sah Gavin im Spiegel an.

»Also«, bemühte sie sich um eine gleichgültig klingende Stimme, »was hat es mit der Spiderman-Unterhose auf sich? Hast du einen Fetisch, von dem du mir erzählen willst?«

Sie sah ihn im Spiegel das Gesicht verziehen. »Das war ein Geschenk, und ich habe es noch nicht übers Herz gebracht, sie wegzuschmeißen. Meine Schwester

Kate hat sie mir vor ein paar Jahren zu Weihnachten geschenkt.«

Kate!

Sie sah ihn wieder im Spiegel an. Also hatte er seiner Schwester die Blumen geschickt. Ihr fiel ein Stein vom Herzen. Er hatte ihr zum allerersten Mal etwas Persönliches anvertraut. Das war ein Schritt in die richtige Richtung.

»Du hast eine Schwester?« Sie bemühte sich weiter um einen gleichgültigen Tonfall.

»Ja.« Zu ihrer Enttäuschung führte er es nicht weiter aus. Im Gegenteil, seine Miene verdunkelte sich, als wäre ihm bewusst geworden, dass er zu viel preisgegeben hatte. Sie seufzte. Auf emotionaler Ebene kamen sie sich nicht näher, auch wenn sie ihn jetzt quasi nackt gesehen hatte.

Ihr Blick wanderte von seinem Gesicht weiter hinab …

»Oh, was ist das denn?«

»Was ist was?«

Sie hängte sein Hemd über den Handtrockner, wischte sich die Hände an ihrer Jeans ab und ging wie in einer Art Trance auf ihn zu. Wie von allein hob sie ihre Hand, und ihre Finger berührten die tiefe runde Narbe direkt unter seinem Schlüsselbein. Seine Haut unter ihren Fingern fühlte sich warm und geschmeidig an, und es gelang ihr nicht, die Hand wieder wegzuziehen. Sein Brustmuskel zuckte, als sie über die verheilte Wunde strich.

»Wenn ich es nicht besser wüsste, würde ich sagen, das ist eine Schusswunde.« Sie hatte es eigentlich als Scherz gemeint und nicht einen Moment lang geglaubt, dass es wahr sein könnte. Wo sollte Gavin schließlich mit einem Bewaffneten in Kontakt kommen?

Doch er erstarrte und sagte nichts, und das brachte sie ins Stocken.

»Nicht dass ich schon mal eine gesehen hätte«, murmelte sie. »Ich gucke nur viele Krimis.«

»Es ist nichts«, erwiderte er heiser. »Gar nichts.«

Wie eine Forscherin, die neues Gebiet entdeckte, ließ sie ihren Blick seinen Oberkörper hinunterwandern zu noch einer Narbe. Diese sah eher wie ein breiter Schnitt aus. Gavin hielt den Atem an, als sie diese mit ihren Fingern nachzeichnete.

»Scheiße, Gavin, was hast du da gemacht?«

Sie staunte, als sie noch eine Narbe unter seinem Brustkorb entdeckte. Ihre Finger strichen quer über seine Brust darauf zu, doch plötzlich griff Gavin nach ihrem Handgelenk.

»Kannst du damit aufhören?«

»Entschuldige, ich …«

»Du musst dich nicht entschuldigen, hör einfach nur damit auf.«

»O…Okay.« Es fiel ihr schwer, nicht durchklingen zu lassen, wie verletzt sie war. Er sah sie durchdringend an, als suchte er etwas in ihrem Blick, und ließ dann ihr Handgelenk wieder los. »Ist schon in Ordnung«, brachte er hervor.

Sie schluckte. »Ich war nur neugierig, sonst nichts. Es sieht so aus, als hättest du einiges durchgemacht.«

Anstelle einer Antwort nahm er sein Hemd vom Trockner und hielt die feuchte Stelle unter die Düse.

Sie sah ihn aufmerksam an. »Hast du das?«

Gavin hielt weiter sein Hemd unter den dröhnenden

Trockner. Wendy bewunderte das Spiel seiner Rückenmuskeln, während er mit dem Hemd hantierte.

Sie legte den Kopf schief und versuchte, den Spieß einmal umzudrehen und ihn zu necken. »Du redest doch immer davon, wie empfindlich ich bin. Aber du bist derjenige mit den wirklich empfindlichen Stellen. Du hast sogar gleich mehrere. Ich nehme ja ungern das Wort Heuchler in den Mund …«

Er drehte sich zu ihr um. »Du tust es aber trotzdem.«

»Du hast mir mal gesagt, dass ich dir Bescheid geben soll, wenn ich in Schwierigkeiten stecke, und dass du mir helfen würdest. Nun ja, das Gleiche gilt für dich. Ich bin für dich da, wenn du Hilfe brauchst.«

Er zog sein Hemd wieder an. Sie war sicher, dass es noch nicht ganz trocken war, aber das schien ihm nichts auszumachen. Er sah sie an, und sein Gesichtsausdruck war undurchschaubar. Kein Lächeln, keine Maske, kein provozierendes Funkeln in seinen Augen. Nur eine unergründliche Dunkelheit. Er verkrampfte seine Kiefermuskeln, als wäre er in seinem eigenen Kopf gefangen. »Danke für das Angebot, Sarge, aber ich stecke nicht in Schwierigkeiten.«

»Das glaube ich dir nicht.«

»Du kennst mich nicht.«

»Das stimmt«, gab sie bitter zurück. »Ich habe dir quasi meine Lebensgeschichte erzählt und erfahre erst heute, dass du eine Schwester hast. Warum bist du so verschlossen?«

Er antwortete nicht, sondern machte einen Schritt auf sie zu und küsste sie dann so heftig, dass alle Fragen, die sie vielleicht noch hatte, zum Verstummen gebracht wurden. Sie spürte, wie sein Daumen über ihre Wange strich und seine Finger in ihre Haare glitten, als er ihr Gesicht mit der Hand umschloss. Sie wusste, dass es nur eine Taktik war, um ihr auszuweichen, und trotzdem taumelte sie ihm ganz instinktiv entgegen. Gierig zog er sie mit seinem anderen Arm an sich, und ihr blieb die Luft weg.

»Klopf, klopf.« Abrupt wichen sie voneinander zurück, als sie eine Frauenstimme hörten. Wendy wirbelte herum, und das Blut schoss ihr in die Wangen. Sharon stand mit weit aufgerissenen Augen in der Tür.

»Tut mir leid, ich wusste nicht … Ich …« Sie legte eine Hand an die Schläfe und sah zu Boden. »Soll ich gehen?« Sie schüttelte den Kopf und sagte dann entschlossener: »Ich sollte gehen«, und wandte sich ab.

»Nein.« Gavin klang wie ein Fremder. Er schob sich an Wendy vorbei, ohne sie anzusehen, und steuerte auf Sharon zu. »Das ist hier ja schließlich die Frauentoilette. *Ich* sollte gehen.«

Und ohne einen Blick zurück, ging er zur Tür hinaus. Wendy bekam einen Kloß im Hals.

Sharon schien ihren Gesichtsausdruck falsch zu interpretieren. »Wendy, es tut mir leid, ich hatte keine Ahnung. Ich wollte nur gucken, ob bei euch alles in Ordnung ist.«

Wendy winkte ab, sie wollte Sharon versichern, dass sie nichts falsch gemacht hatte. Doch ihre Stimme versagte, und Tränen traten ihr in die Augen. Sie biss sich verzweifelt auf die Lippe, um nicht völlig zusammenzubrechen.

Sharon ließ sich nicht täuschen. Sie kam auf Wendy zu. »Wendy, was ist los? Dieser Idiot hat dich doch nicht etwa an der Nase herumgeführt, oder?«

»Ganz im Gegenteil«, entgegnete Wendy mit einem Schluchzer, »er ist vollkommen ehrlich gewesen. Hat mir gesagt, dass er mir nicht guttun würde und ist auf Abstand geblieben.«

»Gavin ganz der Gentleman?«, wunderte sich Sharon. »Wer hätte das gedacht?«

Wendy rieb sich die Augen, sie traute sich nicht weiterzureden. Sharon ließ ihr allerdings nicht viel Zeit, um sich wieder zu fangen, bevor sie die nächste und viel kompliziertere Frage stellte: »Wenn ihr zwei nicht zusammen seid, was habe ich dann denn grade gesehen?«

»Nichts.« Wendy biss die Zähne zusammen. »Es war ein Fehler. Er war eigentlich sauer auf mich, weil ich ihm zu persönliche Fragen gestellt habe. Alles meine Schuld.«

»An so etwas ist nie nur einer schuld, Süße.« Sharon tätschelte ihr den Arm. »Glaub mir. Mach dich deswegen nicht fertig. Sag dir einfach, dass du noch mal davongekommen bist.«

Wendy wandte den Blick ab, und ihre Stimme wurde immer leiser. »Ich glaube bloß, dass ich eben nicht noch mal davongekommen bin.«

»Wie meinst du das?«

Wendy konnte ihr Schluchzen nicht länger unterdrücken. »Ich glaube, dass ich mich schon in ihn verliebt habe.«

»Ach, Süße.« Sharon schlang die Arme um die schluchzende Wendy. »Ich weiß genau, wie sich das anfühlt.«

Trotz ihres Mitgefühls gab es nicht viel, was Sharon sagen konnte, damit es Wendy besserging. Sharon hatte anscheinend auch Lena von dem Zwischenfall erzählt, denn die junge Frau versuchte am nächsten Tag ebenfalls, Wendy aufzumuntern, und schlug noch einen Ausflug zu dritt vor. Am Sonntag hätten sie wieder frei, warum könnten sie sich nicht die Red Dog Statue in Dampier ansehen, nur so zum Spaß? Wendy stimmte zu, mehr um Lena das Gefühl zu geben, sie würde helfen, als dass sie wirklich fahren wollte. Angesichts ihres desaströsen Liebeslebens und mit dem Gefühlschaos, das sie aus Perth mitgebracht hatte, fiel es ihr sehr schwer, sich für irgendetwas zu begeistern.

Als dann am Samstagnachmittag auch noch die unheilverkündenden Nachrichten eintrafen, fragte Wendy sich langsam, ob sie sich nicht ein vierblättriges Kleeblatt oder einen anderen Glücksbringer zulegen sollte, egal was, nur um gegen das Pech anzukämpfen, das sie wie ein streunender Hund zu verfolgen schien.

Kurz vor vier rief Dan sie an. »Hallo, Wendy.« Er klang professionell, aber nicht optimistisch. »Ich weiß nicht, ob Sie die Nachrichten verfolgt haben …« Das hatte sie nicht, denn ihr Kopf war voll mit anderen Dingen. »TCN hat gerade von den Betreibern des Anlegers Bescheid bekommen und auch vom Wetterdienst. Wir stehen jetzt offiziell auf Alarmstufe blau.«

Wendys private Probleme lösten sich mit einem Mal in Luft auf, und ihre Arbeit und ihre Verantwortung traten in den Vordergrund. »Welche Kategorie?«

»Vier«, antwortete Dan.

Vier war schlecht. Nicht so schlimm wie fünf natürlich. Aber zu diesem Zeitpunkt rechnete Wendy mit nichts, was stärker als drei ausfiel. »Wir haben noch nicht einmal Dezember«, beschwerte sie sich.

»Ja, die heftigen Zyklone kommen meistens erst später. Aber das heißt nicht, dass sie nicht auch jetzt auftreten können.« Dan räusperte sich. »Bisher ist es nur ein tropisches Tief vor der Küste, aber der Wetterdienst beobachtet es genau. Vielleicht haben wir Glück, und er dreht ab oder wird zu einer Drei oder Zwei.«

»Oder er wird stärker.« Wendy schloss die Augen und rieb sich die Schläfen mit Daumen und Zeigefinger.

Dans Stimme wurde weicher. »Alles zu seiner Zeit, Wendy. Lassen Sie sich davon nicht runterziehen. Noch nicht. Ich habe Ihren Plan durchgesehen. Barnes Inc. sollte gut für die nächsten achtundvierzig Stunden gerüstet sein. Sie müssen nur all Ihre Vorbereitungen umsetzen, und dann schaffen wir es da durch. Gehen Sie früh schlafen, morgen werden Sie eine Menge zu tun haben.«

Wendy machte die Augen wieder auf und setzte sich aufrecht hin. »Danke, Dan. Ich gebe dem Bauleiter Bescheid, und wir bringen alles ins Rollen für den Zyklon.« Dann legte sie auf.

»Habe ich da zufällig das Wort Zyklon gehört?« Chub stand vor ihrem Tisch. Sie sah in sein besorgtes Gesicht.

»Alarmstufe blau für einen Zyklon der Kategorie vier.«

»Ich habe schon befürchtet, dass du das sagen würdest.«

Sie schaute auf ihre Uhr. »Wir haben heute nicht mehr viel Zeit, aber wir sollten zumindest versuchen, alle zu informieren. Kannst du das über Funk machen?«, bat sie ihn. »Und ein Memo für alle Angestellten aufsetzen, dass wir an die Schwarzen Bretter hängen und den Vorarbeitern geben können. Wir müssen alle anrufen, die gerade freihaben, damit sie nicht zurückkommen, bis wir es überstanden haben.« Unruhig hielt sie inne. »Aber vorher muss ich noch mit Gavin reden.«

»Kein Problem.«

Wendy rieb sich die kalten Hände, um das Zittern zu stoppen, und machte sich auf den Weg zu Gavins Büro. Sie hatte Glück, und er war da. Sie hatte befürchtet, dass sie ihn anrufen und warten müsste, bis er von wer weiß woher zurückkam.

Er war offensichtlich überrascht, sie zu sehen. Er schob seinen Stuhl ein wenig zurück und legte seinen Stift hin. »Wendy.« Er nannte sie bei ihrem richtigen Namen. Das sprach Bände. Zweifellos war ihm ihre letzte Begegnung noch unangenehm. Ihr ja auch. Doch nun waren ganz andere Dinge wichtig.

»Hi, Gavin.«

Er räusperte sich. »Gestern Abend im Pub, da …«

»Falls du mir jetzt den Vortrag halten willst, dass es ein Fehler war, kannst du dir das sparen«, unterbrach sie ihn. »Das ist mir vollkommen klar, und deswegen bin ich auch nicht hier.«

»Okay.« Er blickte sie erwartungsvoll an.

»Der Bauherr hat gerade angerufen. Wir stehen auf Alarmstufe blau, Zyklon Kategorie vier.«

»In Ordnung.« Er stand auf, stemmte die Hände in die Hüften und sah zu Boden, in seinem Kopf arbeitete es offensichtlich auf Hochtouren. »Hast du alle angerufen, die gerade freihaben?«

»Macht Chub gerade.«

»Du musst auch alle anstehenden Flüge absagen, meinen eingeschlossen.«

»Du könntest eher fliegen, bevor der Flughafen

schließt. Wir wissen alle, dass dein Urlaub längst überfällig ist«, schlug sie ihm vor.

»Und euch quasi vom Winde verwehen lassen?« Er grinste sie an. »Du hältst mich doch nicht ernsthaft für so herzlos.«

Sie schüttelte den Kopf.

»Nein.« Er rieb sich das Kinn. »Ab sofort kommt keiner mehr aus dem Urlaub zurück. Und ab morgen Abend fliegt auch keiner mehr raus. Wir halten uns an den Zyklonplan.«

Wendy nickte. »Wir müssen unser Evakuierungszentrum in Karratha bereitmachen.«

»Noch nicht. Vorher haben wir hier noch eine Menge zu erledigen.«

»Natürlich«, stimmte sie zu. »Dann berufe ich gleich für morgen früh ein Meeting des Zyklon-Management-Teams ein, okay? Wann passt es dir?«

»So früh wie möglich«, antwortete er. »Um sechs. Das hat ab jetzt Vorrang.«

»In Ordnung.« Sie wandte sich zum Gehen, aber er hielt sie zurück.

»Wendy, das wird schon. Erinnerst du dich noch an Vance von neunundneunzig? Das war ein Zyklon der Kategorie fünf, und niemand ist ums Leben gekommen, weil alle sich richtig verhalten haben. Wir sind gut vorbereitet.«

Wie von Wendy organisiert, traf sich das ZMT am nächsten Morgen als Erstes im Besprechungsraum. Dimitri schaute panisch drein, und sein Akzent war stärker als sonst. Wendy vermutete, er hatte nie richtig daran geglaubt, dass er sich in einer ernsten Lage befinden könnte. Sie war trotzdem froh, dass er dabei war. Wäre Fish da gewesen, würde er mit Sicherheit lieber herausfinden wollen, welche negativen Auswirkungen der Zyklon auf Schlammkrabben hatte, als dass er sich mit klugen Evakuierungsmaßnahmen beschäftigte.

Wendy sah sich ihre versammelte Infanterie an. Die erste Abwehrfront gegen die Bestie, die vom Meer aus auf sie zukam. Gavin, Lena, Chub, Dimitri und Carl über die Freisprechanlage.

»In Ordnung.« Gavin stellte sich am Kopfende des Tisches hin. »Wir haben etwa vierunddreißig Stunden, bevor der Zyklon eintrifft. Wir müssen die Baustelle gegen Sturm sichern. Alle anderen Aufgaben müssen solange liegenbleiben.« Dann sprach er ins Telefon auf dem Tisch. »Carl, ich weiß, dass du noch nicht herkommen kannst, aber du kannst Chub dabei helfen, unser Evakuierungszentrum in Karratha vorzubereiten.«

»Bin nur froh, wenn ich zu irgendetwas nutze bin«, blaffte Carl.

Wendy sah Chub an und fügte hinzu: »Es könnte sein, dass wir mehrere Stunden dort festsitzen. Wir brauchen also eine Menge Lebensmittel und Decken, das kann mit Hilfe der Angestellten vom Camp transportiert werden.«

»Was den Rest von uns betrifft«, fuhr Gavin fort, »wir müssen alles befestigen und wegschaffen. Lena, du kümmerst dich um alles an Land. Jeglicher Betrieb wird eingestellt und sämtliche Maschinen fixiert. Jede Aufgabe, die nicht unbedingt notwendig ist, wird aufgeschoben. Dimitri, du bist zuständig für alles auf dem Anleger. Jegliches Material und die gesamte Ausrüstung auf den Plattformen muss geräumt werden. Stell bitte sicher, dass alles, was wegfliegen kann, gut verstaut wird.«

»Und was zum Teufel machst du, Gavin?«, kam Carls Stimme knisternd durch die Leitung.

Gavin lächelte leicht. »Es wird dich freuen zu hören, dass ich mich um die großen Sachen kümmere. Alle Kräne müssen gesichert werden, und die Schiffe, wie zum Beispiel auch meine Hubinsel und die Schlepper, müssen innerhalb der nächsten vierundzwanzig Stunden zu den sicheren Anlegeplätzen gebracht werden.«

»Wie lange wird das dauern?«, wollte Dimitri wissen.

»Den ganzen Tag«, erklärte Wendy mit einem Stirnrunzeln. »Wenn nicht länger. Einmal hin und zurück zu den Liegeplätzen mit dem Schlepper dauert ungefähr dreizehn Stunden.«

Gavin nickte. »Ich sehe euch vielleicht also erst morgen wieder. Kannst du in der Zwischenzeit hier die Stellung halten, Wendy?«

»Klar«, willigte sie ein und sah sich dann in der Runde um. »Wir haben alle unsere Checklisten. Ich habe die Vorlage und gehe gegen fünf heute Nachmittag herum, um alles noch mal zu überprüfen.«

»Was ist mit den Mitarbeitern?«, erkundigte sich Lena. »Seitdem wir auf Alarmstufe blau stehen, fragen einige der Männer, ob sie ausgeflogen werden können.«

Gavin sah nicht glücklich aus. »Ich würde liebend gern alle nach Hause fliegen lassen, aber ihr wisst, dass das einfach unmöglich ist. Nicht nur, weil die Fluggesellschaften nicht unbedingt mitmachen würden, sondern weil wir einfach zu viele sind. Und wenn wir es nicht jedem anbieten können, dann tun wir das auch nicht für ein paar. Das wäre ungerecht. Solange jeder den Anweisungen folgt, sollten wir in der Unterkunft in Karratha in Sicherheit sein.«

Lena seufzte. »Das habe ich mir schon gedacht.«

»Haltet auch eure Personallisten bereit«, riet Wendy ihnen. »Bevor wir evakuieren, muss jeder hier erfasst worden sein.«

»Klar.«

Nach noch ein paar Fragen kehrte Wendy in ihr Büro zurück. Sie spürte schon, wie das Adrenalin durch ihre Adern jagte. Sie schüttelte ihre kribbelnden Finger und zwang sich, tief durchzuatmen und in die Küche zu gehen, anstatt sich an ihren Schreibtisch zu setzen. Eine Tasse heißer Tee würde ihr vielleicht helfen, klarer zu denken und sich zu beruhigen. Es war gut möglich, dass der Zyklon herabgestuft wurde oder sich wieder von der Küste entfernte. Es war schließlich erst Ende November.

Ganz bestimmt würde alles gutgehen.

Die folgenden vierzehn Stunden vergingen in einem Wust von Checklisten und Kontrollen. Wendy informierte sich laufend im Radio über den neuesten Stand. Bulldog benachrichtigte sie ebenfalls über alles, was er vom Wetterdienst und vom FESA, dem westaustralischen Brand- und Rettungsdienst, hörte. Meistens wusste sie allerdings schon Bescheid. Die Webseiten vom Wetterdienst und vom FESA waren äußerst informativ, und Wendy verfolgte dort auf einer Karte den aktuellen Stand des Zyklons. Das verdammte Ding hielt immer noch Kurs auf sie, und es wurde stärker.

Abends um sieben war Wendy immer noch im Büro. Draußen wurde es bereits dunkel, und Wind setzte ein. Sie konnte jetzt nichts mehr tun, und sie wusste, dass sie ins Camp zurückkehren sollte, aber sie konnte die Baustelle nicht verlassen, bevor sie nichts von Gavin gehört hatte.

Gerade, als sie darüber nachdachte, ging ihre Bürotür auf und er kam herein.

»Du bist wieder von den Liegeplätzen zurück.« Sie lächelte erleichtert. »Alles okay?«

»Alles in Ordnung.« Er sah trotzdem nicht erfreut aus. »Was machst du denn noch hier?«

Auf dich warten. »Ach, nur noch ein paar Kleinigkeiten«, erwiderte sie unbestimmt. »Ich bin jetzt so weit.«

»Wird aber auch Zeit«, sagte er vorwurfsvoll. »Draußen ist es schon dunkel, Wendy. Du solltest im Camp sein und dir ein gutes Buch aussuchen, das du mit nach Karratha nimmst.«

»Glaubst du etwa, dass ich dort lese?« Sie verdrehte die Augen. »Ich glaube kaum, dass ich mich konzentrieren kann, wenn draußen der Orkan tobt und Gebäudeteile herumwirbelt, womöglich von dem Gebäude, in dem wir festsitzen.«

Gavins Miene entspannte sich etwas. »Tut mir leid, hab's nicht so gemeint. Ich bin nur müde.« Er fuhr sich mit einer Hand durchs Haar. Wie gerne hätte Wendy das auch gemacht. »Ich lese bestimmt auch nicht.« Ihm trat wieder ein schelmisches Glitzern in die Augen. »Weißt du was, ich nehme ein Kartenspiel mit. Wir spielen Poker, das lenkt dich ab.«

Sie sah ihn skeptisch an. »Ich kann kein Poker spielen.«

»Ich schon.« Ein Lächeln breitete sich auf seinem Gesicht aus, das ihr wie immer direkt unter die Haut ging.

Sie bezweifelte nicht, dass er das konnte. Auch wenn

sie die Regeln nicht kannte, wusste sie doch, was ein Pokerface war, und Gavins Pokerface war unschlagbar. Wenn sie um Geld spielten, würde er sie ohne Frage ausnehmen. »Mal sehen.«

»Aber erst mal«, er dirigierte sie mit einer Hand auf ihrem Rücken Richtung Tür, »gehst du ins Camp. Wie gesagt, es gibt hier nichts mehr zu tun für dich.«

»Kein Problem«, willigte sie ein. »Und was ist mit dir?«

»Ich muss noch die Türen und Fenster von den Büro-Dongas sichern und Strom und Wasser abschalten. Dann gehe ich auch.«

Er griff nach ihrer Tasche, nahm ihre Hand und zog sie praktisch zur Tür.

»Gavin.« Sie wollte ihm ihre Hand entziehen. »Muss das sein?«

»Ja, Sarge, das muss sein.«

»Na schön«, lenkte sie ein. »Du hast gewonnen, ich geh ja schon.«

Sie verbrachte eine unruhige Nacht und konnte zuerst nicht einschlafen. Dann wachte sie wieder auf, als sie draußen die Alarmsirene heulen hörte. Zuerst war sie ganz laut, wurde dann aber leiser, als das Warnfahrzeug mit dem Lautsprecher weiterfuhr. Wendy schaute auf ihren Wecker. Kurz vor vier.

Die Sirene war das Signal, dass gleich mehr Informationen zum Zyklon im Fernsehen und Radio kommen würden. Wendy war sicher, dass sie gerade bei Alarmstufe gelb angekommen waren.

Zwölf Stunden noch.

Dan bestätigte ihre Vermutungen, als er sie um halb fünf auf dem Handy anrief.

Es war Zeit, mit der Evakuierung des Camps zu beginnen. Sie hatten am Tag zuvor bereits alle informiert, dass um halb sechs dazu aufgerufen würde, wenn sie auf Alarmstufe gelb standen und sich alle bereithalten sollten. Im Camp gab es ebenfalls Sirenen, die zum betreffenden Zeitpunkt heulen würden. Alle Mitarbeiter sollten dann zu ihren Sammelplätzen gehen und sich dort registrieren lassen. Danach würden sie in Bussen und Pick-ups zum Barnes-Inc.-Evakuierungszentrum nach Karratha fahren.

Wendy verließ um fünf ihren Donga und ging für ein schnelles Frühstück in die Kantine. Dort war es ungewöhnlich voll. Einige der Männer, die sonst nicht zum Frühstück kamen, hatten sich hier verabredet. Nicht um zu essen, sondern um Nachrichten zu hören. Jemand hatte ein Radio dabei und es laut aufgedreht. Es war fast unheimlich, wie still die Männer wurden, als die monotone Stimme des Sprechers über dem gedämpften Geschirrgeklapper erklang.

»Laut neuester Informationen des Wetterdienstes wird der Zyklon James vermutlich in weniger als zwölf Stunden das Festland erreichen. Die Stadt Wickham wird voraussichtlich am schwersten betroffen werden. Anwohnern wird dringend geraten, sich den Anweisungen des Wetterdienstes und des FESA gemäß vorzubereiten. Zu diesem Zeitpunkt sagt der Wetterdienst eine Windstärke von bis zu zweihundertneunzig Stundenkilometern vorher. Es handelt sich bei James somit um einen Zyklon der Kategorie fünf. Glücklicherweise wird er bei Ebbe eintreffen, Flutwellen und starke Überschwemmungen sind somit unwahrscheinlich, wenn auch nicht ausgeschlossen. Anwohner werden dazu angehalten, ihre Türen und Fenster zu verriegeln und gegebenenfalls mit Latten zu vernageln. Sollte ein Haus nicht für diese Witterung ausgerüstet sein, stellt der Shire of Roebourne Notunterkünfte zur Verfügung. Für weitere Informationen werden die Anwohner gebeten, die Webseite des FESA zu besuchen. FESA-Personal führt in diesem Moment Kontrollen in der Stadt durch, um sicherzugehen, dass alle vorbereitet sind.«

Wendy spürte einen Druck auf der Brust. Mit der Neuigkeit, dass der Zyklon auf Kategorie fünf hochgestuft worden war, hatte sie definitiv nicht gerechnet.

Vor ihr auf den Tisch wurde ein Tablett voller Essen abgestellt: vier Scheiben Toast, Aufschnitt, eine Schale Coco Pops, Obstsalat, Joghurt, zwei Pfannkuchen mit Butter und eine Tasse Kaffee.

»Ich sag dir was, Kleine, ich bin so aufgeregt, ich habe total den Appetit verloren.« Chub sah sich feindselig um, als er sich ihr gegenüber setzte. »Und das wird auch nicht besser mit dem deprimierenden Radio hier.« Er legte eine Scheibe Schinken zwischen zwei Toasts und biss hinein. »Bei allem, was uns bevorsteht, sollten wir doch bei Kräften bleiben und nicht fasten.«

Wendy sah auf ihren angebissenen Toast und musste sich ein Lächeln verkneifen. »Freut mich, dass du es schaffst, etwas zu essen, Großer. Egal wie wenig.«

»Na, du weißt doch«, sagte er bescheiden, »ich leiste meinen Beitrag fürs Team. Wie jeder andere hier auch.«

»Wie läuft es in Karratha?«

»Alles startklar.«

»Und Carl?«

Chub verzog leicht den Mund. »Er ist mit Abstand der rechthaberischste Kerl, den ich kenne. Aber ich muss zugeben, dass er alles ganz gut über die Bühne gebracht hat. Ich wünschte nur, er würde nicht so eine Show draus machen, wie gern er Dampf an mir ablässt.«

»Er vermisst die Baustelle.« Wendy lächelte. »Er genießt wahrscheinlich einfach, dass er wieder ein bisschen Macht hat. Hauptsache ist doch, dass es keine Probleme gab.«

Chub schüttelte den Kopf. »Nach dem Frühstück bringen die Kantinenleute noch mehr Verpflegung rüber. Wir haben einen Haufen Konservendosen und Fertiggerichte, falls die Schulküche während des Sturms nicht benutzbar sein sollte, was höchstwahrscheinlich der Fall sein wird.«

»Und wie sieht es mit Kleidung und Bettzeug aus?«

»Wir haben gestern, wie im Zyklonplan vorgesehen, eine Liste rausgeschickt, was jeder packen sollte.«

Wendy fasste sich an die Schläfe. »Oh Mist, ich habe noch nicht gepackt.«

»Hast du die Liste bekommen?«

»Die ist wahrscheinlich noch im Posteingang auf meinem PC im Büro.«

»Sind ohnehin nur vier Dinge«, beruhigte sie Chub. »Einmal warme Anziehsachen, Kopfkissen und Bettdecke und Wertsachen, die in einen Rucksack passen.«

Sie trank ihren Orangensaft aus. »Das kriege ich hin.« Sie trommelte mit den Fingern auf dem Tisch. Was, wenn sie in dem ganzen Trubel die wichtigen Kleinigkeiten vergaß?

»Ach, verdammt, was ist mit Taschenlampen?« Sie fuhr sich mit ihren zitternden Händen durch ihre zerzausten Haare. »Und Handys. Ich habe vergessen, allen zu sagen, dass sie ihre Handys aufladen und die Pick-ups volltanken sollen. Wir müssen einen sicheren Ort finden, wo wir sie parken können, Großer. Mist! Es gibt noch so viel zu tun.«

»Wendy.« Zwei große Hände legten sich ihr auf die Schultern und schüttelten sie sanft.

Sie sah auf. »Tut mir leid, Großer.«

»Du gehst jetzt zurück zu deinem Donga und packst. Für Taschenlampen und Handys ist gesorgt, aber ich spreche jetzt gleich mit allen, die einen Wagen haben. Du musst dich jetzt erst mal beruhigen und einen Gang runterschalten. Soll ich Gavin anrufen, damit er dir hilft?«

Sie ließ die Hände sinken. »Nein. Warum solltest du das tun?«

»Nur so ein Gedanke«, antwortete er kryptisch, sein Doppelkinn auf die Brust gelegt. »Ich weiß ja, dass du dich gern als Kapitän siehst, Kleine. Aber es gibt absolut keinen Grund dafür, dass du zusammen mit dem Schiff untergehst, wenn ich das so sagen darf. Du kümmerst dich heute Morgen um dich selbst, hörst du?«

»Laut und deutlich.« Sie lächelte ihn dankbar an.

»Gut.«

Die Männer für die Evakuierung zu versammeln erwies sich als ziemlich einfache und problemlose Aufgabe. Ausnahmsweise stellten sie Wendys Autorität einmal nicht in Frage, und auch nicht die von den anderen Kollegen erteilten Anweisungen. Alle waren registriert und abfahrbereit, und ihnen stand sowohl Angst als auch Hoffnung in die Gesichter geschrieben.

Das Zyklon-Management-Team brachte jeden Einzelnen zu einem Fahrzeug und hakte die Namen auf den

Listen ab. Bald schon waren nur noch Wendy, Gavin, Chub, Dimitri und Lena im Camp.

Sie teilten sich auf und gingen ein letztes Mal durchs Camp, um sich zu vergewissern, dass alles gesichert war. Alle Türen und Fenster waren verschlossen, so dass der Zyklon möglichst wenig Chance hatte, die Dongas zu beschädigen. Wendy machte sich allerdings keine großen Hoffnungen, schließlich waren sie nur für eine Kategorie drei ausgerichtet.

Es war sieben Uhr morgens. Noch neun Stunden, bis es losging.

Sie versammelten sich auf dem Parkplatz, wo zwei Pick-ups auf sie warteten. Sie wollten gerade einsteigen, als ein dunkelgrüner Mitsubishi auf den Parkplatz einbog und drei Männer ausstiegen. Einen davon erkannte Wendy.

Der Mann, den sie als Skinner kennengelernt hatte, kam über den nassen, windigen Parkplatz auf sie zumarschiert. Die beiden anderen blieben, an das Auto gelehnt, stehen. Er zwinkerte Wendy zu. »Hallo, Schätzchen.«

Schuldgefühle überkamen sie, als Gavin ihr einen kurzen Blick zuwarf und sich dann an den Mann wandte: »Ich dachte, du wärst in Perth.«

Skinner legte den Kopf schief, und ein hämisches Grinsen breitete sich auf seinem Gesicht aus. Wendy bemerkte, dass er wieder den silbernen Ohrstecker trug, und sein halblanges blondes Haar hatte er mit Gel zurückgekämmt. »Und ich dachte schon, du hättest mich ganz vergessen.«

Irgendetwas stimmte hier nicht.

Es war nicht mehr nur das Wetter für die eisige Stimmung verantwortlich. Wendy konnte es nicht genau benennen, aber irgendetwas machte ihr Angst.

»Entschuldigen Sie, Sir.« Chub unterbrach die unangenehme Stille. »Falls Sie es nicht gehört haben, es ist ein Zyklon im Anmarsch. In weniger als neun Stunden ist er hier. Wir müssen uns alle in Sicherheit bringen.«

Skinner sah ihn nur flüchtig an und konzentrierte sich dann wieder auf Gavin. »Ich hatte gehofft, vorher noch einen kleinen Plausch mit Gavin hier abzuhalten.«

»Einen *Plausch*?«, wiederholte Chub empört. »Nichts für ungut, aber das hier ist nicht der richtige Zeitpunkt dafür.«

Wendy beobachtete, wie Gavins Hände sich zu Fäusten ballten und wieder lösten. Sie fand es merkwürdig, dass sich zwei alte Freunde bei so einem Wiedersehen nicht die Hand gaben. Während sie noch versuchte, der Sache auf den Grund zu gehen, drehte Gavin sich zu ihnen um. »Fahrt ihr schon mal in Chubs Wagen vor. Ich komme dann nach.«

»Was?«, flüsterte sie.

»Bist du sicher, Gav?«, wollte Lena wissen. Sie warf Skinner einen verärgerten Blick zu. »Ich finde, wir sollten uns an den Plan halten.«

»Ich bleibe hier, bis Gavin so weit ist«, bot sich Wendy sofort an. »Nehmt Chubs Wagen.«

»Nein!« Gavins Tonfall war so unnachgiebig, dass alle ihn einen Augenblick lang nur anstarrten. Skinner stellte sich neben ihn und klopfte ihm auf die Schulter. »Komm schon, Kumpel, wenn die Kleine dableiben will, dann soll sie doch. Macht mir nichts aus.«

Gavin schüttelte die Hand ab und sah Wendy ernst an. »Das hier ist eine Familienangelegenheit. Etwas

Persönliches. Ich will dich nicht dabeihaben.« Etwas Flehendes lag in seinem Blick. »Kannst du bitte einfach gehen? Ich komme schon klar.«

Noch mehr Geheimnisse. Es würde also immer so zwischen ihnen laufen. Sollte sie das wirklich überraschen? Er wollte sich ihr nicht anvertrauen. War es nicht an der Zeit, dass sie ihm den Abstand gab, den er forderte? Doch ihre Füße wollten sich nicht vom Fleck rühren.

Gavin wandte sich an Chub und die anderen. »Nehmt sie mit, ja? Ich treffe euch später dort. Macht schon. Ihr habt nicht mehr viel Zeit.«

Dimitri reagierte als Erster. »Gut, ich zumindest möchte nicht mehr hier rumstehen und diskutieren, während das Wetter immer schlechter wird. Oder?« Er sprang in Chubs Pick-up und wartete darauf, dass die anderen es ihm gleichtaten. Mit einem Achselzucken setzte Chub sich hinters Steuer.

Wendy spürte Lenas Hand auf ihrem Arm. »Komm, Wendy. Er will offensichtlich allein sein. Er hat noch den anderen Pick-up hier, und sein Freund ist da, also ...«

»Sicher, dass du klarkommst?«, fragte Wendy noch einmal. Ihr Blick ging zwischen Gavin und Skinner hin und her.

Gavin schenkte ihr ein beruhigendes Lächeln. »Geh schon, Sarge, und besorg ein Kartenspiel. Wir spielen Poker, sobald ich da bin.«

Sie sah ihn unbekümmert winken und ließ sich von Lena hinten in den Pick-up bugsieren.

Poker, hm?

Sie befürchtete, das Spiel hatte schon begonnen.

Kapitel 19

Kaum war Chubs Wagen außer Sichtweite, wirbelte Gavin herum. Das Blut rauschte in seinen Ohren, als er dem Mann gegenüberstand, der ihn fünf Jahre lang in seinen Alpträumen heimgesucht hatte.

»Wo hast du denn dein Messer, Peter?«, forderte er ihn heraus. »Bist du nicht hier wegen der ausstehenden achtzehn Stiche?«

»Du willst wohl sofort anfangen, was?« Peter sah ihn bewundernd an wie ein Jäger, der endlich mal einen besonders gewieften Fuchs gefangen hatte. »Ich dachte, du würdest dich zumindest erst mal bei mir bedanken, dass ich deine Freunde unbeschadet hab ziehen lassen.«

»Ich habe keine Lust auf Small Talk«, erwiderte Gavin gleichgültig. »Wo ich doch seit fünf Jahren auf dich warte. Warum hast du denn so lange gebraucht?«

Peters Miene verhärtete sich. »Ein dreistes kleines Arschloch bist du, hm? Dir ist doch wohl klar, dass ich noch zwei Kumpels dabeihabe. Die Chancen, dass du unser Treffen hier überlebst, stehen nicht gerade gut.«

Gavin wusste das ebenso gut, wie er gewusst hatte, dass er Wendy und die anderen so schnell wie möglich hatte wegschicken müssen. Trotzdem würde er nicht aufgeben und sich tot stellen.

»Wirklich?« Er grinste spöttisch. »Ich sehe immer noch kein Messer. Oder hast du eine Knarre dabei? Dein Bruder konnte ja nicht so gut schießen. Aber wer weiß? Vielleicht kannst du ja besser zielen.«

Blitzschnell landete Peters Faust auf seinem Kiefer. Mehr Provokation als das brauchte Gavin nicht. Von Angst und Adrenalin getrieben, holte er mit beiden Fäusten aus und erwischte seinen Gegner einmal im Gesicht und einmal im Magen.

Peter beugte sich vornüber und lachte. »Ist das, weil ich deine Freundin mit eingeladen habe?«

»Sie ist nicht meine Freundin.«

»Trotzdem, wär doch schön gewesen, wenn sie das hier miterlebt hätte.« Er stürzte sich auf Gavin und rammte ihm beide Fäuste in den Bauch.

Doch die Wut schützte Gavin. Er spürte beinahe keinen Schmerz. Wie besessen schlug er zurück, ohne sich um seine Verletzungen zu kümmern. Er prügelte Peter über den Parkplatz, bis der stöhnend auf dem Rücken lag und zu Gavin aufsah.

»Ich glaube, es ist Zeit zu gehen.« Gavin drehte sich um und rannte zu seinem Pick-up. Vielleicht schaffte er es, solange Peter noch am Boden lag.

Doch kurz bevor er bei seinem Wagen ankam, spürte er zwei Tritte in die Waden. Noch während seine Beine unter ihm nachgaben und er auf den Asphalt sank, erwischte ihn ein Schlag aus dem Nirgendwo auf der Nase. Mit dem Gesicht schlug er auf dem Boden auf. Er wusste nicht, ob es sein eigenes Blut oder der einsetzende Regen war, der ihm über die Wangen lief. Er konnte Peter auf dem Boden hocken sehen. Seine beiden Männer hatten Gavin also außer Gefecht gesetzt.

Peter hatte die Arme auf die Knie gelegt. »Wir haben unser Gespräch noch nicht beendet.«

Ein Stiefel drückte auf Gavins Wange und hinderte ihn daran, sich aufzurichten. Er war gezwungen, liegen zu bleiben und in Peters freudestrahlendes Gesicht zu schauen.

»Letztes Mal, verstehst du«, erklärte Skinner, »habe ich nicht alles durchdacht. Ich war wütend, als ich bei dir aufgetaucht bin. Ich habe keine Vorkehrungen getroffen. Im Grunde war es gut, dass du entkommen bist. Die Sache ist nur«, Peter breitete die Hände aus, als redete er mit einer Gruppe faszinierter Schüler, »dass ich nicht für Mord drangekriegt werden will. Messer, Knarren, die verraten einen ja viel zu leicht. Warum sollte ich für etwas bestraft werden, was du getan hast?«

Gavin sagte nichts, hätte es auch nicht gekonnt, denn sein Gesicht wurde schmerzhaft auf den harten Schotter gepresst, und der metallische Geruch von Erde und Blut stieg ihm in die Nase.

»Einen Strick allerdings«, fuhr Peter fort, »kann man überall kaufen. Eine so gewöhnliche Ware, die kann man viel schlechter nachverfolgen.«

Peters Kumpan nahm seinen Stiefel von Gavins Gesicht, und er wurde hochgezerrt und festgehalten.

»Willst du mich etwa aufhängen?«, spottete Gavin und spuckte dabei Blut und Dreck aus.

»Oh nein«, winkte Peter verächtlich ab. »Dann ist der Spaß ja viel zu schnell vorbei. Du wirst dich freuen zu hören, dass ich dich überhaupt nicht umbringen will.«

Gavin verspürte keine Erleichterung. Über die Jahre war es mit Peters Wut offensichtlich so weit gekommen, dass ihm der bloße Tod nicht mehr ausreichte.

»Warum sollte ich auch?«, fragte Peter und grinste selbstzufrieden. »Wo Mutter Natur das doch für mich erledigen kann.«

Jetzt begriff Gavin, was Peter mit ihm vorhatte. Zwei Sekunden lang war er so fassungslos, dass er sich von Peters treuen Handlangern zu seinem Pick-up schubsen ließ. Dann fing er an zu brüllen und schlug wild um sich. Gegen drei Männer hatte er jedoch keine Chance. Jedes Mal, wenn er einen abgeschüttelt hatte, schlugen die anderen beiden auf ihn ein, bis der erste sich wieder gefangen hatte. Es dauerte nicht lange, und sie hatten ihn auf der Windschutzscheibe seines Wagens gefesselt. Seine Arme waren ausgebreitet und die Handgelenke mit jeweils einem Strick festgezurrt, den sie um die Seitenspiegel gewickelt, durch die Fenster gezogen und im Innenraum des Wagens zusammengeknotet hatten. Seine Beine wurden an den Fußgelenken mit Stricken an den Frontschutzbügel gefesselt.

»Was hält Mutter Natur wohl für unseren Gavin bereit?«, fragte Peter seine Komplizen. Er pfiff, während er zu Werke ging. »Sie wird ihn bestimmt ordentlich auspeitschen. Ich habe gehört, dass der Regen so hart wie eine Nagelpistole trommelt und der Sand die oberste Hautschicht abzieht. Der Wind heult so laut, dass es einem das Trommelfell wegpustet, wenn man dem zu lange ausgesetzt ist. Natürlich«, sinnierte er weiter, »wirst du gar nichts sehen können vor lauter Sand und Schutt, der in der Gegend rumfliegt. Und wenn da auch größere Teile dabei sind und dich treffen, dann schlagen sie dir womöglich den Kopf ab, aber mit ein bisschen Glück bleibt es bei einem Arm oder einem Bein. Oder vielleicht auch alles zugleich. Wusstest du übrigens«, stichelte er weiter, »dass, wenn man die Fenster oder Türen an einem Donga auflässt, der Luftdruck drinnen so gewaltig werden kann, dass der Kasten buchstäblich hochfliegt und weggeschleudert wird?« Nun war er mit dem letzten Knoten fertig und stellte sich neben Gavin. Fast zärtlich tätschelte er ihm die Wange. »Ob das wohl bei Autos genauso abläuft?«

Sie fuhren seinen Wagen weiter ins Camp hinein, damit man ihn von der Straße aus nicht sehen konnte, und ließen die Fenster offen stehen.

Nachdem sie ihn allein gelassen hatten, zog und zerrte Gavin so lange, bis seine Handgelenke und Knöchel brannten und bluteten. Aber es war zwecklos. Jetzt konnte er nur noch warten. Und beten.

Kapitel 20

Die ganze Fahrt nach Karratha über war Wendy tief unglücklich darüber, dass Gavin sich nicht an den Plan gehalten hatte.

Ich hätte ihn nicht allein lassen sollen. Ich hätte bei ihm bleiben sollen.

Dann würde ich jetzt wissen, dass er in Sicherheit ist.

Skinner sah nicht gerade wie ein verantwortungsbewusster Zeitgenosse aus. Vielleicht kannte Gavin ihn gut genug, um ihn mit seiner Post zu betrauen. Aber das hieß noch lange nicht, dass Skinner klug genug war, Gavins Rat zu folgen, bevor Zyklon James in mittlerweile weniger als acht Stunden eintraf. Er war jedenfalls kein Ortsansässiger. Würde er wissen, wie man sich in so einer Situation verhielt? Wendy hoffte, dass Gavin nichts aufgrund der Unkenntnis seines Freundes passierte.

Sie war völlig mit den Nerven fertig, als sie die Unterkunft erreichten, aber zum Glück hatten Carl und Chub alles perfekt vorbereitet. Sie nutzten die Turnhalle mit Klassenzimmern und Kantine eines Schulgebäudes. Bei Alarmstufe rot würden sie das gesamte Gebäude dichtmachen. Da jedoch immer noch Leute eintrafen, standen die meisten Eingangstüren und Fenster noch offen. In der Turnhalle selbst richteten sich die Leute schon ein. Wendy hörte das Rauschen von hundert Kofferradios. Die Männer saßen auf ihren Decken und Kissen und spielten Karten oder verfolgten den Zyklon im Fernsehen oder im Radio. Wendy fragte sich, wie lange sie wohl Empfang haben würden. Erleichtert stellte sie fest, dass überall Taschenlampen und Gaslampen für den unausweichlichen Stromausfall lagen.

Bei einem Zyklon ging es im Wesentlichen darum, ihn auszusitzen, wenn er einmal eingesetzt hatte. Wenn er dann vorbei war und der FESA ihnen Entwarnung gegeben hatte, konnten sie hinausgehen und den Schaden begutachten.

In der Kantine waren die Köche vom Camp dabei, ihnen ein vernünftiges Mittagessen zuzubereiten, wahrscheinlich die letzte warme Mahlzeit für einige Zeit. In ein paar Klassenräumen hatten sie Fernseher angeschaltet, und die Leute saßen wissbegierig davor und unterhielten sich.

Barnes Inc. teilte sich die Notunterkunft mit ihren Subunternehmen und TCN, Wendy sah also viele unbekannte Gesichter. Bulldog und auch Frank erkannte sie allerdings.

Die nächsten beiden Stunden war sie damit beschäftigt, die letzten Punkte auf ihrer Liste abzuhaken, Neuankömmlinge zu begrüßen und rastlos immer wieder zur Eingangstür zu schielen. Ihre Sorge wurde immer größer, je länger Gavin wegblieb. Mehrmals versuchte sie ihn anzurufen, aber sein Handy war aus.

Wo steckte er bloß?

Um zehn heulte draußen wieder die mobile Sirene und war auch aus den Radios und Fernsehern um sie herum zu hören.

Alarmstufe rot.

Noch sechs Stunden.

Und immer noch kein Gavin zu sehen.

Jeder wusste, dass bei Alarmstufe rot alle Vorbereitungen abgeschlossen sein sollten. Es war Zeit, seinen Unterschlupf aufzusuchen und zu verriegeln, komme, was da wolle. Wendy setzte sich auf den nächststehenden Stuhl, als die Anweisungen durch die Turnhalle gerufen wurden, jetzt alles zu sichern. Sie blickte auf ihre zitternden Hände herunter, ballte sie zu Fäusten und löste sie wieder. Das Zittern wollte einfach nicht aufhören.

Sie spürte eine Hand auf ihrer Schulter.

»Wendy, was ist los?«

Sie schrak zusammen. Ihr war nicht bewusst gewesen, dass jemand sie beobachtete. Sie sah nach oben und brachte mit leiser Stimme ein »Lena« hervor.

Neben der jungen Ingenieurin standen Sharon, Carl und Chub.

»Willst du etwas essen, Kleine?« Chub klang besorgt. »Du bist den ganzen Morgen rumgerannt und hast es bestimmt wieder vergessen, oder?«

»Du siehst wirklich verdammt blass aus«, bemerkte Carl. »Chub, hol ihr einen Tee.«

Wendys beleibter Freund nickte und machte sich auf den Weg.

»Es ist wegen Gavin«, sagte Wendy, »er ist immer noch nicht da.«

»Was zur Hölle macht der Idiot denn?«, wollte Carl wissen. »Wo ist er?«

Lena wandte sich unruhig an den Bauleiter. »Kurz bevor wir aus dem Camp losgefahren sind, kamen ein paar Freunde von auswärts vorbei und wollten ihn sprechen.«

»Der Typ kriegt beschissene Gäste, wenn ein Scheißzyklon im Anmarsch ist?«

»Na ja, da war noch Alarmstufe gelb«, beschwichtigte Lena ihn. »Und es sah so aus, als würde es nicht lange dauern. Er wollte nachkommen. Er hatte seinen Pick-up da.«

Wendy war immer noch unwohl. »Ich glaube, wir hätten ihn gar nicht zurücklassen dürfen.«

»Er hat uns darum gebeten.« Lena schüttelte den Kopf. »Er schien sogar unbedingt zu wollen, dass wir abhauen – irgendeine persönliche Familienangelegenheit. Keine Sorge, Wendy, wie ich Gavin kenne, ist er wahrscheinlich mit seinen Kumpels irgendwo untergekommen und hat, unbedacht, wie er nun mal ist, einfach vergessen, uns Bescheid zu geben.«

»Ruf ihn auf dem Handy an, Süße«, schlug Sharon vor.

»Hab ich schon. Ist ausgeschaltet.«

»Idiot.« Carl verdrehte die Augen. »Ich kann jetzt niemanden mehr rausschicken, um ihn zu suchen.«

In dem Moment kam Dan zu ihnen. »Geht's um Gavin Jones?«

Wendy drehte sich hoffnungsvoll zu ihm um. »Ja.«

»Ich habe grade eine Nachricht von einem seiner Freunde erhalten. Anscheinend ist er bei ihnen untergekommen.«

»Na siehst du.« Lena lächelte und tätschelte ihr wieder die Schulter. »Habe ich doch gesagt. Kein Grund zur Sorge.«

Aber er hat gesagt, er würde Poker mit mir spielen. Zweimal.

Irgendetwas stimmte einfach nicht.

»Ich weiß nicht.« Sie war nicht überzeugt. »Klingt wahrscheinlich dumm, aber ich habe einfach ein ungutes Gefühl.«

»Wendy«, redete Carl auf sie ein, »wir können jetzt niemanden mehr losschicken. Das ist zu gefährlich.«

»Ich weiß.« Wendy stand von ihrem Plastikstuhl auf, auf dem normalerweise ein Kind im Physikunterricht saß, und entfernte sich ein paar Schritte von den anderen. Ihre Freunde unterhielten sich leise über andere Dinge und warfen ihr hin und wieder einen besorgten Blick zu.

Sie ging ans Fenster. So schlimm sah es noch nicht aus. Der Wind blies heftig, aber die Bäume bogen sich noch nicht. Sie ging zu einem der Fernseher, wo ein Nachrichtensprecher gerade auf einer Karte das Voranschreiten des Zyklons zeigte und wo der Sturm vermutlich als Erstes wüten würde. Chub brachte ihr eine Tasse Tee, und sie sah eine Weile fern, konnte jedoch die Alarmglocken in ihrem Kopf nicht zum Verstummen bringen, ganz zu schweigen von den Sirenen aus dem Fernsehen.

Es muss doch noch etwas anderes geben als den Wetterbericht.

Sie zappte sich gerade durch die Kanäle, als ihr Onkel Mike ins Klassenzimmer kam.

»Ich habe schon überall nach dir gesucht, Mädchen. Warum bist du nicht in der Turnhalle?«

Sie reagierte auf seine plötzliche Sorge nur mit einem genervten Schulterzucken. »Ich wollte es ein bisschen ruhiger haben.«

»Na ja, die Turnhalle ist der sicherste Teil dieses Gebäudes.«

»Entspann dich!«, erwiderte sie mit einem Seufzer. »Der Sturm ist noch nicht mal da.«

»Trotzdem ...«, setzte Mike an.

»Ich glaube, ich bleibe hier«, unterbrach sie ihn. Es war ziemlich vermessen von ihm, jetzt den Beschützer spielen zu wollen, wenn er sich in der ganzen vorangegangenen Zeit einen Dreck um sie geschert hatte. Sie wandte sich wieder zum Fernseher und schaltete um. Ihr ganzer Körper erstarrte, als plötzlich ein ihr bekanntes Gesicht auf dem Bildschirm erschien.

Etwas in ihr zerbrach, als sie entsetzt auf das Foto starrte.

Er hatte eine andere Frisur und Haarfarbe, und auf seinen Armen waren Tätowierungen zu sehen, die Wendy bei beiden Begegnungen nicht bemerkt hatte. Aber es gab keinen Zweifel an dem großen silbernen Ohrstecker oder an dem schiefen Grinsen, das sich an der sie plötzlich überwältigenden Angst zu erfreuen schien.

Sie drehte den Ton lauter.

»Wendy«, versuchte Mike es noch einmal.

»Sei still!«, zischte sie ihn an. »Ich will zuhören.«

»... eine Warnung für den Nordwesten. Wie die Polizei heute Morgen mitteilte, hat der in Ungnade gefallene Geschäftsmann Peter Marshall aus Sydney Perth in einem gestohlenen Fahrzeug verlassen und ist Richtung Karratha unterwegs. Ein Haftbefehl wurde letzte Woche in New South Wales gegen Marshall erlassen, wo er mutmaßlich an organisierten Verbrechen beteiligt war. Mr Marshall schaffte es bereits vor fünf Jahren in die Medien, nachdem er nach der Verurteilung seines Bruders öffentlich Zeugen bedrohte. Sein Bruder Eddie Marshall verstarb am 29. August dieses Jahres in Haft.

Die Öffentlichkeit wird davor gewarnt, sich Mr Marshall zu nähern. Es wird davon ausgegangen, dass er bewaffnet und gefährlich ist. Jegliche Hinweise zu seinem Aufenthaltsort werden bei der örtlichen Polizei entgegengenommen.«

»Oh Gott!« Wendy ließ die Fernbedienung fallen, die mit einem lauten Knall auf dem Linoleumfußboden landete. Vor Wendys innerem Auge liefen Bilder und Szenen ab wie ein Kinotrailer über einen Film, von dem sie gar nicht gewusst hatte, dass sie ihn gesehen hatte.

Gavin, der sich über den Mangel an Spaß in ihrem Leben beschwerte. »Weil ich mich einschränken muss, du dagegen, schöne Frau, musst dich nicht verkriechen.«

Gavin vor seinem Donga: »Ich verstehe ja, was du meinst. Manchmal tun wir Dinge, die scheinbar noch ein ganzes Leben lang Konsequenzen nach sich ziehen.«

Gavin im Auto: »Du weißt doch, dass ich nichts Verbindliches will. Und schon gar keine Beziehung.«

Gavin im Ärztezentrum: »Da bin ich extra hergekommen, um dich zu beschützen, und dann wirst du trotzdem verletzt.«

Wie sie ihm über seinen herrlichen Oberkörper strich: »Wenn ich es nicht besser wüsste, würde ich sagen, das ist eine Schusswunde.«

Sie war so naiv gewesen.

So dumm.

So ahnungslos.

Dann erinnerte sie sich an ein letztes Detail, das sie erschauern ließ.

Peter Marshall, wie er sich zu ihr ins Auto herunterbeugte: »Ich verrate nichts, wenn du nichts verrätst.«

Mit wackligen Knien stand sie auf und flüsterte: »Ich habe ihn direkt zu ihm geführt. Er hätte ihn niemals gefunden, wenn ich nicht gewesen wäre.« Sie hielt sich am Tisch fest.

»Wendy. *Wendy*«, redete Mike auf sie ein. »Was ist los?«

Sie riss die Augen auf. »Ich muss ihn suchen.« Sie drehte sich schwankend um.

»Du gehst nirgendwo hin.« Mike griff nach ihrem Arm und hielt sie fest.

»Lass mich los!« Sie versuchte sich aus seinem Griff zu befreien.

»Auf keinen Fall«, beharrte er.

»Was zur Hölle ist hier los?«, rief Carl. Und die Unterhaltung in der Runde auf der anderen Seite des Zimmers brach ab, als sich alle Blicke auf Wendy und Mike richteten.

»Ich muss zu Gavin«, brachte Wendy mit heiserer Stimme hervor. »Sofort! Ihm ist etwas Furchtbares passiert oder ihm wird etwas passieren.«

»Wendy.« Lena kam auf sie zu und versuchte sie zu beruhigen. »Wir haben das doch gerade besprochen.«

»Sieh dir das an.« Sie lenkte Lenas Aufmerksamkeit auf den Bildschirm, wo das Foto des Kriminellen am Ende des Berichts noch einmal erschien. »Das ist der Mann, mit dem wir Gavin allein gelassen haben, oder etwa nicht?«

Sie wartete ab, bis alle still wurden, näher kamen und sich ansahen, was los war. Lena brauchte keine dreißig Sekunden, um zu begreifen, was vor sich ging. »Ich komme mit«, verkündete sie.

»Nur über meine Leiche«, knurrte Dan. »Ich fahre.«

»Auf keinen Fall«, protestierte Lena. »Dann fahren wir beide.«

»Wenn Lena fährt, dann fahre ich auch«, warf Sharon ein.

Lena schüttelte den Kopf. »Du hast ein gebrochenes Bein. Das wäre keine gute Idee.«

»Nur noch halb gebrochen.« Sharon tätschelte ihren Stiefel, doch Carl warf ihr einen strengen Blick zu.

»Du bleibst verdammt noch mal hier. Ich bin der Bauleiter und übernehme das Kommando für die Rettungsaktion.«

»Niemand sollte losfahren«, brummte Mike. »Nicht für den. Das ist doch lächerlich, dass ihr alle für einen einzigen Mann euer Leben riskieren wollt.«

Es wurde wieder still, als alle ungläubig Mike anstarrten.

»Scheiße«, sagte Carl nach einem Moment. »Hab vergessen, dass er noch da ist. Warum gehst du nicht einfach, Mike? Iss einen verdammten Teller Suppe, dann geht's dir gleich besser.«

»Ich gehe nirgendwohin«, knurrte Mike. »Und Wendy auch nicht.«

»Ach, hau doch ab, Mike.« In Wendys Kopf brannte eine Sicherung durch. »Du hast mir überhaupt nichts zu sagen.«

Diese ganze Streiterei verursachte ihr nur Kopfschmerzen und verschwendete ihre Zeit. Sie wollte raus hier, und zwar sofort! Und es war ihr ganz egal, wer nun mitkam und wer nicht.

»Na schön.« Mike knirschte mit den Zähnen. »Aber du kannst nicht allein fahren. Jemand muss dich begleiten, und dass kann ebenso gut ich machen.«

»Er hat recht, Kleine.« Chub hatte bisher nichts gesagt, schaltete sich aber nun ein. »Du begibst dich in Kriegsgebiet. Du brauchst einen Angriffs- und einen Fluchtplan. Es sind nur noch fünf Stunden. Was genau willst du tun?«

»Ich werde Wickham absuchen.« Wendy hob frustriert die Hände. Warum gingen sie ihr nicht einfach alle aus dem Weg?

»Woher weißt du, dass er in Wickham ist?«, wollte Chub wissen. »Sie können mit ihm nach Karratha gefahren sein. Sie müssen ja schließlich auch aus dem Sturm raus.«

Wendy fuhr sich durch die Haare. »Ich weiß es nicht. Was glaubst du ist wahrscheinlicher?«

»Du brauchst mehr Leute dafür.«

»Dan und ich suchen in Karratha«, bot Lena an.

»Okay«, stimmte Wendy bereitwillig zu. »Und ich suche in Wickham und Point Samson. Wir halten Ausschau nach einem grünen Mitsubishi in einer Auffahrt.«

»In Ordnung, ich begleite Wendy«, verkündete Chub. Dann schien ihm noch etwas einzufallen. »Aber was passiert, wenn wir dann den grünen Mitsubishi irgendwo auf einer Auffahrt entdecken?«

»Was meinst du?«, fragte Wendy.

»Na ja«, Chub sah sie zweifelnd an, »was soll ich dann machen? An die Tür klopfen und sagen: ›Hey, Mr Drogenboss, der Typ, den Sie da als Geisel genommen haben, den hätten wir gerne zurück‹?«

»Ja, Großer«, zischte Wendy und schlug sich heftig mit der Faust in die Handfläche. »Genau das machst du dann. Nichts zu unternehmen ist einfach keine Alternative.«

Chub holte ein Taschentuch hervor und tupfte sich den Schweiß von der Stirn. »Ich habe befürchtet, dass du das sagst.«

»Ihr solltet euch bewaffnen«, schlug Sharon vor. »Für die Konfrontation.«

»Natürlich, das wird unsere Erfolgschancen drastisch vergrößern.« Chub wurde leicht grün im Gesicht.

»Ich habe ein paar Kricketschläger in der Turnhalle gesehen«, sagte Lena.

»Verdammt, das ist gut«, befand Carl. »Die solltet ihr mitnehmen.«

»Ja, klar«, fügte Chub hinzu, »dann kann überhaupt nichts mehr schiefgehen.«

»Chub, sei nicht so pessimistisch oder du bleibst hier«, blaffte Wendy ihn an. Sie wusste, dass er nur der Vernünftige in der Runde sein wollte, aber die Vernunft spielte in ihrem Plan keine Rolle. Wenn sie das täte, dann würden sie überhaupt nicht losziehen.

»Tut mir leid, Wendy.« Chub setzte eine entschlossene Miene auf. »Ich denke nur zu viel nach.«

»Unseren Kricketschläger übernehme ich«, sagte Dan zu Lena. »Und ich übernehme auch das Anklopfen, wenn es so weit kommen sollte.«

Chub nickte. »Dann bin ich dafür wohl bei Wendy und mir zuständig. Gott steh uns bei! Aber ich hätte da noch eine praktische Frage, wenn ich darf. Mal angenommen, wir ziehen dem Typen aus Sydney eins über und hauen mit Gavin ab. Lena und Dan können dann hierher zurückkommen, aber was, wenn Wendy und ich nicht genug Zeit haben, um es zurück nach Karratha zu schaffen?«

»Im Camp seid ihr nicht sicher«, warf Carl ein. »Aber

ihr könntet in unserem Haus in Wickham unterkommen.« Er sah Sharon an, und sie nickte zustimmend.

»So machen wir's«, erwiderte Wendy knapp. Sie wollte unbedingt endlich losfahren. Die ganze Zeit hatte sie schon auf die Uhr geschaut. Die kostbaren Minuten schienen ihr wie Stunden. Tief in ihrem Inneren wusste sie, dass sie hier die Entscheidungen einer Wahnsinnigen traf.

Aber es ging um Gavin, er war dort draußen. Sie hatte ihn seinem Feind auf dem Silbertablett serviert, und jetzt musste sie das wieder in Ordnung bringen.

Und wenn es das Letzte war, was sie tat.

Aber ihre Freunde …

»Hört zu«, begann sie verzweifelt, »ich weiß, wie gefährlich das ist. Ihr müsst nicht mitmachen.«

»Okay, Kleine«, Chub hielt abwehrend die Hände hoch, »hör auf zu reden oder du überzeugst mich noch.«

»Ich habe ihn auch alleingelassen«, sagte Lena leise. »Ich will mitkommen.«

Wendy rieb sich die Hände und marschierte zur Tür. »Dann lasst uns losfahren!«

Sie durfte nicht noch mehr Zeit verlieren. Ihr Onkel hatte da aber leider andere Pläne. Er stellte sich in den Türrahmen und versperrte ihr den Weg. »Das ist doch ein Himmelfahrtskommando. Du kannst nicht fahren.«

»Niemand hat dich gebeten, mitzukommen«, fuhr Wendy ihn an. »Geh mir aus dem Weg.«

»Nein.« Am liebsten würde sie ihn ohrfeigen, so wütend machte es sie, wie er sich weigerte.

»Verdammt, Mike«, rief Carl, »das hier hat nichts mit dir zu tun. Verpiss dich!«

»Wendy gehört zu meiner Familie.« Mike sah sich

mit wildem Blick um. »Ich lasse nicht zu, dass sie sich in Gefahr begibt.«

»Ich dachte, ich hätte dir das schon vor Monaten klargemacht.« Wendys Stimme bebte. »In meinen Adern fließt kein einziger Tropfen Blut von deinem Bruder. Du bist nicht mein Onkel.«

»Nein, bin ich nicht.« Seine Stimme brach. »Ich bin dein Vater.«

Wendy schwirrte der Kopf. Einen Augenblick lang verstand sie nicht, was er gesagt hatte. Konnte die Worte nicht begreifen. Sie hatte schließlich andere Dinge im Kopf.

»Ich hatte eine Affäre mit deiner Mutter. Ich bin dein leiblicher Vater«, platzte es aus ihm heraus.

»Und das sagst du mir *jetzt*?«, schrie sie ihn an. In ihrem Kopf fühlte es sich an, als gäbe es einen Kurzschluss. Es war zu viel.

»Ich weiß, dass das viel zu verarbeiten ist«, erwiderte Mike. »Aber bleib hier, dann erkläre ich dir alles. Wir können drüber reden.«

Viel zu verarbeiten?!

Sie wusste nicht mehr, was sie denken sollte.

»Sei still!« Ihr drehte sich beinahe der Magen um, und sie hielt sich die Hand auf den Bauch.

»Ich erzähle dir alles, was du wissen willst«, fuhr Mike fort. »Jetzt auf der Stelle. Das willst du doch, oder? Danach suchst du schon das ganze Jahr lang.«

»Du gefühlloser *Mistkerl*!« Tränen brannten ihr in den Augen, und sie spuckte die Worte förmlich aus. Es schnürte ihr die Brust zu, und ihr Herz schlug ihr so heftig gegen die Rippen, dass sie kaum atmen konnte.

Mike wurde bleich bei ihren Worten, aber er ließ

nicht locker. »Ich erkläre dir alles, erzähle dir, was passiert ist. Wann es passiert ist. Warum ich gegangen bin, obwohl es mir das Herz gebrochen hat.«

»Wendy, wovon redet er?«, fragte Lena.

»Es ist nichts«, entgegnete Wendy. »Nichts, wovon ich noch mehr hören will. Lasst uns gehen.« Sie hatte keine Ahnung, woher sie die Kraft nahm, aber es gelang ihr, Mike beiseitezuschieben, und sie verließ den Raum.

»Wendy!« Sie hörte ihn ihr hinterherrufen. Das Flehen in seiner Stimme konnte sie nicht umstimmen.

Wenn er ihr tatsächlich etwas zu sagen hatte, dann konnte er warten, bis sie bereit dazu war. Schließlich hatte er kein Wort über ihre wahre Beziehung verlauten lassen, bis es ihm in den Kram passte. Vielleicht hatte ihre Mutter recht gehabt. Vielleicht hätte sie sich nie auf die Suche nach ihrem Vater machen sollen.

Chub, Lena und Dan holten sie ein. Schweigend marschierten sie durch die Turnhalle, griffen sich ein paar Schläger und nahmen noch Taschenlampen und Erste-Hilfe-Kästen mit.

Dann waren sie draußen.

Der Wind zerrte an Wendys Haaren, und irgendwie belebte sie das mehr, als dass es ihr Angst machte. Der Sturm hier draußen war nichts im Vergleich zu dem, der in ihrem Inneren tobte.

Ihre Wut schärfte ihr die Sinne, und eine überwältigende Energie strömte durch ihren Körper. Ihre Sorge trieb ihr das Adrenalin durch die Adern. Niemand würde sie daran hindern, den Mann zu retten, den sie liebte.

Nicht einmal Mutter Natur.

Chub und Wendy wünschten Lena und Dan viel

Glück, bevor sie selbst in ihren Pick-up stiegen und losfuhren.

Die Straßen waren menschenleer und verregnet.

Die Sonne war bereits hinter den Wolken verschwunden. Es wurde dunkler. Es fühlte sich eher an wie sechs Uhr abends als Viertel vor eins mittags. In diesem Licht sah man für gewöhnlich kleine Kängurufamilien am Straßenrand. Die dummen Dinger hatten kein Gespür für die Gefahr, die von Autos ausging. Aber jetzt waren keine zu sehen.

Wendy bemühte sich, nicht auf dem Beifahrersitz herumzurutschen. Sie konnte kaum die Hände still halten. Ihre Nerven lagen blank, waren wie elektrisiert. Sie war sicher, jeder, der sie berührte, würde einen Stromschlag bekommen. Sie war einfach zu aufgewühlt, als dass sie es hätte unterdrücken können.

»Willst du drüber reden?«, fragte Chub, als sie auf die Hauptstraße einbogen.

»Nein.«

»Bist du sicher?«, hakte er nach. »Du siehst nämlich aus, als würdest du gleich explodieren.«

»Ich will nicht, dass Mike mich von Gavin ablenkt.«

»Na ja, wir sitzen jetzt die nächste Dreiviertelstunde hier im Auto fest, wenn nicht länger, je nachdem, wie schlecht das Wetter wird. Da kannst du dir ebenso gut schon mal etwas davon von der Seele reden, solange wir noch Zeit totschlagen müssen.«

»Ich verstehe es einfach nicht«, brach es aus ihr hervor. »Er hatte eine Affäre mit seiner Schwägerin. Oder seiner Beinahe-Schwägerin. Das ist doch krank. Gleich habe ich meinen Auftritt bei *Dr. Phil.*«

»Na ja, weißt du«, sagte Chub besänftigend, »vielleicht wollte er es deswegen unbedingt geheim halten. Er schämt sich wahrscheinlich.«

»Ach, die ganze Familie schämt sich doch!«, erwiderte Wendy aufgebracht. »Das wird mir jetzt klar. Meine Mutter, Parry, meine Großeltern. Vor allem meine traditionell katholische Großmutter. Sie hätten mich am liebsten direkt nach der Geburt irgendwo versteckt gehalten.«

»Ich bin sicher, das stimmt nicht.«

»Nein«, sagte sie mit einem Seufzen, »du hast recht. Mum hat sie alle an der Nase rumgeführt, bis ich sechs war. Und dann hat Parry herausgefunden, dass … sein Bruder mein Vater ist. Ich glaube, das war für alle der Anfang vom Ende, mich eingeschlossen.«

»Warum sagst du das?«

»Na ja, ich wurde ins Internat geschickt, und sie haben sich gestritten.« Wendy dachte an ihr Gespräch mit Parry. Alles fügte sich immer mehr zusammen. »Parry wollte, dass sie es Mike sagen.«

»Und haben sie es getan?«

Wendy runzelte die Stirn. »Nein.« Sie hielt sich eine Hand vor den Mund. »Als ich ihn zufällig in Karratha getroffen und ihm erzählt habe, dass ich auf der Suche nach meinem Vater bin, hat er wohl eins und eins zusammengezählt.«

»Wow! Das war bestimmt ein Schlag ins Gesicht.«

»Für wen?«, fragte Wendy bitter. »Nachdem er die Wahrheit erfahren hat, wollte er noch weniger von mir wissen.« Sie ballte die Fäuste. »Er hätte sich gar keine Sorgen machen müssen. Ich hätte ihn nicht gebeten, Teil meines Lebens zu werden. Ich wollte nur ein paar Antworten.« Sie schüttelte den Kopf. »Jetzt hab ich sie.

Mike hat keine Kinder. Meine unbekannte Familie endet mit ihm. Gott sei Dank!«

Ihr kam plötzlich ein Gedanke. »Glaubst du, er hat gelogen, um mich davon abzuhalten, Gavin zu suchen?«

»Tut mir leid, meine Liebe«, sagte Chub. »Nur das Gewissen eines Vaters würde ihn dazu bringen, sich solche Mühe zu machen.«

»Aber meine Mutter hat meinen Vater Hector genannt. Warum sollte sie das tun, wenn er doch Mike heißt?«

»Um dich daran zu hindern, die Wahrheit herauszufinden. Warte ...« Chub schnitt eine Grimasse. »Deine Mutter heißt Helen, richtig? Und Mikes Bruder Parry.«

»Ja.«

»Ich glaube, ich weiß, weshalb sie ihn Hector genannt hat.«

»Wirklich?« Sie wandte den Blick von der Straße ab und sah ihn an.

»Na ja, ist nur so eine Theorie.« Chub zuckte mit den Schultern. »Schon mal was von Helena von Troja gehört? Deren Entführung den Trojanischen Krieg ausgelöst hat und die Sache mit dem Trojanischen Pferd?«

»Ich erinnere mich vage.«

»Da gab es zwei Brüder, die um ihre Gunst kämpften: Hektor und Paris.«

»Meine Mutter hat also versucht, daraus eine romantische Geschichte über sich selbst zu machen«, stöhnte Wendy. »Typisch.«

»Na ja, du weißt ja«, gab Chub nüchtern zurück, »die Leute würden fast alles tun und sagen, damit sie sich besser fühlen.«

Mit gerunzelter Stirn sah Wendy wieder aus dem

Fenster in die Landschaft. Der Wind wurde stärker. Die Bäume begannen sich widerwillig zu biegen. Die dünneren Äste brachen bereits ab, und Wendy zeigte auf die Straße. »Pass auf. Wir müssen vielleicht einen Tick langsamer fahren.«

Chub verlangsamte das Tempo ein wenig, und Wendy hätte sich am liebsten dafür auf die Zunge gebissen, dass sie ihn darum gebeten hatte. In dem Moment verblassten Mike und all die Probleme, die mit ihm und ihrer verkorksten Familie zusammenhingen.

Jetzt stand Gavin an erster Stelle. Sie musste ihn finden, bevor es zu spät war.

Sie fuhren zuerst nach Point Samson, dort gab es mehr Hotels. Wenn ein Reisender einen sicheren Ort suchte, um sich während eines Zyklons zu verstecken, dann dort. Nachdem sie aber die Parkplätze aller Unterkünfte nach einem grünen Mitsubishi abgesucht hatten, mussten sie sich eingestehen, dass ihre Theorie nicht aufgegangen war. Zweimal wurden sie von Hotelangestellten ausgeschimpft, die herausgerannt kamen und ihnen dringend rieten, *sofort* einen Unterschlupf zu suchen.

Sie erklärten ihre Lage nicht lange, sondern fuhren weiter. Das war einfach unkomplizierter.

Danach fuhren sie durch die Wohngegenden und sogar auf einen Campingplatz, der eindeutig evakuiert worden war. Auch hier keine Spur des verbeulten Mitsubishis.

Die Redewendung »eine Nadel im Heuhaufen suchen« spukte Wendy immer lauter im Kopf herum.

Sie kaute auf ihren Fingernägeln. »Komm schon. Komm schon. Komm schon.«

Chub spürte ihre Anspannung. »Wir haben noch zwei Stunden. Sollen wir nach Wickham weiterfahren?«

»Ja.« Sie konnte kaum sprechen, ohne sich übergeben zu müssen. Wieder schaute sie auf ihr Handy in der Hoffnung, eine SMS von Lena oder Dan vorzufinden, die mitteilte, dass sie Gavin gefunden hatten.

Nichts.

Schweigend fuhren sie nach Wickham. Sie konnte spüren, wie der Wind unter das Auto fegte und es durchschüttelte, als verhöhnte er sie mit seiner Kraft. Rote Steinchen schlugen immer heftiger gegen den Wagen. Wendy rieb sich ihren bereits ganz steif gewordenen Nacken. Aber sie konnte sich nicht entspannen. Es fühlte sich so nutzlos an, im Auto zu sitzen. Das Adrenalin staute sich immer mehr in ihr auf, sie musste es bald herauslassen.

Am Ortseingang kamen sie zuerst am Camp vorbei. Der Parkplatz lag vollkommen verlassen da. Keine Spur von einem grünen Mitsubishi. Sie fuhren also weiter und tuckerten langsam durch jede einzelne Straße der Kleinstadt. Es hatte wieder zu regnen angefangen, und die Sicht wurde immer schlechter, je dunkler es wurde. Chub hatte die Scheibenwischer auf die höchste Stufe gestellt, aber sie schafften es nicht.

Und die Suche war ergebnislos.

Wendy spürte die Panik in sich aufsteigen.

»Ich weiß nicht, was ich sagen soll, Kleine«, ließ Chub sich nach einer weiteren halben Stunde vernehmen. »Vielleicht ist es das Beste, wenn wir jetzt zu Sharon und Carl fahren.«

»Ich will noch mal zum Camp. Dort haben wir ihn zuletzt gesehen. Vielleicht sind die Dummköpfe alle in der

Kantine oder so. Das Gebäude ist zwar alt, aber es sieht ziemlich robust aus.«

»In Ordnung.« Sie konnte die Zweifel in Chubs Stimme hören, entschloss aber, sie zu ignorieren.

Sie würde nicht aufgeben, bis wirklich absolut keine Zeit mehr blieb.

Zurück im Camp, parkten sie den Wagen und stiegen aus. Der Wind zerrte an Wendys Kleidung und Haaren. Regen prasselte auf ihr Gesicht und vermischte sich mit den Tränen. Sie hatten weder Regenjacken noch Schirme, aber das wäre ohnehin sinnlos gewesen. Sie liefen direkt zur Kantine hinüber. Wendy kam als Erste an und Chub wenig später keuchend hinterher. Er hatte auch den Schläger dabei.

Wendy ging um das Gebäude herum und spähte durch die Fenster. Niemand zu sehen.

Und dann ging sie um die letzte Ecke am Hintereingang und entdeckte ihn.

Nicht den grünen Mitsubishi.

Sondern Gavins Pick-up.

Sie rannte los. Hoffentlich gab der Wagen ihr einen Hinweis darauf, wo sein Besitzer abgeblieben war. Sie hatte allerdings nicht damit gerechnet, Gavin an die Motorhaube gefesselt vorzufinden, blass und von Blut und Regen durchnässt wie ein Leichnam, der nach einer Hinrichtung zurückgelassen worden war.

Sie blieb stehen und kippte beinahe um, doch irgendetwas trieb sie wieder vorwärts.

Oh mein Gott! Ist er tot?

Ihr entfuhr ein leiser Schrei. Mit fahrigen Fingern tastete sie nach einem Puls an seinem Handgelenk.

Er öffnete die Augen. »Wendy?«, krächzte er.

»Gavin, oh Gavin. Gott sei Dank. Gott sei Dank.« Ihr rauschte das Blut in den Ohren vor Erleichterung und Panik.

»Scheiße! Was haben sie mit ihm gemacht?«, rief Chub, der ihr hinterhergeschnauft war.

»Ganz egal, wir müssen die Stricke losmachen«, forderte Wendy ihn auf.

Sie versuchten, die Knoten zu lösen, aber die Stricke waren nass und festgezurrt. Den Wunden an Gavins Handgelenken nach zu urteilen, hatte er versucht, sich zu befreien, und dadurch die Fesseln nur noch fester gezogen.

Wendys Finger bluteten. Der Wind heulte immer lauter. Sie musste schreien, um Chub auf sich aufmerksam zu machen. »Das schaffen wir nicht. Wir brauchen etwas zum Schneiden.«

»Die Kantine.« Gavin deutete mit einem Ruck des Kinns auf Chubs Schläger. »Schlag ein Fenster ein.«

Chub rannte zur Eingangstür, in die Glasscheiben eingesetzt waren. Er holte mit dem Schläger aus und schlug zu. Das Glas explodierte, als der Luftdruck von innen mit Wucht entwich, und die ihm entgegengeschleuderten Scherben verpassten ihm ein paar kleine Schnitte im Gesicht.

»Alles in Ordnung«, schrie er und hielt beide Daumen hoch, bevor er einen Arm durch das Fenster schob und die Tür von innen aufschloss.

Wendy wandte sich wieder Gavin zu.

»Warum hast du mir nicht gesagt, in was für einer Gefahr du warst?«, wollte sie wissen. Sie umklammerte mit beiden Händen seinen Arm.

Ein schiefes Lächeln breitete sich auf seinen blau

angelaufenen Lippen aus. »Schien mir nie der richtige Moment, Sarge.«

Seine Antwort war dermaßen unangemessen, dass Wendy sich nicht die Mühe machte, nachzuhaken. Es wurde immer schwerer, gegen den heulenden Wind anzuschreien, und sie wollte ihre Kräfte schonen.

Der Schotter wurde ihr schon von unten an die Beine geschleudert. Es tat noch nicht sehr weh auf der Jeans, aber sie wusste, dass es nicht mehr lange dauern würde, bis jedes Steinchen wie ein Geschoss gegen ihre Waden schlug.

Chub schien eine Ewigkeit zu brauchen. Sie griff Gavins Arm noch fester, wollte ihm und sich selbst Halt geben.

»Du hättest nicht herkommen sollen, Sarge!«, rief er. »Du hättest in Karratha bleiben sollen.«

»Darüber reden wir später«, schrie sie zurück.

Chub kam mit zwei großen Tranchiermessern zurück. Wortlos überreichte er Wendy eins. Sie machten sich wieder an Gavins Fesseln zu schaffen, und diesmal ging es viel schneller. Schon bald konnte er sich aufsetzen und sich die Handgelenke reiben, während sie die Fesseln an seinen Knöcheln bearbeiteten. Sobald sie fertig waren, rutschte er von der Motorhaube herunter und stöhnte, als er mit seinem geschundenen Körper auf den Boden schlug.

Chub deutete auf den Pick-up, aber Gavin schüttelte den Kopf.

»Sie haben meine Schlüssel mitgenommen.«

»Macht nichts«, schrie Wendy, »wir passen alle in Chubs Pick-up.«

Sie hatten nicht einmal mehr eine Stunde, bis es so

weit war. Sie mussten so schnell es ging zu Carls und Sharons Haus fahren, das nur fünf Minuten entfernt lag.

»Komm.« Chub bedeutete ihnen, ihm zu folgen, und marschierte los Richtung Parkplatz. Jetzt, wo Gavin in Sicherheit war, meldeten sich Wendys restliche Sinne wieder zurück.

Die Kleidung klebte nass und kalt an ihrer Haut, und sie fror bis auf die Knochen, während der Wind sie weiter peitschte. Sie hatte Probleme zu laufen, so weh tat es.

Sie konnte kaum die Hand vor Augen sehen, als sie sich zurück zu Chubs Pick-up kämpften. Um sie herum ächzten die Dongas, und der Wind pfiff schrill.

Sie gelangten an den Parkplatz, Chubs Pick-up stand direkt vor ihnen.

In dem Moment flog ein schmaler Wellblechstreifen – vielleicht ein Stück Dach von einem der Dongas – vor ihnen durch die Luft, beinahe, als würde ein Riese Messerwerfer spielen. Das Blech jagte durch die Windschutzscheibe, fuhr in den Fahrerraum des Pick-ups und spießte die Kopfstütze des Fahrersitzes förmlich auf.

Wendy war schon losgerannt, blieb jedoch so unvermittelt stehen, dass sie hinfiel und auf ihrem Hintern landete. Sie griff sich an den Hals, als wäre auch er aufgeschlitzt worden. Sie konnte nicht fassen, was sie dort sah. Der Wagen war ihre einzige Möglichkeit gewesen, in Sicherheit zu gelangen.

Sie spürte, wie Gavin sich zu ihr herunterbeugte, um ihr aufzuhelfen. Sie hielt den Blick gebannt auf den Pick-up gerichtet, der allein auf dem Parkplatz stand, ungeschützt von Dongas und Gebäuden. Jetzt wo die

Fenster zertrümmert worden waren, war es ein leichtes Spiel für die Naturgewalten, den Wagen umzuwerfen. Und schon krachte er auf die Seite, und auch die restlichen Fenster zerbarsten.

Ohne ein Wort drehte Chub sich um und rannte zurück, von woher sie gekommen waren. Gavin zog Wendy an der Hand, und sie riss sich von dem Anblick des Wagens los und folgte ihm. Aber wohin?

Am Hintereingang der Kantine holten sie Chub ein. Er war schon durch die Flügeltür und stand nun keuchend und blass wie ein Gespenst im Speisesaal. Alle Tische lehnten zusammengeklappt an der hinteren Wand, so dass es nur ein riesiger leerer Raum war, Fenster überall, jede einzelne dieser Öffnungen eine Bedrohung. Alles Mögliche konnte hereinfliegen. Sie mussten hinter einer Betonmauer oder etwas Ähnlichem Schutz suchen.

Durch das kleine Loch, das Chub in die Tür geschlagen hatte, war schon so viel Sand und Dreck hereingeweht. Die Tür klapperte bedenklich, obwohl sie sie hinter sich geschlossen hatten. Die Sandkörner, die weiter hereinbliesen, stachen Wendy ins Gesicht. Ihre durchnässte Kleidung klebte wie Eis an ihr.

»Hier können wir nicht bleiben«, sagte sie zu den beiden, während sie sich so weit wie möglich von der beschädigten Tür entfernten. »Dieses Gebäude ist nicht sicher. Dieser *Raum* ist nicht sicher. Schaffen wir es noch zu Carl und Sharon nach Hause?«

»Du willst doch nicht etwa laufen, oder?«, wollte Chub wissen. »Hast du gesehen, was da draußen rumfliegt? Das würden wir niemals überstehen.«

Wie zur Bestätigung zerbarst in dem Moment das Fenster neben der klappernden Tür.

»Runter!«

Gavin stieß Wendy zu Boden und warf sich zum Schutz über sie. Als das Klirren von Glas aufhörte, sah Wendy zum Fenster auf. Sie wusste nicht, ob es von etwas zerschlagen worden war oder ob es einfach dem Luftdruck oder dem Regen nicht mehr hatte standhalten können, der jetzt horizontal durch die Öffnung hereinprasselte. Auch an anderen Stellen drang Wasser in das Gebäude ein – durch Fugen und Ritzen an den anderen Fenstern, die bis eben noch wasserdicht gewirkt hatten. Wendy hielt sich die Arme vor die Augen, als der nächste Schwall Glas, Sand und Wasser durch den Raum gefegt wurde. Zum Glück bekamen sie nicht viel davon ab, aber es würde nicht mehr lange dauern, bis sie mitten in der Schusslinie standen.

»Wie lange noch, bis es losgeht?«, rief sie verzweifelt.

Gavin drückte ihr die Schultern. »Wendy, ich glaube James ist schon da.«

Kapitel 21

»Hätten wir das Fenster nicht einschlagen müssen, dann hätte der Raum hier vielleicht länger durchgehalten.« Gavin schaute sich um. »Aber so wird der Luftdruck hier drinnen verrücktspielen. Wir haben nicht viel Zeit.«

Noch während er das sagte, bog sich eine Akazie vor einem der Fenster so weit, dass man meinen konnte, sie wäre aus Gummi, und gab dann nach. Die Wurzeln wurden aus der Erde gerissen, und der Baum krachte in eins der Kantinenfenster. Einer der Äste ragte jetzt in das Gebäude herein wie der kapitulierende Gruß eines sterbenden Soldaten.

Die Dachrinnen ächzten.

Wendy hörte den Putz einreißen und abplatzen. Der Sand peitschte durch den Raum und brannte auf ihren Armen und Beinen, und immer mehr Schutt fegte durch die weitere Öffnung herein. Wendy bedeckte ihre Augen.

»Das Dach wird nicht halten«, rief Gavin über das immer lauter werdende Getöse hinweg. Auch wenn Wendy hier nicht die Ingenieurin war, hätte sie ihm das wohl auch sagen können.

»Kommt.« Er schob sie aus dem Speisesaal in die Küche und schloss die Tür hinter ihnen. Das Gebäude erzitterte und bebte. Die Küche war zwar kleiner als der Speisesaal, doch gab es auch hier Fenster oben an den Wänden – solche, die zwar Licht spendeten, aber nicht geöffnet werden konnten. Wendy hoffte, dass sie deswegen robuster waren.

»In Ordnung.« Gavin ging durch den Raum. »Kennt einer von euch dieses Gebäude? Ich nutze nur den Speisesaal, habe also keine Ahnung, was sich hinter der Rezeption noch befindet. Gibt es da eine Toilette oder ein Bad? Wir müssen in das kleinste Zimmer hier, am besten eins ohne Fenster oder zumindest nur sehr kleinen. Das wäre das sicherste.«

»Ich weiß nur noch, dass es da einen Raum mit Billardtischen und Tischtennisplatten gibt, aber der sieht genauso aus wie der Speisesaal.« Wendy stöhnte auf.

»Warte«, sagte Chub mit erhobener Hand, »hinter der Rezeption gibt es zwei Vorratsräume. Die sind winzig, wie begehbare Kleiderschränke, und ohne Fenster.«

»Und sind da Regale drin?«, fragte Gavin.

»Da sind Stahlblechregale an der Wand angebracht.«

»Perfekt.« Gavin war zufrieden. »Führ uns hin.«

Wendy hörte eine Explosion in der Ferne, als sie durch die Tür zur Rezeption lief.

Sie versuchte, nicht darüber nachzudenken, was es gewesen sein mochte.

Die beiden Lagerräume lagen direkt nebeneinander. Chub riss eine der Türen auf. Die Kammer war bis obenhin voll mit Lebensmitteln: Kekse, Kaffee, jede erdenkliche Obst- und Gemüsesorte in Konserven, Reissäcke, Saft, Müslipackungen.

Gavin öffnete die zweite Tür. Dahinter verbarg sich eine Wäschekammer voller Decken und Bettwäsche.

»Okay.« Chub machte große Augen. »Ich nehm die hier. Ihr die mit dem Bettzeug.«

Er ging in die Speisekammer und füllte mit seinem massigen Körper schon fast den Raum aus.

»Wollen wir denn nicht zusammenbleiben?«, fragte Wendy. »Hast du keine Angst so ganz alleine da drin?«

»Kleine«, Chub hielt abwehrend die Hand hoch, »weißt du, was ich mache, wenn ich Angst habe?«

»Was?«

»Ich esse. Glaub mir, das geht schon klar. Außerdem«, fügte er mit einem Achselzucken hinzu, »passen wir nicht zu dritt in eine der Kammern. Zumindest nicht mal eben so.«

Gavin ging in die Wäschekammer und griff drei Decken und ein paar Laken. »Wir tauschen Bettzeug gegen Essen.«

Chub nahm den Stapel entgegen und kam dann wieder aus der Vorratskammer, damit Gavin ein paar Sachen aussuchen konnte.

Wendy zitterte, während sie wartete, und schaute immer wieder zu den Fenstern auf der anderen Seite der Rezeption. Es war so dunkel draußen. Sie konnte nur ein paar Meter weit aus dem Fenster sehen.

»Okay.« Gavin packte die Sachen in die Wäschekammer und kam dann wieder heraus, um Chub die Hand zu schütteln. »Viel Glück.«

»Dir auch, Kumpel.« Chub drückte Wendy die Schulter und sie riss widerwillig den Blick von den Fenstern los.

»Kommt nicht raus, auch wenn ihr irgendwelchen Lärm hört, okay?«, warnte Chub. »Bleibt drinnen, bis ihr die Sirenen hört.«

Er küsste sie auf die Wange und drehte sich dann hastig um, als wäre es ihm peinlich, und verschwand in seinen Unterschlupf. Er knallte die Tür zu und schloss ab.

Draußen war es schon dunkel gewesen, aber in der Wäschekammer war es stockfinster, als Gavin und Wendy die Tür hinter sich schlossen. Nicht der kleinste Lichtstreifen drang zu ihnen herein.

Klatschnass und dicht aneinandergedrängt standen sie mitten im Raum. Wendy erschauderte, als sie wieder etwas über sich krachen hörten. Das Gebäude bebte. Sie begann am ganzen Leib zu zittern. Tränen liefen ihr über die Wangen. Der Sturm draußen tobte wie eine wildgewordene Bestie. Es war erdrückend.

Wendy spürte zwei Hände auf ihren Schultern und dann Gavins Atem an ihrem Ohr, als er sich zu ihr beugte, damit er nicht gegen das Getöse des Zyklons anschreien musste. »Wir sollten uns ausziehen und uns in die Decken wickeln. Kann durchaus sein, dass wir ein paar Stunden hier drinbleiben müssen, da ist es besser, wenn wir uns wärmen. Was meinst du?«

Sie nickte, doch dann fiel ihr ein, dass er das im Dunkeln nicht sehen konnte. Als sie nichts sagte, ließ er seine Hände von ihren Schultern nach oben gleiten, und sie spürte seinen Daumen auf ihrer Wange und wie er ihre Tränen wegwischte. Sie nickte wieder, und diesmal, mit seinen Händen auf ihrem Gesicht, würde er die Bewegung spüren. Dann wich sie einen Schritt zurück; sie wollte nicht, dass er mitbekam, wie aufgelöst sie tatsächlich war.

Mit zitternden Fingern knöpfte sie ihr Hemd auf. Es fühlte sich unglaublich gut an, den klammen Stoff von der Haut zu befreien. Aus ihren nassen Jeans musste sie sich wie aus einer engen Strumpfhose schälen. Eine Decke legte sich um sie, und plötzlich war sie in wärmende Wolle gehüllt, die zwar ein wenig auf der Haut kratzte, aber trocken war allemal besser als nass.

Sie sagte »Danke«, aber weil sie es nicht laut gerufen hatte, konnte nicht einmal sie selbst ihre Stimme hören.

Plötzlich spürte sie Gavins Hände in ihren Haaren und wie sie die Spange daraus lösten. Er drehte Wendy mit dem Rücken zu sich und begann, ihre nassen Locken mit einem Laken trockenzureiben.

Sie kam sich wie ein hilfloses und verletzliches kleines Kind vor.

Aber sie wollte mehr von diesem Mann als höfliche Gesten. Ihr Schweigen in der Dunkelheit war wie eine Mauer zwischen ihnen. Ohne sein schelmisches Grinsen und seine spöttische Stimme fühlte sie sich vollkommen beraubt.

Ein lauter Knall erschütterte das Gebäude, gefolgt von quietschendem Metall. Dann wieder ein Knall.

Es hörte sich an, als würde das Dach über dem Speisesaal weggerissen, oder vielleicht auch das auf der anderen Seite. Wer wusste das schon?

Wer wollte es überhaupt wissen?

Wendy lehnte sich mit dem Rücken an Gavin, und ihr Atem ging flach, so sehr zitterte sie.

»Hey, alles ist gut. Wir schaffen das, Sarge.« Sie spürte seine Lippen dicht an ihrem Ohr und erschauerte. Diesmal nicht, weil sie Angst hatte, sondern weil in ihrem ganzen Körper etwas anderes aufloderte. Gavin legte ihr auch seine Decke um die Schultern, und sie drehte sich in seinen Armen zu ihm um und ließ ihre

Decke zu Boden fallen. Wie viel lieber wollte sie sich an ihm selbst wärmen.

Sie merkte, wie er zusammenzuckte, als er ihre Haut auf seiner spürte. Sie legte ihr Ohr an sein Herz. Das gleichmäßige, wenn auch beschleunigte Schlagen war wie eine willkommene Abwechslung von dem Spektakel, das um sie herum herrschte. Gavin zog sie fester an sich und küsste sie aufs Haar.

Das Regal schepperte, als irgendwo wieder ein Knall das Gebäude erschütterte. Wendy hob ihr Gesicht, wollte nach Luft ringen oder etwas ausrufen, doch Gavin beugte sich zu ihr herunter, und seine Lippen fanden ihre.

Auf einen Schlag gab es keinen Zyklon mehr.

Nur noch den in ihrem Inneren.

Sie küssten sich, als ginge es um Leben und Tod, ließen ihrer Leidenschaft freien Lauf. Wendy presste sich an Gavin, legte ihm die Hand in den Nacken und spürte, wie sein Puls plötzlich schneller zu schlagen begann.

Irgendetwas prasselte auf die Mauer hinter ihnen ein, als würde ein Maschinengewehr abgefeuert.

RATATATATAT!

Sie zog ihn fester an sich. Ihre Münder ließen nicht voneinander ab.

Gavin knotete die Wolldecke lose in ihrem Nacken zusammen, hatte dann die Hände frei und ließ sie über ihren Rücken wandern bis zu ihrem BH-Verschluss. Er öffnete ihn, und als der BH zu Boden fiel, waren auch alle anderen Hemmungen verschwunden. Wendy streifte mit einer Hand ihre Unterhose ab und schleuderte sie dann von sich.

In der Küche ertönte ein gewaltiger Knall. Töpfe und

Pfannen polterten auf den Boden. Waren die Regale eingestürzt?

Es war ihr ganz egal.

Mit den Fingerspitzen strich sie sacht über seinen Bauch, seine Brust, kostete all das aus, was so männlich an ihm war, so ganz und gar Gavin, so ganz und gar ihrs.

Metall schabte hart über Metall. Quietschte und heulte, wehrte sich verzweifelt. Das Gebäude war offensichtlich unter Beschuss von umherfliegendem Blech.

Gavins starke Hände umfassten ihren nackten Po und glitten dann ihre Oberschenkel hinunter. Sie spürte, wie ihre Füße den Boden verließen, als Gavin sie hochhob und ihre Beine um sich schlang. Sie verschränkte ihre Knöchel hinter ihm, zog sich an seinem Nacken enger an ihn heran und drückte ihre Brüste an ihn.

KRACH!

Seine Lippen wanderten ihren Hals entlang, und er drückte sie mit dem Rücken an die Wand. Noch fester zog sie ihn an sich, verschmolz mit ihm, bis sie nicht mehr wusste, wo sie aufhörte und Gavin begann.

KRACH!

Sie griff in seine Haare und stöhnte auf.

Draußen tobte der Sturm.

Sie schrie auf und öffnete die Augen.

Über sich sah sie ein Feuerwerk explodieren.

Steine wurden geschleudert, es regnete Scherben, Glas zersplitterte, Wände stürzten ein. Die Regale klapperten so heftig, dass sie beinahe nachgaben.

KRACH!

Doch immer noch drang kein Lichtstrahl zu ihnen in ihre dunkle Höhle. Die Wände waren nicht eingebrochen. Das Dach hatte standgehalten. Der Regen war nicht durch die Ritzen gedrungen. Wendy schloss die Augen und ließ ihre Stirn auf Gavins Schulter sinken. Sie spürte seine Lippen auf ihrer Halsbeuge. Sein Körper entspannte sich.

Draußen wütete der Sturm weiter. Doch für Wendy war er schon vorbei.

Kapitel 22

Wendy erwachte von der Sirene des Warnfahrzeugs.

Diesmal bedeutete sie gute Nachrichten. Der Zyklon war vorbei. Es gab Entwarnung.

Wendy hatte absolut keine Ahnung, wie spät es war, hatte aber das Gefühl, stundenlang eingesperrt gewesen zu sein. Wahrscheinlich sogar die ganze Nacht über.

Gavin und sie hatten ein paar Kekse gegessen, als es vermutlich ungefähr Zeit zum Abendessen gewesen war. Sie hatten nur wenig gesprochen, da es schwierig war, bei dem Lärm wirklich ein Gespräch zu führen.

Dann hatten sie bemerkt, dass Wasser in die Kammer eindrang, was vielleicht sogar noch beängstigender war als die Vorstellung, wieder hinaus in den wütenden Sturm zu gehen.

Glücklicherweise stieg das Wasser nur ein paar Zentimeter an. Gavin zog einen der Regalböden hervor und lehnte ihn an die Wand, so dass sie auf dem Regal selbst sitzen und ihre Füße vom Boden nehmen konnten. Sie breiteten Decken aus und wickelten sich darin ein. Die meiste Zeit saßen sie einfach nebeneinander auf dem Stahlregal, die Hände ineinander verschränkt, und lehnten sich mit dem Rücken an die kalte Wand.

Irgendwann musste Wendy eingeschlafen sein. Sie

hielten sich nicht mehr an den Händen, sondern Gavin hatte den Arm um sie gelegt, und ihr Kopf lag auf seiner Schulter. Als das Heulen der Sirene in der Ferne verklang, breitete sich eine gespenstische Stille aus.

Wendy hob langsam den Kopf, und in ihrem Nacken zog es. Es war immer noch stockfinster in ihrem Unterschlupf. Aber sie waren unversehrt. Freude stieg in ihr auf.

Wir leben!

Gavin strich mit dem Daumen über ihren bloßen Arm, und sie fragte sich, ob er auch geschlafen hatte oder die ganze Zeit über wach gewesen war. Jedenfalls klang er nicht verschlafen, als er fragte: »Alles in Ordnung bei dir, Sarge?«

»Ja, und bei dir?«

»Wunderbar.«

»Hab ich lange geschlafen?«

»Ein paar Stunden. Ich war erleichtert, du hast Schlaf gebraucht.«

»Chub!«, fiel ihr plötzlich ein. Sie warf die Decke von sich und rutschte langsam vorwärts.

»Vorsichtig!«, warnte Gavin sie.

Mit einem Platschen landete sie auf dem Boden vor dem Regal.

»Bäh, wie eklig.« Sie fluchte. »Es ist total kalt und lauter Zeug schwimmt darin herum.« Sie kreiste mit den Schultern. Ihr ganzer Körper fühlte sich verspannt an und schmerzte.

Sie hörte Gavin leise im Dunkeln lachen. »Hast wohl den Burggraben vergessen, was, Sarge?«

»Na ja, wir sollten versuchen, rauszukommen, oder? Nach Chub sehen?«

»Du solltest dir vielleicht erst mal was anziehen.«

»Ja.« Ihre Stimme krächzte. Zum Glück war es immer noch dunkel, so war es gar kein Problem, ihre Verlegenheit zu überspielen.

»Die Klamotten sind allerdings wahrscheinlich noch feucht«, vermutete er und klang plötzlich etwas außer Atem.

»Na ja, wir haben keine große Wahl.« Es überraschte sie selbst, dass ihre Stimme nicht zitterte.

Sie tastete auf dem Regal nach ihrem Hemd. Es war noch ein bisschen nass, aber das würde sie aushalten.

Wo um Himmels willen ist meine Unterwäsche?

Sie bekam ganz heiße Wangen, als sie daran zurückdachte, wie sie sie ausgezogen hatte. Ihr BH dümpelte vermutlich irgendwo im Wasser zu ihren Füßen herum.

Da musste sie also ohne zurechtkommen. Sie zog ihr Hemd über und tastete dann nach ihrer Jeans. Die war alles andere als trocken und kratzte auf ihrer Haut, als Wendy sich wieder auf das Regal setzte und sie anzog. Der Stoff fühlte sich in etwa so angenehm an wie gerade angerührter Zement.

Sie hörte, wie Gavin sich neben ihr ebenfalls anzog, und kämpfte gegen den Drang, ihn zu fragen: *Hat dir letzte Nacht etwas bedeutet?*

Mir ja.

Dieses Gespräch musste warten, vor allem wo Chub womöglich ernsthaft verletzt im Raum neben ihnen lag.

Sie räusperte sich. »Soll ich versuchen, die Tür aufzumachen?«

»Ich mach das schon«, antwortete Gavin.

Es platschte, als er vom Regal sprang, und dann klickte es, als er die Tür aufschloss. Sie klemmte und ließ sich nur ungefähr fünf Zentimeter öffnen.

»Verdammt«, murmelte Gavin, »irgendwas ist dagegengefallen.«

Die fünf Zentimeter reichten allerdings aus, um einen Lichtstreifen hereinzulassen. Es war definitiv der nächste Morgen.

»Kleine?«, rief eine Stimme. Chub. Wendy atmete erleichtert auf. Vorsichtig watete sie zur Tür.

»Großer«, rief sie durch den Spalt. »Geht's dir gut? Bei uns ist alles in Ordnung, aber wir kommen nicht raus.«

Ein Teil seines Gesichts tauchte plötzlich vor ihr auf. »Ja, bin schon unterwegs hier drüben. Sieht aus, als würde ein Metallträger eure Tür zudrücken. Der hat sich hier verkeilt. Wartet, ich schau mal, ob ich ihn wegschieben kann.«

»Sei vorsichtig«, warnte Gavin. »Nicht dass du dabei noch irgendetwas anderes bewegst.«

Sie hörten Chub ächzen und dann das Scheppern von Metall auf Beton. Die Tür zu ihrer Wäschekammer wurde aufgerissen. Wendy hob augenblicklich den Arm vors Gesicht, um sich gegen das eindringende Sonnenlicht zu schützen.

»Hach, was seid ihr zwei doch für ein willkommener Anblick«, begrüßte Chub sie freudig.

Langsam ließ Wendy den Arm sinken.

O mein Gott!

Es sah aus wie nach einem Krieg. Das Gebäude ähnelte nicht auch nur ansatzweise dem, wie es vorher ausgesehen hatte. Es war nicht einmal mehr ein Gebäude. Eher ein Haufen Ziegel, Stahl, Schutt und verwüsteter

Möbel. Natürlich waren nicht alle Mauern eingestürzt, aber der Großteil vom Dach war verschwunden. Wendy schaute nach oben, und da war nur blauer Himmel.

»Ehrlich gesagt, ich finde es ist eine Verbesserung.« Chub rieb sich die Hände. »Fand schon immer, dass es eine Renovierung vertragen konnte.«

»Das ist aber wohl mehr als eine kleine Renovierung.« Gavin legte den Kopf in den Nacken und blinzelte in die Wolken. »Es geht doch nichts darüber, einmal von Pilbara verschlungen und wieder ausgespuckt worden zu sein.«

Wendy rieb sich die klammen Arme. »Meint ihr, wir können hier raus?«

Chub nickte. »Keine schlechte Idee.« Er stieg über einen Deckenbalken auf dem Boden und ging um den Rezeptionstresen, der zweigeteilt worden war. Sämtliche Fenster waren zerborsten. Wäre Chub kleiner gewesen, hätte er durch eine der Öffnungen hinauskrabbeln können. So aber ging er achtsam durch den Schutt bis zur gegenüberliegenden Wand, die noch stand, und schloss die Tür dort auf.

Er trat aus dem Gebäude. Ohne ein Wort nahm Gavin Wendys Hand und führte sie vorsichtig hinter Chub her. Als sie durch die Tür kamen wie durch ein Tor zum Leben, fiel Chubs Blick auf ihre Hände. Er sah aber schnell wieder weg und sagte zu Wendys Erleichterung nichts.

Jedenfalls tat es gut, frische Luft zu atmen, auch wenn Wendy entsetzlich fror. Als sie auf dem mit Trümmern übersäten Parkplatz ankamen, ertönte ein paar Meter entfernt ein Quieken. Vor Chubs auf der Seite liegendem Pick-up entdeckte Wendy Carl und Dimitri.

Carl sah regelrecht grün im Gesicht aus, als sein Blick über das zerstörte Fahrzeug wanderte.

Neben ihm standen zwei FESA-Beamte. Etwas weiter weg parkten ein FESA- und ein Barnes-Inc.-Pick-up. Die Verwüstung auf dem Parkplatz war nur geringfügig, doch der Rest des Camps sah aus, als wäre er nicht so glimpflich davongekommen. Ein paar Dongas standen noch, mindestens die Hälfte jedoch war umgekippt.

Das Quieken war nicht von den Männern oder aus den Autos gekommen, sondern von einer kleinen Braunhaarigen, die sich einen Weg über das gefährliche Terrain zu ihnen bahnte. Annabel George trug ein makelloses blaues Kleid, war perfekt geschminkt und hatte schwarze Schuhe mit Keilabsätzen an, die vollkommen ungeeignet für einen Spaziergang durch dieses riskante Gelände waren.

Wendy starrte sie einen Moment lang ungläubig an. *Wie macht sie das bloß?*

Mit vor Freude errötetem Gesicht stolperte Annabel über umgestürzte Bäume auf sie zu.

»Annabel, ganz ruhig«, rief Chub ihr zu.

Aber sie achtete nicht darauf. Als sie Chub erreichte, sprang sie ihm in die ausgebreiteten Arme und umklammerte ihn so gut es eben ging bei seiner ausladenden Gestalt. *»Dir geht es gut!«*, rief sie. »Ich habe mir solche Sorgen gemacht. Ich wusste nicht, was ich tun sollte.«

»Ich habe nur meine Notunterkunft etwas aufgerüstet, das ist alles.« Chub tätschelte ihr etwas unbeholfen den Rücken. »War ein bisschen gemütlicher.«

»Das ist nicht witzig.« Ihre Stimme klang gedämpft an seiner Schulter. »Ich sollte eigentlich auf der Arbeit sein, aber ich konnte einfach nicht hingehen. Ich musste mit den anderen mitfahren, um zu sehen, was mit dir passiert war. Aber ich muss schon sagen ...«, sie hob den Kopf und warf »den anderen« einen Blick über die Schulter zu, »... sie waren ziemlich unsensibel. Sie wollten mich nicht mitnehmen. Ich musste im FESA-Fahrzeug mitfahren.«

»Wirklich? Wie unangenehm.« Er gab ihr einen flüchtigen Kuss und stellte sie dann wieder auf die Füße.

»Ich sehe es zwar direkt vor mir, aber ich kann es verdammt noch mal einfach nicht glauben.« Carl betrachtete fassungslos das Paar, als er zu ihnen trat.

Chub räusperte sich. »Wie geht's, Carl?«

»Mit deiner Freundin im Schlepptau verdammt langsam.«

Auch Chub konnte rot werden.

»Freundin?«, wiederholte Gavin und klopfte seinem massigen Kumpel auf die Schulter. »Du bist wohl nicht untätig gewesen.«

Wendy versuchte, Augenkontakt mit Chub aufzunehmen, doch er wich ihrem Blick aus. Dann waren auch schon Dimitri und die FESA-Männer herübergekommen, also konnte sie ihn nicht mehr ausfragen.

»Alles in Ordnung bei Ihnen?«, fragte einer der FESA-Leute, und alle nickten.

Carl deutete mit dem Daumen über die Schulter. »Wir mussten uns von denen hierher eskortieren lassen. Die Straßen stehen alle unter Wasser oder sind voll mit Trümmern. Also mussten wir eine andere Strecke fahren.«

Wendy nickte. »Ich freue mich einfach, dass ihr da seid.«

»Es ist auch gut, dich zu sehen, Kumpel.« Carl hielt

Gavin seine Hand hin. »Eine Menge Leute waren krank vor Sorge um dich.«

Gavin schüttelte ihm die Hand. »Danke, Carl.«

»Wo habt ihr euch denn versteckt?«, fragte Dimitri. »Die Kantine sieht ja fast vollständig zerstört aus. Sagt nicht, ihr wart in einem der Dongas.«

»Nein, wir waren in den Lagerräumen hinter der Rezeption. Die haben gehalten«, erklärte Gavin. »Wie lief es in der Schule?«

»Alles bestens«, antwortete Dimitri. »Ein paar Klassenräume wurden überschwemmt, aber kein wirklicher Grund zur Sorge. Im Gegenteil, die Männer werden schon unruhig und wollen unbedingt herkommen und das retten, was noch von ihren Habseligkeiten übrig ist.« Er verzog das Gesicht. »Obwohl sie da nicht viel vorfinden werden.«

»Wie sieht es in der Stadt aus?«, wollte Wendy wissen.

Einer der FESA-Männer trat einen Schritt vor. »Nicht gut, fürchte ich. Wickham wurde am schwersten getroffen und so ziemlich weggefegt und überflutet. In Karratha und Point Samson ist es nicht ganz so schlimm. Der Zyklon hat ungefähr sieben Stunden gedauert, und das Auge hat beinahe vierzig Minuten über Wickham verbracht.«

»Wow!«

»Bisher gab es aber noch keine Hinweise darauf, dass jemand ums Leben gekommen ist, und das sind sehr gute Neuigkeiten – es sieht so aus, als hätten die Anwohner alle wichtigen Vorkehrungen getroffen.« Er klang ziemlich optimistisch. Aber als er »Anwohner« sagte, machte etwas in Wendys Kopf klick.

»Sind Lena und Dan wieder sicher an der Schule angekommen?«, fragte sie.

Dimitri und Carl sahen sich kurz an. Carl räusperte sich, und Wendy wurde es schon mulmig zumute, bevor er überhaupt etwas sagte.

»Nein.«

Sie spürte, wie Gavin ihre Hand drückte, bevor er fragte: »Warum sind sie überhaupt von der Schule weggefahren?«

»Sie haben auch nach dir gesucht«, erklärte Wendy ihm. »In Karratha. Wir haben versucht, den grünen Mitsubishi irgendwo zu entdecken. Wir dachten, das würde uns dorthin führen, wo sie dich versteckt hielten.«

Gavin wurde blass. »Ich hoffe, sie haben ihn nicht gefunden.«

Ein fürchterliches Schweigen machte sich breit. Chub durchbrach es schließlich und sagte: »Na dann, machen wir uns auf die Suche nach ihnen.«

»Wir haben schon Leute vom FESA und der Polizei losgeschickt«, informierte ihn einer der FESA-Männer.

»Wir können trotzdem auch nach ihnen suchen, verdammt.« Carl nickte Chub zu.

»Es ist eigentlich zu gefährlich, jetzt in der Gegend auf Tour zu gehen«, protestierte der Mann vom FESA.

»Ich sag Ihnen schon Bescheid, wenn ich auf eine verdammte Tour gehe«, blaffte Carl ihn an und wandte sich dann an Wendy: »Ich möchte trotzdem, dass du und Chub zurück zur Schule fahrt. Ich brauche da Leute, die den weiteren Ablauf organisieren. Craig und Sharon haben zwar schon damit angefangen, aber sie wissen nicht, was ihr zwei geplant habt.«

»Kein Problem«, willigte Wendy ein, auch wenn sie

es vorgezogen hätte, ebenfalls nach Lena und Dan zu suchen. Es war schließlich ihre Schuld, dass sie verschwunden waren. Sie hätten sich nie auf dieses gefährliche Abenteuer eingelassen, wenn Wendy ihre Klappe gehalten und nicht allen erzählt hätte, was passiert war.

Gavin ließ ihre Hand los. »Ich fahre mit Carl.«

Das hätte sie sich denken können. Trotzdem versetzten seine Worte ihr einen Stich. Sie waren gerade erst wie durch ein Wunder unversehrt gemeinsam durch einen Zyklon gekommen. Und jetzt wollte er auf Verbrecherjagd gehen.

Wundervoll!

Ganz zu schweigen davon, dass sie sich ihm in der vergangenen Nacht mit Leib und Seele hingegeben hatte und sie noch kein einziges Wort darüber gewechselt hatten. *Vielleicht will er das auch gar nicht.*

Was hatte sich denn schon geändert? Er erklärte ihr seit Monaten, dass er nichts in dieser Richtung wollte. Vielleicht würde er am liebsten so tun, als wäre es nie passiert. Sie sah schuldbewusst weg, als Carl sich noch einmal an Gavin wandte.

»Ich könnte auf jeden Fall Gesellschaft gebrauchen, und vielleicht auch so etwas wie eine Erklärung.«

Gavin nickte. »Klar doch. Ich sollte auch meine Betreuerin Janet anrufen.«

Janet!

Zu ihrer Schande verspürte Wendy größere Erleichterung, als sie hörte, was für eine Rolle diese Frau spielte, als vorhin bei der Entwarnungssirene.

Zumindest war Wendy die einzige Frau in Gavins Leben.

»Du hast eine verdammte Betreuerin? Eine *polizei-*

liche Betreuerin?« Carl starrte Gavin nur an. »Kumpel, du hast mir eine Menge zu erklären!«

»Mach ich im Auto.«

Sie beschlossen, dass das FESA-Fahrzeug sie alle zurück zur Schule in Karratha begleiten würde. Von dort aus würden Carl, Gavin und Dimitri sich – auf eigene Gefahr – auf die Suche nach Lena und Dan machen.

Chub, Wendy und Annabel setzten sich hinten in den FESA-Wagen. Wendy war nicht nach reden zumute, und Chub schien es genauso zu gehen, doch Annabel übernahm gern die Liveberichterstattung über Zyklon James und alles, was sich seit seinem Eintreffen ereignet hatte.

Jedes Detail von Annabels Monolog ging Wendy nahe. Vor allem mit dem an ihrem Fenster vorbeiziehenden Bild der Verwüstung als Veranschaulichung. Mehrmals mussten sie von der Straße herunterfahren, um Schutt und Überschwemmungen auszuweichen. Wendy kaute auf ihren Fingernägeln. Das Gelände neben der Straße war extrem unwegsam, und es erstaunte sie, dass sie noch keinen Platten hatten. Vielleicht sollten sie doch auf die FESA-Leute hören. Sollten die Männer sich wirklich gleich auf die Suche in Karratha machen?

Und Lena und Dan allein da draußen lassen? Wo sie dir doch bei der Suche nach Gavin geholfen haben?

Nein, das war auch keine Option.

Endlich kamen sie an der Schule an, und die FESA-Männer machten sich gleich wieder auf den Weg, nachdem sie die anderen abgesetzt hatten. Sie hatten Dringenderes zu erledigen, als sich um Bauarbeiter zu kümmern, die sich sowieso nichts sagen lassen wollten.

Carl kurbelte sein Fenster herunter, um sich von Wendy und ihrer Begleitung zu verabschieden. Er und Gavin stiegen nicht einmal aus ihrem Pick-up aus, bevor sie weiterfuhren. Wendy widerstand dem Drang, sie aufzuhalten. Wozu auch? Um sich Gavin noch einmal verzweifelt in die Arme zu werfen? Besser, sie ließ sie sofort losfahren.

Chub verabschiedete sich gerade von Annabel, als Wendy sich zu ihm umdrehte. Und zwar leidenschaftlich. Endlich lösten sie sich voneinander, und Annabel spazierte vergnügt zu ihrem nicht weit entfernt parkenden Auto. Sie fuhr ins Nickol-Bay-Krankenhaus, um sich dort um die Verletzten zu kümmern.

Das wurde aber auch Zeit.

»Willst du mir vielleicht was sagen, Großer?«, fragte Wendy, als Annabel mit ihrem Auto verschwunden war.

Chub lief dunkelrot an. »Was soll ich sagen?« Er wand sich. »Als ich Annabel neulich abends von Point Samson nach Hause gefahren habe, hat sie mich hereingebeten, damit ich ihre Kekse probiere.« Ehrfürchtig hielt er eine Hand hoch. »Unglaublich! Ehrlich, ich habe bestimmt fünf oder sechs gegessen. Bin erst nach Mitternacht wieder gefahren.«

»Mitternacht? So lange hast du für sechs Kekse gebraucht?«

»Na ja, sie hatte auch gerade einen neuen Fernseher gekauft, wusste aber nicht, wie sie ihn anschließen sollte. Also hab ich das für sie getan.«

»Aha!«

»Hat mir nichts ausgemacht.« Er zuckte mit den Schultern. »Auch nicht, als sie mich am nächsten Tag anrief, weil sie Hilfe brauchte, ein Bild aufzuhängen. Danach hat sie mir Tiramisu gemacht.«

Wendy sah ihn erstaunt an. »Dann war das wohl das zweite Date?«

»Denk ich mal.« Chub rieb sich nachdenklich über das Kinn. »Auf unserem dritten Date habe ich ihren Rasen gemäht. Als ich damit fertig war, haben wir herrlichen Zitronenkuchen gegessen.«

»Dir ist aber schon klar, dass sie dich als ihren jederzeit abrufbereiten Heimwerker benutzt, oder?«

»Ja«, sagte Chub mit einem Seufzen. »Aber ich bin fest entschlossen, darauf aufzubauen. Wir haben tatsächlich eine Menge Gemeinsamkeiten.«

»Was denn zum Beispiel?« Wendy war nicht überzeugt.

»Ach, du weißt schon, Brownies, Pfannkuchen, Muffins, Kuchen, Kekse. Sie bäckt unglaublich gern, und ich esse unglaublich gern. Wir sind wie füreinander geschaffen. Sie hatte mich schon rumgekriegt, als sie gefragt hat, ob ich Kaffee oder Tee möchte.«

»Ernsthaft?«

Er grinste. »Ich weiß ja, dass du denkst, sie hat nicht viel in der Birne. Aber was sie mit Birnen anstellen kann! Vorzüglich.«

»Du könntest es besser treffen.«

»Vielleicht. Vielleicht auch nicht.« Er wurde ernst. »Wendy, sie braucht mich und unternimmt große kulinarische Anstrengungen, um mich bei Laune zu halten. Sie ist liebenswürdig und schön und scheint gern Zeit mit mir zu verbringen. Außerdem«, er wurde noch röter, »ist sie Krankenschwester. Sie hat mit mir darüber geredet, dass ich Sport treiben soll – damit ich weiteressen kann, aber auch etwas für meine Gesundheit tue, weißt du. Sie macht sich wirklich Gedanken. Das reicht mir erst mal. Um den Rest kümmere ich mich später.«

»Wenn du das sagst, Großer.«

Sie betraten die Turnhalle und wurden sofort von allen Seiten mit Fragen bombardiert. Wendy wünschte sich ein Megaphon, da sie im Grunde alle das Gleiche wissen wollten.

»Wann können wir hier raus?«

Sie war allerdings nicht erpicht darauf, ganze Busladungen voller Männer loszuschicken, nur damit die Fahrzeuge darunter litten und es noch mehr Verletzungen gab, weil die Männer unbedingt ins Camp zurückwollten, das selbst auch eine einzige Gefahrenzone war. Natürlich musste man es aufräumen, aber das würde in einer sicheren und geregelten Art und Weise vonstattengehen. Wendy warf einen Blick auf die Wanduhr. Acht Uhr morgens. Es war jetzt schon eine Weile her, dass Entwarnung gegeben wurde, und die Männer waren immer noch hier eingepfercht.

Sharon und Craig kamen auf sie zugestolpert.

»Mann, ist es gut, euch zu sehen!«, rief Sharon. »Ich freu mich so! Geht's euch gut? Wo ist Gavin? Habt ihr ihn gefunden?«

Wendy brachte sie schnell auf den neuesten Stand. Dabei kam ihr eine Idee. »Hat die Schule eine Lautsprecheranlage?«

»Ich glaube schon.« Craig zeigte auf ein paar Lautsprecher oben an den Wänden. »Das Mikrophon steht wahrscheinlich im Sekretariat.«

»Wir müssen den Jungs beibringen, dass sie noch

nicht so bald hier rauskommen«, erklärte Wendy. »Aber ich habe auch gute Nachrichten für sie. Lasst uns mit den Köchen sprechen.«

Es stellte sich heraus, dass es in der Schulküche keinen Strom gab, aber die Köche hatten tragbare Gas-Barbecues dabei und Kisten voller Grillwürste. Zum Frühstück würde es also Hotdogs geben, das würde die Jungs zumindest aufmuntern.

Die Telefonleitungen waren auch tot. Eine Stunde später tauchte aber noch jemand vom FESA mit einer Karte der Gegend auf. Er zeigte Wendy, wo am meisten Schaden angerichtet worden war und welche Orte sie unbedingt meiden sollten. Er teilte ihr außerdem mit, dass der Flughafen am nächsten Tag wieder den Betrieb aufnehmen würde, falls sie also Mitarbeiter nach Hause schicken wollte, wäre das bald möglich.

Da es sehr unwahrscheinlich war, dass alle zurück zum Camp fahren konnten, und es auch eine Weile dauern würde, bis die Arbeit auf dem Anleger weiterging, schien ihr das definitiv ein guter Plan. So viele Männer konnten nicht auf Dauer in der Schule unterkommen. Über den Zustand des Anlegers gab es noch keine Informationen. Wendy vermutete, dass noch niemand bereit war, die Baustelle zu besichtigen, solange sie noch damit beschäftigt waren, ihre Häuser zu retten.

Der FESA-Vertreter blieb etwa eine Stunde und redete mit Wendy über die Pläne für die Wiederinstandsetzung der Stadt – eine totale Informationsüberflutung, aber sie machte sich Notizen auf ihrer Karte und versuchte, so viel wie möglich davon zu behalten.

Ihr fiel es unglaublich schwer, sich zu konzentrieren,

wo ihre Gedanken immer wieder zu Gavin wanderten und sie sich fragte, was er wohl gerade machte. Hatten sie Skinner gefunden? Wendy hoffte, dass sie erst einmal die Polizei alarmiert hatten. Vielleicht auch ein paar Polizisten als Verstärkung dabeihatten. Bei der Vorstellung, dass sie wieder auf den Drogenboss trafen, schnürte es Wendy die Kehle zu.

Unterdessen schickte sie die Männer durch das Gebäude, damit sie es nach Gaslecken absuchten. Einige der Klassenzimmer hinter der Turnhalle waren überschwemmt worden. Dort sollten die Männer alle Geräte wie Fernseher und Radios nach draußen bringen zum Trocknen, oder sie wegwerfen, wenn sie eine Gefahr darstellten.

Chub kam zu ihr, um mit ihr zu reden, während sie noch Anweisungen gab. »Kleine, wo sind denn deine Sachen? Du solltest dir was Trockenes anziehen, bevor du dir noch eine Lungenentzündung holst.«

Sie sah an sich herunter, und ihr wurde klar, wie furchtbar sie aussehen musste. Sie hatte gar nicht an so etwas Banales wie Kleidung gedacht. »Du hast recht.«

Sie fand ihre Tasche dort in der Turnhalle, wo sie sie vor einer gefühlten Ewigkeit abgelegt hatte, und steuerte auf die Frauentoilette zu. Mittlerweile wurde die auch von den Männern genutzt.

Einer der Männer in der Schlange sah Wendy kommen und rief: »Der Sergeant ist hier, macht Platz, Jungs.«

Sie nickten ihr stumm zu, und zu ihrer Überraschung hielt einer der Männer ihr höflich die Tür auf, und alle flitzten heraus. Vielleicht war sie doch in der Achtung der Männer gestiegen, seitdem sie hier angekommen war.

Sie zog sich frische Unterwäsche, eine saubere Jeans und ein neues Shirt an. Der trockene Stoff auf ihrer Haut fühlte sich unglaublich gut an, fast wie ein Luxus.

Sie kam aus der Toilette, bedankte sich bei den Männern und wollte gerade zurück zum Tisch gehen, den sie für sich auf der anderen Seite der Turnhalle aufgestellt hatte, als ein Schatten in ihren Weg fiel. Die Person, die dazugehörte, war die letzte, die sie sehen wollte.

»Mike.« Sie begrüßte ihn knapp und abweisend. Und sie weigerte sich auch, ein »Onkel« davorzusetzen. »Das ist nicht der richtige Zeitpunkt.«

»Ich brauche nur zwei Minuten«, flehte er sie an. »Ich will es dir erklären.«

»Ich habe zu viel zu tun.«

»Bitte.«

Etwas in seinem Tonfall ließ sie innehalten. Vielleicht die Verzweiflung – die Stimme eines beinahe in Tränen ausbrechenden Mannes. Er zeigte auf einen Geräteraum neben den Toiletten. »Da sind wir ungestört.«

Widerwillig nickte sie. Sie betraten den Lagerraum, und der Geruch von altem Gummi stieg ihr in die Nase. Überall standen Plastikeimer voller Bälle, Handschuhe und Schläger herum. Sie ließen die Tür offen stehen, da es keine Fenster und somit auch kein Licht gab. Trotzdem waren sie abgeschottet von neugierigen Augen und Ohren.

»Mach schnell«, bat sie tonlos.

»Erst mal wollte ich dir sagen, wie froh ich bin, dich zu sehen.« Er streckte eine Hand nach ihr aus, aber Wendy wich ihr aus. »Der Zyklon war so heftig. Ich … ich dachte schon, ich hätte dich verloren.«

Wendy reckte das Kinn. »Du hast mich vor neunundzwanzig Jahren verloren, Mike, schon lange vor diesem Zyklon.« Sie seufzte. »Meine Mutter hat bei vielem falschgelegen, aber bei dir hatte sie recht. Du hast dich nie für mich interessiert. Warum dich also jetzt plötzlich Schuldgefühle überkommen, ist mir ein Rätsel.«

»Ich wollte das Richtige tun, für meinen Bruder. Ich wollte ihm nicht noch mehr weh tun«, presste Mike hervor. Ihm stand der Schweiß auf der Stirn. Er sah beinahe krank vor Selbstverachtung aus. Nur deshalb wartete Wendy ungeduldig ab, was er noch zu sagen hatte. »Ich wollte sein Leben nicht noch komplizierter machen. Ich hatte etwas extrem Egoistisches getan und wollte es wiedergutmachen, indem ich mich selbst ins Exil verbannt habe.«

»Und was war mit mir?«

»Ich habe mir nicht erlaubt, an dich zu denken. In meinem Kopf warst du nicht mein Kind. Du warst seins. Die DNA war da ganz egal. Ich hatte kein Recht auf dich, genau wie ich kein Recht auf Helen hatte. Das hatte nichts mit dir persönlich zu tun.«

»Weißt du was«, erwiderte Wendy wütend, »ich verstehe einfach nicht, warum ihr alle denkt, dass es mir bessergehen würde, wenn ihr mir eröffnet, dass ich nur ein Spielball in eurer kleinen Dreiecksgeschichte war. Soll ich etwa sagen, kein Problem, Leute, war ja nicht persönlich gemeint, ihr habt euch ja viel zu sehr untereinander gestritten, als dass ihr euch um mich hättet kümmern können.« Sie biss die Zähne zusammen. »Ich bin auch ein Mensch, verdammt! Und ich wurde mein ganzes Leben lang immer nur hin und her geschoben, weil ihr drei nicht mit euren dämlichen Psychospielchen aufhören konntet. Ich habe mich nie von irgendjemandem geliebt oder gewollt gefühlt, bin nie für irgendjemanden etwas Besonderes gewesen …«

Sie ließ den Kopf hängen. *Außer vielleicht für Gavin?*

Der Gedanke an ihn füllte ihr ganzes Herz aus. Aber entschlossen schob sie den Gedanken an diese andere komplizierte Geschichte fort und konzentrierte sich wieder auf Mike. »Jetzt ist es vorbei. Ich will mit niemandem von euch mehr etwas zu tun haben. Diesmal bin ich diejenige, die alles hinter sich lässt.«

»Aber du verstehst mich nicht«, brach es aus Mike hervor. »Das ist mir doch alles klar. Mir ist klar, dass wir alles falsch gemacht haben. Dass wir uns schämen sollten! Deswegen konnte ich dir nicht sagen, dass ich dein Vater bin. Ich wusste, dass du mich so abweisen würdest. Aber ich bitte dich, wenn es irgendeine Chance gibt …«

»Die gibt es nicht«, rief Wendy und mobilisierte dann ihren letzten Rest Selbstbeherrschung. »Und jetzt entschuldige mich, aber wir sind hier gerade in einer Notlage. Ich weiß zwar, dass dir alle außer dir selbst egal sind, mir aber nicht.«

Wut durchfuhr sie wie eine elektrische Ladung, als sie den Geräteraum verließ. Es dauerte ganze fünf Minuten, bis sie wieder zu einem klaren Gedanken fähig war.

Und das war keine Sekunde zu früh.

Die Männer aßen gerade ihre Hotdogs, als der Haupteingang zur Turnhalle aufgerissen wurde und Carl, Gavin, Dimitri, Lena, Dan und drei Polizisten hereinkamen. Wendy musste all ihre Kraft aufbringen, um nicht wie Annabel George loszurennen und sich Gavin in die Arme zu werfen.

»Geht's euch allen gut?«, fragte sie, als sie sah, dass Lena humpelte. Dan stützte sie.

»Alles in Ordnung.« Lena lächelte sie beruhigend an. »Nur ein kleiner Unfall.«

Wendy umarmte ihre Freundin. »Wo wart ihr denn? Warum seid ihr nicht zur Schule zurückgekommen?«

Dan zog eine Grimasse. »Man könnte sagen, wir sind in einem Badezimmer hängengeblieben. Aber es hat standgehalten. Wir haben Glück gehabt.«

»In einem Badezimmer?« Bevor sie nachhaken konnte, unterbrach Carl sie.

»Rieche ich da verdammte Hotdogs? Wo ist meine Verlobte?«

Nachdem diese Fragen beantwortet waren, dauerte es nicht mehr lange, bis er und Dimitri sich entschuldigten.

»Ma'am«, wandte sich einer der Polizisten an Wendy, »gibt es irgendwo im Gebäude einen Raum, in dem wir ungestört Zeugenaussagen des Paars hier aufnehmen können?«

»Äh …« Einen Augenblick lang setzte Wendys Gehirn aus, doch dann fiel ihr der Geräteraum wieder ein. »Ja, der Geräteraum. Nehmen Sie aber ein paar Taschenlampen mit.«

Sie griff zwei rote Taschenlampen von ihrem improvisierten Schreibtisch. Lena und Dan humpelten mit den Polizisten davon. Endlich war Wendy mit Gavin allein.

Er grinste sie an. »Ich dachte schon, die würden nie gehen.«

Jetzt widerstand Wendy dem Drang nicht mehr, ihm die Arme um den Hals zu schlingen. »Gott sei Dank bist du wieder da. Ich hab mir solche Sorgen gemacht. Ich versuche hier mein Bestes zu geben, aber ich kann mich nicht konzentrieren, weil ich die ganze Zeit an dich denken muss und an diesen Typen …« Sie schluckte.

Er löste sich sachte von ihr und sagte leise: »Na ja, ich musste doch wiederkommen, oder? Unsere Partie Poker ist längst überfällig.«

Sie ließ die Arme sinken und trat einen Schritt zurück. »Ich spiele keine Spiele mehr mit dir, Gavin. Davon habe ich genug. Ich will die Wahrheit, und zwar die ganze. Jetzt.«

Er kratzte sich am Nacken. »Ich bin nicht sicher, wo ich anfangen soll.«

»Wie wäre es mit deinem tatsächlichen Namen. Oder hat deine Betreuerin Janet dich den behalten lassen?«

»Mein richtiger Name ist Gavin Rusman. Wir haben nur den Nachnamen geändert.«

Sie setzte sich auf die Schreibtischkante, verschränkte die Arme und wartete ab.

Seine Mundwinkel zuckten. »Ich bin seit fünf Jahren im Zeugenschutzprogramm, weil ich Skinners Bruder wegen Mord hinter Gitter gebracht habe. Seitdem ist Skinner hinter mir her. Du verstehst doch, weshalb ich das geheim halten musste, oder? Ich habe einen Vertrag mit der Regierung unterschrieben.«

Wendy entspannte sich ein wenig. »Okay, dann warst du also nicht absichtlich ein Arschloch mit all deinen Geheimnissen.«

»Ich danke dir für dein Entgegenkommen.« Er senkte den Kopf. »Ich nehme mal an, sehr viel weiter geht es aber nicht, oder?«

»Du bist nichts anderes als ein Mistkerl gewesen, seitdem ich dich kennengelernt habe!«

»Eigentlich habe ich versucht, dich zu beschützen. Ich wollte dich nicht in alle meine Probleme mit reinziehen. Guck dir an, was mit Lena und Dan passiert ist. Sie haben den grünen Mitsubishi gefunden, weißt du.«

Wendy legte sich eine Hand auf den Mund. »Das ist nicht dein Ernst.« Gott sei Dank wusste sie bereits, dass es den beiden gut ging. Trotzdem wurde ihr ganz anders. »Als wir losgefahren sind, um dich zu suchen, haben wir alle nicht ganz klar denken können. Vor allem ich nicht. Ich wusste nur, dass ich zu dir musste, und dabei habe ich alle in Gefahr gebracht. Wie konnte ich nur glauben, dass ein Kricketschläger es mit einem Drogenboss aufnehmen könnte?«

»Na ja«, gestand Gavin ein, »letztendlich hat sich Bulldog nicht ganz an deinen Plan gehalten.«

»Hat er nicht?«

»Nicht dass es ein schlechter Plan gewesen wäre.«

»Von wegen, Gavin.«

»Na gut«, sagte er mit einem Funkeln in den Augen, »es war ein entsetzlicher Plan. Aber was kann ich schon dazu sagen?« Er legte ihr eine Hand auf die Wange. Sie spürte die Berührung am ganzen Körper. »Du und Chub, ihr habt mir das Leben gerettet.«

Sie schob seine Hand weg. »Versuch nicht, mich von deiner Geschichte abzulenken. Was hat Bulldog gemacht?«

»Der Mitsubishi stand vor einem Haus, ein Mietshaus, nehme ich an. Dan und Lena hatten ihre gesamte PSA hinten im Pick-up. Sie haben sich also komplett ausstaffiert, zwei Klemmbretter mitgenommen und an der Tür geklopft.«

»Okay.« Wendy war nicht sicher, worauf es hinauslaufen würde.

»Als einer von Skinners Männern aufgemacht hat, gab Bulldog vor, sie wären vom FESA beauftragt, Gebäude zu überprüfen, bevor der Zyklon eintraf.«

Clever.

»Sie sind also reingegangen und haben so getan, als würden sie überprüfen, haben dabei aber nach mir Ausschau gehalten. Es ging sogar alles glatt, bis einer von ihnen Lena wiedererkannte, als sie gerade im Garten leise nach mir rief.«

Wendy lief ein kalter Schauer über den Rücken. »Und was ist dann passiert?«

»Sie haben sie als Geiseln genommen und im Badezimmer eingesperrt.«

»Aha, das Badezimmer.«

»Skinners Männer dachten, da drin wäre es unbequem, aber wie du weißt, ist das der sicherste Raum im Haus.«

»Und ...«

»Der Rest vom Haus ... war nicht so sicher.« Gavin zuckte mit den Schultern. »Als die Polizei dort ankam, fanden sie zwei Leichen im Wohnzimmer. Eine war Skinner und die andere einer seiner Männer. Der dritte ist wohl davongekommen. Lena und Dan waren immer noch im Badezimmer und vollkommen unversehrt. Lena hat sich ihren Knöchel tatsächlich erst verletzt, als sie auf dem Weg nach draußen über die Trümmer gestolpert ist.«

Auch wenn Wendy wirklich rein gar nichts für Skinner übrighatte, schnürte sich ihr doch die Kehle zu. Sie hatte den Zyklon schließlich selbst miterlebt und wusste, dass Skinner einen furchtbaren Tod gestorben sein musste. Trotzdem musste sie nachhaken: »Was ist passiert?«

»Sie hatten keine sturmsicheren Fensterläden. Die Fenster im Wohnzimmer sind implodiert, und die Scherben haben die Männer quasi aufgespießt. Eine riesige Scherbe hat Skinner anscheinend tödlich im Nacken erwischt.«

Wendy schrak zusammen und sah weg. »Er tut mir fast leid.«

»Aber nicht ganz?« Es war eher eine Frage als eine Feststellung.

»Nein.« Sie sah ihn wieder an, auf einmal verlegen. »Nach dem, was er dir angetan hat ... Das kann ich nicht mal einem Toten verzeihen.«

Er schaute sie einen Moment lang schweigend an, die Hände in den Taschen seiner Jeans vergraben.

Er sah furchtbar aus. Sein Hemd war zerknittert und dreckig, falsch zugeknöpft, so dass eine Seite länger war als die andere. Seine Haare waren nicht nur zerzaust, sondern standen förmlich ab, und der Bart auf seinen Wangen verlangte nach einer Rasur.

Alles in allem einfach zum Dahinschmelzen.

Und wie.

Nichts konnte jemals Gavins Männlichkeit oder das Funkeln in seinen Augen verbergen, das Wendy immer wieder um den Verstand brachte. Sie spürte einen Kloß im Hals, als der Augenblick da war, vor dem sie sich so gefürchtet hatte.

»Hör mal, wegen dem, was gestern im Lagerraum passiert ist ...«

Sie stieß sich vom Schreibtisch ab in der Hoffnung,

dass es ihr mehr Kraft verlieh, wenn sie stand. Trotzdem versuchte sie sich auf den eventuellen Schmerz einzustellen. »Mach dir keine Gedanken deswegen. Ist schon in Ordnung. Du musst mir nichts erklären. Ich verstehe das.«

»Gibst du mir jetzt einen Freifahrtschein aus dem Gefängnis oder was?«, fragte er leise.

»Na ja, so würde ich es jetzt nicht unbedingt ausdrücken.«

»Was, wenn ich gar keinen will?«

»Das verstehe ich nicht.« Ihre Stimme brach.

»Ich habe dir noch nicht die Wahrheit gesagt. Zumindest nicht die, die ich dir schon eine ganze Weile schuldig bin«, begann er. Plötzlich lag da eine Verletzlichkeit in seiner Stimme, die sie noch nie gehört hatte. »Du hast recht. Es sollten keine Spiele mehr zwischen uns ablaufen.«

»Keine Spielchen mehr.« Sie nickte, traute sich aber nicht mehr zu sagen.

»Die Wahrheit, Wendy«, er sah ihr in die Augen, und es lag ein loderndes Feuer in seinem Blick, »ist, dass ich dich liebe.«

Ihr Herz setzte einen Schlag aus.

»Ich glaube, ich habe mich schon in dich verliebt, als du mir die Ohrfeige verpasst hast. Du hast mir in jeder Hinsicht die Augen geöffnet.« Er verzog das Gesicht. »Nicht dass ich mich nicht dagegen gewehrt hätte.« Er senkte wieder den Kopf und suchte nach den richtigen Worten. »Ich gebe zu, dass meine Absichten zu Anfang nicht gerade ehrenwert waren, aber das hat sich ziemlich schnell geändert. Aber ich wusste natürlich, dass wir nicht zusammen sein konnten, zumindest nicht so.«

»Warum nicht?« Ihre Stimme war nur ein atemloses Flüstern.

»Ich wollte dich nicht in Gefahr bringen. Wie man sieht, habe ich dich ganz wunderbar beschützen können.« Er sah weg. »Kannst du mir verzeihen?«

Sie starrte ihn einen Moment lang an und fasste sich dann ein Herz. »Das habe ich schon längst.«

»Wirklich?« Erwartungsvoll blickte er sie an.

»Ach, um Himmels willen!« Sie lachte. »Sei still und küss mich.«

Da war es wieder, das schelmische Grinsen, das sie so gut kannte und liebte. »Ich dachte schon, du würdest nie fragen.«

Er legte ihr die Hände auf die Taille und zog sie an sich. Kaum war sie in seinen Armen, presste er seine Lippen auf ihre. Sie schlang ihm die Arme um den Nacken und kostete aus, wie sie ihren inneren Frieden in seinen Armen wiederfand.

Er löste seine Lippen von ihren. »Du liebst mich doch auch, oder?«

»Was glaubst du denn?«

Er stöhnte auf und küsste sie wieder. Einen Moment lang versanken sie in ihrem eigenen Universum. Nichts spielte mehr eine Rolle, nur die Tatsache, dass sie beide endlich nach Hause gefunden hatten.

Ein Räuspern durchbrach die Magie. Sie lösten sich voneinander, aber nur so weit, dass sie die Köpfe, Wange an Wange, in Richtung des Störenfrieds drehen konnten.

Chub stand mit hochgezogenen Augenbrauen und unruhig tippendem Fuß vor ihnen. »Willst du mir vielleicht was sagen, Kleine?«

Wendy musste grinsen, so gut ahmte er ihre Frage von vorhin nach. Sie zuckte mit den Schultern. »Was soll ich sagen, Großer? Wir haben tatsächlich eine Menge Gemeinsamkeiten.«

Epilog

Die folgenden Tage waren nicht einfach, aber Wendy war leicht ums Herz.

Auch wenn die Verwüstung um sie herum unglaublich war, so war Wendy bereit für die Herausforderung, alles wieder in Ordnung zu bringen. Sie war bereit für alles.

Der Rausch, den Gavin an ihrer Seite verursachte, wollte einfach nicht nachlassen. In den vergangenen Wochen war alles zwischen ihnen so ungewiss gewesen, dass sie jetzt wie auf Wolken schwebte, wo nichts Unausgesprochenes mehr zwischen ihnen stand und sie seine volle Aufmerksamkeit hatte. Dieses Gefühl wollte sie nicht so bald wieder loswerden.

Barnes Inc. ließ die meisten seiner Männer ausfliegen und behielt nur wenige Angestellte vor Ort, die bei dem Wiederaufbau des Camps helfen sollten. Der Schaden auf dem Anleger und dem Betriebsgelände davor hielt sich tatsächlich in Grenzen. Die Büro-Dongas sahen da nicht ganz so gut aus, aber die Wiederinstandsetzung war bereits im Gange.

Bulldog und Lena verlobten sich, was niemanden überraschte. Und Fish schickte eine Postkarte aus Queensland; er wollte wissen, ob nach dem Zyklon Fische ans Ufer gespült worden waren. Und wenn ja, ob sie sie einsammelten.

Niemand machte sich die Mühe, darauf zu antworten.

Obwohl Wendys Eltern sie beide anriefen, um zu hören, ob es ihr gut ging, erwähnte keiner von beiden den anderen, und Wendy hatte keine Lust, nachzufragen. Ihr Gespräch mit Parry war unangenehm. Sie erzählte ihm, dass sie die Wahrheit über Mike wusste. Parry schien darüber erleichtert, bat sie aber auch um Verzeihung dafür, dass er nicht ehrlich zu ihr gewesen war. Das machte ihr Mut, dass sie vielleicht doch eines Tages dazu in der Lage sein würden, ihre Beziehung wieder in Ordnung zu bringen.

Ein paar Tage nach dem Zyklon lagen Gavin und Wendy auf einer Decke in der Honeymoon Cove, schauten in den Sternenhimmel und tranken Wein.

»Ich kann kaum glauben, was mir alles passiert ist, seitdem ich hier angekommen bin«, sagte Wendy. »Absolut alles wurde auf den Kopf gestellt.«

»Wirklich?« Gavin klang zaghaft, und Wendy drehte sich auf die Seite und stützte sich auf dem Ellbogen auf.

»Was denn?«, hakte sie nach. »Weißt du etwas, was ich nicht weiß?«

»Bin ich mittlerweile so leicht zu durchschauen, Sarge?«

»Ich arbeite noch daran.«

Er zögerte. »Es gibt da eine Sache, die ich dir noch nicht erzählt habe. Nicht, weil ich es nicht wollte, sondern weil ich darauf gewartet habe, dass es jemand anderer zuerst tut.«

Wendy war verwirrt. »Jemand anderer?«

»Mike, dein Onkel.«

Sie legte sich wieder auf den Rücken. »Du meinst mein Vater.«

Sie hörte ein Seufzen neben sich. »Er hat es dir gesagt.«

»Du *wusstest* es?«

»Ich habe irgendwie eins und eins zusammengezählt, als ich deine kaputte Klimaanlage in seinem Donga entdeckt habe, und auch dein durchlöchertes Fliegengitter und den wackeligen Tisch. Den Ausschlag hat dann sein Fuß gegeben. Nicht viele können so eine Verletzung vorweisen.«

»*Er* hat meinen Donga auf Vordermann gebracht? Meine gute Donga-Fee?«

»Genau. Er hat mir auch gesagt, ich solle mich von dir fernhalten, als die Gerüchte über uns im Umlauf waren. Meinte, das würde mir sonst noch leidtun. Wollte wohl nicht, dass ein wandelndes Pulverfass wie ich mit seiner Tochter anbandelt. Wer weiß? Vielleicht war das gerechtfertigt.«

Wendy ignorierte auch diesen Versuch, einen Scherz zu machen. »Er hat dir *gedroht*?«

»Könnte man so sagen.«

»Aber du bist doch doppelt so groß wie er.« Sie runzelte die Stirn. »Ganz zu schweigen davon, dass du halb so alt bist und …«

»Doppelt so gut aussehe.«

Sie schnaubte. »Und halb so schlau bist.«

»Okay, okay.« Er musste lachen, und sie lächelte endlich.

»Ich denke mal, ich will damit sagen«, fuhr Gavin ernst fort, »dass Mike auf seine eigene Art und Weise an dich denkt.«

Wendy erwiderte nichts.

»Glaubst du nicht?« Er klang zögerlich.

»Es ist nur schwer, weißt du …«

»Wieder Vertrauen zu fassen?«

»Wahrscheinlich sollte ich darüber nachdenken«, sagte sie nach einem Augenblick.

Und das tat sie auch, etwa einen Monat lang. Sie hatte Zeit. Mike war gleich mit der ersten Runde von Männern nach Perth geflogen, als Wickham sich noch von Zyklon James erholte.

Sie hörte erst wieder über Chub von ihm. Mike hatte seine Kündigung eingereicht und würde in Perth bleiben. Die Neuigkeiten behagten Wendy nicht, und so rief sie ihn an.

»Ich habe gehört, dass du nicht zurückkommst, Mike.«

Am anderen Ende der Leitung blieb es erst einmal still. »Ich dachte, du hättest vielleicht gern etwas Abstand«, sagte er schließlich.

»So viel nun auch wieder nicht«, versicherte sie ihm. »Kündige nicht wegen mir.«

»Bist du sicher?«

»Ja.«

»In Ordnung.« Er klang jetzt positiver. »Dann sehen wir uns in ein paar Wochen.«

»Ja, das tun wir.«

Es war zwar nur ein kleiner Schritt, aber immerhin.

Als sie gerade auflegte, kam Gavin gut gelaunt in ihr Büro spaziert.

»Was ist los?«

»Also, ich nehme mir endlich frei, und wie besprochen, habe ich Carl gefragt, ob du zur gleichen Zeit Urlaub bekommst.«

»Und was hat er gesagt?«

»Dass ich mir verdammt viel rausnehme.« Gavin grinste. »Aber er hat trotzdem Ja gesagt.«

»Oh, wunderbar!«

»Ich habe mir überlegt«, schlug er zögerlich vor, »ob du vielleicht mit mir anstelle nach Perth nach Melbourne fahren willst? Ich möchte unbedingt meine Familie wiedersehen, und ich würde dich liebend gerne vorstellen.«

Wendy wurde es warm ums Herz. »Das wäre großartig.«

Er setzte sich ihr gegenüber an den Schreibtisch, klopfte mit einem Finger auf die Tischkante und musterte Wendy eindringlich. »Da gibt es nur eine Sache, die du vorher wissen solltest.«

»Ach ja?« Sie machte sich gefasst. »Was denn?«

Er grinste sie schelmisch an und zog ein Kartenspiel aus seiner Tasche. »Wie man Poker spielt, Sarge.«

Anmerkung der Autorin

Der Großteil dieser Geschichte spielt an den Cape Lambert Port Facilities, einem der größten Schiffsanleger der Welt. Der Anleger gehört Robe River Iron Associates und wird von Pilbara Iron betrieben. Die nahe gelegene Stadt Wickham wurde speziell errichtet, um die für die Güterzüge, das primäre und sekundäre Zerkleinern, das Mischen, Sieben und die Lagerung des Eisenerzes zuständigen Mitarbeiter zu beherbergen.

Der Anleger ist ungefähr drei Kilometer lang und dreißig Meter hoch, und darauf werden zwei Schiffsbelader bzw. Kräne betrieben, die drei Schiffe gleichzeitig beladen können. Von hier aus werden momentan zwischen 55 und 57 Millionen Tonnen Eisenerz jährlich an Stahlwerke in Japan, China, Korea, Taiwan und Europa exportiert.

Meine Heldin wird Sicherheitsmanagerin auf der Baustelle für die Verlängerung und Verbreiterung dieses Ladeanlegers, der ursprünglich 1972 errichtet wurde. Der Anleger wurde schon mehrmals Aufrüstungen dieser Art unterzogen, um seine Lebensdauer und Kapazität zu erhöhen. Ich selbst hatte das Glück, bereits früh in meiner Tätigkeit als Ingenieurin an einer dieser Aufrüstungen im Jahre 2001 teilzunehmen. Auf dieser Erfahrung gründet sich meine Geschichte.

Es ist nicht unerheblich, zu welcher Zeit meine Geschichte spielt, da ein Jahrzehnt in dieser Branche ziemlich beachtlich ist. Auch wenn die gleichen Gefahren bestehen, sind die Vorschriften doch sehr viel strenger geworden und werden gleichzeitig auch sehr viel bereitwilliger von den Unternehmen und Angestellten akzeptiert. Nicht nur der Arbeitsschutz am Arbeitsplatz hat sich verbessert, auch der Lebensstandard in den Camps. Die Einstellung der fiktiven Mitarbeiter wäre heutzutage nur noch selten anzutreffen.

Um die Zahl der Protagonisten und die Fachsprache zu reduzieren, habe ich die beruflichen Rollen meiner Figuren etwas komprimiert. Carl ist beispielsweise der Bauleiter, führt im Roman aber auch Aufgaben aus, für die es sonst zusätzliche Fachbauleiter geben würde. Ich habe ebenfalls viele andere Funktionen des Hafens und der Verschiffungspläne außer Acht gelassen, die das Bauvorhaben noch sehr viel mehr verkomplizierten, als hier deutlich wird. Mein Ziel war es, den Menschenschlag und Lebensstil in solch einer Umgebung einzufangen, nicht in erster Linie technisch vollkommen korrekt zu sein. Dennoch ist es wichtig, aufzuzeigen, dass alle im Text beschriebenen Figuren und Firmen vollkommen fiktiv sind. Jegliche Ähnlichkeit mit realen Personen oder Institutionen ist rein zufällig.

Ich liebe Pilbara mit seiner majestätischen Schönheit und die dort arbeitenden und lebenden Menschen über alles. Aber die Gegend kann auch unerbittlich sein. Den Zyklon James erfand ich für meine Geschichte, orientierte mich dafür aber am Zyklon Vance, der 1999 in Pilbara wütete. Übrigens habe ich meinen fiktiven Zyklon nach meinem zweiten Sohn James benannt – und so werden Zyklonen tatsächlich ihre Namen gegeben. Man kann den Namen seines Kindes kostenfrei auf einer vom Wetterdienst geführten Liste eintragen lassen, wenn man möchte, dass ein Zyklon nach ihm benannt wird.

Mir lag es am Herzen, in diesem Buch aufzuzeigen, welchen Herausforderungen und Gefahren sich Frauen und Männer in Berufen wie diesen stellen – nicht nur den vom Menschen erschaffenen, sondern auch den von Naturgewalten ausgehenden. Es hat die Australier schon immer ausgemacht, dass sie Humor im Angesicht von Not beweisen. Ich hoffe, dass meine Leser davon etwas mitnehmen werden.

Danksagung

Wenn ich an all die Menschen denke, die mir dabei geholfen haben, dieses Buch fertigzustellen, kann ich nur sagen, dass ich äußerst gesegnet worden bin.

Als ich einwilligte, dieses Buch zu schreiben, war ich nicht nur Vollzeitmutter dreier Kinder unter fünf Jahren, sondern hatte auch gerade herausgefunden, dass ich mit meinem vierten Kind schwanger war. Da hätte schon ein Wunder geschehen müssen, um dieses Buch ohne Hilfe schreiben zu können.

Vor allem möchte ich meiner wunderbaren Mutter Juanita danken, die so vieles in ihrem Leben dafür opferte, dass ich jede Gelegenheit, die sich mir bot, ergreifen konnte. Den Löwenanteil der Kinderbetreuung hat sie übernommen, damit ich auf Kosten ihres eigenen vollen Terminkalenders dieses Buch schreiben konnte. Als Nächstes möchte ich meiner Tante Moira und meinem Onkel Richard meinen Dank aussprechen, die jeden Montag für mich da waren, sich um die Kinder und den Haushalt und was ich sonst noch brauchte kümmerten. Ihre Unterstützung war extrem großzügig. Und schließlich möchte ich meinem wundervollen Ehemann Todd danken, der sein Bestes gab und mir jeden Sonntag freihielt und sich um die Familie kümmerte, damit ich Zeit für meine Protagonisten hatte. Sein Glaube an meine

Arbeit und meine Weiterentwicklung als Autorin war schon von Anfang an stark.

Auch meiner Schwiegermutter Shirley möchte ich danken, die drei Wochen bei uns wohnte, als der Abgabetermin näher rückte. Diese zusätzliche Zeit für konzentriertes Arbeiten und auch für Erholung von einer Grippe war meine Rettung.

Ohne die Liebe und Zuwendung dieser Menschen hätte ich dieses Buch nie schreiben können.

Ich will auch denjenigen danken, die bei den fachlichen Aspekten halfen. Rob Doy, ein alter Freund und Kollege aus meiner Zeit in Cape Lambert, stand mir großzügig mit Zeit und Rat zur Seite, was seine Stelle als Sicherheitsmanager auf der Baustelle betraf. Ich kann mich glücklich schätzen, dass ich auf sein umfangreiches Wissen über Arbeitssicherheit zurückgreifen durfte, und auch, dass er bereit war, Auszüge aus dem Buch zu lesen und mir zu sagen, ob ich auf dem richtigen Weg war. Wenn es noch Fehler geben sollte, sind sie alle meine eigenen – Rob hat sie nie zu Gesicht bekommen.

Außerdem holte ich Beratung zu beruflichen Fragen bei Carmen Hermann und David Grenfell ein.

Zwei feste Umarmungen müssen unbedingt an meine engagierten Schreibkolleginnen Marlena Pereira und Nicola E. Sheridan gehen. Sie haben mich von Anfang bis Ende begleitet. Ihre unvoreingenommenen Blicke, Erkenntnisse und Ideen sind von unschätzbarem Wert für die Kraft und die Qualität dieser Geschichte. Auch meinen Unterstützern Kym Brooks und Cath Ryan möchte ich danken. Sie haben mein Vertrauen in das Manuskript angekurbelt, wenn es ins Wanken geriet.

Danke an meine Agentin Clare Forster für ihre Geduld und ihren Glauben an mich. Und auch an Beverley Cousins, meine begeisterte Lektorin, mit der die Zusammenarbeit solch einen Spaß gemacht hat. Das Team von Random House hat wie immer alle Register gezogen. Danke an alle, die an diesem Buch mitgearbeitet haben.

Das hier ist für meine Freunde und meine Familie, die ertragen haben, wenn ich schlecht gelaunt oder krank war, herumjammerte oder absolut keine Energie mehr hatte, vor allem gegen Ende meiner Schwangerschaft. Ihr wisst, wer gemeint ist. Alles Liebe und unendlicher Dank an euch.